U0528196

2015
KONGZIGUXIANG ZHONGGUO SHANDONG
DUIWAI XINWEN BAODAOJI

孔子故乡·中国山东
对外新闻报道集

中共山东省委对外宣传办公室
山东省人民政府新闻办公室 编

山东人民出版社
国家一级出版社 全国百佳图书出版单位

图书在版编目（CIP）数据

"孔子故乡　中国山东"2015对外新闻宣传报道集/中共山东省委对外宣传办公室，山东省人民政府新闻办公室编．－－济南：山东人民出版社，2016.12
ISBN 978-7-209-09590-7

Ⅰ．①孔… Ⅱ．①中… ②山… Ⅲ．①新闻报道－作品集－中国－当代 Ⅳ．①I253

中国版本图书馆CIP数据核字(2016)第265006号

"孔子故乡　中国山东"2015对外新闻宣传报道集
中共山东省委对外宣传办公室
山东省人民政府新闻办公室　编

主管部门	山东出版传媒股份有限公司
出版发行	山东人民出版社
社　　址	济南市胜利大街39号
邮　　编	250001
电　　话	总编室（0531）82098914
	市场部（0531）82098027
网　　址	http://www.sd-book.com.cn
印　　装	济南继东彩艺印刷有限公司
经　　销	新华书店
规　　格	16开（169mm×239mm）
印　　张	29
字　　数	480千字
版　　次	2016年12月第1版
印　　次	2016年12月第1次
印　　数	1—1000
ISBN 978-7-209-09590-7	
定　　价	56.00元

如有印装质量问题，请与出版社总编室联系调换。

前　言

　　2015年，省委外宣办深入贯彻落实党的十八大、十八届三中、四中、五中全会精神及习近平总书记系列重要讲话精神，按照中央和省委关于外宣工作的重要部署，紧紧围绕全省改革开放大局，着力讲好山东故事、传播好山东声音，进一步扩大"孔子故乡·中国山东"对外宣传品牌影响力，圆满完成全国和省"两会"、2015香港山东周、米兰世博会山东活动周、第22届国际历史科学大会等重大主题和重要活动的宣传报道，成功举办"中韩自贸　齐鲁先行"全国媒体行、"文化遗产保护全国媒体齐鲁行"等集中采访活动，充分展示了山东全面深入推进改革开放的新政策新成效和传承弘扬优秀传统文化的新举措新进展，为加快建设经济文化强省营造了良好的国内国际舆论氛围。中央驻鲁外宣媒体、香港驻鲁媒体和省直外宣媒体不断加大对山东的报道力度，推出了一批思想性强、影响力大、传播范围广的新闻作品。

　　为了更好地发挥优秀新闻作品的示范带动作用，进一步提升全省对外新闻宣传工作水平，我们从中央和香港媒体的对外新闻报道稿件中精选了142篇优秀作品，包括中国日报《浪潮天梭K1高端容错计算机让关键数据跑在自主平台上（Inspur server a national breakthrough）》等40篇、中新社《山东省长郭树清畅谈建设阳光政府：阳光是最好的防腐剂》等40篇、中国报道《中韩自贸区触发山东新机》等5篇、香港大公报《中法诺奖得主对话"文学与人生"》等18篇、香港文汇报《山东稳推经营权证抵押　促土地流转》等19篇、香港商报《重汽曼技术将引领中重卡行业革命》等20篇，汇集成册，希望能够对从事外宣工作的同志们有所帮助。

目 录

前　言……………………………………………………………………（ 1 ）

中国日报

Inspur server a national breakthrough……………………………………（ 3 ）
Automatic textile dyeing equipment improves quality, cuts energy use………（ 6 ）
"Unqualified" govt proposals dropped ……………………………………（ 10 ）
Shandong battles to reduce serious gender imbalance ……………………（ 12 ）
Governor: Emphasis now on quality growth ………………………………（ 14 ）
Ancient culture offers renewal ……………………………………………（ 18 ）
Former PLA pilot creates Silk Road statues for Italy ……………………（ 21 ）
Financial reforms reap solid returns ………………………………………（ 26 ）
Shandong promotes business honesty………………………………………（ 30 ）
Firm takes stake in French airport …………………………………………（ 34 ）
Sinotruk to enter developed markets with high-end vehicles ……………（ 37 ）
History "Olympics" comes to Shandong …………………………………（ 44 ）
Chinese wine hits world sales record ……………………………………（ 48 ）
Shandong goes out for Confucian experts ………………………………（ 52 ）
Shandong University is going global ……………………………………（ 55 ）
Donkeys offer new source of wealth ………………………………………（ 60 ）
Rizhao strengthens Central Asian ties………………………………………（ 66 ）
Sunrise city boasts competitive advantages ………………………………（ 70 ）
Railway career captures driver's imagination for the long haul …………（ 75 ）

站长专栏：威海——站在中韩自贸区新的起点上远航 …………………………（80）
Expo a platform for cooperation …………………………………………（85）
Government support helps companies in park develop ………………（88）
3-D printing set to become new growth engine ………………………（91）
Passengers opt for cruise control on ocean waves ……………………（95）
站长专栏：烟台中韩产业园——中韩自贸区合作的范例 …………………（100）
Students fashion heritage artworks for modern tastes …………………（105）
站长专栏：潍县集中营各国难友 70 年后再重逢 …………………………（109）
Relocated Shandong museum proves a success …………………………（115）
Rising Jinan's Manhattan aspirations ……………………………………（121）
Province a birthplace of Chinese civilization ……………………………（127）
Wealth of resources in charming local springs …………………………（131）
City aims to become regional financial hub ……………………………（134）
Public service facilities drive innovation and training …………………（138）
Dong'e Ejiao's long history of globalizing TCM ………………………（143）
Italian expo: platform for economic and trade ties ……………………（150）
Lovol takes "A Plan" for tractors to international stage ………………（156）
Efforts to cultivate food sector fruitful …………………………………（161）
Auditor wages war on costs ………………………………………………（166）
Weichai eyes overseas deals ………………………………………………（171）
站长专栏：谁能更多分享中韩自贸区"红利"大蛋糕？ ……………………（175）

中新社

山东省长郭树清畅谈建设阳光政府：阳光是最好的防腐剂 ………………（183）
山东省长郭树清：欢迎媒体讲好山东故事 …………………………………（185）
山东搭建东亚海洋合作平台　用国际化营商环境"吸金" ………………（187）
山东将着力打造文化艺术金融试验区 ………………………………………（189）
山东"蓝天白云"天数 2014 同比增加 17.8 天 ……………………………（191）
山东两会现"毛驴议案"为驴争取与牛羊平等待遇 ………………………（193）

探营中国第三支赴利比里亚维和警察防暴队	（196）
总理看望过的家庭农场主期待丰年	（198）
总理看望过的德州"新市民"有啥新变化	（201）
胶东"渔灯节"延续古老祭海仪式　渔民祈平安	（204）
纪念台儿庄大战胜利77周年　百岁亲历者古运河畔悼国殇	（205）
日本僧人悼念台儿庄大战英烈：历史不应该被忘记	（207）
"2014年度中国人文学术十大热点"揭晓	（209）
400家韩企携万种韩国热门商品"抢滩"山东市场	（210）
耄耋老人忆台儿庄大战：十里繁华毁于战火	（212）
第三届中国——中亚合作论坛在日照举行	（214）
山东日照建中亚（日照）港口物流园服务"一带一路"经济发展	（215）
山东规模最大抗战主题展开展　200余件抗战文物首次面世	（216）
英雄在军人的节日回家	（218）
千人送别索马里恐袭遇难的中国武警英雄张楠	（220）
古琴七大门派传人济南同台献艺　高手过招犹如武林论剑	（222）
耄耋老兵登广告寻失散70年战友：兄弟，你在哪里？	（224）
欧美侨民幸存者70年后重访侵华日军设立的"潍县集中营"旧址	（226）
国际历史学会秘书长：欧洲中心主义不再适用于当前国际形势	（228）
国际历史科学大会开幕：史学"大咖"妙喻古今	（229）
格鲁津斯基：西方无可避免地需要努力理解中国	（231）
各国历史学者呼：寻找历史共识解决当今世界问题	（233）
学者：第22届国际历史科学大会实现了历史学跨边界研究目标	（235）
联合国秘书长潘基文访问山东　观"三孔"登泰山赏名泉	（236）
中国船长郭川率"中国·青岛"号帆船完成北冰洋探险创世界纪录	（238）
第七届世界儒学大会在孔子故里山东曲阜召开	（239）
乙未年公祭孔子大典举行　海内外人士纪念孔子诞辰2566年	（241）
"孔府菜"正式申请加入世界非物质文化遗产名录	（243）
在海外设23个国际人才海外联络处　山东向世界人才发"请柬"	（244）
考古队在城市化进程里"争分夺秒"	（246）
世界智能制造行业巨头齐聚泉城济南　共寻中国工业4.0之路	（248）

山东社会资本"挑大梁" 20个PPP项目推介会现场签约……（250）
山东化工产业开启三年攻坚战 力克"化工围城"现象……（252）
亚圣孟子以鲜活形象回归"寻常百姓家"……（254）
东阿冬至子时开井仪式解密三千年炼胶神秘技艺……（256）

中国报道

中韩自贸区触发山东新机……（261）
"孔子"品牌拉近山东与世界的距离……（264）
历史：我们共同的过去和未来……（267）
山东搭上中韩自贸协定快车……（269）
山东临沂：打造"一带一路"国际贸易新高地……（273）

大公报

中法诺奖得主对话"文学与人生"……（279）
打败优衣库 夺天猫女装销售三冠王……（282）
皓首穷经 道通大易……（289）
"史学奥林匹克"走进中国……（295）
足尖挺国粹 大妈芭蕾技惊泉城……（298）
唯有石头知吾意 化作罗汉笑人生……（301）
郭树清：山东全面深化改革 抢抓中韩自贸区先机……（304）
万里单骑访千村 留下笔记百万字……（308）
百岁老兵台儿庄哭祭英烈……（315）
"蛟龙"驻青岛点亮深海梦……（318）
郭树清与张瑞敏共勉创业学子……（323）
山东瓜农缅甸淘金……（324）
追忆苦难岁月 呼唤世界和平……（331）
山东携260项目下周赴港招商……（336）
鲁港迎战略投资合作重大机遇……（338）

传统十不闲　新增英语秀……………………………………（342）
睇清帝西洋奇珍　赏皇帝御用科技…………………………（345）
杂技《鼓韵》随习出访………………………………………（348）

香港文汇报

济南外资逆势上涨　拟申建跨境贸易电商实验区……………（353）
齐鲁证券更名中泰证券　推 A＋H……………………………（357）
旅港女商助过千长者复明……………………………………（359）
2015 香港山东周聚焦产融结合………………………………（363）
国际史学会开幕　习近平致贺…………………………………（367）
山东外侨集中营　难友旧址凭吊……………………………（370）
山东机关事业单位养老金"长缴多得"………………………（373）
港设计师冀挽救内地老品牌…………………………………（375）
山东率先推股权投资引导基金………………………………（377）
福利院小妈妈让"折翼天使"在爱中飞翔……………………（380）
韩电商山东拓物流辐射中国…………………………………（386）
山东名优农产品来港推介……………………………………（389）
山东稳推经营权证抵押　促土地流转………………………（391）
郭树清：探索"山东标准"　山东力推"厚道鲁商"…………（393）
委员倡建曲阜文化特区　打造世界儒学战略高地……………（395）
八旬翁潜心塑罗汉　延续传统文化……………………………（398）
台儿庄战役 77 周年祭英烈……………………………………（402）
人类学讲师游走南北体味风情………………………………（406）
老中医仁心妙手　传承小儿推拿……………………………（410）

香港商报

鲁青荣城铁开通运营…………………………………………（415）
重汽曼技术将引领中重卡行业革命…………………………（417）

陈修林与他的"罗汉世界"……………………………………（419）
鲁征集优秀传统文化项目设计……………………………（423）
鲁：促与港人文交流…………………………………………（425）
孙明波：引领质量时代新常态……………………………（427）
王士岭建言编制建国际城市规划 ……………………………（428）
杜传志：海上丝路建设需立法……………………………（420）
唐一林：加快扶持新材料产业……………………………（430）
青岛港藉互联网＋提升竞争力 ……………………………（431）
中国军队首支维和步兵营飞赴南苏丹……………………（434）
青岛港组团投资　海陆双向布局…………………………（436）
习近平：中国力推教育信息化……………………………（438）
鲁港拟建跨境贸易平台……………………………………（440）
财富青岛品牌效应日益凸显………………………………（441）
青岛西海岸：探路新海洋经济……………………………（443）
鲁推政府股权投资引导基金………………………………（447）
中日韩产业博览会主打新奇高特…………………………（449）
青岛西海岸打造中韩复合新城……………………………（451）
重汽深耕国际市场　重卡占有量有望过半………………（452）

"孔子故乡 中国山东"
2015 对外新闻报道集

中国日报

Inspur server a national breakthrough

赵瑞雪

Wang Endong, a chief scientist with China's Inspur Group Ltd, compared the development of Inspur Tiansuo K1 with climbing the world's second highest mountain, Mount K2.

"When we started to develop the high-end fault-tolerant server, we named it K2 to remind every researcher of the extreme difficulties we could encounter," said Wang. He added that the name was changed to K1 after the team succeeded.

Visitors look at inspur servers on display during the China international Defence Electronics Exhibition 2014 in Beijing, China, 7 May 2014.

After four years of work, Inspur, a leading supplier of cloud-computing solutions and outsourcing services in China, created the 32-way high-end fault-tolerant server.

A fault-tolerant server allows systems to continue running when part of the system fails and avoids loss of data.

It helps achieve near-zero downtime, which is crucial for businesses that cannot afford a single moment of failure.

The project was awarded first place in the State Scientific and Technological Progress Award during a ceremony to honor those who achieved key breakthroughs in cutting-edge scientific and technological fields on Jan 9.

"Inspur Tiansuo K1 has realized breakthroughs in key technological aspects such as system architecture, system bus protocol design, core chipset design, hardware design, architecture and radiating design, system BIOS, fault-tolerant operating system core, application system's development and transplantation.

"The breakthrough makes China the third country that can produce a 32-way high-end fault-tolerant server following the USA and Japan," said Wang.

Wang said Inspur declared about 1,000 technological patents while developing K1 and 126 patents were authorized. "Tiansuo K1 breaks the foreign countries' monopoly of high-end servers used in core economic fields such as finance and telecommunication," said Wang.

Statistics from the International Data Corporation showed Inspur secured 12 percent of the high-end server market by the third quarter of last year. Since last year, Tiansuo K1 has been used in 12 sectors including finance, electric power, public security and public transportation.

Wang predicted K1 would secure 30 to 50 percent of the domestic high-end server market this year.

Tiansuo K1 uses a multi-level fault tolerant mechanism of hardware and software.

It can exceed 99.9 percent availability and limits downtime to no more than 5.26 minutes each year. "To Inspur, K2 symbolizes the next peak we will conquer," said Wang. Inspur is developing a 64-way high-end fault-tolerant server, which is expected to hit the market next year.

中文内容摘要：

浪潮天梭 K1 高端容错计算机让关键数据跑在自主平台上

1月9日，中共中央、国务院在北京人民大会堂举行2014年度国家科学技术奖励大会，由浪潮集团承担的"高端容错计算机项目"获得国家科技进步一等奖。

浪潮集团于2010年8月研发成功中国首台具有自主知识产权的高端容错计算机，并将其正式命名为浪潮天梭K1系统。这一研发成果使中国成为继美国、日本之后第 3 个有能力研制 32 路高端计算机的国家，标志着中国的关键数据从此可以运行在自主平台上。

2014 年，天梭 K1 完成了金融、电力、公安、交通等 12 个行业市场的应用突破，建设银行、农业部、胜利油田、北京市财政局、广州白云机场、洛阳银行都在核心业务中用天梭 K1 替代了进口产品。

根据全球权威调查公司 IDC 发布的数据，浪潮在高端 Unix 服务器市场的份额已经达到 12%。而且，浪潮主导成立了国产主机系统产业联盟，成员从最初的 16 家发展到 58 家，覆盖了芯片、整机、软件等各个产业环节。

据高端容错计算机项目总设计师、浪潮集团首席科学家王恩东介绍，天梭 K1 系统可扩展 32 颗处理器，可用性超过 99.9994%，每分钟完成几百万次交易事务处理。

王恩东说，高端容错计算机研制工程规模大，技术起点高，是我国计算机产业一直没有涉足该领域的主要原因。例如天梭 K1 有 32 颗处理器，256 个内存插槽，为这些模块建立基于数据一致性的互联和通讯机制，是计算机领域公认的世界难题，全球具有该项技术开发能力的公司不到 5 家。

天梭 K1 系统是 400 多位浪潮工程师耗费 4 年多时间研发成功的，项目研发过程中经历了超乎想象的困难。"开始研发时，我们用世界上攀登难度大的乔戈里峰的外文名 K2 作为项目代号，就是告诉每一个研发人员，这个项目是一个巨难的事情，能够最终走向成功的可能性、概率是比较低的，每一步都要特别努力才能完成。"

王恩东表示，浪潮正在开发性能更高、可靠性更强的 64 路系统高端容错计算机系统，性能提升 10 倍以上，该产品预计在 2016 年投入市场。

2015 年 1 月 14 日

Automatic textile dyeing equipment improves quality, cuts energy use

王 倩

Shandong Companion Group Co Ltd won China's top science and technology award for its contribution to automatic and smart manufacturing in the textile dyeing industry.

The privately owned textile producer's digital automatic cone dyeing technology and equipment was awarded first prize in the State Science and Technology Progress Award at an annual ceremony held in the Great Hall of the People to honor technologies that bring considerable economic benefits on Jan 9.

"China's textile industry has entered a new stage in which Chinese companies must rely more on science and technology innovation to guide and support their development and progress," said Chen Duifan, president of the company.

In the company's dyeing workshops in Tai'an, in Shandong province, there are hardly any workers, which is rare in the traditionally labor-intensive textile dyeing industry.

"Cone dyeing is a key step in producing high-grade fabrics and involves more than 20 procedures, most of which had to be finished by hand before. It is difficult to control the quality of products," Chen said.

"We once introduced horizontal dyeing equipment from European countries, which is semi-automatically operated and consumes more water than our vertical ones," he said.

To solve these problems, the company spent eight years developing whole-process automatic dyeing production lines and a central digital control system with the China Academy of Machinery Science and Technology.

The research cost more than 180 million yuan ($29.02 million).

The solution is suitable for dyeing cotton yarn, wool yarn and cotton linen blended yarn and can also be applied to gray fabric dyeing and textile printing, among many others.

"Now it only needs one or two workers in the central control room who can real-time monitor the whole producing process ranging from distributing dyestuffs, dyeing, dehydrating and drying, to surface finishing, delivering and loading," said Zhang Lin, general manager of the company.

The workshop previously needed about 100 people to work on three shifts, he added.

"The move represents leapfrog progress in the cone dyeing sector, making China the first country in the world that has mastered the full-process of automatic dyeing technologies," Zhang said. The equipment was granted 32 national patents, including 14 invention patents and 13 software copyrights.

More than 30 Chinese textile manufacturers, including Sunvim Group and Lutai Textile Co Ltd, adopted the fully automatic production lines and successfully used them for more than 30 varieties of textiles.

The practices show that the solution can reduce the color difference in the dyeing process, raising the color grade from the previous 4 to 4.5. The one-time pass rate of products now reaches 95 percent or above, at least five percentage points higher than advanced world standards.

Yu Jianyong, an academician at the China Academy of Engineering, praised the technological solution.

"It has not only improved the textile dyeing quality and efficiency, but also significantly cut energy consumption and emissions," he said. For every ton of yarn, the solution cut water consumption by 27 percent, electricity by 12.5 percent and wastewater discharge by 26.7 percent.

China is the world's largest textile producer and has an annual yarn dyeing capacity of 10 million tons, according to the China Wool Textile Association. The wide use of the new solution could save 300 million tons of water and reduce wastewater discharge by 297 million tons annually.

中文内容摘要：

山东康平纳集团实现染纱行业全流程自动化

1月9日，在北京人民大会堂召开的2014年度国家科学技术奖励大会上，山东康平纳公司的"筒子纱数字化自动染色成套技术与装备"项目荣获了国家科学技术进步一等奖。

筒子纱是纺织企业从原料到织成品过程中必须使用的中间产品。一直以来，筒子纱的配料、染色等工序都是人工完成，染色质量难控制。筒子纱染色成为纺织印染行业生产高档面料、提升产品功能和附加值的关键环节。山东康平纳集团有限公司董事长陈队范指出，"作为传统产业，纺织业已到了必须更多依靠科技创新引领、支撑企业发展进步的新阶段。今天的成绩来之不易，这是我们坚持创新驱动战略，依靠科技进步推动企业转型升级的必然结果"。

据陈队范介绍，筒子纱数字化自动染色成套技术与装备是由该公司与机械科学研究总院通过产学研合作历经8年的时间，先后投资达1.8亿元研发而成。该团队研制出适合于筒子纱数字化自动染色的工艺技术、数字化自动染色成套装备及染色生产全流程的中央自动化控制系统，实现了筒子纱染色从手工机械化、单机自动化到全流程数字化、系统自动化的跨越。

"公司起初也是引进西方高技术的纺织设备，但目前国外多为卧式的局部自动化染色设备，用水量大，耗能多，并不是很适合中国国情。"为此，该公司通过自主创新研发出自动化染色机、粉状助剂自动配送技术及装备、筒子纱高效脱水、节能烘干和自动装卸及精准输送技术与装备等23种数控染色装备。

"现在，仅需一名工人在中央自动化控制系统室，就可以对100多台套设备、2000多个参数进行在线检测、实时全流程闭环控制，节约用工70%以上，超过了德国、意大利等国际先进技术水平，使中国成为世界首家突破全流程自动化染色技术并实现工程化应用的国家。"这一技术装备可为棉纱、毛纱、棉麻纱等各种筒子纱染色，也可扩展到坯布染色、印花等领域。由于避免了人工操作容易造成的误差和损伤，通过本装备染色，色差由原来4级提高到4.5级以上，染色一次合格率达到了95%以上，比国际先进水平高5个百分点，工艺稳定及生产运行可靠性由原来57%提高到95%，有效实现了染色生产效率和品质提高。

目前，该技术与装备已获得授权发明专利14项，软件著作权13项，其全自动染色生产线及其技术产品已在鲁泰纺织、孚日集团等30多家企业推广应用，染色生产棉、毛、丝、麻等30多类、8万多个品种，产品出口美国、意大利等30多个国家和地区。

"成套技术装备大幅度地提高了劳动生产率，实现了过程的精确控制，节能减排的效应比较突出。"中国工程院院士东华大学副校长俞建勇对此予以高度评价。作为纺织品生产大国，中国年染色纱1000万吨，推广后每年可节水3亿吨，节能233万吨标准煤，减少污水排放2.97亿吨。

2015年1月14日

"Unqualified" govt proposals dropped

赵瑞雪

Forty proposals submitted by members of the Shandong Provincial Committee of the Chinese People's Political Consultative Conference have been revoked amid suspicions of plagiarism, Guo Ailing, vice-chairman of the Shandong CPPCC, said on Monday in a Work Report.

"The quality of proposals is the top concern," Guo said as she presented the report at the third session of the 11th Shandong CPPCC, scheduled to end on Saturday.

From the second session of the 11th Shandong CPPCC held in January of last year to Monday, Shandong CPPCC members have submitted 1,026 proposals, of which 817 have been put on record after review. This figure accounts for 80 percent of the total number of proposals, and is 4 percent lower than the previous year.

Proposals that are similar are merged, with the proposers' agreement, and 148 proposals that were not put on record have been passed on to related organizations as public opinion, said Guo.

"It's absolutely right to revoke unqualified proposals. CPPCC members shall enhance their professional skills and enrich their knowledge in the fields they major in," said Zeng Zhenyu, a Shandong CPPCC member and a professor at the Advanced Institute for Confucian Studies at Shandong University.

This year, the Shandong CPPCC will set out standards for putting a proposal on record in an attempt to improve their quality, Guo said.

Starting this month, provinces, municipalities and autonomous regions across China open their annual "two sessions", a Chinese term used to mean the annual conferences of the people's congresses - the legislative bodies - and of the CPPCC, the political advisory body.

CPPCC members from the non-communist political parties, federations of industry and commerce submit proposals on a wide range of fields including education, social security and public health to the standing committee of the CPPCC.

If put on record, the proposals will be passed on to related organizations and, in most cases, questions that are put forward in the proposals will be settled.

中文内容摘要：

山东：对40件涉嫌抄袭的提案予以撤案

2015年的山东两会，提案质量被摆在重要位置。根据1月26日山东省政协副主席郭爱玲所作的《政协第十一届山东省委员会常务委员会提案工作报告》，山东省政协十一届二次会议以来，对40件涉嫌抄袭的提案予以撤案并对提案者进行约谈。

报告显示，一年来，山东省政协各参加单位和省政协委员共给出提案1026件，经审查，立案817件，按照立案标准，对40件涉嫌抄袭的提案予以撤案并对提案者进行约谈；对内容相近的21件提案，经提案者同意后进行合并；对不符合立案条件的148件提案，逐一与提案者沟通，作为委员来信或社情民意转有关部门参考。

"政协委员应该强化自己所从事领域的专业技能，提出能够反映人民心声的提案。"政协委员曾振宇说。

就2015年的省政协提案工作，报告指出，将引导提案由集中提交向集中与平时结合转变。就立案标准修订开展专题调研，进一步细化立案标准，增强立案审查的指导性和针对性，严把审查立案关。做好重点提案的遴选和督办，继续开展提案质量评议，提高立案质量。

2015年1月29日

Shandong battles to reduce serious gender imbalance

赵瑞雪

Selective abortion remains a challenge in rural Shandong province, where some villages have purchased ultrasonic devices to detect the gender of fetuses, a member of the province's political advisory body said.

Lian Fang, an expert at the reproductive and genetic center of the hospital affiliated with Shandong University of Traditional Chinese Medicine, said on Saturday that she is treating an increasing number of women who have become infertile due to abortions.

"Most women had abortions because the fetus was not male," said Lian.

Shandong Governor Guo Shuqing said the province's gender imbalance is serious.

"In some regions, the gender ratio for newborns exceeds 120 boys for every 100 girls," Guo said in his government work report at the Shandong People's Congress on Sunday.

The overall gender imbalance in the province in 2013 was 116.6 males born for every 100 females, down from 119.4 in 2010, thanks to the province's crackdown on illegal gender testing and abortion.

However, the province is still trying to reach the goal of getting the ratio down to 114.3 by the end of the 12th Five-Year Plan (2011-2015), said Yang Xinsheng, deputy head of the Shandong Health and Family Planning Commission.

"A lot of work needs to be done to meet the target as there is only one year to go," said Yang.

Guo said comprehensive management would be carried out to ease the gender imbalance.

Lian said that comprehensive management "will not only involve a crackdown on illegal abortions, but also policies to ensure benefits for new mothers and a better life for the aged".

中文内容摘要：

山东采取措施应对出生人口性别比失衡

山东省省长郭树清在2015年政府工作报告中指出，山东省"出生人口性别比严重失衡，一些地方超过120：100"。

山东省政协委员、山东省中医药大学附属医院生殖与遗传中心主任连方认为省长在政府工作报告中指出存在的问题，这种政府不避讳问题的态度让人振奋。

近几年，山东省严厉打击非医学需要的胎儿性别鉴定、非医学需要的人工终止妊娠。2014年年底，山东省卫生和计划生育委员会发布的数据显示，2013年山东省出生人口性别比例降至116.6，连续4年下降。

根据国家要求，"十二五"末，山东省出生人口性别比必须降到114.3。"现在还剩一年时间，时间紧，任务重。"山东省卫计委副主任杨心胜说。

郭树清在政府工作报告中指出，对出生人口性别比失衡需要"综合治理"。

连方建议综合治理不仅要打击"两非"，而且要提高女性待遇；完善养老服务体系建设，做到老无所忧。

2015年2月3日

Governor: Emphasis now on quality growth

鞠传江　王　倩

Shandong's provincial government has lowered its GDP target and shifted its focus to the quality of growth, said Guo Shuqing, governor of the eastern coastal province.

"What we currently need is not rapid GDP growth, but optimization of the economic structure and promotion of better economic quality," Guo said in his government work report to the provincial People's Congress and People's Political Consultative Conference meetings held from Jan 26 to Feb 1.

Guo said Shandong's GDP last year totaled 5.94 trillion yuan ($949.2 billion), an increase of 8.7 percent from 2013 and 0.3 percentage points short of the 2014 target.

"This year's GDP growth is expected to reach 8.5 percent. The rate, slightly lower than the actual growth last year, has been set deliberately," he said.

"The Chinese economy has entered a period of slower, more sustainable growth driven by consumer demand, which has become known as 'the new normal'. By setting lower GDP growth targets, local governments can invest more in projects that will benefit the people in the long run instead of those bringing returns mostly in the short term," he explained.

The governor also said the government will prioritize improvements in the quality of life and enable more people to share in the fruits of economic growth by further reforming the healthcare system and increasing public services.

The provincial government hopes to help 1.2 million rural laborers find jobs in cities and offer 1 million new vacancies to urban residents. The per capita disposable income of its urban residents and the net income of rural people will increase by 9 and 10 percent respectively this year, Guo predicted.

Shandong also took measures to improve air and water quality. Last year the province became the first in China to establish a compensation incentive based on air quality.

Under the plan, cities that have worsening air quality have to pay compensation to the provincial government every month, which in turn is given to cities where air quality improves.

According to the provincial environmental protection bureau, Shandong handed out 213 million yuan to its 17 cities last year. The money was used to help further improve air quality. The province's annual air quality assessment showed that the average PM2.5 reading in Shandong was 82 micrograms per cubic meter last year, a 16.3 percent decrease over the previous year. It had about 199 "blue-sky" days - with visibility of more than 10 kilometers - last year, 17.8 days more than in 2013.

A province famed for its open economy, ports and trade businesses, Shandong will also increase trade with more emerging markets through new routes. It is expected to realize 6 percent growth in foreign trade this year. The provincial government will also embrace the national strategy to build the Silk Road Economic Belt and 21st-Century Maritime Silk Road by boosting economic cooperation with countries along the modern-day trade routes.

Statistics from the provincial bureau of commerce show that the province's foreign trade value reached $277.1 billion in 2014, a year-on-year increase of 4 percent and 0.6 percentage points higher than the national average.

Its trade with 32 countries along the maritime Silk Road and 47 countries along the overland Silk Road rose by 7.3 percent and 4 percent respectively.

中文内容摘要：

山东省长郭树清：加快产业结构调整　新常态下更求"质"

山东省省长郭树清在第十二届山东省人民代表大会第四次会议上作的《政府工作报告》提出了今年山东省的发展目标和施政纲要，该省正在经济新常态下进行提质增效的有力探索。

去年，山东省实现生产总值5.94万亿元，比上年增长8.7%。山东预计

2015年地区生产总值增长为8.5%左右，进出口总额增长6%左右。郭树清说："这是综合考虑各方面因素，结合山东实际提出的，需要经过艰苦努力才能完成。"

中国经济发展已经进入新常态，山东经济怎样在新常态下持续健康发展？郭树清省长在政府工作报告中提出三个要点。其一，必须充分发挥消费、投资、出口均衡拉动作用，促城乡居民增收消费，引导资金重点投向社会民生、农林水利、能源交通、信息通信、节能环保、先进制造业、现代服务业等领域，培育新的国际竞争优势。其二，必须进一步拓展区域发展空间，扎实推进"两区一圈一带"发展战略，主动融入"一带一路"、京津冀协同发展、长江经济带三大战略，第三，必须继续加强重大基础设施建设，高铁、城铁、机场、输电通道、水利设施等。

郭树清说，2014年，作为深化改革元年，山东省在经济运行、民生改善和社会事业、结构调整等方面都取得了令人欣喜的成绩，但仍然存在一些难啃的"硬骨头"，今年山东要在改革、开放、创新驱动、改善民生、生态文明等方面下"硬功夫"，以保持山东省经济社会持续健康发展。

作为拥有渤海湾黄金海岸水道、毗邻日韩优势的山东，如何利用"引进来"与"走出去"的双轮驱动？郭树清表示，2014年山东进出口总额2771.2亿美元，实际利用外资152亿美元。2015年山东将借助"一带一路"战略实施和中韩、中澳达成自由贸易协议的机遇，不断提高参与国际竞争与合作的能力，深化中韩地方经济合作示范区建设，积极申建青岛自由贸易港区。

郭树清认为，山东要推进引资方式转变，为海外投资者"搭建创业平台"。加快发展跨境电子商务，提高贸易便利化水平，建设电子口岸外贸公共服务平台，创建国家进口贸易促进示范区。

2015年山东要加强与"一带一路"沿线国家和地区基础设施互联互通建设合作；完善山东境外投资布局，深入实施市场多元化和以质取胜战略，加快提升以技术、品牌、质量、服务为核心的竞争力。郭树清表示，山东要打造国际化营商环境，进一步破除投资审批、外汇管理、金融服务等方面的障碍，继续拓宽投融资渠道，发展直接融资，鼓励企业发行股票、债券；发展多元股本投资。

郭树清强调，进一步完善社会保障体系，包括巩固深化城乡居民基本养老、医疗保险制度整合成果，完善居民大病保险政策；提高城乡居民基础养老金最低标准、城乡居民医保财政补助标准、基本公共卫生服务经费标准，让百姓享受发展成果。

郭树清说，"要强化生态环保倒逼作用"。严格执行逐步加严的区域性大气污染物排放标准，大力发展节能环保产业，进一步完善"治、用、保"流域治污体系，开展土壤污染治理与修复试点。让天更蓝、水更清。

在下调GDP指标的同时，山东省在今年的政府工作报告中对社会治理和改革能力的要求，进一步强化。比如："城镇登记失业率控制在4%以内""提高青年人创业创新意识和能力"等。

郭树清称，要把产业结构调整作为重点任务，把创新驱动作为主攻方向，推动传统产业向中高端迈进，增强现代制造业和新兴服务业的带动作用。

经济发展速度从高速增长转向中高速增长，经济发展方式从规模速度型粗放增长转向质量效率型集约增长，经济发展动力从传统增长点转向新的增长点，正是山东在经济新常态下追求提质增效的有力探索。

2015年2月6日

Ancient culture offers renewal

赵瑞雪

Shandong Governor Guo Shuqing said cultural resources in the province should be better developed and used to offer new strength for local growth.

"Shandong is one of the birthplaces of the Chinese civilization," Guo said in his work report to this year's Shandong People's Congress that wrapped up on Feb 1.

Confucianism and other philosophies developed by ancient local sages such as Mo-Tzu, Chuang-Tzu, Sun-Tzu, Guan-Tzu and Xun-Tzu have played important roles in Chinese history and had a great influence on world civilization," said the governor.

Grand ceremony for Confucius has been held in his hometown Qufu every year for people to memorialize China's greatest sage. Ju Chuanjiang / China Daily

More work should be done to keep and develop the essence of the local Qilu culture, he added.

As the home of the Qi and Lu states at the Spring Autumn (770-476 BC) and

Warring States (476-221 BC) periods, Shandong is also called Qilu.

In his report, Guo used around 2,000 words to describe the Qilu culture. The governor said its essence lies in commerce, science and patriotism, as well as the harmony between humans and nature.

"We should bear environmental protection in mind and develop a recycling economy to maintain sustainable development," said Guo.

This year, Shandong will implement a program called "Rural Memory" to protect cultural relics in the countryside including villages that have survived for hundreds of years and ancient farming tools.

"This program aims to conserve both intangible culture and the tangible landscape amid rapid urbanization to provide people a place to experience the ancient essence," said Xie Zhixiu, head of the cultural relics bureau of Shandong.

Governor Guo stressed that culture should be integrated into economic development.

"Cultural brands with Qilu characteristics should be cultivated," said Guo.

A program called "Honest Lushang" is being promoted among local enterprises using the ancient name for businesspeople from Shandong.

The program will appraise enterprises with new criteria including assessments on product quality, environmental protection, intellectual property and safe production.

"The program which encourages businesspeople to be honest will enhance the overall competitiveness of local enterprises," said Qin Yufeng, chairman of Dong'e Ejiao Co Ltd, the nation's largest producer of ejiao, a medicine made from donkey hide.

The governor also expressed his support for the 22nd International Congress of Historical Sciences.

The congress will be held in Jinan, capital city of Shandong, from Aug 23 to 29 this year, the first time it will be held in Asia.

According to the event's organizing committee, more than 2,000 historians from about 100 countries and regions will attend the congress.

"The event will be a good opportunity to showcase Chinese civilization and help Chinese culture go global," said Zhang Rong, president of Shandong University.

中文内容摘要：

郭树清：挖掘利用好丰富的齐鲁文化资源

山东省省长郭树清在山东省第十二届人民代表大会第四次会议上指出，2015年，山东要落实习近平总书记的重要指示，着力建设社会主义核心价值体系，对齐鲁文化资源进行去粗取精、去伪存真的挖掘和阐发，为做好改革发展稳定各项工作提供强大精神力量。

山东是中华文明的重要发祥地。孔子、孟子创立的儒家学说，墨子、庄子、孙子、管子、荀子等人提出的思想理念，在中国历史上发挥了重要作用，对世界文明也产生了深远影响。近现代以来，山东经常处在民族民主革命前沿，经历了风起云涌的群众斗争实践，形成了宝贵的红色文化。要落实习近平总书记的重要指示，着力建设社会主义核心价值体系，对齐鲁文化资源进行去粗取精、去伪存真的挖掘和阐发，为做好改革发展稳定各项工作提供强大精神力量。

郭树清表示，弘扬齐鲁优秀传统文化，必须研究制定整体规划，开展本土文化资源普查，加强对重大项目的研究论证。要以开放的态度，推进孔子研究院等机构建设，打造一批重点研究基地。加快曲阜文化经济特区规划建设，搞好优秀传统文化宣传普及，实施文化经典数字化工程。开展全民阅读活动。推进公共博物馆、纪念馆、爱国主义教育基地和文化馆、图书馆、美术馆免费开放。加强文化遗产保护，组织实施"乡村记忆"工程，逐步在每个镇村都建立起自己的文化活动室和历史纪念室。

弘扬齐鲁优秀传统文化，必须推动经济文化融合发展。完善现代公共文化服务体系，办好"文化惠民、服务群众"实事。鼓励创作一批具有齐鲁风格、中国气派的精品力作。更加重视档案事业，推进第二轮地方志编修。做好党史资料和文物的征集工作，建设好山东抗战线上线下博物馆，举办好纪念抗日战争暨世界反法西斯战争胜利70周年活动。深入实施文化产业重大项目带动战略，建设一批具有较强竞争力的文化产业集聚区、骨干文化企业和文化品牌。加快促进文化艺术与金融融合发展，打造文化艺术金融试验区。筹办好第七届世界儒学大会，支持山东大学办好第22届国际历史科学大会。

2015年2月6日

Former PLA pilot creates Silk Road statues for Italy

王 倩

Chen Xiulin, when in his 20s, flew a military plane over areas where China had conducted its first nuclear missile test in 1966, to collect some air samples.

But back then he didn't realize that one day he would take a route that's rather different for a People's Liberation Army aviator - that of a sculptor.

Sculptor Chen Xiulin with statues of the arhats at his residence-cum-studio on the outskirts of Weifang city in Shandong province.

The 78-year-old Weifang native, from eastern China's Shandong province, is now working day and night to finish a set of bronze sculptures for the 2015 Milan World Expo. His work at the event to be held in May will depict scenes from China's trade and cultural exchanges with other parts of the world along the ancient Silk Road.

His 170-meter-long sculpture, which comprises 23 statues, will be shipped to Italy in March and placed at the Sino-Italy Pavilion for display in Venice, a sub-venue for the exposition, according to Lu Yintao, the executive director for Chinese Art and Craft Association and an art adviser to the pavilion team.

Among Chen's other works invited to be showcased at the global fair are his stone statues of the 500 Arhats, disciples of the Buddha on advanced paths of enlightenment.

"Chen's portrait sculptures, especially the arhat statues, are perfectly proportioned and extremely vivid in facial expressions. Each one can rival world-famous works," says Lu, who introduced the former pilot's works to the expo organizing committee.

"The expo will be the best international stage to showcase Chinese culture. I hope my works can help people better know Chinese traditional culture," Chen says.

Born in Weifang, which is among the country's main production centers of traditional woodprint painting, Chen was fascinated by local folk artisans since his childhood.

After joining the air force in 1961, he studied drawing and sculpting techniques and copied thousands of illustrations from books in his spare time.

"The first work I carved out nearly 50 years ago was based on images of my comrades-in-arms. The sculpture is still on display at the Chinese Aviation Museum in Beijing," Chen says.

In 1966, after China's first nuclear missile test, Chen and two other air force colleagues accepted the assignment of collecting air samples over the blast site. The exposure to radiation made the three extremely ill five years later, and Chen was the lone survivor. He retired from the air force in his 30s.

Since then he has immersed himself in the world of sculptures and other artworks.

"I push myself to work hard as long as I think of my colleagues who died in their early years," he says.

In the front courtyard of his residence-cum-studio on the outskirts of Weifang city stand statues of the arhats. It took Chen nearly 30 years to complete them. Slightly larger than life size, the statues depict the Buddhist monks in different ages ranging from energetic youth to old, toothless people.

"They are different from traditional solemn Buddhist statues. I've tried to show these monks' true feelings and affections based on my experiences and observations in real life," Chen says, adding that each statue has a different facial expression, body posture and personality, and seems to be telling the viewer a story.

Chen spent two years visiting numerous temples in India, Nepal and the Tibet autonomous region where Buddhist paintings and sculptures have been preserved, in a bid to understand his subjects well.

"It usually took one or two months to create a statue, but some even took several years as I came across new ideas while making them," says Chen. Besides the sculptures, Chen has made statues of numerous Chinese mythology, historically and cultural figures such as Confucius and his 72 disciples.

"Traditional Chinese culture includes a wide range of virtues such as benevolence, faith, tolerance and harmony," Chen says. "I try to use my sculptures to express the ideas ... which are also needed in today's world." Chen rises at 5 am and works for more than 12 hours daily. There's still much he needs to do, he says. "I'm always afraid of not having enough time."

中文内容摘要：

从飞行员到雕塑大师　八旬老人用造像传承东方文化

1966年，当将近而立之年的陈修林驾驶军机冲进"蘑菇云"里采集核弹爆炸后的空气样本时，他做梦也没有想到自己有朝一日会成为深受海内外赞誉的雕塑大师。

如今，这位年近八旬的老人正在夜以继日地为将于今年5月份在意大利开幕的米兰世界博览会赶制一组青铜雕像。这组题为《丝路欢歌》的群雕长约170多米，由20几个骑着骆驼的人物雕像组成，把中国古代商队沿着丝绸之路运送货物的愉悦场景描绘的惟妙惟肖。

"这组雕塑细节刻画的非常生动，连载货的骆驼都仰着头、微张着嘴，好像在愉快地歌唱。"中国工艺美术协会特艺专业委员会主任卢银涛一边欣赏塑像一边说。身为米兰世博会联合国KIP馆的艺术顾问，卢表示，这组雕塑计划在3月份运往本届世博会的分会场威尼斯，届时将会安置在中意文化交流馆向来自世界各地的参观者展示。

一同受邀参展的还有陈修林耗费二十多年心血潜心创作的石雕、铜雕五百罗汉雕塑的图像。

"陈创作的五百罗汉雕像把东方艺术注重的'神似'与西方艺术强调的'形似'完美结合，着重刻画人物的神韵，每一尊均可与世界顶级的雕塑相媲美，可谓当今佛教艺术界的奇迹。"卢说。他表示由于受运输条件所限，无法将这些雕像运往意大利，但仍希望能通过图像的形式让世界感受到东方艺术之美。

从飞行员到雕塑家的传奇经历

今年78岁的陈修林出生在中国三大木板年画产地之一的山东省潍坊市。受周边浓厚艺术氛围的熏陶，他从小就喜爱绘画和雕刻艺术。18岁时，他应征入伍并以全优成绩进入飞行员的行列。在部队期间，他常常利用业余时间研习绘画和雕塑技艺，其创作的油画、雕塑等作品先后在《人民日报》《解放军报》等报刊上发表，作品还曾入选全国美展。

"（我）第一个雕像作品叫《我爱蓝天》，就是以战友为原型表现空军飞行员的雄姿。这组雕塑至今还展示在中国航空博物馆。"这位头发已花白、身体清瘦，但一谈起雕塑就精神焕发的老人说。

1966年，中国第一颗核导弹在荒漠戈壁成功爆炸。陈与他的战友一起英勇接受了驾机穿过蘑菇云收集空气样本的科研任务，不幸遭受核辐射。五年后他的3名战友病发去世，幸运的是他坚强地活了下来。因病退休后，陈重新踏上家乡的土地，重新拾起了艺术的希望，并以如火的激情和惊人的毅力辗转于祖国各地，留下众多的雕塑巨作。

1986年，时任中国佛教协会会长赵朴初先生与我国著名书法家启功、画家黄胄等在北京会面时提出："中华民族优秀传统文化的传承，主要是因为有了永久材料制作而成的造像艺术而保存下来，当代有使命感的艺术家应当承担这一承前启后的历史责任。"

"当时我也在场，这句话深深地影响了我。"陈说。从那时起，已经年近五旬的他决心创作佛教五百罗汉雕像，为后人留下文化的教具。

痴迷雕塑　20年千刀万斧塑罗汉

在陈修林位于潍坊寒亭区市郊的家兼工作室内，他多年来的雕塑作品散落在院子的各个角落，有高达三米的菩萨雕像、铁面虬髯的钟馗、英勇威猛的关公，也有牛顿、爱因斯坦、马克思等历史伟人雕像。但最让人震撼的当数那500余尊形态、表情各异的罗汉雕像。这些雕像比真人略大，如同兵马俑一样整齐地摆放在院子里的小路两侧，放眼望去，气势宏伟。

仔细观察会发现每尊罗汉像都独具特色，惟妙惟肖，有的仿佛在凝神苦思，有的则开怀大笑，有的看上去怒目圆睁，有的则表情恬静，好像要跟你分享禅悟妙趣，诉说一段离奇故事。

"跟传统高高在上的佛像的庄重、严肃不同，我在雕塑罗汉时融入了对现实生活的感悟，让这些罗汉像来反映民间的喜怒哀乐。"陈说。他表示这些佛像皆是他内心的呈现，他将内心对于慈悲的感觉倾注于作品中，通过这些佛与人的亲近感，引发大家对佛家提倡的真、善、美的共鸣。

为了使自己创作的罗汉雕塑能够打动人心，陈认真研读了儒、佛、道的经典著作，还用两年的时间到印度沿着恒河行走，并遍访北京碧云寺、上海龙华寺、汉阳归元寺等寺院，研究这些寺院中陈列的佛像风格和历史。

每造一尊佛像，陈都要经过长时间地细细打磨，尤其是脸部的表情。"一张完美的脸相，甚至需要两三年打磨。"陈用他因常年开凿石料而弯曲变形的手指着最近刚刚完工的两尊罗汉说，"这是我第三次重塑的两位辩经罗汉，我经常过了一段时间就会觉得之前的创作呆板无趣，辩经应该是非常激烈有意思的，所以我重塑的罗汉表情像是在享受，是很高兴的。"

在与季羡林、南怀瑾、张岱年等国学大师接触中，陈修林得到了很多帮助。南怀瑾还亲自从台湾买来《麻衣相术》一书寄给他，通过研究相面术观察人的理论，陈懂得了如何通过眼神和五官来表现人的内心情感。

陈修林创作的五百罗汉像包括铜雕和石雕两组，数量总计达一千余尊。为了完成这些群雕，他甚至不惜卖掉自己市中心的房子和轿车。如今，他的铜雕和石雕罗汉雕像被中华文化基金会评估价值达数亿元，他却明确表示一尊都不能卖。

除了五百罗汉像外，陈修林先后雕刻了80多座孔子系列雕像，老子、曾子、朱熹等30多尊中华传统文化圣贤雕像，以及现代城市标志雕像及大型浮雕等。他应香港孔教学院之邀创作的大型群雕"孔子和七十二贤"，被张岱年先生赞为"弥补了儒家先哲缺乏雕像的不足，这是历史的创举"。

谈起创作的动力，陈修林表示自然离不开传统文化，在他的书房里，堆满了中华传统文化书籍以及他的书法和绘画作品。"传统文化是我的根，我希望能以自己的作品唤起人们对传统文化的关注。"

虽年近八旬，陈仍痴情于创作创新，他每天清晨不到5点起床，夜晚10点入睡。"岁月不多，我总怕自己的时间不够用，想多为世人留下一些能传世的作品。"他说。

2015年2月17日

Financial reforms reap solid returns

赵瑞雪

Shandong province is proving its dedication to reforming its investment and financing systems to unleash the potential of its economy.

Statistics from the Shandong provincial financial affairs office show the added value of the Shandong financial sector reached 269.25 billion yuan ($42.9 billion) in 2014, a year-on-year increase of 10.9 percent.

The financial sector contributed 4.5 percent to the province's GDP, 0.36 percentage points higher than in the previous year.

Social financing in the province reached 929.2 billion yuan last year, and was ranked fourth in the country.

According to the guideline for financial reform, which was announced in August 2013, the added value of the Shandong financial sector is expected to constitute 5.5 percent of local GDP and account for 12 percent of the output value of the service

Precedures are streamlined to make it easier for players entering the market at Jinan administrative examination and approval center. Ju Chuanjiang / China Daily

industry by the end of 2017.

Since the guideline was announced, only two months after Guo Shuqing, the former chairman of the China Securities Regulatory Commission, was appointed Shandong governor, the province has sped up its efforts on financial reform.

The province streamlines the administrative process to help startups turn their ideas into reality, Qin Ke, deputy head of the Shandong commission of development and reform, said last month.

Last year, the provincial government abolished or delegated to lower levels 170 items requiring administrative examination and approval, according to the government work report delivered by Guo Shuqing at the annual session of the local legislature on January 27.

Guo said the province would further streamline and delegate its administrative approvals and reviews this year.

Shandong's industrial and commercial authorities have set their sights on changing the business licensing procedures by relaxing the examination and approval procedures to make it easier for new players to enter the market.

"But we will tighten supervision at the same time," said Wang Yong, an official at Shandong's administration for industry and commerce.

The number of businesses registered in Shandong has soared thanks to the province's efforts on streamlining its administrative process.

Nearly 707,000 companies registered between January and September last year, a year-on-year increase of 49.4 percent. Total registered capital increased 105.7 percent year-on-year to reach 805.92 billion yuan.

The province also encourages market players to invest in sectors such as infrastructure, public service, resource development and ecological construction via methods including build-transfer, build-operate-transfer and public-private partnerships.

"Private capital has become an engine driving the local economy," said Li Yonghong, spokesman for the Shandong commission of development and reform.

For example, of 290 sewage treatment plants that had been built in the province by the end of 2014, 209 were developed using build-operate-transfer and transfer-operate-transfer models, Li said.

According to the guideline for the province's sewage and garbage treatment construction during the 12th Five-Year Plan (2011-15), the province needs to build new plants that can treat 600,000 tons of sewage per day this year, presenting huge opportunity for private and foreign capital.

Shandong has made sound explorations in the area of direct financing.

Last year, Shandong issued 364 bonds, double the amount issued in the previous year.

These bonds collected 347.65 billion yuan worth of capital, a year-on-year increase of 85.3 percent.

"The capital collected from bonds is playing an important role in upgrading Shandong's economic structure," Qin said. Shandong now has 240 companies listed on domestic stock markets, bringing its combined stock financing to 12.3 billion yuan.

中文内容摘要：

山东多举措推进投融资体制改革　成效显著

山东持续加大投融资体制改革力度，降低准入门槛，拓宽投资领域，激活市场活力。

2014年，山东金融业增加值2692.55亿元，增长10.9%，占GDP比重达到4.5%，比上年提高0.36个百分点。全省社会融资规模9292亿元，居全国第四位。

根据2013年8月山东省政府颁布的《关于加快全省金融改革发展的若干意见》，山东省争取用5年左右时间，初步建成与实体经济相适应、市场化水平较高的现代金融体系。到2017年底，山东金融业增加值占生产总值比重达到5.5%以上，占服务业增加值比重达到12%以上。

山东省发展改革委副主任秦柯说："为增强山东投融资的内生动力和长远后劲，山东发改委在体制改革方面进行了一系列积极探索和实践。"

1月27日，山东省省长郭树清做的政府工作报告显示，2014年山东省级行政权力事项由7371项精简到4227项，行政审批事项再削减170项。

郭树清说，2015年山东将在公布实施行政审批事项目录清单和行政权力清单基础上，制定推行政府责任清单、市场准入负面清单，加快完善政务服务平台。

继续取消和下放行政审批事项，加强事中事后监管。

山东省工商管理部门大力减少前置审批，由先证后照改为先照后证，进一步激活市场活力。

据山东省工商管理局人员介绍，在减少前置审批同时，加强市场主体事中事后监督管理。

去年1到9月份，工商局登记市场主体70.7万户，同比增长49.4%。注册资本达到8059.2亿元，同比增长105.7%。

山东支持社会资本通过BT、BOT及PPP等方式参与到基础设施建设、环保、资源开发等领域。

"社会资本已经成为推动山东经济发展的重要力量。"山东省发改委新闻发言人李永红说。

比如说，截至到2014年年底，山东共有290座污水处理站，其中209座是由社会资本参与完成。

根据山东省"十二五"污水垃圾处理发展规划，今年山东需增加每日60万吨污水处理能力，山东还需要社会资本参与污水处理厂建设。

山东在直接融资方面所做的探索也取得了成效。山东省发改委副主任、区域办常务副主任秦柯介绍，为营造公开、透明、机会平等的投融资环境，促进重点领域建设，省发改委大力推进投融资领域改革创新，在企业债券直接融资方面取得了新进展。2014年，山东省企业债券发行规模再创新高，共发行企业债券48只，募资规模497.1亿元，同比分别增长92%和102.6%，发行只数和规模均位居全国第三位。

秦柯说，企业债券融资有力支持了部分重点领域和行业的建设发展。2014年我省企业债券募集资金用途中，有16只共计184亿元用于保障性安居工程建设，占全部债券发行规模的37%。有10只共计72.8亿元用于市政道路建设；13只共计111.2亿元用于城区河道治理；3只共计26亿元用于污水处理及市政管网铺设，有力支持了民生等关键领域建设；有24亿元用于战略性新兴产业，有28.5亿元用于高新区孵化器和创新创业基地项目，大力培育了新兴业态。

2015年3月6日

Shandong promotes business honesty

鞠传江　王　倩

The core teachings of Chinese philosopher and educator Confucius have been followed well in the great sage's home province of Shandong.

The province is promoting a campaign called "Honest Lushang" among local enterprises, using the ancient name for businesspeople from Shandong. The program that was launched last year is designed to encourage local businesspeople to abide by common Confucian maxims and promote Chinese traditional virtues, such as to be honest, hardworking, fulfilling one's social responsibility, and to not cheat or overcharge clients.

"We are trying to make 'Honest Lushang' a significant business cultural brand of Shandong," Guo Shuqing, governor of the province, told China Daily at the ongoing National People's Congress and the Chinese People's Political Consultative Conference meetings that opened in Beijing on March 5.

"The program will enhance the overall reputation and competitiveness of local enterprises, and help the province build a sound business and financial environment."

In this year's government work report, the governor used around 2,000 words to describe the cultural resources in Shandong. He said the local government should better capitalize on its rich culture resources to provide new impetus for economic growth.

Guo stressed that culture should be integrated into the reform and development of local companies. "The 'Honest Lushang' program is a good attempt to promote development that coordinates culture and economy," he said. In September, 50 provincial government departments, including the Shandong administration for industry and commerce and the Shandong development and reform commission, signed an agreement to praise the virtue of honesty and punish deceitful behavior by local enterprises. According to the agreement, local companies will be assessed with new criteria including product quality, safe production, respecting intellectual property rights, environmental protection and social responsibility.

Businesses appraised as honest will receive priority in accessing preferential policies for financing, taxation and land examination and approval.

Those who break the principles will receive harsh punishment. For instance, they will not be allowed to participate in government purchases, apply for support policies or bid for major government projects. "Honesty is one of the most treasured Chinese traditional virtues which businesspeople should keep in mind during the whole production process," said Zhang Zhiyuan, president of the financial monetary college at the Shandong University of Finance. Zhang's statement was echoed by many business leaders in the province.

"Being honest and sincere has become an important part of our business culture, which helps us achieve sustained and stable growth," said Qin Yufeng, chairman of Dong'e Ejiao Co Ltd.

The company is the nation's largest producer by market share of ejiao, a traditional Chinese medicine made from donkey hide that is used to improve blood supply.

As machinery use in agriculture widens, donkeys are seldom found working in fields anymore, which has dampened farmers' interest in raising the animal. The shortage of donkeys is threatening the ejiao industry and some small ejiao producers have been found to cheat on their raw materials. To solve that problem, Qin's company has invested 490 million yuan ($78.1 million) to build a donkey-breeding center and plans to increase its stud scale to 10,000 by the end of this year.

"We choose large black donkeys for breeding, because ejiao made from black donkey hide is believed to have the highest medicinal value," said Qin, who said product quality is the lifeline of business.

Li Xuemin, general manager of the Shandong-based China Railway 10th Engineering Group, said the essence of the "Honest Lushang" program also include taking good care of employees. Last year the company spent 1.85 million yuan helping needy workers.

"The average annual income of workers was raised by almost 10 percent over the previous year, to allow them to share in the fruits of the company's growth," Li said.

中文内容摘要：

山东打造"厚道鲁商"企业文化品牌

  山东通过开展"厚道鲁商"倡树行动，在全社会弘扬诚信经营、厚道做事的理念，越来越多的企业加入到守法诚信经营、履行社会责任、创新企业文化的行列，共同打造这一新的企业文化品牌。

  去年9月5日，山东省启动"厚道鲁商"倡树行动，省内50家部门、单位共同发起并签署《"褒扬诚信、惩戒失信"合作备忘录》，共同打造"厚道鲁商"文化品牌，旨在张扬鲁商诚信守法优秀品质，创造一流的营商环境，提升山东企业的整体形象和竞争力。

  全国人大代表、山东省政府省长郭树清对《中国日报》说："山东要精心打造一流的国际化营商环境，诚信守道要成为鲁商的核心名片，使其成为山东企业走向海外的软实力。"

  目前，为推动"厚道鲁商"倡树行动，山东已经开始启动多部门、跨地区、跨领域的信息联享、信用联评、守信联奖、失信联惩长效机制，将在今年上半年推出企业形象榜发布制度，并将建立一个集鲁商形象展示、开展企业文化与主题活动信息交流的"厚道鲁商"文化品牌网络平台。按照规划，到2020年，山东省构建起跨地区、跨领域的信息联享、信用联评、守信联奖、失信联惩的工作机制；推出一批代表新鲁商文化的优秀企业和企业家；让"厚道鲁商"成为在海内外有广泛影响力的文化品牌。

  按照这一行动要求，山东要将企业守法诚信经营、人本和谐管理、履行社会责任和创新企业文化等倡树行动主要内容进行量化，使企业在倡树行动中有规可循，有法可依；同时，开展企业诚信积累活动，对于在"厚道鲁商"倡树行动中连续三年以上诚信积累良好的企业，各合作单位将分别择优进行政策扶持，对于严重失信企业则依法进行惩戒；努力构建企业不愿失信、不能失信、不敢失信的长效机制，通过一段时间的努力，使"厚道鲁商"倡树行动在全省企业逐步实现活动全覆盖，山东商务诚信水平普遍提高，营商环境显著改善，提升山东企业在海内外市场的影响力和竞争力。

"山东是儒家文化的发源地，山东企业拥有中国传统文化资源优势和诚信的优势，这也成为山东企业对外合作，走向国际化的基石。"山东财经大学财政金融学院院长张志元说。

厚道诚信成为众多山东企业发展的内在动力，从传承3000多年补血良药的东阿阿胶集团、历经120多年发展成为中国葡萄酒产业龙头的张裕公司、到全球最大纺织企业的山东魏桥创业集团，无不将诚信经营作为企业文化的核心理念。

东阿阿胶集团总裁秦玉峰说："诚信是企业的长寿基因，东阿阿胶要做'厚道鲁商'的楷模！"

2015年3月6日

Firm takes stake in French airport

王　雯

The Shandong provincial government has approved the acquisition by Shandong Hi-speed Group Co Ltd of a 49.99 percent share in Toulouse-Blagnac Airport, the fourth-largest in France, for 308 million euros ($326.39 million).

The Shandong Development and Reform Commission released the specific acquisition program on its official website early this month.

Shandong Hi-speed Group, a State-owned investing and operating company involved in the road, rail and maritime transport segments, together with Friedman Pacific Asset Management Ltd, a Hong Kong-based investment company, formed a consortium to complete the acquisition, according to the local government's announcement.

The French government and authorities will retain a 50.01 percent stake in the airport. France chose the Chinese consortium from among a field of bidders in late 2014.

"The consortium has the ambition to develop the airport, based on the dynamic and attractive regions of Toulouse," said a statement released by French officials in December.

Employment and airport traffic are forecast to increase after the acquisition, it said.

The consortium has taken into consideration the long-term interests of the European aircraft builder Airbus SAS, which is based in Toulouse, the statement said.

The question was whether the acquisition would limit Airbus' capacity to expand production or raise its costs of using the airport.

Airbus has said that the decision on the new shareholding of Toulouse airport does not affect its flight operations activities at the airport.

Passenger throughput at the airport was 7.5 million in 2013, with cargo shipments of 60,000 metric tons, according to its annual report. Total assets were about 317 million euros that year, with operating revenue of 117 million euros.

China's strong outbound tourism market and the euro's weakness are prompting Chinese companies to invest in transportation infrastructure in Europe, experts said.

Statistics from the French tourism authority show that 1.7 million Chinese travelers visited France in 2013. Inbound arrivals from China were estimated at 2 million in 2014.

"As a State-owned company, Shandong Hi-speed Group's acquisition may make it easier for Chinese carriers to launch routes from Shandong province to Toulouse, since plenty of Chinese local governments are interested in international routes", said Li Xiaojin, a professor at the Tianjin-based Civil Aviation University of China.

As a builder and operator of high-speed transit, Shandong Hi-speed Group may look into more opportunities for high-speed road development in France, Li said.

中文内容摘要：

山东高速收购法国第四大机场

山东省发改委日前已批准山东高速集团参与收购法国图卢兹机场公司 49.99% 股权。该机场是法国第四大机场。

根据收购方案，山东高速集团将通过全资子公司——山东高速（新加坡）有限公司与富泰资产管理有限公司合资，在香港新设空港产业投资控股有限公司（暂定名），并由其收购中国空港产业投资有限公司，然后以中国空港产业投资有限公司下属全资子公司翘华有限公司在巴黎设立特殊目的公司的方式收购法国图卢兹机场公司 49.99% 股权。

"中国的投资公司有能力经营这家机场。"据去年 12 月底法国官方发布的公告称。公告称并购之后法国机场的雇员和客流量都会增加。

业内专家称中国对外旅游业的发展和欧洲经济的不景气，加速了中国企业投资欧洲的基础设施建设。

根据法国旅游部门的数字，2013 年，有 170 万人次中国游客到访法国。

抓住"一带一路"战略机遇，山东企业正在不断提高参与国际竞争与合作的能力。山东高速集团向铁路、港航、物流等大交通服务业转变，2014年，在集团442亿元的营业收入中，高速公路的占比降至28.51%，铁路、金融、港航、物流等产业占比达70%以上。

"作为国有企业，山东高速集团并购法国机场会使中国的航空公司开通从山东飞往图卢兹国际航线更简单一些。中国的航空公司对于开通国际航线是很感兴趣的。"中国民航大学李小金（音译）教授说。

2015 年 3 月 18 日

Sinotruk to enter developed markets with high-end vehicles

王 倩

China National Heavy-Duty Truck Group Co, the nation's largest heavy truck exporter, is striving to expand its business into overseas high-end markets and make itself a top player in the sector worldwide.

"After exploring overseas markets for over ten years, we have made sound progress in developing countries and now are trying to tap into the high-end markets in developed countries and regions such as Ireland, New Zealand and Singapore," said Cai Dong, general manager of the Shandong-based company, also known as Sinotruk.

"If we are to become a global commercial automobile giant we need to venture into developed countries and make highend vehicles," Cai told China Daily.

Sinotruk sold heavy duty trucks to the Republic of Kazakhstan.

"Sinotruk has developed a raft of competitive products, which can rival those manufactured by the world's leading truck makers in quality and operation," he added.

Sinotruk was established in 1956 and was a pioneer in the development of heavy-duty truck manufacturing in China. The company, which previously concentrated on heavy-duty trucks, has developed a full range of commercial vehicles including heavy, medium and light-duty trucks, vans, special-purpose vehicles and construction machinery.

Despite shrinking domestic and overseas demand, Sinotruk still secured orders for 176,000 vehicles last year, up by 9.94 percent from the previous year.

Sinotruk sold 34,000 vehicles abroad, contributing to almost 20 percent of its total sales volume and making the company the largest exporter of heavy trucks in the country for 10 consecutive years. Revenue from overseas sales amounted to 9 billion yuan ($1.45 billion) and accounted for about 13 percent of the total.

"We realized we had to become global more than ten years ago when few China made heavy trucks were being exported," Cai said. He added that the company first put forward a globalization strategy in 2004.

The company currently exports vehicles to 96 countries and regions and has six overseas branches in Southeast Asia, the Middle East, South America, Russia and Africa. "Generally we first enter the less developed overseas markets because people there are not focused on well-known Western brands and are attracted to products with comparatively low prices," Cai said.

He noted that the company secured sound market shares in almost all developing countries and more than 30 of its 96 export markets are in Africa, where about 15,000 vehicles are sold every year.

"After gaining brand recognition in these areas, we are now prepared to penetrate into developed markets such as the United States and the European Union, using our high-end products," Cai said. "It is a significant step for sustainable growth in the long run." To achieve this aim, the company has built technical partnerships with top international brands including Steyr in Austria and Mann in Germany.

In 2009, Europe's leading heavy commercial vehicle maker MAN SE, owner of the Mann brand, bought a 25 percent share and one stock share in Sinotruk Hong

Kong and signed an agreement to transfer some advanced technologies to the Chinese truck maker.

"Teaming up with global heavyweights enables us to not only introduce advanced technologies and management experience, but also greatly improve our own R&D capability," said Yu Tianming, director of Sinotruk's State-level technology research center, the only one of its kind in China.

The company now holds the largest number of patents among Chinese vehicle makers, with 2,980 patents licensed in total.

Its product lineup for heavy trucks alone grew from one series and 78 variants in 2001 to nine series and more than 3,000 variants today.

Yu said the company has developed world-renowned brands like Sitrak, Howo, Steyr and Hohan, which are respectively designed for high-end, medium-tier and price-sensitive consumers.

"The Sitrak series of heavy trucks, which were jointly developed by Sinotruk and MAN SE, have reached the international advanced level and become one of the company's best sellers," said Liu Wei, vice general-manager of Sinotruk in charge of overseas business.

"With high performance, fuel efficiency and driver comfort, the model is expected to rival foreign high-end brands in the domestic market and help Sinotruk extend its sales network to developed countries," Liu said.

Localization strategy

As well as high-quality products and proactive marketing strategies, Liu emphasized sound after-sales services and localization strategies as key elements of Sinotruk's success in overseas markets.

The company built more than 400 service outlets and 300 parts dealerships across the world. "Almost 1,000 technical and sales personnel are sent regularly to our exporting countries to give our customers training on using the vehicles and help them maintain their equipment," Liu said.

"They are sponsored by the company to learn the local languages and cultures to better service our customers," he added.

The company is speeding up construction of overseas assembly plants to further boost its competitiveness by saving transport and labor costs.

In May 2014, Sinotruk signed a $100-million deal with Africa's industrial giant Dangote Group for a new assembly plant to produce trucks in Lagos, Nigeria.

The plant is the eighth Sinotruk has built abroad and is expected to assemble 10,000 heavy trucks a year when complete.

"Other assembly plants are planed to be built in Kazakhstan to embrace the nation's ambitious 'One Belt and One Road' initiatives," Liu said.

Sinotruk is also stepping up efforts to develop environmentally friendly heavy trucks aimed at high-end markets.

The company produced engines that meet the Euro V emission standards in 2011 and got orders to export Euro V heavy-duty trucks to Brazil, Hong Kong and Taiwan.

"We are now working to develop Euro VI engines. Although this emission standard won't be implemented in domestic markets in the next few years, we have to do so to fight for market shares in developed countries," Liu said.

Sinotruk aims to increase the share of its exports of vehicles to 30 percent of the total, up from the current 20 percent, he said.

中文内容摘要：

中国重汽布局未来　向海外高端市场发力

在耕耘海外市场十余年后，中国最大的重型卡车出口商——中国重汽集团有限公司正在加速海外高端市场布局，力争进入世界先进汽车制造商行列。

"经过多年的发展，中国重汽产品已在发展中国家有了不俗的表现，现在我们正力图在爱尔兰、新西兰、新加坡等海外高端市场进行战略布局。"中国重汽集团有限公司总经理蔡东对中国日报说。

"如果想成为世界一流的商用车制造商，就必须用高端的产品向发达国家进军。"蔡东坚定地说。

他表示："今天我们可以自豪地说中国重汽可生产中国最先进的重卡发动机跟部件，其寿命、可靠性等各项指标都达到世界先进水平，可与国际一流品质接轨。"

作为中国最早生产重型汽车的企业，诞生于1956年的中国重汽集团被誉为国产重型汽车的"摇篮"。50多年前，依靠技术创新，中国重汽在一张白纸上绘出了第一辆国产重型汽车"黄河"JN150的蓝图，奠定了中国重型汽车工业坎坷而辉煌的发展基础。

通过不断优化产品结构和生产经营模式，今天，中国重汽已成为以重卡产业为主导，中、轻、客、特全面发展的大型商用车企业集团。它以发展民族重卡为己任，始终站在中国重卡行业的最前沿，引领整个行业追赶国际一流水平。

2014年，在中国重卡行业出现整体亏损的背景下，中国重汽全年累计产销整车17.6万辆，同比增长9.94%。实现销售收入683亿元，同比增长10%，在重卡市场持续"疲软"的大形势下，保持了逆势上扬。

其中，据国家海关数据显示，中国重汽出口销售车辆达3.4万辆，几乎占到整个销售量的20%，使该企业连续10年稳居国内重卡行业出口龙头地位。出口总收入超过90亿元人民币，约占企业总收入的13%。

重卡出口"十连冠" 让民族重卡走向海外

2004年，中国重汽提出实施国际化战略的目标，国际市场之路正式扬帆起航。而在当时，中国一直是汽车进口大国，出口汽车尤其是重型汽车几乎为零。

"在经济全球化的背景下，我们清楚地看到只有实施国际化战略，才能保持和扩大中国重汽改革重组和发展成果、解决企业长远发展的根本问题。"蔡东说。

他指出，目前中国重汽已逐步实现品牌、资本、管理、人才、技术、市场的国际化。出口产品至96个国家和地区，并在全球设立六大区部，服务东南亚、中东、南部非洲、北部非洲、中亚、俄罗斯和南美洲市场。

"在国际化的进程中，我们起初先选择相对欠发达的国家和地区进入。那里的消费者通常对西方知名品牌车没有那么热衷，更容易被性价比高的产品吸引。"蔡东说。

他表示，目前中国重汽已基本实现了对发展中国家的全覆盖。中国重汽产品出口的96个国家中有30多个位于非洲大陆，每年仅在非洲市场可销售车辆约1.5万辆，受到当地消费者的高度认可。

"当中国重汽的国际品牌'SINOTRUK'在发展中国家成为用户认可度较高的重型汽车品牌之后，我们近两年来开始调整产品线，力图用高端的产品来进军欧、美等发达国家市场，为重汽未来的发展做布局。"蔡东如此解读中国重汽的国际化实施方略。

2009年，中国重汽与欧洲顶级的商用车生产商德国曼公司展开合作，曼公司以5.6亿欧元获得中国重汽25%+1股的股权，并向其进行技术转让。中国重汽同步引进曼公司的全套先进技术，将曼公司的授权许可、员工培训、品质监督、生产管理等全球优质资源以最佳方式融入其中。

"通过与国际巨头的合作，我们不仅引进了与国际一流水平同步的先进技术和生产经验，还通过对国外先进技术的消化和吸收，大大提高了企业的自主研发能力。"中国重汽技术中心主任于天明说。

建于1986年的中国重汽技术中心是中国重汽新产品研发和试验的综合科研基地，也是中国汽车行业唯——家国家重型汽车工程技术研究中心，拥有专利2981项，并获得国家权威机构和国际专利博览会等颁发的五项金奖和一项银奖。

目前，中国重汽的重卡产品已由2001年的一个系列78种车型，增加到九大系列3000多个车型，成为中国重卡行业驱动形式和功率覆盖最全的重卡企业。

据中国重汽集团有限公司副总经理刘伟介绍，为了在全球参与多个细分市场的竞争，中国重汽全面发展多品牌战略，将现有产品全部囊括在SITRAK、HOWO、STEYR、HOHAN四大品牌之下，针对不同的消费者定位，全面覆盖高、中、低端市场。

"特别是凝结着中国重汽与曼技术结晶的SITRAK系列重卡，已达到国际一流技术水平，自上市以来得到了各方的高度评价，成为中国重汽的又一畅销产品。"主要负责重汽国际业务的刘伟说。

"这一产品定位为进口替代车型，可与国际顶级品牌的重卡相媲美，并助力重汽深入海外高端重卡市场。"刘伟说。

加快本地化生产　与世界巨头争高低

除了高质量、人性化的产品，刘伟将中国重汽在海外市场的不俗表现还归功于其良好的售后服务体系建设和有效的市场营销策略。

"在国际市场网络建设中，我们由原来注重数量的增长转变为更加注重网点质量的改善提升，更加重视境外售后服务水平的提高。"刘说。

目前，中国重汽已在全球设立了400多个服务网点，300余个配件网点，初步形成了覆盖范围广、联动响应及时的国际营销服务网络，并出台相关政策，在海外吸引、招揽当地优秀人才。

此外，为优化完善国际网络布局，中国重汽积极推进境外KD组装工厂建设，目前已通过技术合作、实物投入等方式在尼日利亚、摩洛哥、马来西亚等8个国家合作建立了KD组装工厂，实现了本地化生产，并带动了当地零部件配套产业的发展。

"在国家'一带一路'战略和亚太自贸区的推动下，国内商用车行业向国外市场发展的趋势将增强。为此，我们计划将在哈萨克斯坦等国家建组装厂，以进一步提高产品的竞争力，抓住卡车行业新一轮发展机遇。"刘说。

刘伟表示："海外很多国家的政策、气候，以及当地人的驾驶习惯均不同于国内。因此，对于卡车生产商来说，要提供适合当地条件的产品非常重要。"他指出中国重汽的很多产品都针对出口国家情况做了一些调整，使其适合当地的驾驶状况。

针对巴西、香港等中高端市场需求，中国重汽率先研制欧五产品，实现大批量生产，使企业具备了高中低端市场适应能力，进一步提升了国际市场影响力，并顺利出口香港、台湾等市场。

"尽管可以预见未来几年内，欧六排放标准在国内市场不会实施，但为了打入国际高端市场，我们还要加紧研发欧六产品。"刘伟说。

他表示："国际市场大有作为，未来中国重汽的海外销售量将力争达到总销售的1/3，重汽有能力成为世界一流的卡车制造商。"

2015年3月27日

History "Olympics" comes to Shandong

王 倩

The 22nd International Conference of Historical Science, the world's most influential academic event on historical science, will be held in Jinan, the capital of East China's Shandong province from Aug 23 to 29.

It is the first time the international event will be held in an Asian country in the past 100 years. The conference has taken place every five years since 1900 and enjoys a reputation as the "Olympics of historians" because of its far-ranging influence.

This year's event is sponsored by the International Committee of Historical Science and co-organized by the Association of Chinese Historians and Shandong University.

It is expected to attract more than 2,000 scholars from all over the world who will have in-depth discussions on historical science issues of common concern.

"After successfully hosting the Olympics in Beijing, the 22nd ICHS comes as another great opportunity to showcase China's long history and profound culture to the world," Zhang Rong, president of Shandong University, told China Daily.

"It will have a positive and farreaching influence, displaying the vitality of Chinese civilization and promoting cultural self-confidence, as well as raising China's international image," Zhang said.

Zhang believes that winning the organizing rights for the event was an important reflection of China's international influence. He said it was also recognition of Shandong University, which is known for its literature and history expertise, and Shandong, a prominent cultural province that was the home of famous Chinese philosophers Confucius and Mencius.

According to the conference's organizing committee, preparations including the arrangement of conference agendas, scholar registration, paper submission and volunteer recruitment are well underway.

To date, a total of 1,602 experts and scholars from 66 countries and regions including the United States, Australia, France, Germany and South Korea have confirmed their participation. The roster includes 705 foreigners, said the organizing committee. Zhang highlighted the high academic level of the event.

"We have deliberately arranged more than 150 symposiums and round-table conferences during the week-long event," he said.

The conference will mainly involve four major themes - China from Global Perspectives, Historicizing Emotions, Revolutions in World History: Comparisons and Connections and Digital Turn in History. Zhang said they hoped to showcase Chinese and Shandong culture through the event and encourage more graduate and doctoral students to participate.

The cities of Jinan, Qingdao, Zibo, Tai'an, Jining and Liaocheng will host six specialized themed discussions to display their unique cultural history. Participants will focus on world cultural heritage items in Shandong, including Mount Taishan in Tai'an, the Grand Canal in Liaocheng and the Confucius Temple in Jining, the hometown of Confucius. The conference is open to graduate and doctoral students from all over the world. A poster session will be organized to showcase participants' thesis and research findings and the top 10 students will be awarded prizes for the best paper, Zhang said.

Marjatta Hietala, president of the International Committee of Historical Science, said that the ideal result of this kind of international conference is to open a new platform to discuss history, establish new perspectives and raise the status of history in the world. "For years, we have aimed to bring the conference from a solely European orientation towards a true global community of historians. It seems that we will certainly reach that goal in 2015 at the 22nd session," she said.

During the conference, participants will have the chance to enjoy Shandong's friendly hospitality and its fascinating history and culture, said Robert Frank, secretary of the International Committee of Historical Science.

"We believe it will be an unprecedented international historical gala," he said.

中文内容摘要：

山东大学全力迎接第 22 届国际历史科学大会
"史学奥林匹克"首次花落亚洲

第 22 届国际历史科学大会将于 8 月 23 至 29 日在山东省济南市举行。这是有着"史学奥林匹克"美誉、当今影响最大的史学国际盛会自诞生百年来首次在亚洲国家举办。海内外历史学家报名踊跃，已经有 68 个国家和地区的学者报名参会，山东大学正全力迎接这次盛会。

来自大会组委会的统计数据显示，截止到 5 月 4 日上午，共有 68 个国家和地区的 1720 人注册参会，其中外宾达 765 人。

"此次大会的成功申办是中国综合国力和国际影响力显著提升的重要体现，也是进一步展示中华文明、推动中华文化走出去的重大契机。"本次大会山东大学组委会主任、山东大学校长张荣对《中国日报》说。

本届大会由国际史学会主办，中国史学会和山东大学承办。预计将有来自美国、英国、法国、澳大利亚、德国、韩国、日本、中国等 100 多个国家和地区的 2000 余名中外顶级历史学专家、学者云集济南，就海内外共同关注的历史科学问题进行深入探讨、交流。

张荣表示，中国素来是一个重视历史的国家，该会议的影响实际上已经超出历史学的学科范围，它所提出的一些观点，实际上对社会发展乃至于对治国都有很大的借鉴意义。

"会议的举行对我们扎根历史文化传统，展示中华文明的生命力，增强文化自信，提升中国国际形象都将产生积极而深远的影响。"张荣说。

张荣指出，目前包括会议议题制定、志愿者招募、会场安排等前期准备工作都在顺利进行中。

"为了充分彰显大会的学术水平，让世界更好地倾听中国的声音，我们精心策划了 150 多场研讨会、专题讨论和学术对话。"张荣说。

本次大会开幕式主题确定为"自然与人类历史"，将设立"全球视野下的中国""历史化的情绪""世界史中的革命：比较与关联""数码技术在史学中的运用"4 个主题论坛。

此外，为了体现本次大会的中国因素和齐鲁文化特色，张荣表示本次大会还将有许多创新之举。其中，会议期间，将在济南、淄博、济宁、聊城、泰安、青岛开设6场与山东区域文化和历史有关的卫星会议。届时，与会专家将对大运河、泰山、三孔等山东省的世界文化遗产进行研讨。

本次会议还特别鼓励青年学者尤其是在校学生们的参与。除了为研究生减免注册费之外，大会将为青年学者、学生增设墙报展示，并设置10名研究生最佳论文奖。

国际历史学会主席、芬兰坦佩雷大学历史系教授玛丽亚塔·西塔拉（Marjatta Hietala）表示："多年来，我们一直致力于将单纯的欧洲性的史学研讨会转变为真正的全球性的史学家组织。相信第22届国际史学大会在中国举办之时，这个目标将会完全实现。"

中国史学会会长、中国社会科学院学会委员张海鹏教授指出，本届大会中由中国史学会推荐并经国际历史学会通过的议题有10多个。中国学者组织、参与议题之广度和深度均超历届大会。

张海鹏表示："中国史学会之所以选择济南作为会议举办地，与山东省的地缘优势和历史文化的深厚底蕴紧密相关。"

"对于世界的史学家来讲，需要更多的来了解山东，更多的了解济南，本次会议将是个非常好的机会。"国际历史学会秘书长罗伯特·弗兰克（Robert Frank）说，"相信本届大会将会是一场史无前例的国际历史盛会。"

2015年4月14日

Chinese wine hits world sales record

鞠传江

Sales of Changyu Jiebaina surpassed 400 million bottles, making it the world's largest single wine product in terms of sales, said the company last month.

Changyu Pioneer Wine Co Ltd, a 123-year-old wine producer, released the information at the 2015 China National Sugar and Alcoholic Commodities Fair held in Chengdu from March 26 to 28. "Changyu Jiebaina is six years older than me," said John Salvi, chief winemaker and honorary owner of Chateau Changyu Baron Balboa Xinjiang.

The 78-year-old said the cabernet gernischt cultivated by the Chinese gives Jiebaina a unique aroma and enriched the world's vine and wine profile.

In 1892, when Changyu's founder Zhang Bishi, an overseas Chinese in Indonesia, brought about 120 vine varieties from Europe to Yantai, where Changyu is headquartered, Changyu started to cultivate its own grape varieties for high-end wines.

Wine masters check Changyu's new products at the 2015 China National Sugar and Alcoholic Commodities Fair. Ju Chuanjiang / China Daily

After numerous field trials, the company finally cultivated a new variety of cabernet gernischt by grafting, or combining, an imported vine with a vine growing wild. The grape it yielded is rich in sugar and has high resistance to pests and diseases. In 1931, Changyu Jiebaina, a dry red wine, was made from the grape. Salvi said Changyu Jiebaina has world-class quality and is endowed with Chinese culture.

"With generations of effort, we have formed unique wine production techniques and viniculture to produce Changyu Jiebaina," said Zhou Hongjiang, general manager of the company.

Changyu Jiebaina was awarded a gold medal at a quality products selection held in Brussels in 1987 and was the only Asian wine to be honored as one of the world's top 30 wine brands at the Salon International de l'Alimentation, an international food and drink expo held in Paris in 2008. Wine critic Jancis Robinson gave Jiebaina a "distinguished" 16 out of 20 score after tasting the wine in 2012.

"Changyu's incredible chateaus, wine quality as well as wine culture-related tourism convinced me of China's future in the wine market," said Frank Kammer MS, a German sommelier who now works as the chief sommelier for Changyu.

"Changyu Jiebaina is not only enjoyed by Chinese consumers but recognized by overseas consumers," said Zhou.

Since 2006, Changyu Jiebaina has been sold in 28 countries across the world, including Germany, Italy and France.

The wine was the first China-made one to enter the European mainstream market and is available in more than 3,000 outlets of supermarkets, shops and hotels in Europe.

The wine hit the shelves of Waitrose, the sixth-largest grocery retailer in the United Kingdom, in 2012.

"Changyu's achievement shows the world that China has the ability to make the world's premium wine," said Wang Qi, deputy director and secretary-general of the China Alcoholic Drinks Association.

中文内容摘要：

在3月26日开幕的2015全国糖酒会上，拥有123年历史的张裕公司宣布其旗下的明星级产品——张裕解百纳销量过4亿瓶，成为世界最大的葡萄酒单品之一，为中国葡萄酒在世界市场创下一个新的里程碑。

世界葡萄酒大师约翰·萨尔维伯爵、世界侍酒大师方克·卡默、中国酒业协会副理事长兼秘书长王琦、张裕公司总经理周洪江等共同见证了这一历史性时刻。

同日,张裕宣布聘请世界侍酒大师方克担任首席侍酒师。

单品种 4 亿瓶销量　创下中国葡萄酒发展的里程碑

如果将 4 亿瓶葡萄酒首尾相连,可以环绕地球三圈。到目前为止,在世界几万种葡萄酒中,只有张裕解百纳这一款葡萄酒单品超过了 4 亿瓶。

"我出生于 1937 年,再过几天就 78 岁了,而张裕解百纳比我还大 6 岁。"约翰·萨尔维说,"我第一次喝到张裕解百纳是在 2011 年的香港国际葡萄酒前景大会上,这款酒让我非常惊喜,我没有想到中国有这么好的红酒。"

1931 年,张裕公司用自己培育的葡萄品种——蛇龙珠作为主要酿酒原料,酿造出中国人自己的葡萄酒,并把解百纳注册成为中国最早的干红葡萄酒品牌。而在萨尔维看来,正像智利凭借独一无二的葡萄品种佳美娜在世界葡萄酒行业占有一席之地一样,中国人培育的蛇龙珠也给世界带来了很多惊喜。这位年逾古稀、当今世界上第 26 位葡萄酒大师,曾在法国著名的波尔多产区居住了很多年,对波尔多风土的研究非常深刻。

"我可以说,如果波尔多还有种植蛇龙珠这个品种的话,可能刚好就是张裕解百纳这种味道。"萨尔维表示,这让他理解了为什么张裕解百纳在国际上享有盛誉,因为这款酒凝聚着张裕几代人来的心血和汗水,带着中国葡萄酒文化的独特基因和国际一流的品质。

张裕总经理周洪江说:"当时,我们的前辈——时任张裕总经理的徐望之先生,继承了张裕创始人张弼士所倡导的'中西融合''携海纳百川'的经营理念,把这款产品命名为'解百纳'。经过几代张裕人的努力,张裕解百纳形成了自己独特的工艺配方和成熟品质,加上我们多年来对市场品牌的培育投入,解百纳已经成为中国人熟知的葡萄酒品牌。"

84 年来,张裕解百纳收获了无数荣誉。1987 年,张裕解百纳获得布鲁塞尔第 25 届世界优质产品评选会金奖。2008 年,法国国际食品及饮料展览会(SIAL)授予张裕解百纳为全球 30 个顶级品牌之一。

2012 年,世界三大酒评家之一的英国葡萄酒大师杰西丝·罗宾逊对张裕解百纳进行了品评,打出 16 分的高分。在杰西丝的满分为 20 分的评分系统里,16 分的定义为"杰出"。而在杰西丝发布的 2009 年份波尔多品尝报告里,波尔多二级名庄宝嘉龙同样也是 16 分,而 2009 年已经是公认的 21 世纪以来波尔多最好的年份之一。而在伦敦市场，一箱2009年宝嘉龙的售价是张裕解百纳售价的18倍。

"这些成绩让我们对张裕解百纳更加充满信心。"周洪江表示，"张裕解百纳不但深受中国消费者欢迎，也走出国门，受到了全世界消费者的认可和喜爱。"

据了解，自2006年起，张裕解百纳已经出口到欧美亚28个国家。而2012年起，英国皇室的酒水供应商维特罗斯也将张裕解百纳列入采购名单，在旗下的高端连锁超市销售。

"中国的土地一定能够酿出世界顶级葡萄酒。张裕4亿瓶的成绩充分证明了我们有这样的能力，也有这样的水平，酿出世界顶级的葡萄酒。"中国酒业协会副理事长兼秘书长王琦表示，"我希望张裕在葡萄酒行业里面，永远做领头羊，把葡萄酒行业带向辉煌。"

"张裕解百纳4亿瓶的销量不但是对历史的积累，更是对未来的展望。"周洪江表示，"张裕人一直继承着先人的气度和胸怀，我们有信心为中国葡萄酒行业创造更加美好的未来。"

2015年4月14日

Shandong goes out for Confucian experts

赵瑞雪

The birthplace of Confucius, Shandong province, is wooing people from home and abroad to strengthen its research and communication about the great philosopher.

Experts on Confucius and Confucianism, the philosopher's influence through history and the worldview of his work are wanted, said a notice published by Shandong provincial office for talents earlier this week.

The notice said the quest is designed to enforce President Xi Jinping's endorsement of traditional culture.

"The campaign to woo talent from around the world is a positive official action to promote our traditional culture," said Wang Xuedian, executive deputy head of the Advanced Institute of Confucian Studies at Shandong University.

"The Chinese didn't pay enough attention to the nation's traditional culture during the 20th century. We are lucky to have a top leader who values it," said Wang.

Xi visited Qufu, the hometown of Confucius, in 2013, where he made a speech after he attended a discussion with experts on Confucianism.

At the speech, Xi said that research on the philosopher and his beliefs should make the past serve the present, discarding the less valuable while keeping the essential, so the thoughts of the renowned philosopher of ancient China can exert a positive influence today.

Last year, Xi made a speech at the opening of an international conference to commemorate the 2,565th anniversary of Confucius' birth, becoming the first Chinese president to address an international conference on the ancient Chinese philosopher, who lived from 551-479 BC.

Xi said that if a country does not cherish its own thinking and culture, if its people lose their soul, no matter which country or which nation, it will not be able to stand.

"Confucianism could be the best way to help the Chinese rebuild values that were undermined during the country's decades of rapid economic growth," said Wang.

Wang predicts there will be quite a few Confucian experts come to take the jobs as more and more people are showing an interest in Chinese culture.

It's important to review Confucianism values when rapid economic development is threatening people's morals, said Shirai Jun, an expert in Confucianism study who now works at Sichuan University.

"It's of significance to conduct Confucianism study in China as Confucianism is native to China," said Shirai.

Experts can apply for either full-time or part-time jobs. The maximum support Shandong government can offer a single research project is 2 million yuan ($321,993).

中文内容摘要：

山东面向全球招聘儒学专家

山东省人才工作领导小组办公室、济宁市人才工作领导小组联合发布《关于引进儒学研究高端人才的公告》（以下简称《公告》），面向海内外引进"儒学大家""泰山学者""尼山学者"等儒学研究高端人才，报名截止时间为2015年5月31日。

《公告》显示，这次引进的儒学研究高端人才，主要是在海内外知名高等学校、研究机构长期从事儒学研究和传播的人员。学术研究方向为：儒家思想的当代价值，儒家思想的世界价值和世界传播，传统文化与当代价值观念，孔子思想及其历代影响，礼乐文化研究，儒学经典研究，儒学文献研究，孔子与早期儒学研究等。

引进的高端人才分"儒学大家""泰山学者""尼山学者"三个类型。

在引进方式上，分为全职引进和兼职引进。泰山学者，省财政五年管理期内给予每位泰山学者全职人选200万元经费支持，每位泰山学者兼职人选100万元经费支持；济宁市对本市全职引进的泰山学者，首聘期年薪40万元，五年提供50万元科研经费支持、50万元购房补贴，配备2～3人的学术团队；

尼山学者，济宁市对尼山学者全职人选实行灵活薪酬待遇，每年最高 40 万元，五年提供最高 30 万元科研经费支持、最高 50 万元购房补贴，配备 2～3 人的学术团队。

《公告》中明确规定，用人单位与引进人选签订聘用合同或合作合同，聘期一般不少于 5 年。报名截止时间为 2015 年 5 月 31 日。

山东大学儒学研究院王学典认为，这次全球招聘是政府致力于保护和发扬中国传统文化的积极举措。

四川大学的日本籍专家 Shirai Jun 认为，在社会高速发展的今天，很有必要保护和发扬儒学文化。"在中国研究儒学是很有必要的。"

王学典说，当下中国很幸运从中央领导层到地方，大家都很重视传统文化。

2013 年，习近平曾来到曲阜孔府和孔子研究院参观考察，并同有关专家学者座谈。在听取大家关于中华优秀传统文化研究的情况介绍后，习近平强调，一个国家、一个民族的强盛，总是以文化兴盛为支撑的，中华民族伟大复兴需要以中华文化发展繁荣为条件。对历史文化特别是先人传承下来的道德规范，要坚持古为今用、推陈出新，有鉴别地加以对待，有扬弃地予以继承。习近平指出，国无德不兴，人无德不立。必须加强全社会的思想道德建设，激发人们形成善良的道德意愿、道德情感，培育正确的道德判断和道德责任，提高道德实践能力尤其是自觉践行能力，引导人们向往和追求讲道德、尊道德、守道德的生活，形成向上的力量、向善的力量。

2015 年 4 月 18 日

Shandong University is going global

鞠传江　赵瑞雪

Shandong University is working with some of the world's leading universities and research centers to set up new courses as it aims to become a top international-class institution.

"Our cooperation with overseas research organizations has gone beyond just using their teaching materials or inviting their professionals to give classes," said Zhang Rong, SDU's president and also a physicist.

"We are jointly setting up new courses and developing these courses together."

An institute developed jointly by the university and the Helmholtz Association

US visitors try to make tablet rubbings under the guidance of volunteers from Shandong University. The university is working with some top foreign universities, aiming to become an international-class institution.

of German Research Centres is under construction at Qingdao.

"We plan to invite all of the association's 18 scientific-technical and biological-medical research centers," Zhang said.

"We want to update our management model by cooperating with the world's top universities and organizations like the Helmholtz Association. We are going global."

A Sino-US technological innovation park sponsored by SDU has attracted dozens of universities, including the University of Chicago, Rice University and the Johns Hopkins University.

"In addition to conducting research and development, we will turn the fruit of that work into products," Zhang said. "The park provides a platform for students in the international arena."

SDU heads a reproductive medicine lab at the Chinese University of Hong Kong, and has jointly built eight Confucius Institutes with universities in seven countries.

"Our Confucius Institutes are not simply classrooms to teach the Chinese language, but a broad platform and a bridge for people of all countries to conduct cultural exchanges and boost friendship between the Chinese people and other peoples of the world," said Zhang.

A Confucius Institute built by SDU and the National University of Mongolia has been integrated into the NUM's educational system and is responsible for more than 30 China-related courses.

Zhang said dozens of world-class universities, including Harvard, Oxford, the University of Tokyo, St Petersburg State University and the University of Vienna have expressed an interest in working with SDU on promoting Chinese culture.

SDU's international outlook dates back to its beginnings in the 19th century when Calvin W. Mateer, a Presbyterian missionary from the United States, founded the earliest institution of what became the university.

"The story of SDU teaches us the value of history and cultural exchanges between our university and those overseas," said Zhang.

Every year, more than 2,000 overseas students take courses at SDU in subjects that include traditional Chinese culture and archaeology.

In a further expression of SDU's global approach, it will host the 22nd

International Conference of Historical Science from Aug 23 to 29. This will be the first time the event, held every five years since 1900 and dubbed the 'Olympics of historians', is held in an Asian country.

The conference's organizing committee said a total of 1,638 experts and scholars had registered for the conference by April 17, including 724 from outside China. They include representatives of 66 countries and regions including the US, Australia, France, Germany and South Korea.

"The event is a precious opportunity to show the world the vitality of the Chinese civilization and promote cultural communication," Zhang said.

中文内容摘要：

"我们的国际合作也要'顶天立地'，做高端的合作，同时能够将科研成果落地、进行转化，造福群众。"山东大学校长张荣说。

拥有百年历史的山东大学正在与全球顶级的科研机构全面合作，探索新的国际合作形式。

"我们在国际合作方面更多的在关注利用国家合作或者说利用国际资源来开拓新的学科。"张荣说。

张荣介绍，山东大学正在与德国的亥姆霍兹学会全面合作，在青岛建设一个德国学院。

张荣说，与德国亥姆霍兹学会的合作不是局限在请人家上上课或者是把人家的教材拿过来用用，而是全方位的合作。

"通过与全球一流的科研机构合作来推动我们办学模式的创新，带动我们办学模式的改革，发展新的学科。"张荣说。

山东大学和瑞典的卡罗林斯卡医学院联合建了四个实验室，包括心血管研究的实验室、肿瘤的研究实验室以及干细胞的实验室。

"像埃博拉病毒、禽流感、SARS这样一些重大的传染病疾病，一定要通过国际合作才能有效的应对。"张荣说。

张荣认为，山大的国际合作要进入一个新的形式，不仅是人才培养合作，更是国际产学研合作。

张荣介绍，山大正在济南和青岛两市推动建设大型国际产学研合作的平台。

"我们和济南市共建的山东工业技术研究院，就希望把我们山东大学的成果通过这个传出去、转化出去；以及通过这个平台积蓄研究力量，瞄准地方经济社会发展的需求开展一些新的研究。"张荣说。

"还有一个重要的任务就是开展国际产学研合作，把外面的东西拿进来，把外面好的技术引进来。"

张荣介绍，学校在青岛推动建设的中美国际科技创新园，吸引了包括美国的芝加哥大学、美国的莱斯大学、美国的霍普金斯大学、亚历山大州立大学等高校参与进来。

"我们还希望通过这样一些合作，把学生的创新创业教育改进。这些平台既是一个成果转化的平台、联合研究的平台，也是学生的创新创业的实践、教育平台。"张荣说。

在引进国际资源的同时，山东大学注重走出去。

"过去这么多年，我们国际合作较多的是引进优质教育资源，人家做的好给我们，我们想办法把它学过来，或者把这个东西拿过来，把资源引进来。但是我们现在也开始慢慢让我们优质的东西、有优势的东西、能够代表中国地位的、能够代表中国话语权的东西走出去。"张荣说。

据了解，香港中文大学主动提出与山东大学的生殖医学团队合作。山东大学在香港中文大学成立了一个山东大学香港中文大学的生殖医学的联合实验室，由山大的教授担任主任职务。

以文史见长的山东大学通过国际科技考古合作、建立全球汉学研究中心等方式推动文科发展的国际化。

张荣介绍，山大正在推动建设的国际汉学联盟已吸引了像哈佛大学、牛津大学、东京大学、香港大学、台湾大学、莱顿大学、维也纳大学、圣彼得堡大学等一批世界一流大学参与。汉学联盟的秘书处将永久性设在山东大学。

"国际汉学联盟体现了大家对中国文化的重视，对于中国的学术地位的认可。这也是历史学研究重要的一个文化载体。"张荣说。

山东大学已建设了8所孔子学院，在韩国两所，在美国、法国、澳大利亚、荷兰、新加坡、蒙古各有一所。这些和山东大学联合承办的孔子学院先后获得了14项全球先进孔子学院和全球孔子学院先进个人的奖励，连续两年获得孔子学院先进中方合作进步奖。

"孔子学院不是简简单单的一个授课的课堂，而是一个综合性的文化交流平台。"张荣说。

山东大学与蒙古国立大学合办的孔子学院承担了蒙古国立大学的汉语、中国文化交流等三十几门课程。

张荣认为孔子学院一个很重要的发展方向，就是融入对方的教育体系。

"把孔院当作文化交流的载体，一起推动不同文明之间的交流互鉴，促进大学的文化传承与创新，是这么一个过程。"

张荣认为即将于8月份召开的第22届国际历史科学大会将是一个促进不同文明之间交流互鉴的高端平台。

国际历史科学大会创办于1900年，每5年举办一届，有"史学奥林匹克"之美誉。2015年8月23至29日第22届国际历史科学大会将在山东济南举行，是大会首次在亚洲国家举办。大会由国际历史学会主办，中国史学会和山东大学共同承办。

据山东大学数据，截至5月4日上午10点，共有68个国家和地区的1720人注册参与大会，其中外宾765人。

2015年4月28日

Donkeys offer new source of wealth

赵瑞雪

A farmer inspects his new donkeys in Aohan Banner, the Inner Mongolia autonomous region. These donkeys were supplied by Dong'e Ejiao Co Ltd in Shandong province.

Surrounded by fields, this farm in the Inner Mongolia autonomous region was once used for raising cattle, but was completely renovated last year to raise donkeys.

The 31,000-square-meter farm in Sidetang village, Aohan Banner, near the city of Chifeng, now has six shelters, each housing around 100 donkeys, as well as an 1,800-square-meter forage house.

"Donkeys are friendly and playful. They do not easily get infectious diseases," said Yin Xuebo, a farmer in his 40s, as he fed the donkeys.

Known as "desert animals" in ancient times, donkeys have served as pack animals, a mode of transport, and a source of protection for other animals from predators for thousands of years. But as agriculture and transportation become increasingly mechanized, the number of donkeys has decreased.

Official data from China's agricultural authorities show that the number of donkeys raised on farms dropped to 6 million at the end of 2013 from 11 million in the 1990s.

But the situation could be changing in a few years as farmers in China such as Yin now look to donkeys as their fortune and their future.

Yin, together with four partners, has invested 3 million yuan ($484,000) in his farm.

"The benefits from raising cattle and sheep are shrinking, but earnings from raising donkeys are on the way up," Yin said.

Yin can earn 1,800 yuan from raising a donkey for six months, nearly double the amount he could earn from raising a head of cattle.

Bai Guoting, head of the Husbandry Bureau of Xinhui town, Aohan Banner, said the price of beef has been threatened by imported meat, which greatly dampened farmers' interest in raising cattle.

Statistics show the wholesale price of imported beef from Brazil and Argentina ranged from 30 to 36 yuan per kilogram last year, much lower than that of the Chinese beef, which was around 60 yuan per kilo.

More than 20 families have so far joined Yin's farm.

"Farmers can buy foals and keep them at our farm. We are responsible for raising and selling these donkeys," Yin said, adding that farmers will earn at least 500 yuan from each donkey.

Li Baolin, deputy head of the agricultural bureau of Aohan Banner, said many farmers have turned to raising donkeys instead of cattle since 2013.

The number of donkeys in Aohan Banner has increased to 215,000 from the 160,000 in 2012.

Zhang Yaxing who graduated from Inner Mongolia University of Science and Technology in 2012, returned to his hometown to raise donkeys.

Starting from scratch, the 27-year-old spent one-and-a-half years building infrastructure for his 2,000-square-meter donkey farm in Xinhui town, Aohan Banner.

"It's especially hard in winter-I have to live in the simple house at my farm where there is no heating system and no tap water," Zhang said. His only companions there are his donkeys and a violin.

Visitors to the area may notice a defining characteristic-an absence of young men.

"Although my classmates supported my decision of return to my hometown, they wouldn't choose to raise donkeys as the work is too hard for them," Zhang said.

Zhang has spent 300,000 yuan on the farm, of which 200,000 yuan was collected from his friends.

In February, he sold 70 donkeys he had raised for six months, earning 70,000 yuan.

Zhang, who majored in design, plans to expand the outdoor space for his donkeys.

"With spring and summer coming, donkeys need spacious room to exercise to be strong," he said.

Li said donkeys raised in Aohan Banner used to be sold whole to provinces like Hebei where donkey meat-stuffed baked cakes are very popular and Guangzhou, where the animal's meat and skin are used to make soup.

"The value of donkeys is expected to continue growing as we are cooperating with Dong'e Ejiao Co Ltd to extend the industrial chain," Li Baolin said.

In March, the Aohan Banner government and Dong'e, the largest Chinese maker of ejiao, a traditional Chinese medicine made from donkey hide that can improve blood supply, inked a contract to jointly develop the donkey industry.

According to the contract, Dong'e will build donkey farms in Aohan Banner.

Qin Yufeng, chairman of Dong'e, said a shortage of donkeys is threatening the ejiao industry.

The company has raised the factory price of ejiao four times since 2013 as the cost of the raw material-donkey hide-keeps increasing, Qin said.

Li said the price of donkey skin in Aohan market has increased to 2,000 yuan from 500 yuan within three years.

Dong'e will also build production lines to process donkey meat, milk and placenta in Aohan to raise the value of donkeys.

"The value of a processed donkey will reach 20,000 yuan from the current 6,000 yuan made from selling a whole donkey," Qin said.

Dong'e has been cooperating with a Japan-based company to develop donkey placenta-related products, Qin added.

Li said there were production lines to produce donkey meat in Aohan, but the facilities had closed due to the poor state of the market for processed donkey products.

In addition to expanding the industry chain, the local government in Aohan is also working to improve the donkey breed to increase the value of the animals and the related products.

"We have introduced 10 male wu donkeys (dark donkeys) from Dong'e to help improve donkey breed," Li said.

Li said the skin of a wu donkey is around 15 percent heavier than that of the local donkeys.

Li predicted that the donkey industry will be developed into a pillar industry in Aohan in a couple of years.

"The donkey industry is set to be a good way to enrich local people," Li said.

中文内容摘要：

山东企业赴内蒙古布局毛驴产业　助当地农民致富

在内蒙古自治区的这个曾经用来养牛的农场，如今彻底整修用来养驴。这座位于赤峰市敖汉旗四德堂子村的农场共31000平方米。有六个养殖棚，和一个1800平方米的饲料棚子。每个棚子可以养100只驴。

"驴对人友好，而且不容易得疾病。"今年40几岁的农场主任尹学波说。

在古代，驴是用来帮助人们农耕、运输货物。然而，近些年，随着农业机械化和交通工具的更新发展，驴的数量逐步下降。

根据历年的《中国农村统计年鉴》数据，2013年年底毛驴存栏量仅为603万头，而几年前这个数字是1120万头。随着像尹学波一样的农民转向发展毛驴产业，毛驴数量或许会得到提高。

尹学波与四名村民合作，投入300万打造他的毛驴养殖场。

"如今，养牛和养羊的收入越来越低，而养驴的收入在上升。"尹学波说。

尹学波养殖一头毛驴6个月，可以挣到1800元，几乎是他养殖一头牛的两倍。

内蒙古敖汉旗新惠镇小王爷地村的张亚星，在2012年从内蒙古科技大学毕业后回到家乡养殖肉驴。

"小驴天天增肥满圈，大驴月月增肥又多。"60岁的父亲写下这幅对联贴在毛驴养殖圈舍大门上，希望儿子张亚星的毛驴育肥事业"越来越好"。

从建设养殖场到学习毛驴养殖技术，张亚星熬过了两个冬天，在今年春天赚到了7万元。

"熬过了冬天，突然发现天暖了，春天到了，那种感觉是非常欣喜的。"张亚星说。这位27岁的农村青年计划再扩建一栋养殖圈舍，肉驴养殖规模突破200头，年纯收入实现60万元。张亚星的养殖场已注册为"敖汉旗恒都农民养驴专业合作社"。

"肉驴价格稳定，货源少，市场潜力很大。"张亚星相信依托当地政府对毛驴产业的支持，自己的事业一定会发展起来。

据敖汉旗主推毛驴产业的老促会会长魏国民介绍，近几年来，敖汉旗致力于打造毛驴全产业链发展模式。3月24日，敖汉旗与东阿阿胶股份有限公司签订肉驴产业发展合作协议，预期以敖汉为中心，辐射周边地区，五年之内达到100万头毛驴养殖规模。

敖汉旗政府旗长于宝君在签约仪式上说，多年来，敖汉旗将肉驴养殖作为特色产业予以推进，并一以贯之的给予资金、政策等方面的扶持。这次与东阿阿胶股份有限公司的合作是一个契机，将积极推进驴肉、驴血等深加工。

据中国敖汉网，此项目将在敖汉旗四道湾子镇建设活驴养殖、活驴交易、饲料加工等工程。项目分三期建设，一期建设养殖规模达3000头的毛驴标准化养殖示范场一处、年产100吨驴奶生产线一条；同时，计划建设活驴交易平台、交易市场。一期工程将在今年10月底前完成基础设施建设。二期建设饲料加工厂，预计年生产能力达100万吨，计划在明年年底建成试生产。三期建设驴肉深加工及驴血等驴的活体循环开发项目，建成后生产能力达到4000吨。三期工程在敖汉旗成年肉驴年出栏量达到5万头以上时确定开工时间。

据敖汉旗农牧业局副局长李宝林介绍，目前，敖汉旗有肉驴养殖专业村（小区）36个，培育肉驴经济合作社10个，肉驴存栏20万头，全年出栏12万头。

3月24日当天，东阿阿胶股份有限公司向敖汉旗几家肉驴养殖基地捐赠了十头优良乌驴种公驴，并启动种子良种基地工程。

东阿阿胶股份有限公司董事长秦玉峰希望能够在敖汉旗打造毛驴全产业链开发模式，延长种子、改良、繁育、饲料、肉、皮、奶、骨、胎盘等深度开发。

秦玉峰说，每头毛驴经过深度开发后价值将达到至少两万元，而现在每头毛驴的价值在五千元左右。

秦玉峰说："发展毛驴产业的落脚点是通过延长产业链、活体循环开发和深度开发，带动农民增收致富。"

秦玉峰认为，毛驴的价值高了，农民养毛驴的积极性自然会提高。

秦玉峰说，尽管阿胶的原材料驴皮在逐渐减少，市场对阿胶的需求以每年

20%的速度增长，促使很多企业加入到生产阿胶的行业。

"如果毛驴的价格上不去，养驴的积极性就调动不起来，不但阿胶的产量上不去，甚至将来随着毛驴的进一步减少，整个阿胶产业都面临着生存问题。"秦玉峰说。

东阿阿胶公司已在新疆、甘肃、辽宁、山东等地共建立了20个标准化养殖基地，探索新的产业化模式，推动养驴产业壮大。

作为国家级非物质文化遗产东阿阿胶制作技艺代表性传承人，秦玉峰希望传承了千年中华文化的阿胶行业能更好发展，让全球人知道这一中华文化的载体。

2015年5月18日

Rizhao strengthens Central Asian ties

王 倩

Rizhao, a port city in East China's Shandong province, is welcoming more than 300 government and business leaders from China and five Central Asian nations for a cooperation forum in the city on Tuesday.

With the theme of jointly building the Silk Road Economic Belt and boosting

Located at the southeastern end of Shandong Peninsula, Rizhao is a key city in the modern land and maritime Silk Road.

Rizhao port's overall throughput capacity ranked eighth among China's seaports and 11th worldwide in 2014.

connectivity, the forum is a platform for pragmatic, social and trade cooperation between China and Kyrgyzstan, Tajikistan, Kazakhstan, Turkmenistan and Uzbekistan.

The Shanghai Cooperation Organization good-neighborly and friendly cooperation committee and Rizhao municipal government are hosting this year's event.

Yang Jun, Party chief of Rizhao, said the forum would help forge closer economic and trade ties between Shandong province, especially the city of Rizhao, and Central Asian countries.

"As a key city of the Silk Road Economic Belt and 21st Century Maritime Silk Road, Rizhao will actively embrace the 'Belt and Road' initiative and seize the opportunity to further expand its opening-up and broaden international cooperation channels," said Yang.

Strategic location

Located at the southeastern end of Shandong Peninsula, Rizhao is considered the starting point of the New Eurasian Continental Bridge, which starts in Rizhao and Lianyungang in the East and passes through seven countries to end in Rotterdam in the Netherlands. The route is an important part of the overland modern-day Silk Road.

The city of about 2.9 million people is in the middle of China's eastern coast and is less than 200 kilometers from Qingdao and Lianyungang, which are both major business hubs. Rizhao also acts as a transition point between the new land and maritime Silk Road and is a significant seaport that connects China to Central Asian regions.

"Such unique geographical advantages have greatly fueled the development of the city and given it huge potential to promote trade with countries along the new land and maritime Silk Road," said Yang.

Local government statistics show that the total foreign trade volume of Rizhao is $34.77 billion last year, and the foreign trade between the city and countries along the modern-day Silk Road reached $7.66 billion, a 13.7 percent annual increase that accounted for 22 percent of the city's total.

Twenty-nine enterprises and institutions from these countries invested in Rizhao, with an actual investment of $1.05 billion, accounting for 27.8 percent of the city's total.

With shipping routes connecting to more than 100 countries and regions, Rizhao port has become an important international logistics hub for container shipping, bulk cargo, iron ore and crude oil.

Its overall throughput capacity hit 353 million metric tons last year, ranking it eighth among China's seaports and 11th worldwide. The port's throughput capacity for iron ore, grain, timber and cement outranked all other ports in the country.

A 120,000-square-metre port logistics park between China and Central Asian countries is due to be built in Rizhao. Rizhao Port Group and enterprises from five central Asian countries invested in the project, with registered capital of 60 million yuan ($9.67 million).

Rizhao plans to further improve its trade channels and facilities to become an all-round bridgehead for land, sea and air transport and trade. It has built a direct route for rail freight from Rizhao to Central Asia and Europe. An airport in the city is due to come into service by the end of the year.

"With these efforts, we hope to make the city not only a key transportation hub, but also a trade, logistics, financial and leisure-tourism center along the new land and maritime Silk Road," said Yang.

中文内容摘要：

山东日照加强与中亚经贸交流合作

第三届中国—中亚合作论坛将于6月15日在山东省日照市举行。本届论坛主题为"共建丝绸之路经济带，打造互联互通新格局"。论坛的举办对于增进我国东部沿海省市与中亚国家的交流合作，推动"一带一路"国家倡议在山东的实施，扩大山东和日照在中亚地区的影响具有重要意义。

据中共日照市委书记、市人大常委会主任杨军表示："作为丝绸之路经济带和海上丝绸之路的重要节点城市，日照将抢抓'一带一路'国家战略机遇，全面提升对外开放水平，积极打造"五通"示范区。"

中国—中亚合作论坛是中国与中亚国家间机制化交流的国家级高端合作平台，通过来自中国和中亚国家的政治家、知名专家、企业精英的对话，对中国与中亚五国共同构建面向未来的全方位合作关系进行深入讨论，共话合作，共谋发展。

杨军表示："作为新亚欧大陆桥东方桥头堡和中国东部沿海重要港口城市，日照在扩大与'一带一路'沿线国家交流和合作方面，具有得天独厚的优势和发展潜力。"

日照地处丝绸之路经济带的最东端，是鲁南地区唯一的出海口和我国中西部乃至中亚地区重要的出海口，是陆上丝绸之路向东延伸、海上丝绸之路向西拓展的重要门户，有着独特的区位优势、港口优势、新兴的产业基础和良好的发展环境。

作为与丝绸之路经济带基本重合的新亚欧大陆桥的东方起点和中转城市，日照经新菏兖日、陇海兰新铁路至新疆阿拉山口出境，进入中亚五国，最终抵达鹿特丹、安特卫普等欧洲口岸，全长1万公里，辐射40多个国家和地区。

借助日照港遍布全球100多个国家和地区的航线，日照对外贸易增幅连续多年领跑山东省。2014年，通过日照港运输的沿桥货物超2亿吨，与沿线国家和地区有贸易往来的企业近400家。全市实现进出口总值347.69亿美元。在山东外贸企业50强中，日照就有14家，数量居全省第一位。

多年来，日照一直致力于加强与陆桥沿线城市的合作与交流，积极参加历届新亚欧大陆桥国际研讨会、陆桥沿线城市联谊会等活动，与陆桥沿线城市建立起密切联系。

积极加强与中亚五国交流合作，先后与新疆阿拉山口、霍尔果斯和西安签署口岸合作框架协议，与土库曼斯坦土库曼纳巴特市、哈萨克斯坦阿拉木图市和希姆肯特市、乌兹别克斯坦撒马尔罕市、塔吉克斯坦苦盏市建立合作关系。

"一带一路"战略勾画出了世界上最长的经济大走廊，沿带沿路地区也正在成为日照"走出去"的热点区域。如今，以资源开发为重点的境外投资也成为日照企业"走出去"发展的重要途径。目前，全市累计核准境外投资项目69个，核准投资总额超过11亿美元。

杨军表示，"一带一路"重要节点城市的战略定位将进一步促进日照与沿路沿带城市和地区的开放合作。

"我们将抓住这一机遇，加快构建全方位对外开放的新格局，将日照打造为面向'一带一路'重要的交通枢纽中心、金融商贸物流中心、加工贸易中心、大宗货物储运交易中心、临港产业集聚中心、海滨休闲度假旅游中心。"杨军说。

2015年6月13日

Sunrise city boasts competitive advantages

赵瑞雪

Rizhao is one of the first places in the country to see the golden hues of sunrise because of its geographical location in East China.

Located on the Yellow Sea, the city in East China's Shandong province is one of the eastern starting points of the new Eurasian Continental Bridge, making it a major station for Central Asian countries reaching out to sea, and the 21st Century Maritime Silk Road extending to the West.

The 470-Class Sailing World Championships in Rizhao in 2006. The city hosts a series of world-class water sports competitions every year.

The 5,348-square-kilometer city stretches along the 168.5-km coastline and is home to 2.93 million people. With years of development, Rizhao has strengthens in several areas.

Massive cargo handling capacity

Rizhao Port has 56 berths for coal, ore, containers, crude oil and grains. With links to more than 100 countries and regions, the port's total throughput last year hit 353 million tons, ranking it 11th among the world's ports and the eighth among China's ports.

The port's throughput of iron ore, nickel ore, wood chips and soybean tops the list of Chinese ports.

According to the development plan for Rizhao Port approved by the Ministry of Transport and Shandong provincial government in 2009, the number of berths at Rizhao Port will reach 280, bringing the total throughput to 600 million tons.

Competitive industries

Industries at Rizhao Port have maintained brisk development for years. The city produces 12 million tons of steel every year, as well as 750,000 automobiles, 780,000 engines and 1 million automatic gearboxes. The city can produce 8.4 million tons of soybean oil each year, ranking it second in China in terms of soybean processing.

Rizhao has the world's largest production base of refined sugar. Annual sugar production has reached 2.4 million tons.

Coastal resort

Annual sunshine duration in Rizhao reaches 2,540 hours. The city is blessed with clean seas, golden beaches and large stretches of green space.

The city is home to a 4,000-year-old gingkgo tree and several renowned mountains, creating an ideal resort destination.

City of water sports

The city has a world-class 9.2-sq-km Olympic park for water sports. More than 40 world-class and national-class water sports competitions, including sailing competitions, the National Water Sports Games and the Laser Worlds 2013 have been held in the city.

Environmentally-friendly

More than 40 percent of the city is covered by forest.

Scientific research park

Eight universities and colleges, including Qufu Normal University and Shandong Sport University, have set up branches in Rizhao. Renowned Peking University and Tsinghua University also have research and production bases in the city. Rizhao was the first city named as a national pilot zone for attracting foreign professionals to develop its maritime economy.

Rich historical culture

Rizhao is one of the birthplaces of Longshan culture, which dates back to 3,000 BC. The city boasts 5,000 years experience in black pottery.

Rizhao was also home to many renowned Chinese, including Jiang Shang of the Western Zhou Dynasty (c.11th century- 771 BC) and Ding Zhaozhong, Nobel laureate in physics.

Green tea city

Rizhao is a major production base for peanuts, seafood and fruit. The city is one of China's four centers of aquatic product cultivation.

The city has 14,660 hectares of tea plantations, accounting for 60 percent of the total tea planting area in Shandong province. The city produces more than 10,000 tons of tea every year, accounting for 75 percent of the total tea production in the province.

The city's green tea, blueberry and mactra antiquata spengler, a kind of clam, are certified by the national trademark of geographical origin.

中文内容摘要：

山东日照以优势产业打造丝绸之路门户城市

日照因"日出出光先照"而得名，地处中国黄海之滨，是新亚欧大陆桥运输的起点和中转地，是中国中西部和中亚地区便捷的出海口，是陆上丝绸之路向东延伸、海上丝绸之路向西拓展的重要门户。总面积5348平方公里，海岸线168.5公里，总人口293.9万。依托良好的自然禀赋，经过建市26年的发展，日照已形成了八大城市特色品牌。

——三亿综合大港。已建成煤炭、矿石、集装箱、原油、散粮等生产性泊位56个，与100多个国家和地区通航。2014年港口货物吞吐量达3.53亿吨，居全国沿海港口第8位，位列世界第11位。铁矿石进口量、镍矿、木片、大豆吞吐量居全国沿海港口首位，煤炭吞吐量在北方港口中居前五位。根据交通运输部和山东省政府联合批复的新一轮《日照港总体规划》，将规划建设生产性泊位280个，远景吞吐能力6亿吨。

——临港产业基地。充分发挥港口综合优势，大力发展现代临港产业，已形成钢1200万吨、汽车75万辆（含低速车）、发动机78万台、自动变速箱100万台、浆纸188万吨、大豆油脂840万吨、油品加工1300万吨、糖240万吨的年产能。大豆加工能力居全国第二，凌云海糖业精炼糖生产能力居全球第一，岚山木材加工园成为第二个国家级示范区和江北最大的进口木材集散地。2013年6月28日开工的日照钢铁精品基地将形成铁1310万吨、粗钢1350万吨、一次材1300万吨的生产规模，对日照临港产业乃至全市经济发展将产生强劲的带动效应。

——阳光度假海岸。全年日照时间2540小时，被誉为"东方太阳城"，拥有"蓝天碧海金沙滩、阳光绿地大自然"的自然风光，64公里金色沙滩全部达到国际一流浴场标准。有树龄近4000年的"天下第一银杏树"，有被宋代苏轼盛赞"奇秀不减雁荡"的五莲山，还有江北第一野生杜鹃花园九仙山，是休闲度假、避暑疗养的理想胜地。

——水上运动之都。建有世界一流、亚洲领先的奥林匹克水上公园，总面积9.2平方公里。成功举办了欧洲级、470级帆船世界锦标赛，2007年、2010年中国水上运动会和十一运会日照赛区比赛、2013激光雷迪尔帆船世界锦标赛等40多项重大体育赛事。日照是全国唯一可同时举办所有水运赛事的城市。

——生态宜居家园。冬无严寒，夏无酷暑，降水丰沛，光照充足，气候温润宜人，素有"北方的南方、南方的北方"之美誉。全市森林覆盖率达到40.3%。2009年荣获联合国人居奖，是全国环保模范城市、全国绿化模范城市、全国可再生能源建筑应用示范市、国家可持续发展先进示范区、中国最具生态竞争力城市、首批国家级海洋生态文明示范区、首批国家级海洋公园。

——大学科技园区。坚持"不求所有、但求所在"，通过创办大学科技园，积极吸引高校前来办学。有曲阜师范大学、山东体育学院等8所院校落户，在校生7万人。北京大学、清华大学等在日照设立了产学研居基地，数百名中国知名大学教授入住日照。日照被国家确定为第一个蓝色经济引智试验区，已成为科技研发、学术交流、创新创业的理想之地。

——滨海文化名城。历史源远流长，文化底蕴深厚，是"龙山文化"的重要发祥地。莒县陵阳河遗址发掘的原始陶文早于甲骨文1000多年，为中国文字始祖；黑陶已有五千年历史的传承，被誉为中国黑陶文化之乡；是中国三大农民画乡之一。西周时期的军事家、政治家姜尚，南北朝时期杰出的文学评论家刘勰，当代物理学家、诺贝尔奖获得者丁肇中等名人志士的故乡都在日照。

——北方绿茶之乡。农副产品资源丰富，是山东省粮食、花生、水产品、蚕茧、果品、畜产品重要产地，全国四大水产品育苗中心之一。茶园达22万亩，产量过万吨，面积和产量分别占山东省的60%、75%，有"北方第一茶"美誉，与日本静冈、韩国宝城并称世界三大"海岸绿茶城市"。日照绿茶、蓝莓、西施舌等产品获国家地理标志证明商标。

2015年6月13日

Railway career captures driver's imagination for the long haul

赵瑞雪

For train driver Xue Jun, locomotives are not machines, but friends with whom he must communicate.

The 47-year-old, who drives a bullet train for the railway bureau of Jinan, the capital city of East China's Shandong province, said the language for communicating with locomotives is a set of standard operations.

Xue Jun drives a bullet train heading to Beijing South Railway Station in February.

"Although I work alone in a bullet train locomotive, I frequently make gestures and read out the orders so it sounds like I am talking to my friends," Xue said.

Zhou Lei, an instructor of Xue's, said that the gestures and soliloquies can help drivers concentrate, which is critical to their work.

In 27 years, using standard operations, Xue has run trains for 2.47 million kilometers - roughly 61 times the circumference of the Earth at the equator - without an accident.

Xue - who has received driving licenses for steam, diesel and electric locomotives and now bullet trains - is very proud of the rapid development of the country's railroad industry.

"When I entered the railway system in the 1980s, I never expected that the trains would have been upgraded at such a fast pace," he said.

Influenced by his grandfather, who worked as a train maintenance man, and his uncle, who was a train driver, Xue has liked trains since childhood.

"It was the steam whistle that evoked my dream of being a train driver," he said.

In 1985, Xue started work as a fireman, responsible for adding coal to the firebox of a steam locomotive.

"People admired me for working on a train, but they really didn't know how hard it was to work in a steam locomotive," he said.

A steam locomotive needs three people - two drivers and a fireman. At that time, Xue worked 12-hour shifts, during which he added about 6 tons of coal to the firebox.

Xue described his workplace on a steam train as dirty, messy and difficult. "After work, I was all covered in black," he said.

Two years later, he obtained a driving license for steam trains.

"The first month after I got the driving license, my salary was raised to 67 *yuan* ($11), 20 yuan higher than my father earned at that time," Xue said.

Xue drove steam trains for four years and got his license for diesel locomotives in 1992.

"My workplace was moved into a 'big and clean house'," he said.

"Only two people are needed on a diesel locomotive - an engineer and a conductor (usually called driver and deputy driver)," said Xue.

In addition to significant operating advantages over steam locomotives, like easy switching of tracks, the operating environment is much more attractive.

"It is fully weather proofed and with out the dirt and heat that was inevitable when operating a steam locomotive," said Xue.

"We have fans and electric stoves to boil water. On a steam locomotive, we needed to use a shovel to hold the kettle in the firebox," Xue recalled.

After driving diesel locomotives for 14 years, Xue began to drive electric locomotives after getting a license in 2006.

"Amenities - including a refrigerator, microwave oven, electric heater and air conditioner - are in the driving room of an electric locomotive," he said. "And we don't need to clean the locomotive by ourselves anymore."

For a diesel locomotive, the two drivers had to spend about two hours cleaning the cabin, Xue said.

"Now the cleaning equipment can finish the work within 15 minutes," he said.

Xue said electric locomotives are quiet because there is no engine noise and less mechanical noise.

After bullet trains took to the tracks to transport passengers, Xue got that license in 2008.

He compared the examinations for the bullet train license to China's college entrance examination, or gaokao.

"It's even more difficult than the gaokao," he said. "We have more than 500 pages of theoretical knowledge to learn."

Xue failed the examination the first time he took it.

"It's really difficult for a person like me who is over 40 years old to memorize so many theories, such as the train's structure," he said.

Psychological and etiquette training have been added to a drivers' training courses, said Xue.

Last May, his driving license for the bullet train was upgraded to one that certifies he can drive bullet trains running as fast as 350 km/h.

Xue gave special thanks to his wife for his success. "If my parents or child get sick, she won't tell me during my work time to ensure I can focus on work," said Xue.

The experienced driver feels a little sorry for his son, who works in a field unrelated to the railway system.

"I do hope he can work as a train driver, witnessing how our trains will develop in the future in the same way I did over the past three decades," he said.

中文内容摘要：

对于火车司机薛军来说，机车并不是机器，而是需要交流的朋友。

薛军今年47岁，现在是济南铁路局济南机务段动车车间动车组司机。薛军说他与机车交流的"语言"便是一整套规范的操作流程。

尽管我是一个人驾驶动车组机车，但是我经常做一些操作手势或者读出操作指令，这听起来就好像我在与朋友交流，薛军说。

薛军的指导老师周磊说，这些手势和听起来是自言自语的话语可以帮助司机集中注意力，驾驶高速火车，注意力集中很重要。

在过去的27年时间里，凭借着一整套规范标准化的操作，薛军的安全行车里程已累计达到247万公里，相当于围绕地球61圈。

薛军驾驶过蒸汽机车、内燃机车、电力机车到现在的动车组，他为国家快速稳健发展的铁路事业感到骄傲。

"我在20世纪80年代进入铁路系统的时候，我没有想到火车会更新换代这么快。"薛军说。

薛军的姥爷曾经是一名火车维修工，姨夫是名火车司机。受他们的影响，薛军小时候就有了长大了开火车的梦想。

蒸汽机车的汽笛声开启了我当火车司机的梦想，薛军说。

1985年，薛军得到一个当火车司炉工的机会。那时候，跑一个12小时的路程，薛军需要往煤炉里填6吨煤。

薛军形容蒸汽机的工作环境是又脏又乱。"一个班次跑下来，全身就变成黑的了。"薛军说。

两年后，薛军取得了蒸汽机车的驾驶资格。他驾驶蒸汽机车四年后，在1992年取得了内燃机车驾驶证。

"从此我的工作环境变成了又宽敞又干净的'大房子'。"薛军说。

"驾驶内燃机车需要两个人，正副驾驶员。"薛军说。

与蒸汽机相比，内燃机车操作简单，而且工作环境好很多，薛军说。

"内燃机机车里不受天气影响，而且不会像蒸汽机机车里那样灰尘多而且温度高。"薛军说。

薛军驾驶了 14 年的内燃机车后，在 2006 年取得电力机车驾照并开始驾驶电力机车。

"在电力机车里配备了冰箱、微波炉、电炉和空调。"薛军回忆说。

"因为没有了机器的轰鸣，电力机车组里很安静。"

薛军在 2008 年取得动车驾照，并开始驾驶动车组。回忆考取动车驾照的过程，薛军说比高考还难，考试很严格。

"光理论知识就有 500 多页需要去学习。"

动车考试培训内容第一次涵盖了心理培训和礼仪培训，薛军说。

在去年的 5 月份，薛军取得了驾驶每小时 350 公里动车的资格。薛军现在的心愿是平安运送旅客，开好每一趟车。

2015 年 6 月 22 日

站长专栏：威海——站在中韩自贸区新的起点上远航

鞠传江

夏日，走在胶东半岛最东端的威海市街头，扑面而来海上的凉风和街头满眼韩国商品城、韩文店铺、韩国烧烤的热热"韩风"，你心中顿时痒痒的，不免有了购买正宗韩国货和品尝韩国美食的冲动！

6月1日，中韩自贸协定正式签订，山东省威海市和韩国仁川市被选为中韩自贸区地方经济合作示范区。毫无疑问，威海又站在中韩自贸区新的起点上开始了对外开放的新远航！

"将地方经济合作引入国家间自由贸易区协议这是首次，这必将给威海带来更多的发展机遇，威海要在更高层次上做中韩合作的样板！"威海市市长张惠说。

年轻大学生在威海韩国烧烤店体验韩式美食（鞠传江摄影）

中韩自贸区给威海带来了什么？

《中韩自贸区协定》是迄今为止开放水平最高、贸易额最大、涉及领域最多的自贸协定，范围涵盖货物贸易、服务贸易、投资等17个领域。在未来20年内，中国将实现零关税的产品达到税目的91%、进口额的85%，韩国零关税产品达到税目的92%、进口额的91%。

专家分析，伴随着这一自贸区协议的实施，中韩之间将形成一个GDP高达11万亿美元的共同市场。

的确，中韩两国在国际贸易的版图中举足轻重。目前，韩国是中国第三大贸易伙伴、第三大出口目的地；中国则是韩国第一大贸易伙伴、第一大出口目的地、第一大进口来源地以及最大的海外投资对象国。2015年，双边贸易额将跃升至3000亿美元，在过去10年间年均增速达到22.3%。

威海是中国大陆距离韩国最近的城市，海上直线距离只有93海里，占尽两国贸易的天时、地利。20多年来，威海对韩进出口额保持了年均17%的增长速度。来自威海市商务局的统计显示：2014年，韩国在威海进出口贸易中位列第一大伙伴地位，全市有1764家企业与韩国有贸易往来，进出口总额52.27亿美元，占全市进出口的31.5%。其中，出口29.27亿美元，占全市出口的25.7%；进口22.99亿美元，占全市进口的44.2%。截至2014年底，威海的韩资存量为16.3亿美元，占山东韩资存量的17%。今年1至4月份，威海市对韩进出口贸易达到16.1亿美元，其中出口达9.2亿美元。

在自贸区"地方合作示范区"这一金字招牌的背后是说不尽的发展"红利"和商机！

中国社会科学院学部委员、国际研究学部主任张蕴岭说："威海要用好这一开放的新平台，尽快建立国际化的公共服务体系，使这里成为贸易和投资的重要通道和聚集地。"

打造中韩经贸的新"金桥"

1990年9月16日，经中韩两国政府批准，连接威海至韩国仁川的"金桥"号班轮正式通航，为两年以后的两国建交架起了信任之桥和民间贸易之桥。

如今，当年威海通往韩国的一条船、一条航线，变成了通至韩国三个港口三条航线，每周有16个海上航班，空中航线每周则有30个航班。当年的背包客乘船做着小额贸易，如今变成了集装箱班轮。威海市的5个韩国商品城，聚集着5000多个韩国商铺，宜居海滨城市居住着5万多韩国侨民，贸易的增长

航行于威海与韩国仁川之间的金桥号班轮

带来文化的交融，韩国的长鼓舞每每被作为当地文化演出的必备节目。

"威海同韩国地缘相近、经济互补，要借助中韩自贸区平台，打造中韩经贸共赢的'新金桥'"。威海市市长张惠说。

自贸区为威海与韩国交流与合作刮起了新的"东风"，协议签署一个多月来，威海市多批商贸代表团赶赴韩国招商推介，韩国客商则争相涌入威海展销韩货。

6月26日，第六届威海国际食品博览会暨中韩商品博览会在威海举行，参加最多的是韩国企业，会展吸引国内外重要代表团30多个，专业采购商1500名，达成贸易意向额13.1亿元。7月15日开幕的威海韩国商品交易展韩国客商依然踊跃参与。

据威海市商务局统计，今年1～5月，该市新批准韩国项目28个，同比增长47.4%，合同外资1.79亿美元，

威海国际食品博览会上的中韩食品交易对接会现场（鞠传江摄影）

同比增长 30.1%，占全市合同外资总额的 43.5%。

财政部关税司司长王伟在一次研讨会上为威海支招说："面对中韩自贸区的新机遇，打造中韩经贸主干道的'升级版'，威海必将是自贸区的受益者。"

5 个不同特色的韩国商品展示交易中心正在建设之中。投资 5 亿元的中国首家韩式商业文化主题园区——韩乐坊，今年入住的韩国企业越来越多。截至 6 月底，已有 140 多家韩国生产企业入驻韩乐坊韩国商品保税展示交易中心并设立中国销售总部，经营范围涵盖韩国化妆品、食品、日用品、小家电、母婴用品等。威海正在成为辐射全国的韩国食品、服装、化妆品、饰品、小家电等商品集散地。

威海韩乐坊的韩国烧烤一条街吸引很多年轻人（鞠传江摄影）

开辟中韩合作的"试验田"

专家分析，韩国企业在威海赚取低工资差价和倾销低端廉价韩国货的时代已经过去。

威海韩国商会会长金宗猷说："由于工资上涨，低端加工贸易企业在威海很难生存，越是高技术企业在这里发展越快！"

经济转型使威海的对韩经贸必须走新的路径，开辟新的"试验田"。

3 月 16 日，威海出台了《加快推动中韩自贸区地方经济合作第一批实施方案》，围绕贸易、投资、服务、产业合作等领域进行先行先试。

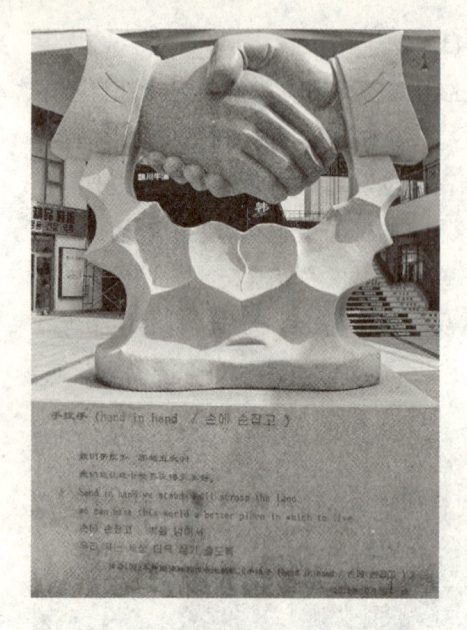

两国率先降税的800多种商品催生这里的韩国商品集散地规模迅速扩张，一直是中韩合作短板的服务业开始深度开放，旨在发展新兴产业的中韩产业园区建设加快，推进贸易便利化措施依次展开。

中国社科院亚太与全球战略研究院新兴经济体研究室主任沈铭辉说："威海抓住这一难得机遇，要全面开展负面清单管理，政府充分放权，营造更加国际化的发展环境，从而最大化释放制度红利，为威海经济腾飞注入新动力。"

一批与韩国合作的新园区加紧推进，包括中韩信息技术产业园、中韩机电装备产业园、中韩现代物流产业园、韩国商品保税仓储中心等园区项目相继启动建设。

威海出口加工区转型升级为综合保税区的国家审核程序已经启动，将成为层次更高、功能更全的开放平台。

威海作为全国首个通关便利化试点口岸，率先开通了威海——仁川中韩陆海联运通道，在全省已开通的6个口岸通道中，威海占3个。按照通关新办法，威海将实现全天候办理证件，实施出入境证件自助化办理、无纸化审批。

威海正在与仁川市合作打通韩国—威海—中亚—欧洲货运线路，使威海由原来的交通末梢变为物流中心和贸易枢纽城市，架起韩国、中国与亚欧之间的贸易大通道。

中韩银行间韩元对人民币直接交易于去年12月1日在韩国外换银行总行正式启动。韩国政府计划在中韩贸易中人民币结算比重从目前的1.2%提高至20%，这一政策的出台可以让进出口企业节省1%的成本。友利银行威海分行开业以来，中韩货币直接交易结算业务不断增多，未来将有更多韩国银行在威海落地。

对韩跨境电子商务也将成为新的服务平台。4月15日，总部位于威海的山东最大超市集团——家家悦集团与韩国大象集团签署战略合作协议，将共同发展跨境电子商务，在600家门店设立韩国商品专柜的同时，还将构建"中韩自贸"双语营销电子商务销售平台，利用400万会员发展网络韩国商品销售。

2015年7月15日

Expo a platform for cooperation

鞠传江

Major world players, China, Japan and South Korea, look to work together on economy, culture and tourism.

The China-Japan-South Korea Industries Expo will be held in Weifang, Shandong province, from Sept 23 to 25.

As well as exhibitions, the expo will include forums, conferences and trade fairs. Set against the backdrop of the country's Belt and Road Initiative, the expo aims to create a platform for regional economic, cultural and tourism cooperation among China, Japan and South Korea.

China, Japan, South Korea and other East Asian countries are the world's major economies. Their steady economic development plays a crucial role in the economic

Weifang of Shandong province is one of the most economically dynamic cities in eastern China.

growth of Asia, as well as the world's economic recovery, said Cai Guofeng, deputy secretary-general of the China Chamber of International Commerce.

"The expo will build a platform for exchanges and cooperation, to promote all-round and win-win cooperation," he said.

The expo is a joint product of the China Chamber of International Commerce, Japan International Trade Promotion Association, Korea International Trade Association, Shandong provincial government and Weifang municipal government.

According to the organizing committee, the exhibition will cover more than 40,000 square meters with more than 2,000 booths.

There will be five exhibition zones including a China- Japan-South Korea Economic Cooperation Demonstration Zone, as well as areas for the modern manufacturing industry, modern agriculture, modern service industry galleries, light industry and consumption products.

The expo's forums will cover themes including trade facilitation, agricultural cooperation and high technology transfer.

Weifang's total import and export volume reached $17.88 billion last year. Japan and South Korea were the city's second and third trading partners.

Liu Shuguang, mayor of Weifang, said the expo as a cooperation platform will boost economic integration and industrial upgrading among the three countries and accelerate the negotiation of the China-Japan-South Korea Free Trade Agreement.

Weifang is one of the most economically dynamic cities in eastern China, with three State-level economic parks, including Weifang High-Tech Industrial Development Zone, Binhai Economic and Technological Development Zone and the comprehensive free trade zone.

The city covers a total of 16,100 square kilometers and has a population of 9.25 million. Its comprehensive strength ranks fourth in the province. Weifang has several nicknames including the world's kite city, Chinese traditional painting city and Chinese food valley. The city was also named the nation's most civilized city, the nation's model city for environmental protection and China's Garden City. It is also the hometown of China's first Nobel Laureate in literature Mo Yan.

Weifang's GDP reached 478.67 billion yuan ($77.1 billion) in 2014, up 9.1 percent from the previous year.

Data from Weifang city bureau of science and technology shows that the city has 461 high-tech enterprises. Last year, the city's high-tech industry output value reached 384.79 billion yuan, an increase of 11.8 percent from the previous year.

中文内容摘要：

中日韩产业博览会助推潍坊产业升级

首届中日韩产业博览会将于 9 月 23 日至 25 日在山东省潍坊市举行。本届博览会将遵循"中日韩自由贸易区"框架基本精神，坚持"立足三国、面向世界、互惠互利"的原则，以博览会为平台，采取展览展示、会议论坛、贸易投资等多种形式，推动"一带一路"战略和中日韩在贸易、投资、科技、文化、旅游等领域实现更高层次国际交流与合作。

中国国际商会副秘书长蔡国枫表示，"这一博览会将为中日韩三国的交流合作、经贸往来搭建平台，推动全面合作和共赢"。

据介绍，本届展会总展出面积逾 40000 平方米，展位超过 2000 个。包括中日韩地方经济合作示范区展区、现代制造业（高新技术）展区、现代品牌农业展区、现代服务业展区和轻工、消费及食品展区等五大主题展区，将集中展示中日韩三国在现代农业、机械设备及制造、高新技术、服务业等领域的先进技术和特色产品，广泛吸纳有意向进入中日韩市场的国家和地区的优质产品进行展览展示。

去年，潍坊市进出口总额达到 178.8 亿美元，其中，日本、韩国成为潍坊第二和第三大贸易伙伴。潍坊市市长刘曙光说："打造中日韩乃至东亚合作交流平台，势必将加速中日韩三国经济融合和产业升级，释放互补潜力，助力中日韩自贸区建设和区域一体化进程。"

2015 年 7 月 24 日

Government support helps companies in park develop

赵瑞雪

Visitors to Shandong Zhongdong Culture Media are particularly attracted to cartoon characters from the cartoons Happy Piggy, The Elf of Radish and Super Bao.

Located in the Weifang Software Park, on the east coast of China, Shandong Zhongdong Culture Media is one of the largest and best 3-D production teams in China. The company focuses on cartoon-related sectors such as original cartoon games and cartoon films and advertising. E Yupeng, CEO of Shandong Zhongdong Culture Media, said his company might not have seen such fast development without local government support.

"Local government has given us favorable policies on tax and land use to help us start our business," said E.

The company has created several cartoon films including Happy Piggy, The Elf of Radish and Super Bao. It has built relationships with animation studios in Singapore, Germany, South Korea and France to enhance its animation outsourcing business.

Shandong Zhongdong Culture Media in the Weifang Software Park has produced many of China's popular cartoon films. Wang Qian/China Daily

Weifang, a city better known for its cultural traditions such as kite making, has made efforts to develop its software industry in recent years.

The city has spent about 12.5 billion yuan ($2 billion) developing a software park, which is located in the Weifang High-Tech Industrial Development Zone.

The park consists of five sectors - software development, a call center, an e-commerce trade base, an animation base and a base for surveying, mapping and geography-related data.

To provide better services for companies, the park has built public technology platforms, including an IBM smart software development platform and a middleware platform. Infrastructure, including hotels and apartments for workers, has also been built in the park.

The park has developed into a top-ranking, internationalized and innovation-oriented facility for Weifang's high-tech industry.

The park has been awarded several national and provincial titles, including National Torch Program Software Industrial Base, National Demonstration Base for E-commerce Trade, National Demonstration Base for Copyright, National Demonstration Base for Geographic Information Industry, Shandong Provincial Base for Industrial Internet of Things and Shandong Provincial Base for Outsourcing Service Industry. Currently, there are 211 companies and research organizations with facilities and branches in the park. They include Pactera Technology International, SuperMap Software, Shandong Newocean Software, China Zhengyuan Geomatics, Shandong Zhongdong Culture Media and Weifang Lovett Homes.

Weifang Lovett Homes is the first knowledge process outsourcing company in Shandong. The company has designed more than 500 houses in Houston.

中文内容摘要：

政府助力潍坊软件产业发展

参观人员来到山东中动文化传媒公司，大家都被快乐的小猪、萝卜精灵和超级宝等卡通形象深深吸引。山东中动文化传媒位于潍坊软件园，在中国东海岸，是中国最大、最好的3D制作团队。公司专注于动漫相关行业，如卡通动漫游戏、卡通电影和广告。山东中动文化传媒首席执行官鄂玉鹏说，他的公司如果没有地方政府的扶持不可能如此快速发展。

"我们公司事业发展之初，地方政府从税收、场地使用等方面给予了很多的优惠政策。"鄂玉鹏说。这家公司已经创作出了多部卡通电影，包括快乐的小猪、萝卜精灵和超级宝等。已经与新加坡、德国、韩国和法国的动画工作室建立了合作关系，增强动画外包业务。

以风筝制作这一传统文化产业著称的潍坊市，近几年来开始发展软件产业。潍坊软件园位于潍坊高新区，投入资金约 12.5 亿元。软件园由五部分组成：软件开发、呼叫中心、电商总部基地、动漫和测绘地理信息产业基地。

为给企业提供更好的服务，软件园内搭建了公共技术平台，包括 IBM 软件开发平台和中间件平台，还建设了酒店和职工公寓等基础设施。软件园致力于发展成为潍坊高科技产业的一个一流的、国际化的、创新型的服务基地。

软件园先后被命名为国家火炬计划软件产业基地、国家电子商务示范基地、国家版权示范基地、国家地理信息产业示范基地、山东省物联网产业网络和山东省服务业外包基地园区等。

目前，园区共有 211 家公司和科研机构，其中包括文思海辉国际科技，超图软件，山东新海软件，中国正元地理信息，山东中动文化传媒和潍坊乐维特家园。潍坊乐维特家园是山东省第一家 KPO 公司，公司已为美国休斯敦设计过 500 多套的住宅。

2015 年 7 月 24 日

3-D printing set to become new growth engine

王 倩

The Weifang High-Tech Industrial Development Zone is speeding up development of 3-D printing technology to make itself a national major production base in the sector.

Founded in 1991, the 110-square-kilometer zone was among China's first batch of State-level high-tech industrial parks. It has become a key production base for a number of high-end sectors, such as automobiles and advanced equipment manufacturing, biomedicine, optoelectronics and electronic information.

Statistics show that last year the zone reported a combined industrial output value of 80.76 billion yuan ($13 billion), of which 54.23 billion yuan was generated from emerging and advanced sectors.

The zone is now home to more than 1,000 high-tech enterprises, including over 50 major companies that each have annual revenue of more than 100 million yuan.

A 3-D printer displayed in Weifang high-tech zone prints out a mold. Ju Chuanjiang / China Daily

Combined revenue from the high-tech enterprises now accounts for more than 67 percent of the zone's total.

Wang Xianling, deputy secretary of the Communist Party of China Weifang committee and secretary of the CPC Weifang High-Tech Development Zone Committee, said the zone attaches great importance to increasing its global competitiveness by developing emerging and advanced sectors, and is now striving to make 3-D printing technology its new growth engine.

To achieve that goal, a 3-D printing technology innovation center, the first of its kind in Shandong province, was established in the zone last year, with a total investment of 100 million yuan. A number of competitive companies have settled in the center. It has formed a complete industrial chain of consumptive material production, equipment control systems and 3-D device production, as well as printing technology service and sales.

One leading company among them is XYZ printing, which hopes to bring its 3-D food printer to market in September for less than 100,000 yuan.

According to Cao Cheng, head of the company's sales and marketing division, XYZ printing is the world's first company with the ability to mass produce 3-D food printers. Founded in 2013, the company is backed by Taiwan's New Kinpo Group, which has more than 15 years experience developing and manufacturing printers, and has built several branches in Japan, the United States and Europe.

XYZ printing's first 3-D printer, da Vinci 1.0, won the 2014 Editors' Choice Award at the Consumer Electronics Show in North America. Its 3-D food printer won the top tech CES 2015 award for its innovative and easy-to-use design.

"Normal 3-D printers are generally used in industrial sectors but the 3-D food printer can bring technology to daily life," said Cao.

"With the 3-D food printer, people who are not good at cooking can make a beautiful cream cake in 10 minutes, while it takes an hour for even an experienced baker to finish one," he said.

Cao said they have shown the 3-D food printer at many expos and it has had a lot of attention, especially from creative food research institutions and educational institutions.

"Students can draw pictures on a computer or iPad then, with the 3-D food printer and Wi-Fi, print food in the shape of the drawing," he said.

Another company settled in the center is the wholly foreign-owned Weifang 3-D Precision Machinery Manufacturing Co Ltd, which specializes in rapid prototyping of 3-D products.

The company provides manufacturing and machinery services for complex metal and non-metal molds, hand models and parts for precision machinery. Its products are widely used by several high-end equipment manufacturing businesses in the zone, such as Weichai Holdings Group, China's leading automobile parts and equipment manufacturer, and Shengrui Transmission, the creator of the groundbreaking 8AT automatic transmission for passenger vehicles.

"Compared with traditional production technology, casting precise molds by using 3-D printers can save about half the cost and shorten 70 percent of production time," said Song Changchun, deputy director of the zone's economic development department.

中文内容摘要：

潍坊打造国家级3D打印技术创新基地

潍坊高新区正在加速发展3D打印技术，力争成为国家级的3D产品生产基地。

中共潍坊市委副书记、高新区党工委书记王献玲说："潍坊高新区正大力提高其国际竞争力，高度重视发展先进技术，努力让3D打印技术成为新的增长引擎。"

为了实现这一目标，该高新区去年斥资1亿元成立了山东省首家3D打印技术创新中心，吸引了大量有竞争力的公司在此落户。该中心已形成了一个集设备控制系统和3D设备的生产，以及印刷技术服务和销售于一体的完整的消费品生产链。

XYZ三维立体打印公司就是其中的一家公司。该公司计划在9月份将其研发的3D食品打印机产品推向市场，售价将不高于100000元。XYZ三维立体打印公司是全球第一家具备可以大规模生产3D食品打印机能力的公司。该公司由台湾新金宝集团于2013年投资成立，拥有超过15年的打印机开发和制造经验，在日本、美国和欧洲建立了多个分支机构。

XYZ 三维立体打印公司研发的第一个 3D 打印机产品——达文西 1，在北美消费电子展获得 2014 编辑选择奖。该 3D 食品打印机以其创新技术和易于使用的设计赢得了 CES 2015 最高科技奖。

另一家入驻打印中心的是外商独资的潍坊三维精密机械制造有限公司，这是一家专业从事 3D 产品快速成型的企业。

该公司提供复杂的金属和非金属模具制造和机械服务，手模型和精密机械零件。其产品广泛应用于高新区的几个高端装备制造企业，如国内主要的汽车零部件和设备制造商——潍柴控股集团和国内首款乘用车 8AT 自动变速器设计制造商——盛瑞传动公司。

2015 年 7 月 24 日

Passengers opt for cruise control on ocean waves

王　雯　赵瑞雪

Gao Ming and her husband decided to go on six-day cruise after watching the Oscar-winning film Titanic.

She booked her vacation with Bohai Ferry and traveled onboard the Chinese Taishan from Yantai, Shandong province, to Fukuoka and Sasebo in Japan.

Unlike the ending in the blockbuster film, it was an enjoyable experience and a trip to remember.

"We got the idea to go on a cruise after watching Titanic, and loved the oceangoing voyage," Gao, 27, said.

Passengers from the Chinese Taishan cruise liner disembark in Seoul.

"We booked tickets (for a second-class cabin) online, which cost 7,400 yuan ($1,192), but it was still more than 1,000 yuan cheaper than flying to Japan."

With bracing sea air, she savored every minute of her voyage last month and would go on another cruise again.

"There was a great deal to do during the trip," Gao said.

"There were regular stage shows and folk dancing as well as a calligraphy competition. The food was also excellent. The only drawback was that we only had one day on shore when we reached Fukuoka in Japan," she added.

Gao and her husband are part of a growing trend among Chinese holidaymakers who have decided to opt for a slow boat to exotic destinations.

By 2020, the cruise line sector is predicted to contribute 51 billion yuan to the Chinese economy, according to a report by major online travel agency Tongcheng Network Technology Co Ltd, which is based in Suzhou, Jiangsu province.

In the first half of this year, the industry reported a 5 percent growth rate compared to the same period in 2014, with passenger figures topping 380,000.

During the same time-frame, 144 oceangoing excursions left Chinese ports, Tongcheng, which specializes in cruise holidays, pointed out.

Last year, the total figure was 366 for the entire year, the China Cruise and Yacht Industry Association reveal-ed. One reason behind the slight dip was the outbreak last month of Middle East Respiratory Syndrome in South Korea, which is one of the major destinations along with Japan, the Philippines, Vietnam and Singapore.

But the figures are expected to pick up during the peak July and August holiday season.

Ctrip.com International Co Ltd, the largest online travel agency, expects cruise vacations from Chinese ports, such as Tianjin, Shanghai and Sanya in Hainan province, to increase 60 percent to more than 70 this summer.

"Oceangoing holidays to Japan are expected to double with new routes planned to Fukuoka, Nagasaki and Kumamoto," Ctrip, the leading booking platform for cruise excursions, said in a report.

The China Cruise and Yacht Industry Association is just as bullish, predicting the number of passengers to reach a record 1 million this year.

But then, major cruise operators see China as a crucial market as they look for growth opportunities.

Royal Caribbean Cruises has switched the company's most advanced oceangoing liner, Quantum of the Seas, to sail out of Chinese ports, including Shanghai and Tianjin this year.

"The new cruise liner will improve the firm's capacity and quality here," Liu Zinan, president of North Asia and the Pacific region for Royal Caribbean, the world's largest cruise operator, said.

Costa Cruise Line also has big plans in the region. The company already runs three cruises from the Chinese ports of Shanghai and Tianjin to Japan and South Korea, and will add one more next year. A destination has yet to be disclosed by the company.

"We are keeping a close eye on the China market and we are optimistic about future development," Buhdy Bok, president of Asia and China for Costa, the world's second-largest cruise liner company, said.

While the domestic players are small, Bohai Ferry is looking to expand its market share. Last year, the company bought the Voyager liner from Costa and renamed her Chinese Taishan.

Bohai Ferry runs 68 cruises, sailing from Yantai in Shandong province, and Zhoushan in Zhejiang province, to Fukuoka and Sasebo in Japan. Other destinations are Incheon and Jeju in South Korea, and Taichung, Kaohsiung, Hualien and Keelung in Taiwan.

"We plan to launch longer and more creative voyages in the next three years," Yu Xinjian, general manager of Bohai Ferry, said.

"These will leave from Shandong's home ports to Russia's Far East and from Sanya, in Hainan province, Shanghai and Zhoushan to Vietnam, Cambodia, Indonesia, Singapore and the Philippines."

Obviously, Bohai Ferry will need to increase its fleet and plans to buy two liners in the next five years. Costing 1 billion yuan each, they will be designed and built in Shandong province and will carry 5,000 passengers when they come into service by 2020.

"The cruise industry in China is promising," Zhan Li, general manager of Bohai Cruise, which is owned by Bohai Ferry, said. "But we need time to expand."

中文内容摘要：

山东突破传统海运行业　进军旅游业

高明明夫妻俩对邮轮的了解始于奥斯卡获奖影片《泰坦尼克号》。当听说在山东省就能搭乘邮轮到海外旅游时，两人决定尝试一下。

高明明订了两张由山东省烟台市的渤海轮渡公司全资自营的"中华泰山"号邮轮的票。

与泰坦尼克号轰轰烈烈的结局相反，高明明夫妻喜欢上邮轮旅游，认为这是一次难忘的旅行。

"在邮轮上我们有很多事情可以做，不仅有演出可以看，还有书法展示等节目。邮轮上的食物也很好。唯一觉得遗憾的地方是在陆地上玩儿的时间太少。"

像高明明夫妻一样，越来越多的人开始选择乘坐邮轮到海外旅游。

根据同城网络科技有限公司发布的一份报告显示，2020年，邮轮市场对我国经济的贡献将达到510亿元，成为我国航运业、旅游业新的经济增长点。

今年上半年，邮轮旅游业同比增长5%，运输旅客38万人。从中国港口发出的航线达到144个。

中国最大的网上旅游机构携程网预计今年夏天从中国的港口比如天津、三亚等发出的邮轮旅游线路将增加60%～70%。

而中国邮轮和游艇行业协会估计，今年邮轮旅客或将达到100万。

面对庞大的邮轮旅游市场，国际邮轮巨头包括皇家加勒比国际游轮及歌诗达邮轮都增加了在中国的邮轮投放力量。

"我们密切关注中国邮轮市场的发展，对中国邮轮市场的前景很乐观。"Buhdy Bok，全球第二大邮轮公司歌诗达的亚洲区总裁说。

在国际邮轮巨头布局中国邮轮市场的同时，中国国内航运公司也在转型进军该市场，力图突破传统航运瓶颈。

位于山东省烟台市的渤海轮渡有限公司于2014年购进一艘邮轮，命名为"中华泰山"号。

"中华泰山"号是中国第一艘全资、自主经营管理的豪华邮轮。自去年8月至今，该邮轮运营航线有烟台至韩国仁川/首尔—济州航线、上海至韩国仁川—济州岛及日本福冈—佐世保—长崎等航线、舟山至台湾基隆—花莲—高雄—台中环岛游航线。截至目前，已经安全营运68个班次。运营"中华泰山"

号邮轮的渤海轮渡股份有限公司总经理、渤海邮轮公司董事长于新建表示，"中华泰山"号邮轮的引入，只是该公司发展本土邮轮产业的第一步。

该公司规划利用3～5年时间，拟投资20亿元左右，自行设计并在本省船厂建造2艘6万～7万吨，载客2500人左右的邮轮。未来规划邮轮航线开辟山东半岛至韩国、日本、俄罗斯远东地区航线；以及上海、三亚、舟山至台湾、越南、柬埔寨、印尼、新加坡、菲律宾等东南亚航线。

渤海邮轮总经理展力说："邮轮产业在中国很有发展前景。只是我们需要一定的时间来拓展这个市场。毕竟国内的企业还没有邮轮管理经验。"

2015年7月27日

站长专栏：烟台中韩产业园
——中韩自贸区合作的范例

鞠传江

面对一份开放水平最高、贸易额最大、涉及领域最多的《中韩自贸区协定》，中国每一个开放城市都希望从这一双边贸易的"大蛋糕"中分得一份发展的红利。烟台中韩产业园正抢占先机，全力构建中韩产业合作的"升级版"。

打造中韩自贸区产业合作的范例

6月1日，烟台市委书记孟凡利在中韩两国签署协议的当天就在韩国首尔高调宣布：烟台中韩产业园将全力打造中韩产业合作的"升级版"，使其成为中韩自贸区合作的范例。

在自贸区协议签署的两个多月中，烟台已经接待了几十批来自韩国的客商考察。上半年，烟台新设立外资项目91个，实际使用外资9.8亿美元，增长11.8%。

烟台中韩产业园被写进了《中韩自贸区协定》，最早的动议来自习近平主席去年7月访问韩国时两国首脑达成的共建中韩产业园的共识。因此，这一产业园肩负着两国政府推动产业合作"试验田"的使命。

"烟台中韩产业园将成为韩国企业投资中国的最佳目的地，韩国商品进军中国市场的最大集散地，韩国优势产业国际转移的最优承接地。"烟台市委书记孟凡利在韩国首尔总统酒店对韩国企业的CEO们说。

从当天一些韩国医疗产业、动漫产业协会与烟台市政府签署的战略合作协议就可看出韩国企业界对投资烟台的信心。

6月3日，烟台市副市长杨丽在北京对中外媒体发布："烟台中韩产业园将发展成为中韩自贸区产业合作示范区、东北亚综合国际物流枢纽、'一带一路'战略合作平台！"

烟台中韩产业园东区的国际社区（鞠传江摄影）

据烟台市商务局局长于东介绍，烟台中韩产业园规划总面积349平方公里，包括新兴产业区、临港经济区和现代服务业聚集区，形成"一园三区"空间布局。其中新兴产业区，依托烟台经济技术开发区、烟台高新技术产业开发区建设，重点发展高端装备制造、新能源与节能环保、电子信息、海洋工程及海洋技术等新兴产业。临港经济区，依托烟台保税港区、烟台蓬莱国际机场和烟台港西港区建设，重点发展物流、商贸、电子商务等现代服务业。现代服务业聚集区，依托烟台东部海洋经济新区建设，重点发展金融保险、文化创意、医疗健康、养老养生等现代服务业。

孟凡利在首尔新闻发布会上介绍中韩产业园情况

烟台与韩国签署医疗合作协议

烟台与韩国签署合作协议

良好的产业合作基础

烟台位于山东半岛东部,是中国距离韩国最近的城市之一,与韩国隔海相望,烟台至首尔空中航行时间只需 50 分钟,每周 124 个往返航班,成为最繁忙的国际航线之一。烟台相继开通了至韩国的海上客货滚装船和豪华邮轮。烟

烟台开往韩国的中华泰山号豪华邮轮(鞠传江摄影)

台与韩国仁川、蔚山、群山、原州、安山等市建立了友好城市关系。超过 5 万韩国人在烟台工作和生活，烟台在韩国的华人华侨和留学生也达到 3 万多人。

正是这样独特的区位优势，使烟台与韩国的经贸快速增长。据烟台商务局统计，目前累计已有 3551 个韩资项目投资烟台，投资额 53 亿美元。去年烟台实现对韩贸易额达 109.7 亿美元，增长 20.2%。双边旅游观光人数达到 32 万人次。自 2004 年以来韩国一直是烟台第一贸易伙伴、第一进口来源国、第一外资来源国。全市有 1651 家企业从事对韩贸易。今年 1～5 月，烟台全市对韩进出口 44.9 亿美元，同比增长 7.4%。去年烟台至韩国海上航线旅客增长超过 120%。

目前包括 LG、斗山、希杰、大宇造船、现代汽车等韩国 8 家世界 500 强企业在烟台投资，投资过 1000 万美元的企业超过 200 个，是山东省韩国大企业投资最集中的城市，投资领域包括机械制造、电子信息、食品加工、造船产业、服装、食品、建材、海运、商贸、金融等。正是双方的紧密合作使烟台成为中国最大的挖掘机生产基地，重要的智能手机生产基地、汽车及零部件生产基地、出口食品生产基地、出口服装生产基地。据了解，韩国在烟台投资的大企业中，2014 年主营业务收入过 100 亿元人民币的韩资企业有 3 家，过 50 亿元的企业有 2 家，过 10 亿元的有 10 家。

"中韩产业园将在现有合作产业的基础上，进行更深层次、更高阶段合作对接，将促使双方的产业升级。"烟台市商务局局长于东说。

"两国双园"促进产业升级

《中韩自贸区协议》明确将烟台中韩产业园与韩国新万金开发区组合成"两国双园"合作模式，互动合作，重点合作的领域涉及 11 大产业。

韩国新万金开发区位于韩国中部全罗北道，包括群山国家产业园区、新万金产业园区、新万金观光园区等，是韩国西海岸最大制造业基地，韩国政府计划将其打造成东北亚未来新兴产业和旅游休闲产业的中心。烟台中韩产业园将与新万金开发区进行产业互补，利用自贸区优惠政策，双向投资，共同发展。

"双园双向合作与投资无疑将最大限度地发挥自由贸易区政策红利，达到产业升级双赢的局面。"杨丽副市长说。

4 月 30 日，规模 10 亿元人民币的烟台中韩产业园发展基金成立，将重点扶持产业园的新兴产业项目。按照规划，后续将吸引中韩双方的国家重点基金进入烟台中韩产业园，以支撑高端产业发展。

目前，为加深双向合作正在推进开通中韩铁路轮渡项目，届时，韩国到欧洲的货物在烟台中转，将比现在提前 20 天抵达目的地。这将进一步提升烟台作为 21 世纪海上丝绸之路与陆上丝绸之路交汇枢纽城市的作用，成为面向东北亚的国际贸易枢纽。

两国企业家们正抓住这些难得的商机。6 月底，20 余家韩国的物流企业到烟台考察。烟台华安集团投资 100 亿元的韩国城项目已经启动。烟台将成为中国商品向韩国辐射，韩国商品向中国内陆及欧洲辐射的中转地和枢纽。

烟台市韩商投资企业分会会长柳然范说："烟台的投资环境越来越成熟，中韩产业园将创造更多投资机会，只是高端产业才会有发展前途！"

高端服务业将成为两园合作的重点，包括跨境电商、中韩健康产业园、医疗美容中心、双向设立金融机构等。

于东表示，烟台中韩产业园将创造一流的营商环境，实现投资和贸易便利化、管理法制化，以吸引更多海内外投资。

2015 年 8 月 5 日

Students fashion heritage artworks for modern tastes

赵瑞雪

Shandong art university program teaches how to produce new designs from traditional forms.

Ren Chunhua, who has made paper-cutting works for more than 40 years, said a question that has bewildered her for three years has been answered thanks to a training program at Shandong University of Arts.

"Paper-cuttings were popular before 2012, but in the past three years, there is nearly no market for them," said the 52-year-old from Weifang, Shandong province. "I was wondering how the traditional art could survive in this modern day. The training gave me that answer."

Creativity and brand-building are crucial to paper-cutting, which was included on the UNESCO Intangible Cultural Heritage List in 2009, said Ren.

"New ideas shall be integrated into the traditional art."

The training course for paper-cutting at Shandong University of Arts, one of 18 universities selected by the Ministry of Culture in 12 provinces to teach intangible cultural heritage arts, aims to enhance the abilities of those involved in the

Xie Yinquan demonstrates his wickerwork skills at the program. Zhao Ruixue / China Daily

intangible cultural heritage business, said Zhang Bing, an official responsible for the protection of intangible cultural heritage arts at the Ministry of Culture.

The courses include lessons in history, culture and brand-building strategies, artistic design and product development to help students create new products. Similar arts from overseas countries are also shown in class.

"With their comprehensive abilities enhanced, students will find ways to combine traditional skills with modern elements to create high-quality products that can be widely used today," Zhang said at the Shandong University of Arts' first paper-cutting class on July 13.

Paper-cutting and wickerwork are two art courses jointly arranged by the Shandong Provincial Department of Culture and Shandong University of Arts within a single pilot project. The courses are scheduled to end on Friday. The ages of students range from 18 to 55.

"The key to protecting intangible cultural heritages are the students inheriting these artistic skills," said Wang Fengling, director of the College of Arts Management at Shandong University of Arts.

"How can we attract more people to learn the traditional skills and become professionals? Only when the artworks have markets will young people show interest in the traditional arts," he said. "How to effectively combine traditional skills with new trends is a question students need to consider."

Ren said she is trying to "create designs that can be used on complicated luminaries" and added that she can create a paper-cutting without first sketching it out.

She believes her new works will be popular as long as she has good design ideas.

"At the training courses, those who already have good skills can learn how to create new designs to cater to modern society; and for fans, they can learn these skills from students who have mastered the skills through classes," said Wang.

Xie Yinquan, who is both a teacher and student at the wickerwork training course, is from Shandong's Linshu county, where wickerwork is listed as a city-level intangible cultural heritage. He has been doing wickerwork for 19 years.

As a student, he learns design, marketing and brand-building and as a teacher he shows young students how to make wickerwork. Xie said that his works have sold to overseas markets including the United States, Australia, France and Canada.

"At the training course, I learn new ideas about overseas trends. These new ideas will help me enrich my product portfolio," said Xie.

Wang said they plan to hold the training program every year. Students who have taken the courses will then be invited to give classes to college students who major in arts design and intangible cultural heritage.

中文内容摘要：

正在山东艺术学院参加"剪纸"非物质文化遗产传承人群培训班的任春花说，困扰了她3年的问题终于在培训班上解决了。

今年52岁的任春花是山东潍坊市非物质文化遗产代表性传承人，她从8岁开始学习剪纸，到如今已经从事剪纸事业40余年，见证了剪纸这一传统手工艺的发展。

"在2012年以前，剪纸很好卖，一个展览能卖好几千。如今手工剪纸市场很小。我一直在思考剪纸这个传统的活儿怎么能在现代这样一个快速发展的社会有市场。"任春花说。

"这次培训我找到了答案。创新和民族特色文化品牌的塑造对于剪纸的发展很重要。"任春花说。

任春花说的剪纸培训班是国家文化部在全国12个省份的18所高校开展非物质文化遗产传承人群培训班之一。目的是通过委托高校对非遗传承人群大规模培训，提高传承人群的学习能力、传承水平，进而提高传统工艺的品质。

培训班将通过专业基础课、实用的设计课以及鉴赏课等培训补非遗传承人群文化修养之缺、美术基础之缺、设计意识之缺、市场意识之缺；通过培训帮助非遗传承人群发现生活之美、传统工艺之美,更好地将美带入作品,带进生活。

文化部非物质文化遗产司副巡视员张兵说，只有综合能力提高了，才能将传统技艺与现代元素相结合创作出更好的作品。

山东省在全国率先开展"剪纸"和"柳编"班，为期一个月，将在8月7日结束。这两个班的学员大部分是初中文凭，年龄在18～55岁。

"保护我们的非遗文化最重要的是能将这些传统技艺传承下去。"王凤苓，山东艺术学院艺术管理学院院长，同时也是山东艺术学院承办"中国非物质文化遗产传承人群培训班"的负责人之一。

"如何使更多的人参与到非遗文化的传承？只有当我们的艺术作品有市场了，人们才愿意参与进来。怎么把传统技艺与现代元素结合起来，是学生们需要考虑的问题。"

任春花告诉记者，受老师的启发，她正在考虑如何剪出能够用在现代建筑物里的剪纸作品。她相信只要她的作品有足够好的设计创意就会有市场。

在培训班上，有的传承人是学生，同时也是老师。

来自临沭县的柳编技师解印权从事柳编事业19年了。在培训班上他学习产品设计、市场推广等知识；同时他也向柳编爱好者传授柳编技艺。

据介绍，山东会将非物质文化遗产传承人群培训班作为常态化项目开展。一部分非遗传承人也会被邀请进入课堂，向学生们传授一些非遗的技术。

2015 年 8 月 5 日

站长专栏：潍县集中营各国难友 70年后再重逢

鞠传江

8月17日，12位潍县集中营难友在70年前被解救的故地山东潍坊重逢。

当年他们在集中营都是从几岁到20多岁的孩子和青年，如今已经是70～90多岁的老人了。这些老人在他们的晚辈陪伴下参观潍县集中营纪念馆、与当年曾经解救他们的恩人见面、重温当年遭受的磨难和潍县人民所给予的无私援助，感慨万千！

访问潍县集中营的难友们与子女在当年的集中营楼前合影留念（鞠传江摄影）

潍县集中营的难友70年后又在潍坊重逢，把手紧紧地握在一起（鞠传江摄影）

不应忘却的记忆

二战期间，纳粹德国在波兰建立臭名昭著的奥斯维辛集中营。同时，侵华日军在中国也在山东的潍县设立集中营专门关押在中国的外国侨民。太平洋战争爆发后，日本为报复美国限制日裔美籍人在美国本土活动，于1942年3月，侵华日军在山东潍县乐道院设立了外侨集中营，关押从北京、上海、南京、烟台等地搜捕的2008名欧美侨民，其中包括327名儿童，大部分来自山东烟台芝罘学校。他们中有牧师、教师、学生、商人和知名人士，分别来自美国、英国、加拿大、澳大利亚、新西兰等30多个国家。关押人员中有曾任蒋介石顾问的美国人雷振远，华北神学院院长赫士博士（Watson McMillen Hayes），齐鲁大

潍县集中营纪念馆一角（鞠传江摄影）

学教务长德位思，后来担任美国驻华大使的辅仁大学附中教师恒安石（Arthur William Hummel）、英国著名奥运会400米短跑冠军埃里克·利迪尔（Eric Henry Liddell）等。

这些被日军强行关押在这里的难民们过着非人的囚禁生活。集中营里食品和药物都非常匮乏，难民们在沉默中忍受着长期的饥饿。集中营的人士在被关期间曾经得到了当地农民和抗日部队的同情和帮助，当地人民悄悄为他们运送食物，抗日组织为其发送信件，并帮助恒安石等人成功地逃脱。当地人民还把美军空投的物资偷偷送进了集中营，集中营附近的村民和游击队曾

营救潍县集中营小组成员王成汉（左）与被营救者（右二）一起参观潍县集中营纪念馆（鞠传江摄影）

营救潍县集中营小组成员王成汉介绍当年营救过程（鞠传江摄影）

无私地筹募了30多万伪币（时值10余万美金）以国际红十字会的名义置办集中营急需的药物与营养品，按时分批机密地送往集中营中。

1945年8月15日，日本宣布无条件投降。两天后的8月17日，同盟国以司泰格少校为组长的7人"鸭子"营救小组，从昆明驾驶B-24轰炸机赶赴潍坊实施救援，上午9时30分，救援小组解放了这个集中营。

痛苦的回忆

潍县集中营对后人是渐行渐远的历史，对亲历者则是痛苦的回忆。在那1000多天的集中营生活中，每天他们都对上帝祷告和唱诗，歌声里满是对自由与和平的向往！

老人们观看着历史照片回想当年集中营的凄惨生活（鞠传江摄影）

英国著名奥运会400米短跑冠军埃里克·利迪尔（Eric Henry Liddell）的雕像

在潍县集中营纪念馆，老人们看到了当年他们的合影照片，离开时还是少年，如今已经是七旬和八旬老人，一幅幅照片激起了老人们痛苦的回忆，泪水在眼圈中转着、在布满皱纹的脸上淌着。

曾经在潍县集中营生活的哈康.叶福礼（Hakon Daniel Torjesen）来到纪念馆的4层一个仅5平方米的小房间里，反复地给自己的小重孙们说："这就是70年前我住过的地方，是8个小伙伴居住的地方！"哈康老人为了让子女们记住那段历史，让自己的30位3代晚辈从美国来潍县集中营纪念馆参观。

72岁的瓦伦丁·索尔特（Valentine.A.Soltay）将自己保存的她在集中营出生时的历史资料捐给纪念馆。"尽管我离开时只有2岁，但是我要把这些资料留下来，让人们记住战争给人类带来的伤害！"

88岁的老太太乔伊斯.科特里尔（Joyes Esda Cotterill）在他的重孙女的搀扶下参观纪念馆。"看

72岁的瓦伦丁·索尔特（Vtine.A.Soltay）与自己的家人在纪念馆合影留念（鞠传江摄影）

到这些老照片，心里还是非常不舒服！尽管已经过去了70年！"她说。

经历过日本集中营生活的老人们用颤抖的手指着当年集中营的合影照片。来自加拿大罗伯特先生，曾经为纪念馆提供了关押者名单和许多珍贵资料。也曾经为纪念馆题词："所有的事情都已经过去，世界和平是最珍贵的！"

让世界知道潍县集中营的故事

8月17日，在潍县集中营纪念馆广场树立起了曾经被囚禁于此的英国著名奥运会400米短跑冠军埃里克·利迪尔的雕像，在不远处还有2000多位被囚者名单的纪念碑，纪念馆里则是从全球各地收集来的集中营的文物、照片等。这一切都是为了让世界知道70年前侵华日军在这里的所作所为。

来自日本的一位有正义感的作家安田浩一忙着采访曾在集中营生活的老人们。他说："我要让更多的日本人了解潍县集中营的历史。由于众所周知的原因，这一集中营的事情在日本知道的人很少！"

一部以当年潍县集中营生活为蓝本的故事片《终极胜利》和纪录片《被遗忘了的潍县集中营》也于8月17日在山东潍坊杀青。电影取材自真实的历史，记叙了潍坊人民与集中营的外国侨民与残暴毒辣的侵华日军抗争直至解放的故事，本片分别在中国、加拿大、美国、英国等地实地拍摄。纪录片《被遗忘了的潍县集中营》则通过集中营幸存者的讲述，揭示了太平洋战争期间日本在中国设立外侨集中营鲜为人知的史实。两部片子将于明年初在全球播放。

　　著名导演冼杞然说："一段鲜为人知的历史，将孕育一部世人皆知的影片！"

2015 年 8 月 18 日

Relocated Shandong museum proves a success

张 钊

Huge number of cultural collections and exhibits draws 1 million visitors from home and abroad each year, Zhang Zhao reports.

Since its opening in 2010, the relocated Shandong Museum has welcomed more than 1 million visitors from home and abroad each year. With prominent exhibits, advanced equipment and first-class service, the museum has become a major platform for cultural exchanges in Shandong province.

Founded in 1954, the museum is the first provincial comprehensive museum in the People's Republic of China. It was based on the Guangzhi Yuan, which was built in Jinan city in 1904 by British Baptist missionary John Sutherland White wright and was one of the earliest museums in China.

The new 14-hectare site of the museum is the largest of all provincial museums in the nation. It houses more than 200,000 cultural collections, including 1,385 Class A relics.

The museum is a national leader in its collections of stone Buddha statues, pictorial stones, pottery and porcelain, bronze ware, bamboo slips, calligraphy, paintings and

A Bodhisattva statue wearing a headpiece decorated with a cicada that was built in the Eastern Wei Dynasty is regarded as an embodiment of the localization of the Buddhist culture.

ancient fossil specimens.

Shandong is one of the cradles of the Chinese civilization. Neolithic cultures, such as the Dawenkou and Longshan cultures, existed in the region between 8,500 and 4,000 years ago. Pottery from those prehistorical civilizations are a highlight exhibition in the museum.

Dawenkou pottery was vividly molded and features various colors and patterns. One of its best-know types is a red-color zoomorphic pot.

The pot was unearthed in Taian city in 1959. Used as a water or food container, it is shaped like a pig, 21.6 cm tall and polished all over. The pig-shaped pot has thick and strong limbs with a short, upturned tail. It features a handle on its back and a filling tube near the tail.

The eggshell black pottery of the Longshan culture is as thin as paper but as hard as porcelain. It represents the highest skill of pottery making in China's prehistorical age.

Pictorial stones from the Han Dynasty (206 BC-AD 220) are architectural components of tombs, graveyard shrines and gate towers carved with portraits depicting life at that time, including funeral customs and religious beliefs. The art combines painting and sculpture skills.

The pictorial stones in Shandong Museum are collected from across the province and the exhibits are known for both the quantity and high quality of its relics. In a mural unearthed from a Han Dynasty tomb in the Dongping area, details and colors can still be seen today.

Buddhist art, including statues and scrolls, make up another exhibition highlight in the museum.

A statue from the Eastern Wei

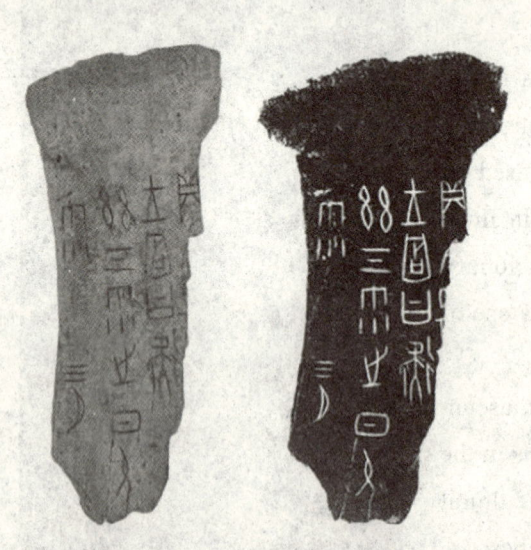

An oracle bone script (left), commonly known as jiaguwen, used for writing in the late Shang Dynasty. The content of the script is about the king of Shang inquiring if it was going to rain. The character for rain is vividly inscribed like rain drops. A rubbing of the original (right).

Dynasty (AD 534-550) shows a Bodhisattva wearing a headpiece decorated with a cicada. The type of headpiece had been used by officers in the imperial household of the Han Dynasty and in later dynasties became a symbol of high social status.

The Bodhisattva wearing such a headpiece is regarded as an embodiment of the localization of the Buddhist culture.

Oracle bone scripts, commonly known as jiaguwen, are inscriptions on animal bones or tortoise shells. The art form is the ancestor of the Chinese family of scripts and one of the earliest known writing systems in the world.

Mostly used for divination in the late Shang Dynasty (c.16th century-11th century BC), the inscriptions cover a wide range of content, including politics, religion, military affairs, economy and social activities. Studying the art has become an international science that has close relations with history, archaeology and linguistics.

Shandong Museum has a collection of more than 10,000 pieces of such scripts, which were unearthed from the Yin Ruins, the archaeological site of the capital of Shang. They were donated by a number of collectors worldwide.

One of the pieces, made of ox shoulder blade, still preserves the red color painted on thousands of years ago. The content of the script is about the king of Shang inquiring if it was going to rain. The character for rain is vividly inscribed like rain drops.

Bamboo slips were another main way to write in early China before paper was invented.

Shandong Museum discovered two tombs from the early Han Dynasty in 1972 in Linyi city, and found more than 7,600 bamboo slips, which are mainly about the Art of War.

Based on visitor votes and expert appraisals, the museum unveiled a list of its top 10 exhibits in 2011. They included those covering pottery, bronze ware, murals, clothing, Chinese paintings, oracle bone scripts and bamboo slips.

中文内容摘要：

山东博物馆

山东博物馆成立于 1954 年，是中华人民共和国成立后建立的第一座省级综合性博物馆，其前身可追溯至建于 1904 年的济南广智院（Jinan Guangzhiyuan）和 1909 年的山东金石保存所。山东博物馆曾先后利用原济南广智院和济南道院（Jinan Tao Yuan）、千佛山北麓的博物馆老馆作为陈列展览和文物保管场所。现馆址位于济南东部新城中心、经十东路北侧，于 2010 年 11 月 16 日正式对外开放。

新落成的山东博物馆新馆占地 210 亩，总建筑面积 12.8 万平方米，是目前国内面积最大、设施最先进的省级综合性博物馆。山东博物馆馆藏各类文物藏品 20 余万件，其中一级藏品 1385 件（组），佛造像（stone Buddha statues）、画像石（pictorial stones）、甲骨文（inscriptions on oracle bones）、陶瓷器（pottery wares and porcelain wares）、青铜器（bronze wares）、简牍（bamboo slips）、书画（calligraphies and paintings）、古生物化石（the ancient fossil specimens）等方面的收藏在国内位居前列，在国际上也负有盛名。2011 年，经过观众投票和专家评审，推选出了山东博物馆的"十大镇馆之宝"，分别是：大汶口文化红陶兽形壶、龙山文化蛋壳黑陶杯、商代甲骨文、商代亚丑钺、西周青铜颂簋、战国鲁国大玉璧、银雀山汉简、东平汉墓壁画、明代九旒冕和清代郑燮双松图轴。

山东博物馆新馆开馆以来，每年接待海内外观众 100 余万人，以一流的硬件设施、凸显齐鲁文化的特色展览和温馨周到的服务赢得了社会各界的一致认可和高度评价，成为山东文化交流的重要平台和对外宣传的响亮名片。

新石器时代陶器

山东是中华文明重要的发祥地之一，有着悠久的历史和灿烂的文化。距今 8500 年至 4000 年的新石器时代，山东形成了序列完整的后李—北辛—大汶口—龙山文化等一脉相承的史前考古学文化，对中国古代文明的起源产生了重大影响。山东馆藏特色之一就是史前文化陶器，尤以大汶口文化和龙山文化时期最为精美。

大汶口文化陶器颜色多样、种类丰富，造型生动。红陶兽形壶高 21.6 厘米，夹砂红陶，通体磨光，遍施红色陶衣，光润亮泽。四肢粗壮，短尾上翘，背装弧形提手，尾部一筒形注水口，嘴可往外倒水，腹部鼓起加大了容积，四足立起可供加热，使用方便，造型生动美观，逗人喜爱，集实用与仿生艺术于一身，是大汶口文化独有的器形。

龙山文化时期的陶器以蛋壳黑陶最为知名，用细泥陶土经多次淘洗并经高温烧制而成，制作工艺精益求精，以"薄如纸、黑如漆、硬如瓷、声如磬"著称于世，代表了中国远古时期制陶工艺的最高水平。

汉代画像石

汉代画像石指的是雕刻于汉代墓室及其附属建筑如祠堂、阙、碑等上的画像，这种起源于汉代的造型艺术，以绘画为基础，以雕刻为表现形式，自成系列，成为一种特有的艺术门类。山东作为汉画像石主要分布区，境内埋藏和发现都极为丰富，这与两汉时期山东经济文化极为繁荣密不可分。

山东博物馆所藏汉画像石以数量丰富、地域宽广、雕刻精美、故事生动而著称。其中的重要藏品多来自汉画像石出土中心区的滕州、嘉祥、临沂等地，同时还收藏了肥城、济南出土的鲁北风格以及烟台福山等地出土的半岛特色画像石，可谓琳琅满目，异彩纷呈。尤其令人称道的是，我馆还收藏了东平境内汉墓出土的汉代彩色壁画，至今依然人物形象鲜明、服饰清晰、细节毕现，是山东汉画的传神之作。

佛教造像

山东博物馆收藏有大量的佛教造像、舍利棺、经卷等佛教遗物。馆藏佛造像以北朝时期为特色。

北魏神龟元年（518年）孙宝憘造像为背屏三尊像，临淄出土，通高98.5厘米，是山东目前现存最早的有明确纪年的石刻佛教造像实例。

东魏蝉冠菩萨像由山东博兴龙华寺遗址出土，通高120.5厘米，因头冠正中装饰蝉纹而得名。蝉冠原是汉代朝廷侍从官所佩戴的官帽，魏晋以后逐渐成为高官显贵的象征，将蝉冠雕刻在菩萨像头上，是外来佛教造像本土化的重要体现。蝉冠菩萨像雕刻精美，流传有序，故事曲折，具有较高的历史价值和艺术价值。

商代甲骨文

甲骨文是商代晚期用于占卜记事而刻在龟甲和兽骨上的文字，是中国目前已知最早的成熟文字，也是世界四大古文字之一。甲骨文虽以卜辞为主，但其内容却包罗万象，涉及商代政治、宗教、军事、经济、社会活动等方方面面，具有极高的史料价值，也是证明中国古老文明渊源有自的重要依据。自1899年发现甲骨文以来，经过中外几代学者的共同努力，甲骨学已经发展成与历史学、考古学、语言文字学等多种学科密切相关的国际性显学。

殷墟甲骨是山东博物馆的重要典藏之一，收藏数量达 1.05 万片，主要来源于罗振玉、孙文澜以及加拿大的明义士、德国的柏根氏等著名收藏家。我馆所藏甲骨不乏稀世精品，其中一片牛胛骨为罗振玉旧藏，书风雄健，字大体端，字划中存留有当时涂饰的朱色，显示了它的珍贵和神圣，是不可多得的珍品。卜辞内容是商王卜问是否有雨，甲骨文的"雨"字形象生动，像雨滴纷纷下降。雨在古代农业生产中有着重要的作用，是农作物丰收的保证。

银雀山汉简

竹简是造纸术普及以前中国书写汉字的主要载体，据学者考证这种传统早在商代就存在了。1972 年，山东博物馆在临沂银雀山发掘两座汉墓，出土一批西汉前期（前 140～前 118）的竹简。内容有《吴孙子兵法》《齐孙子兵法》《六韬》《尉缭子》《晏子》《元光元年历谱》等，总数达 7651 支，以兵法著作为主要特色。尤其是《吴孙子兵法》与失传两千年的《齐孙子兵法》同墓出土，结束了孙武和孙膑是一人还是两人、兵法是一部还是两部的千古论争。

因出土文物和记载信息的重要性，银雀山汉简被列为"新中国 30 年十大考古发现"之一、"中国 20 世纪 100 项重大考古发现之一"。

2015 年 8 月 22 日

Rising Jinan's Manhattan aspirations

王 倩

The capital of East China's Shandong province implements aggressive strategy to become a multifaceted economic hub.

Authorities of Jinan, capital of Shandong province, expect the city to develop at a faster pace to become a regional hub for finance, logistics and technological innovations.

"Ranking third in terms of GDP among provincial capitals in the country, Jinan will make full use of its advantages in geography, talent pool and business landscape to improve its global competitiveness," said Wang Wentao, Party chief of Jinan.

Wang is the former Party chief of Nanchang, capital of Jiangxi province, and of Huangpu district in Shanghai. After becoming the head of Jinan in March, he proposed an aggressive development plan for the city.

"With a history of 2,600 years, Jinan has long been known as the political, economic and cultural center of Shandong. Now we should strive to further raise the city's reputation as a nationally or even globally renowned metropolis," Wang said.

In 1986, the State Council named Jinan a national historical and cultural city. There are more than 800 natural springs that dot the city, giving it the nickname "Capital of Springs".

Located about 500 kilometers south of Beijing and about 800 km north of Shanghai, Jinan is connected to the economic powerhouses through the Beijing-Shanghai high-speed railway, which shortens travel times to both cities by less than three hours.

"We should better use our natural, cultural and geographic advantages to attract more overseas tourists and businesses, and boost the city's global competitiveness in sectors of commerce, finance, logistics and technological innovation," Wang said.

The city of Jinan is the political, cultural and economic hub of Shandong province.

In 2013, the Shandong provincial government implemented a regional development strategy that called for the integration of Jinan with its six neighboring cities: Laiwu, Zibo, Tai'an, Dezhou, Binzhou and Liaocheng. Authorities hope the move will provide the capital more economic opportunities.

Growing strength

According to the local government's statistics, Jinan's GDP totaled 577.1 billion yuan ($92.9 billion) last year, a rise of 8.8 percent from 2013. Its fixed-asset investments totaled 306.3 billion yuan last year, a growth of 16 percent from 2013.

Despite the global economic slowdown, the city's foreign trade value totaled $10.5 billion in 2014, a year-on-year increase of 9.6 percent.

According to the city's development plan, its GDP is projected to reach 1 trillion yuan in 2020. By then, the city will have 5.5 million people living in its 400-square-kilometer urban area, bringing its urbanization rate to 72 percent.

The plan said the city will continue to transform its economic structure, with revenues from high-tech companies accounting for 45 percent of total revenue by industrial enterprises. The city also plans to boost research and development to create a base for high-tech and advanced industries.

"Advanced and emerging industries like information services, new materials, biomedicine and advanced equipment manufacturing will be the highlights of the city's development," said Wang.

Industrial zones

The city currently has about 10 industrial zones, including the State-level Jinan High-Tech Industrial Development Zone, the Jinan Economic and Technological Development Zone and the Jinan Comprehensive Free Trade Zone.

A software park within the high-tech zone has generated more than 50 billion yuan in sales revenue annually in recent years.

Approved by the State Council in 2012, the Jinan free trade zone stretches over 15 square kilometers and allows enterprises to have convenient access to trade services ranging from storage to customs clearance.

The first of its kind in Shandong's central and western regions, the zone plays an important role in promoting an export-oriented economy for Jinan and its neighboring cities.

Its pillar industries include logistics, integrated circuits and advanced manufacturing.

Financial hub

Wang said Jinan is committed to promoting its financial sector and building a range of financial industrial clusters.

The city is now home to more than 300 financial institutions. Its financial industry reported 54.2 billion yuan in profits last year, a growth of more than 16 percent from 2013.

The Party chief said a central business district is under construction in the eastern part of Jinan, where there currently are more than 40 commercial projects with a total investment of 77 billion yuan. Projects include the 830,000-square-meter Mixc Shopping Mall, a commercial complex of China Resources Co, and the 318-meter-high Zhonghong Plaza that is designed to be the city's new landmark.

"The CBD will focus on sectors of finance, banking, insurance, information service and trade. It is expected to become a financial and trade zone similarly to Lujiazui in Shanghai or Manhattan in New York," Wang said.

The CBD development plan has attracted more than 450 companies, including Shandong Energy Group, Shandong Hi-Speed Group, the Shandong branch of China Life Insurance Group and the Jinan branch of Beijing Bank.

中文内容摘要：

自6月份开始的"解放思想大讨论"，使山东省省会济南的发展思路更加清晰，将打造全国的区域性经济、金融、物流中心和科技创新中心，使济南成为更加国际化的新泉城。

"济南要走更加开放、产业更加高端化、更加国际化、更加具有竞争力的发展新路。"山东省委常委、济南市委书记王文涛对《中国日报》说。

他提出，要提升济南城市现代化水平，擦亮泉城特色品牌，将济南建设成为具有深厚历史文化底蕴、浓厚时代气息、独特泉水韵味、享誉中外的现代泉城。

打造区域性经济中心，全面推动工业、服务业、外向型、民营、总部经济等蓬勃发展，壮大经济总量和实力，主要经济指标增幅全面超过全省平均水平。

打造区域性金融中心，依托省会金融资源优势，全方位打造金融管理、金融机构、资金结算、金融交易、金融服务等中心，成为在全国有较大影响的区域金融中心。

打造区域性物流中心，发挥济南区位交通优势，大力规划发展现代物流业，形成网络化、信息化、规模化为主要特征的全省综合性物流中心和区域性物流中心。

打造区域性科技创新中心，利用省城科技及人才资源，加快科技研发和成果转化，使这里成为国内重要的科技成果策源地和高新技术产业高地。

自今年3月履新济南市委书记至今，王文涛一直在为济南的发展目标思索和筹划。这位省城济南的新掌舵人，曾在中国最大经济中心城市上海的区委书记和江西省会南昌市委书记的岗位工作过。

王文涛指出："要在全省、全国、甚至是世界的坐标上重新看济南、定位济南。"

他分析，济南作为省会城市群经济圈的龙头城市，南接长三角、北靠京津冀、东拥山东半岛蓝色经济区和黄河三角洲高效生态区，西抱中原经济区，有着很强的区位优势。

同时，济南是全省的政治、文化、科技、教育中心，值得骄傲的是它还拥有中国历史文化名城和天下泉城的城市名片。

济南市去年实现国内生产总值（GDP）5770.6亿元，增长8.8%；固定资产投资3063.4亿元，增长16.1%；社会消费品零售总额2964.4亿元，增长12.6%；进出口总值105亿美元，增长9.6%。

"泉水是济南独有的资源，要向世界展示泉城济南的魅力，提升济南的核心竞争力和软实力。"他说。

如何实现四个中心的战略目标？王文涛提出要大力实施开放战略、融合战略、聚焦战略三大战略。

首先是开放战略，济南要摆脱思想束缚，学习和拷贝上海、深圳等先进地区的好经验、好做法。冲破市场垄断和壁垒，营造公平、开放的市场环境，向省内外、国内外的企业和资本开放，对内要在更多领域向社会投资特别是民间资本敞开大门。

其次济南还要实施融合战略，做到产业融合，加快改造提升传统产业、着力培育战略性新兴产业，使其两轮驱动。在产业发展中使城市更有活力，成为宜居和适合创业的城市。

济南建设区域性金融中心、区域性经济中心、区域性物流中心、区域性科技创新中心，必须实现产业、区域、政策、资源的聚焦。济南将聚焦新一代信息技术产业、高档数控机床和机器人、先进轨道交通装备、电力装备、新材料、生物医药及高性能医疗器械等产业的发展，依托高新技术产业，让更多世界500强企业和国内领先企业集聚发展。

济南将高标准打造中央商务区，建设集金融、商务、总部等新兴业态在内的生态圈，使之真正成为反映山东发展实力、代表省会形象、具有浓郁现代气息的标志性区域。促进中央商务区发展的50条政策措施即将出台，使其成为承载区域性金融中心和区域性经济中心定位的优选首选平台。

目前，济南已经掀起了一股建设中央商务区的热潮，王文涛表示，将举全市之力，大力发展文博片区，努力打造一个如上海陆家嘴一样知名的、高标准CBD，使之成为代表经济大省省会形象的标志性区域。

"一个城市的形象和品位靠的不是几个楼宇，而是一个区域，这样的区域被称之为标志性区域。就像说起上海，会想到陆家嘴；说起伦敦，会想到金丝雀码头；说起纽约，会想到曼哈顿。"王文涛说。

目前，济南中央商务区及辐射范围内如此国际化的硬件已经吸引了中石化山东分公司、中国人寿山东分公司、山东能源集团、北京银行济南分行等重点企业近450家入驻。

2015年8月22日

Province a birthplace of Chinese civilization

鞠传江

Shandong gets its name because it is located to the east, or dong in Mandarin, of Taihangshan - the Taihang Mountains. It became an administrative region in 1168 AD and was named a province in the early Qing Dynasty (1644-1911).

Famed as the hometown of philosophers Confucius and Mencius, Shandong is one of the birthplaces of ancient Chinese civilization.

Relics of Neolithic cultures, including the Beixin, Dawenkou and Longshan cultures have been found in Shandong.

The earliest Chinese characters found and the country's earliest military defense project - the Qi Wall built during the Spring and Autumn period (770-476 BC) - are in the province. Shandong is also one of the birthplaces of Chinese ceramics and silk.

The Dawenkou culture site was discovered in Dawenkou township in Tai'an. Relics excavated show that pottery, stone and jade techniques were developed in that period.

Shandong also holds an important place in China's agricultural history.

Relics of grain granaries have been found at the Dawenkou site.

Three of China's four great ancient agronomy books were records of agricultural production in Shandong. The world's earliest agricultural works, Sisheng Zhishu, written during the Western Han Dynasty (206 BC-AD 24), and Qimin Yaoshu from 544 AD recorded agricultural production in the middle and lower reaches of the Yellow River basin.

During the Qin (221-206 BC) and Han Dynasties (206 BC-220 AD), Shandong was China's economic center. Linzi, Dingtao and Jining were the three major textile centers during the Han Dynasty, making Shandong one of the hubs of the ancient Silk Road.

Ceramic production in Shandong dates back to 5100 BC. Black pottery as thin as eggshells was found at the Longshan culture site. The area was developed into China's ceramic production and sales center during the Ming (1368-1644) and Qing Dynasties.

Zhao Aiguo, deputy head of the history and culture school of Shandong University, said Shandong has nurtured many great people including philosophers, strategists, medical scientists, agronomists, calligraphers and poets.

For instance, Confucius (551-479 BC) was a great thinker and educator. His thoughts still influence Asian regions including the Korean Peninsula, Japan and Vietnam. Statistics show there are more than 1,300 Confucian temples around the world.

The famous ancient military strategist Sun Wu (545-470 BC), best known as Sun Tzu was also a Shandong native. His book The Art of War is China's earliest tome on the topic. The book has been translated into dozens of languages including English, French, German and Japanese.

The long history has left Shandong many cultural legacies. The province has 10 cities that are designated national-level historical and cultural cities. The province has more than 1.35 million items of cultural relics.

Shandong also has four world cultural heritage sites. They are Taishan Mountain, the Confucius Temple complex, the Qi Wall and the Grand Canal.

中文内容摘要：

山东灿烂的历史文化

山东因在太行山之东，故称山东。古为齐鲁之地，金代大定八年（1168年）山东正式成为行政区划，清朝初年，设置山东省。

山东历史悠久，素有"孔孟之乡，礼仪之邦"之称，是中国文化的源头和中华古代文明的重要发祥地之一。

山东的新石器时代文明包括滕县的"北辛文化"（前5400～前4400年）、"大汶口文化"（前6500～前4500年）、"龙山文化"（前4300～前2500年）都是在山东首先发现的。在山东还发现了中国最早的文字"大汶口陶文"和"龙山陶书";最早的古代军事防御工程古"齐长城",山东还是中国陶瓷和丝绸的发源地之一。

大汶口文化是新石器时代文化,因在山东省泰安市发现大汶口遗址而得名,延续时间约2000年左右,这一时期制陶业已经有了较大的发展,制石、制玉业也较发达。

"龙山文化"因首次发现于山东章丘龙山镇而得名。考古学家们在对这一遗址的发掘中,取得了一批精美的磨光黑陶,并把这些以黑陶为主要特征的文化遗存命名为"龙山文化"。

山东是中国古代农业文明最发达的地区之一,远古时期的舜就在济南历山开荒种植,大汶口文化时期就有储备粮食的粮仓。中国古代的四大农学书中,其中三部出自山东,即世界上最早的农业专著《氾胜之书》出自西汉;《齐民要术》出自南北朝时期,记录了黄河流域中下游地区几千年的农业生产经验和农业生产技术;元代的《农书》是古代南北方农业生产经验的农业全书。

秦汉以来,山东成为中国的经济中心。战国时期这里的纺织手工业就举世闻名,临淄、定陶、济宁是汉代三大纺织中心,所产丝绸源源不断地通过"丝绸之路"输往西域等地。因此,当时山东地区是"丝绸之路"的主要源头之一。

山东在古代就是中国重要的陶瓷生产基地,早在公元前5100年,就有了以淄博为中心的制陶业,公元前4000年大汶口文化时期,山东的制陶技艺已达较高水平,稍后的龙山文化时期,山东已可以生产黑色磨光、薄如蛋壳的黑陶。到唐宋时期山东淄博的陶瓷业成为影响中国北方的重要基地,到明清时期就成为中国陶瓷业的制造中心及销售中心之一。

山东还是中国古代的冶铁技术发源地。经专家论证,山东淄博铁山是中国冶铁技术发明的源头,西周晚期这里就发明了冶铁技术,至春秋战国时期的齐国就成为东方冶铁文化的中心。

山东还是中国的黄金采掘冶炼中心,招远在战国时期就是齐国的产金之地,到宋代山东招远的黄金产量占全国总产量的89%。

山东大学历史文化学院副院长赵爱国教授介绍,山东历史上出现过一大批对中华文化乃至世界文化产生影响的历史文化名人。包括哲学家、军事家、医学家、农学家、书法家、诗人等。

具有世界影响的孔子及其儒家思想就诞生在这里。孔子(前551.09.28～前479.04.11),是春秋末期的思想家和教育家、政治家,儒家思想的创始人,他的儒家思想对中国和朝鲜半岛、日本、越南等地区有深远的影响,也被华人所推崇。据统计，目前全球有孔庙1300余座。

　　古代著名军事家孙武（约前545～前470年），是东方兵学的鼻祖，春秋时期齐国乐安人，一位天才的战略思想家和作战指挥家。他的《孙子兵法》是中国最早的兵法，被译为英文、法文、德文、日文，成为世界最著名的战争学典范之书。当今不少外国企业家和管理学者，把《孙子兵法》用于商战和企业管理。

　　包括晋朝的书法家王羲之、唐朝的政治家房玄龄、三国时期的政治家诸葛亮、宋朝的李清照，这些历史名人都对中国产生了巨大的影响。

　　1860年，烟台成为山东第一个开放口岸。山东的烟台、青岛成为近代工业的发源地。

　　山东灿烂的历史文化成为不可多得的文化遗产，山东省现有国家级历史文化名城10座，全国重点文物保护单位196处，省级重点文物保护单位1293处。

　　山东省拥有世界文化遗产4个，包括泰山、三孔、齐长城与大运河山东段。其中泰山于1987年被列入《世界自然与文化遗产名录》，成为我省唯一的双料世界遗产。

2015年8月22日

Wealth of resources in charming local springs

鞠传江

Tourists to Jinan can see the most charming part of the city's artesian springs when it hosts the Festival of Springs on Aug 28.

Abundant rainfall in the past two months has increased the water level in well-known springs such as Black Tiger and Baotu to new heights, adding to their attractiveness.

There are more than 800 springs in Jinan, including 219 in its urban areas, making the city a unique destination for tourists. Ju Chuanjiang / China Daily.

Jinan is also known as China's "Captial of Springs". Last year, nearly 56 million people from home and abroad visited Jinan, generating 65.79 billion yuan ($10.6 billion) in revenue, up 14.7 percent from 2013.

The latest survey shows that the city has more than 800 springs, including 219 in the urban area and 136 in the 2.6-square-kilometer old downtown.

An ancient poem depicts Jinan as a place where every household has a spring with weeping willows standing alongside. Records show 72 well-known springs, including the Baotu, Heihu (Black Tiger), Five Dragons and Pearl, are scattered throughout the old downtown area. Locals have utilized the springs for more than 2,600 years.

Jinan features a hilly area in the city's south, which is higher than the city's downtown area. The geographical drop impels the groundwater flow downward before it gushes out on the plain where the downtown area was built. The groundwater converges to form Daming Lake and a river that runs through the downtown area.

In recent years, the local government has worked hard to protect the springs. It has invested more than 2 billion yuan in projects to harness water from the nearby Yellow River, constructing reservoirs and reducing groundwater exploitation.

It has also invested 2.05 billion yuan to expand the scenic area of Daming Lake to 103.4 hectares from its original 74 hectares. The new scenic area is free for tourists and local residents to visit.

The government has invested more than 1 billion yuan to transform the city's moat river, forming a 6.9-km-long sightseeing route. By taking a boat ride along the river, passengers can see several springs. The scenic area was upgraded to a 5A-level National Scenic Area in 2012.

Jinan is also rich in geothermal resources, with hot springs covering 3,347 square kilometers, accounting for 41 percent of the total area of the city. The city has developed a number of hot spring resorts for residents and tourists. Last November, the China Mining Association named Jinan a City of Hot Springs.

Jinan is also working on applying for world heritage status for its springs. In September 2009, Jinan's springs were included on the second batch of China's national-level natural and cultural heritage list by the Ministry of Housing and Urban-Rural Development.

中文内容摘要：

当来自海内外的历史学家云集济南的时候，这座"泉城"也于8月28日迎来第三届济南泉水节。

与泉水有关的12项主题活动，将为市民及海内外旅游者展示济南泉水的魅力和风采，交汇成泉水的狂欢节。

8月正是降雨多的时节，遍布市区的名泉群争相喷涌。趵突泉、黑虎泉水位连续攀高，其中趵突泉在过去的10多天里水位升高了40厘米。近日，每天涌入济南赏泉的旅游者超过 20 万人。

位于中国东部的山东省济南市因泉水闻名于世,去年海内外慕名前来赏泉的旅游者超过 5588.2 万人,旅游消费总额 657.9 亿元,同比增长 14.7%。

最新的普查结果显示,全市共普查到泉水 800 余处,新发现泉水 180 余处。其中市区 219 处,仅在 2.6 平方公里的老城区内,就有 136 处泉水。

济南自古享有"家家泉水,户户垂柳"之誉。趵突泉、黑虎泉、五龙潭、珍珠泉等 72 名泉覆盖城市中心区域。是世界上唯一泉水在城中心的城市。古人倚泉而居,有城的历史超过 2600 年。

专家介绍,济南市南高北低的地势和特有的地质构造,让这里布满了大大小小的泉水。这里因泉而汇集成大明湖,汇流成环城河。济南展现出"山、泉、湖、河、城"浑然一体的城市风貌。

多年来济南市实施保泉工程,市政府先后投资 20 多亿元,引用黄河水、修建水库、减少地下水开采、人工降雨等保泉措施,保证了市区泉水常年喷涌。

当地政府还投资 20.5 亿元扩建改造大明湖,景区由 74 公顷扩大到 103.4 公顷,新景区免费开放,成为市民和游客休闲、健身、游览的亲水空间。当地政府先后投资 10 多亿元进行改造泉水汇集而成的护城河,形成了全长 6.9 公里的泉水游览景观带。坐船观赏众多名泉,"一船游遍泉城"成为泉城独特旅游产品。

"天下第一泉"景区升级为 5A 级国家景区

济南的地热资源也非常丰富,温泉面积达到 3347 平方公里,占全市总面积的 41%。开发出一批养生、度假温泉基地,深受市民及旅游者欢迎。去年 11 月,泉城济南被中国矿业联合会正式命名为"中国温泉之都"。

如今,泉水成为济南市民生活不可缺少的,也成为海内外旅游者的最爱,形成了独特的泉水文化。

济南还积极推进泉城申请世界遗产工作。2009 年 9 月,济南泉水被国家住建部列入第二批《中国国家自然与文化双遗产预备名录》,成为第一个以泉水为主题的"申遗"项目,为申报世界遗产创造了条件。

泉水吸引着越来越多的旅游者,今年前 6 个月旅游人数达到两位数的高增长。这座城市正在谋划加强"天下泉城"文化旅游品牌的海外推广,打造"天下泉城"世界级旅游目的地。

2015 年 8 月 22 日

City aims to become regional financial hub

鞠传江

Jinan, the capital of Shandong province, is working to accelerate the development of a regional financial center and promote the integration of finance and technology, financial and high-tech industries, as well as finance and public entrepreneurship.

The financial industry has become an important engine to promote the economic development of the city.

"Jinan is trying to explore new ways for the development of its financial industry and build a regional financial center and regional science and technology innovation center," said Wang Wentao, Party chief of Jinan.

Last year, revenue from the financial industry amounted to 54.2 billion yuan ($8.45 billion), accounting for 9.4 percent of the total GDP in Jinan. The industry also paid 10.8 billion yuan in tax, accounting for 12.4 percent of the city's total taxes.

Jinan has so far developed three major locales for its financial industry.

The Jinan financial business center is home to the regional headquarters of 19 banks and 31 insurance companies.

Jinan's central business district, another gathering area for the financial industry, is home to the operations of 65 international financial institutions and financial services companies, and 450 other financial companies, with a total annual turnover of more than 70 billion yuan.

The newly developed Hanyu Valley Financial Street, with a planned area of 4.1 million square meters and a total investment of 26 billion yuan, is designed to be a national financial innovation demonstration zone. It has already attracted more than 30 financial institutions, such as the Industrial Bank and Qilu Securities.

Foreign banks have also been attracted by the city's excellent business

The central business district of Jinan is a major gathering area for the city's financial industry.

environment. In recent years, HSBC, Standard Chartered, East Asia Bank and other foreign banks have established operations in Jinan.

Jinan's securities industry has also developed rapidly. Last year, 57 new companies in securities, futures, mortgage and private equity funds were established in the city. The city's securities industry achieved a total turnover of 1.61 trillion yuan in 2014, an increase of 81.72 percent from 2013.

The city also actively promotes financial industry reform. For example, the Shandong financial asset trading center opened last year and launched nine innovative financial products.

Jinan actively promotes the listing of enterprises. The total number of listed companies in Jinan has reached 30, raising a total of 90 billion yuan on the stock markets. There are 39 companies listed on the "new third board" - an over-the-counter market for growth enterprises - ranking first in the province and sixth nationally.

At present, Jinan has 31 small loan companies, with combined registered capital of 4.2 billion yuan. The city is also committed to promoting the development of private financing institutions. It has approved 22 private capital management companies, with a total of 1.7 billion yuan of registered capital.

中文内容摘要：

济南加快建设区域性金融中心

山东省济南市加快发展区域金融中心，推动金融与科技、金融与高新技术产业、金融与互联网、金融与大众创业的融合，金融成为推动济南经济发展的重要引擎。

济南市委书记王文涛说："济南要加大金融业态创新，使区域性金融中心和区域性科技创新中心双轮驱动，探索金融业发展的新路子。"

据介绍，近年来，金融业已发展成为济南市支柱产业。去年，济南金融业增加值542亿元，占全市生产总值的比重为9.4%；金融业实现税收收入108.2亿元，占全市税收的比重为12.4%。

目前，济南已经形成了三大金融中心功能区：商业发达的济南金融商务中心区，拥有银行区域总部19家、保险公司区域总部31家。据济南市金融办统计数据显示，2014年末，全市金融机构本外币各项存款余额12010.2亿元、贷款余额10002.5亿元。保险业累计实现保费收入162.86亿元，同比增长15.12%。

济南东部的中央商务区作为总部经济与金融聚集区，已经吸引海内外知名的地区性金融总部、融资服务机构，金融类机构65家，同时入驻重点企业总部450家，注册资本达1200亿元，年营业额超过700亿元，形成区域税收近百亿元。

济南总额约260亿元建设的"金融街"——汉峪金谷，规划建筑总面积410万平方米。目前，已经有兴业银行、齐鲁证券等30余家金融机构与企业总部签约落户。将成为国家级的金融创新示范区。

外资银行看好济南，近几年，汇丰、渣打、东亚等外资银行纷纷入驻，恒生银行济南分行也已获批筹建。由中德合资组建的全国性寿险公司——德华安顾人寿保险有限公司正式开业。包括花旗银行等一批海外银行的入驻工作正在推进之中。

济南证券业发展迅速，仅去年以来，这里就新成立57家证券、期货、小额贷款、典当行和私募基金等金融机构。去年，济南证券业实现总交易额1.61万亿元，同比增长81.72%；期货业实现代理交易额3.43万亿元。

济南积极推动金融改革，去年4月，山东金融资产交易中心开业，并推出不良金融资产交易服务等9项创新产品，当年交易总额约9.51亿元。

济南积极推动企业上市。截至目前，济南区域内上市公司总数30家、股票31只，累计融资总额900亿元。在新三板挂牌的企业数量达39家，居全省第一、全国第六位。

大力发展普惠金融，打造有济南特色的省级和国家级区域金融改革发展中心。目前济南市已有31家小额贷款公司开业运行，注册资本42.35亿元。全年累计放贷82.1亿元，其中投向"涉农"16.8亿元，投向小微企业49.1亿元。大力推进民间融资机构发展工作。目前，已批准筹建民间资本管理公司22家，注册资本共计16.8亿元。

济南市区域金融集聚辐射能力明显增强，一个立足山东、辐射周边省份、在全国有较大影响的黄河中下游地区金融中心正在逐步形成。

2015年8月22日

Public service facilities drive innovation and training

李 洋

The Jining National High-Tech Industrial Development Zone in Jining, Shandong province, is making good use of public service facilities for technological innovation and professional training, such as a production, teaching and research base, creative design center, university science and technology park, software park and cloud-computing center.

"Jining can transform its industry and economy through developing high-tech industries, and it relies on talented people to achieve breakthroughs in such development," said Ma Pingchang, party chief of Jining. "We attach great importance to creating a good living environment, real entrepreneurship and a favorable innovation atmosphere for talent."

Every month, a business plan competition hosted by the government is held in the Jining National High-Tech Industrial Development Zone. The winners are supported to realize their plans through "Entrepreneurship Dream Works" - an initiative jointly supported by the government, startup funds from various sources and preferential policies.

"We will make the zone an ideal startup place for youngsters, and an innovative business cluster district," said Bai Shan, deputy mayor in charge of the Jining high-tech zone.

The zone provides a low-cost, convenient, total-factor and open environment for entrepreneurs.

Private funding is encouraged to participate in building further startup incubators, exploring models that combine funding, tutoring and professional services. There are 13 venture capital funds, valued at more than 4 billion yuan ($632 million), for startup companies in innovative technologies in the zone.

Recent graduates attend the software talent training center in Jining.

In addition, the Jining government said it would seek to foster the development of medium, small and micro-sized enterprises. These measures are aimed at providing professional services and diversified business models for public entrepreneurship and innovative industries in the zone.

In order to promote the innovative integration of technology, industry, finance, management and business models, the zone enhances the cooperation with institutes and universities at home and abroad. Several national and provincial-level high-technology laboratories have been established in the zone, along with engineering and technology research centers, postdoctoral and academician workstations and technological result transfer bases.

The zone is also engaged in the construction of 16 technology platforms, such as the Advanced Technology Institute of the Chinese Academy of Sciences and the Xin Siyu Culture Creative Industry Park. In almost two years, 560 innovative projects have been launched in the zone, with 57 projects winning technological advancement awards above provincial level.

Part of the zone is a platform to attract talented entrepreneurs and make their startup dreams reality through such initiatives as a talent league mechanism and a university park. The talent league unifies policymaking, information exchanges, training, patent technique trading, recruitment and social activities. More than 150 key companies, financial organizations, universities and talent agencies have joined the league, forming a complete human resource industry chain that comprises recruiting, outsourcing, training, consulting and project evaluation.

More than 120 universities, including the Chinese Academy of Sciences, Tsinghua University and the University of Dayton, have talent cooperation projects with the zone. More than 90 percent of large and medium-sized enterprises in the zone also have cooperative relationships with universities. Among the famous universities in the Jining University Park are Shandong University, the Ocean University of China and Fudan University, which provide specific training programs for more than 1,000 students.

The zone now boasts about 200 senior professional researchers from eight countries and regions, and 62,000 professionals of various levels from China.

In July 2013, the US IT giant HP set up its software talent and industrial development base in the zone, thanks to its favorable investment and business environment. The project, worth $2 billion, is the third-largest investment in Shandong province since its reform and opening-up in the late 1970s.

Xu Tingfu, an official at the investment office of Jining government, said that what attracted HP to the city was Jining's advanced talent concept. "The zone's favorable talent policy is in line with the global IT corporation's development trend," Xu said.

中文内容摘要：

走在济宁国家高新技术产业开发区，产学研基地、创意设计中心、大学科技园、软件园、云计算中心、科技中心、济宁孔子国际学校……随处可见彰显科技创新和人才汇聚氛围的公共服务设施。

"济宁市正在通过发展高新技术产业实现城市转型，而高新技术产业的核心是高层次人才，我们要打造一个最优创业、创新环境，吸引更多高层次人才。"济宁市委书记马平昌说。

在济宁高新区，每月的17号都会举行一场创业大赛，获胜者将入住"创业梦工厂"，享受"场地＋资金＋政策"的全方位创业扶持。

济宁市委常委、副市长、济宁高新区党工委书记白山说："要让这里成为年轻人创业的理想之地,也要成为创新企业的聚集区。"

这个高新区发挥集聚创新驱动作用,大力推动大众创业、万众创新。加快建设青年创业梦工厂、创客学院等新型创新服务载体,进一步完善"创业苗圃—孵化器—加速器—产业园"孵化链条,为创业者提供低成本、便利化、全要素、开放式的创业环境。他们引进山东大学、中国海洋大学、复旦大学、齐鲁工业大学、济宁医学院等一批名校资源入驻济宁大学园,定向培训的大学生超过10000人。

他们鼓励社会资本参与创业孵化器建设,探索"创业资金＋创业导师＋专业服务"的孵化模式,专注中小微企业引进、管理、培育、服务,形成创业主体大众化、创新服务专业化、创业模式多样化的发展格局。

大力推动创新服务平台化建设,推动技术、产业、金融、管理、商业模式创新跨界融合,充分发挥中国产学研示范基地带动作用,加强与国内外大院大校大所的合作,建设一批国家和省级高新技术重点实验室、工程技术研究中心、博士后工作站、院士工作站和科技成果转化基地,重点推进中科先进技术研究院、新思域文化创意产业园等16个科技平台建设,集中攻克一批共性关键技术。近两年,实施各类创新项目560项,获省以上科技进步奖57个,参与制定国家和地方标准40项。

建设了人才联盟、大学园、大学科技园等一批人才培养、引进、产学研结合的公共人才平台,联合高等院校,科学设置专业,坚持学历教育与技能实训相结合,超前实施人才引进、培养计划,吸引各类人才来高新区创业追梦、在高新区成功圆梦。与中国科学院、清华大学、浙江大学、美国代顿大学等120多所高校院所的互动合作,促成区内90%以上的大中型企业与高校院所建立合作关系,企业重点实验室、工程技术中心、企业技术中心等创新机构发展到126家,8家企业牵头或参与省级技术创新联盟。

这个高新区加快建省级人才管理改革示范区,大力实施"551"人才工程,加快聚集高层次创新团队、创业人才。吸引更多知名高等院校联合办学、设置专业或设立研究生院,培养企业急需高端人才。

构建集政策发布、信息交流、教育培训、专利交易、招聘服务、人才联谊等功能于一体的人才联盟,已吸纳150余家重点企业、金融机构、高校院所和人才机构加盟,形成了涵盖招聘、猎头、外包、培训、咨询、测评等环节的人力资源产业链。

这里还设立了科达天使、未来之星天使基金,扶持种子型企业,降低创业风险。对初创期企业，吸引大量社会资本参与科技创业投资，13支创投风投基金规模突破40亿元。

与此同时，为提高与世界水平"对话"的能力，济宁高新区加大对高端人才的引进力度，先后与人社部专家服务中心、千人计划联谊会以及万宝盛华、怡安翰威特等世界知名人才机构建立合作，先后引进德国巴斯夫新材料、日本液压研发、古巴国家生物制剂等10多家国际化研发团队，集聚美、日、韩、德、俄、意、法、澳等8个国家和台籍的专家人才200多人。

目前，该区人才总量达6.2万人，拥有国家"千人计划"专家10人、山东省"泰山学者"特聘专家8人，享受国务院政府津贴专家5人，山东省有突出贡献专家7人，济宁市"511"计划专家20人。

正是由于济宁高新区的良好创新创业环境，2013年7月，全球最高端的IT项目——投资20亿美元的惠普国际软件人才及产业基地选择落户于此，成为山东省改革开放以来第三大外资项目、济宁最大的外资项目，引起了全球IT界的广泛关注。

据济宁市惠普招商办公室副主任徐廷福介绍，惠普选择落户济宁高新区的原因之一就是看中了其人才发展理念。"惠普济宁项目的定位就是为产业发展培养IT人才，这与济宁高新区的人才发展理念相符合。"徐廷福说。

2015年8月26日

Dong'e Ejiao's long history of globalizing TCM

赵瑞雪　王　倩

A century ago, a number of Chinese companies displayed more than 11,000 items at the Panama Pacific International Exposition held in San Francisco in 1915 - in spite of difficulties transporting their goods - and won 1,218 prizes, earning China the highest total number of awards. The expo is regarded as a milestone for Chinese brands.

One hundred years later, the globalization process continues. Eight Shandong-based companies who won gold medals in 1915 received "100-Year Expo Company" certificates from Shandong provincial authorities at the opening ceremony of Shandong Week on Sept 16 at Expo Milano 2015.

"Being rewarded at Expo Milano is a great step for Dong'e Ejiao Co, a producer of traditional Chinese medicine walking onto the international stage," said Qin Yufeng, CEO of Dong'e Ejiao.

Ejiao, a national-class intangible cultural heritage that has a 3,000-year history in Shandong, is TCM made from donkey hide. It's essentially donkey hide gelatin and is said to improve blood circulation and boost energy levels.

"As a leading company in the ejiao sector, we have been dedicated to globalizing TCM for the past 100 years," Qin said.

Silk Road connection

Ejiao is named after its birthplace of Dong'e county in East China's Shandong province and is listed as one of the top three tonics in the TCM industry, along with ginseng and pilose antler.

According to a poem written during the Tang Dynasty (AD 618-907), concubine Yang Yuhuan ate ejiao every day to maintain her beauty. Emperor Xianfeng (1850-

1861) of the Qing Dynasty (1644-1911) often gave ejiao as a royal offering.

Ejiao was exported overseas along the ancient Silk Road that connected China with the old Roman Empire and is the earliest Chinese health product to appear on the international stage.

It is said ejiao was among many souvenirs Italian merchant Marco Polo took back to his country after he traveled in China in the late 13th century.

A worker at Dong'e Ejiao's factory arranges ejiao chips on a production line.

Dong'e Ejiao, located in Dong'e county of Shandong province, has won several awards at international expositions. At the 1915 expo, Shandong's ejiao won the only prize for tonics. About a century later, Dong'e Ejiao again participated in Expo 2010 Shanghai China, to much acclaim.

Its participation at Expo Milano shows Dong'e Ejiao is making great efforts to globalize its products.

"We will speed up our globalization process to have more ejiao products available for overseas markets," Qin said.

Yan Xulin, an expert on brand development at Tsinghua University, said Dong'e looks for the best teams around the world to ensure the efficiency of its projects. The company, Yan said, also makes the most of both domestic and international resources.

Guaranteeing supply

As more consumers become aware of the nutritional values of ejiao, the supply of donkey hide gelatin products have fallen short of demand because of the lack of interest from farmers to raise donkeys, said Qin.

According to China's agricultural authorities, the number of donkeys raised by farmers dropped to 6.36 million at the end of 2012, compared with 9.44 million in of Chinese culture, TCM will become a trend on the international stage. As a leading company in the TCM sector, we have been committed to globalizing and standardizing TCM," Qin said.

Dong'e Ejiao showcased its popular product - Taohuaji and the newly developed product molecular ejiao tablets - at Expo Milano.

An Italian visitor said she wanted to taste ejiao after she read the TCM product has a history of more than 3,000 years and a reputation as one of China's best national tonics.

"It's a trend for TCM entering the overseas market, but new elements shall be added to the traditional Chinese medicine to fit the overseas market," said Qin.

The company spent four years redeveloping one traditional product - a syrupy compound of ejiao. In addition to treating anemia, a product can treat dengue fever.

Qin said the syrupy compound of ejiao has been listed as a national-class innovative medicine. Experts predict the product, as a TCM item, has great potential in overseas markets.

Qin said the syrupy compound of ejiao is popular in the United States, Canada and Southeast Asian countries such as Indonesia. Sales of the product at Indonesia reached 10 million yuan last year.

To date, the company's ejiao is among the top 10 TCM items with the highest export volume. The estimated value of the brand is 10.65 billion yuan.

"As demands from the overseas market keep expanding, we will develop new products and conduct clinical research overseas," said Qin.

中文内容摘要：

100年前，包括东阿阿胶等品牌在内的中国11万件展品，在当时十分落后的交通条件下，跨越半个地球参加在美国召开的1915巴拿马太平洋万国博览会，共获得奖章1218枚，为参展各国之首、历届之最。这在中国品牌国际化进程中具有里程碑的意义。

100年后，在9月16日意大利举行的2015米兰世博山东周开幕式上，山东省向东阿阿胶等曾获万国博览会金奖的8家企业颁发"世博百年品牌企业"纪念证书，向世界展示中国老字号品牌的新成就。

1996.

"Although resources are shrinking, demand for ejiao has risen by an average of 30 percent a year, driving more companies to join the ejiao sector," Qin said.

To ensure an ample supply of donkey hides, Qin lists material development as the company's major strategy. The company has spent 200 million yuan ($31.3 million) building 20 donkey farms in several provinces and regions including the Xinjiang Uygur autonomous region, the Inner Mongolia autonomous region, Gansu, Liaoning and Yunnan.

In addition, Dong'e Ejiao has set its sights on global bases. Marks on a world map in Qin's office show the company has developed donkey farms in South America, Europe and Central Asian areas. The company is also planning to build a farm in Africa.

On May 1, the company signed a contract with the government of Australia's Northern Territory to develop a project in Australia. The project is set to integrate donkey raising and processing.

One month later, the company signed a deal with Salazar Corp in Mexico to jointly develop the donkey-related industry.

To ensure the quality of ejiao, Qin enforces tight control on the complete industrial chain, which encompasses donkey breeding and raising, as well as production.

Electronic chips are implanted into the donkeys to monitor breeding.

To extend the ejiao industry, the company signed cooperation deals at Expo Milano with the University of Camerino in Italy and a meat producer in Australia.

"With a history of more than 700 years, the University of Camerino leads the world in the research of donkey hides, milk and meat. We will jointly explore the nutritious value of Dong'e black donkeys to raise the brand value of Dong'e Ejiao," Qin said.

In Australia, the company will buy a 1,345-square-kilometer donkey farm and a donkey-processing house.

Innovating a tradition

"TCM represents quintessential Chinese wisdom. With the resurrection

"这是传统中药阿胶再次跨出国门走向国际大舞台。百年间,作为中国阿胶行业龙头企业,东阿阿胶不断致力于中医药的国际化,在世界一次次掀起中医养生文化的热潮。"国家级非物质文化遗产东阿阿胶制作技艺传承人、东阿阿胶股份有限公司总裁秦玉峰说。

阿胶随古丝绸之路走出国门

阿胶因出自山东省东阿县,故名。阿胶在山东已有3000多年的历史,从古至今就被认为是"滋补国宝",被历代中医药专著、《药典》收录,与人参、鹿茸并称"滋补三宝"。

阿胶曾被咸丰帝封为"贡胶",是当时皇家的特供品。唐代诗中"暗服阿胶不肯道,却说生来为君容",描写正是杨贵妃为养颜每天"暗服阿胶"的故事。

通过古丝绸之路,阿胶出口到海外,是中国走向世界的最早的保健品和美容品。相传,在当时阔阔真公主的随嫁品中就有阿胶。而马可波罗带回意大利的纪念品当中,阿胶也位列其中。

东阿阿胶素来与世博有着不解之缘。在1915年巴拿马世博会上,山东阿胶以中医药保健品的身份出现,成为唯一获奖的保健品。2010年上海世博会,作为国内阿胶行业龙头企业,东阿阿胶有限公司代表山东阿胶进入世博山东馆,并荣获"千年金奖",再次彰显了传统中国医药文化的独特魅力。

此次,东阿阿胶再次登上世博舞台,这无疑传递出东阿阿胶未来重要的战略方向——国际化。"我们将大大加快国际化进程,要使我们的产品能够快速走向世界。"出生在山东的东阿阿胶传承人秦玉峰内心早已有了更多的全球化思考。

对此,清华大学品牌专家阎旭临评价:"如今的东阿阿胶组建一些项目,都会在全球范围内找寻最好的团队,进行全球化的资源配置。"

加快全球驴皮原料资源"布点"

随着中国大健康产业日趋兴盛,阿胶及系列产品的滋补养生价值得到更多人的认可而"供不应求"。但由于农耕机械化程度提高,毛驴养殖者却在逐渐减少。据中国国家统计年鉴统计:从1996年至2012年,全国毛驴存栏量从944.4万头下降至636.1万头,下降幅度达1/3。

"尽管原材料在逐渐减少,市场对阿胶的需求以每年30%的速度增长,促使很多企业加入到生产阿胶的行业。近年来,原料成了制约阿胶产业发展的瓶颈。"秦玉峰说。

面对鱼龙混杂的阿胶市场,秦玉峰推出了"全产业链质量管控"运营模式,从上游源头养殖种植、控制原料质量，构建了先进的溯源系统，对毛驴实施皮下植入电子芯片，实现从毛驴繁育、养殖到产品生产的全过程可追溯等。

秦玉峰强调，保障原料的供应一直以来是东阿阿胶重大策略之一，为此多年来东阿阿胶已累计投资2亿多元先后在新疆、内蒙古、甘肃、辽宁、云南、山东等地建立了20个毛驴药材标准化养殖基地，推动养驴产业壮大。

同时，东阿阿胶开始放眼全球开发原料资源。在秦玉峰办公室里的一张世界地图上，已经有了很多标注。他们将在全球的视野下挑选毛驴的养殖基地。东阿阿胶南美洲、欧洲、中亚地区的毛驴基地的布局已经有多年了，并正在布局非洲市场。

5月1日，东阿阿胶与澳大利亚北领地政府签署合作协议，在澳大利亚北领地进行毛驴养殖、屠宰加工及贸易投资。短短一个月后，6月9日，东阿阿胶又与墨西哥萨拉萨尔公司签署双边毛驴资源战略开发合作协议书。

在本届米兰世博会山东活动周经贸活动上，为了加长整个阿胶产业链，东阿阿胶与意大利的卡梅里诺大学、澳大利亚肉类集团分别进行了签约。

秦玉峰说："卡梅里诺大学有着700年悠久历史，对驴皮、驴奶、驴肉的营养价值的研究走在了世界前列。东阿阿胶将和卡梅里诺大学共同挖掘山东特色的东阿黑毛驴驴肉、驴奶的营养和保健价值，以提升东阿阿胶的品牌附加值和品牌影响力。"

同时，东阿阿胶还和澳大利亚肉业集团签约，在澳大利亚购买150万平方米的牧场和一个国际标准的驴业屠宰场。澳大利亚肉业集团的董事长乔·卡特说，和东阿阿胶的合作是他们中国战略的重要部分。

创新传统技艺　　推动中医药国际化进程

"中医药是中国人智慧的结晶。随着中国文化的复兴，中药走向世界将成为一股潮流。"秦玉峰说。作为中国中医药保健行业的领军企业，东阿阿胶多年来一直致力于推进中医药国际化、标准化进程。

在本次世博会上，东阿阿胶向世界展示了东阿阿胶百年的经典产品和最新的桃花姬、小分子阿胶等系列产品，面对这些瑰丽的中医药文化，来自意大利的玛利亚太太说，她觉得流传三千年的中国滋补用品，一定有它流传的理由，她非常想尝试下。

"阿胶走向海外是必然的。但中医药走出去还需要从传统的基础上进行创新。"秦玉峰说。

为此，东阿阿胶投入几千万用4年时间对其复方阿胶浆产品按照国际化的标准和规范进行二次开发。研究表明该产品对治疗登革热、运动疲劳恢复、肿瘤性贫血均有独特疗效。

秦玉峰表示，该产品已被列入"国家重大新药创制"专项。专家预测，这是未来最有希望走出国门做大的中医药品种，地位不亚于青蒿素对世界的贡献。

他指出，目前，复方阿胶浆在美国、加拿大、和印度尼西亚等东南亚国家深受消费者欢迎。去年，仅在印度尼西亚市场的销售额就突破了1000万元，预期今年复方阿胶浆在海外的销售额将达到6000万元。

目前，东阿阿胶已成为中国前十位出口最大的中药品种，远销东南亚各国及欧美市场，品牌价值已高达106.05亿元。

"今后随着国际市场需求增大，我们还将为国际市场的不同消费需求开发新产品，在海外开展产品临床研究，为更多的国内外消费者造福。"秦玉峰说。

2015 年 9 月 24 日

Italian expo: platform for economic and trade ties

庹燕南

Since its opening on May 1, the China Pavilion in Expo Milano 2015 has welcomed more than 2 million visitors, becoming one of the most popular pavilions in the expo.

From May 1 to Oct 31, about 145 countries, three international organizations and 13 nongovernmental organizations are scheduled to take part in the expo, which is expected to attract more than 20 million visitors.

Wang Rui, deputy pavilion director of China Pavilion Expo Milano 2015, told China Daily that this is the first time China has built its pavilion in a world expo independently.

This year, the country is presenting the second-largest foreign pavilion at the expo, which is themed "Feeding the Planet, Energy for Life".

The China Pavilion has a total construction surface area of 4,590 square meters, making it the second-largest pavilion after the Italian one.

In the past four months, the China Pavilion received an average of 10,000 daily visitors, and that could peak at 20,000, Wang said. But the pavilion's innovative design means visitors will not have to wait in long lines to get in, Wang said.

"Agricultural civilization" forms the core concept of the China Pavilion. It is structured like a thatched cottage used by Chinese farmers to rest after hours of laboring in paddy fields.

The pavilion also embodies the project's theme, "The Land of Hope"–the roof is covered by a layer of shingled bamboo, making the building seem like a moving wheat field under the breeze from a distance. According to Wang, the roof panels were designed via a unique digital process by China's Tsinghua University. The building combines existing civilization concepts and ideas for future development.

"The China Pavilion is aimed at merging the two perspectives together. As an ancient civilization, agriculture and food safety are important issues to China, while sustainability is also a crucial element for future development," Wang said. Sustainability in the design is reflected in half opened spaces to lower energy consumption and generate less waste.

Beneath the roof, a landscaped field representing the concept of "land" incorporates the building's exhibition program. With a 20-minute multimedia installation consisting of 22,000 LED stalks integrated into the landscape, visitors from the second floor are able to see different beautiful patterns, including traditional terraced fields, colorful flowers and changing lights made by the stalks.

China pavilion is seen at Expo 2015 in Milan, May 6, 2015. Themed "Land of Hope, Food for Life", the pavilion's design evokes rippling wheat. Inside are exhibits on agricultural history, food culture and the future of the world. The "Field of Hope" consists of 20,000 shining artificial wheat straws.

Many Italian visitors, including high-level officials, have expressed their fondness for the pavilion. Margherita Barberis, director-general of Foundation Italy China, told China Daily that she went to the pavilion a few times already, but it still impresses her every time she visits.

"I come to the expo once or twice a week." she said. The China Pavilion is very impressive and beautiful, and the organization of it is well done. It is a rare case among the popular expo pavilions in that it does not require long waiting times.

"I think the most impressive thing in the Chinese pavilion is the wheat field made up of more than 20,000 of LED lights." she said. "China is one of the countries in the world with the best solar energy industries, and that is reflected by those LED lights in the venue."

"The exterior of the pavilion is also very beautiful." Barberis said. She said because she has been visiting China frequently for 15 years, she had thought that there would be nothing that would surprise her. However, when she saw the pavilion, it brought a warm feeling, like going back to China.

Dominici Anna, an Italian white-collar worker, had to attend a meeting near the expo, so during her one-hour break, she chose to visit the Chinese pavilion for a taste of the expo.

"The peaceful display of the pavilion is good, other pavilions want to show a lot of high-tech effects, but I like the beauty of nature presented in the China Pavilion," she said. She also mentioned that although the pavilion is popular, she still can get in without waiting too long.

Fabrizio Grillo, secretary-general of the Italy Pavilion, told China Daily that it was "so nice and impressive to see so many differences among all China's different regions, provinces, the historical traditions".

"This year is also the first time for a China Pavilion at an expo to combine the functions of showcasing the country and promoting economic trade. "Wang said.

"Between Italy and China, there are many sectors that offer the possibility of build bilateral economic relations," Grillo said.

Since 1982, the China Council for the Promotion of International Trade has organized the China Pavilion for 15 world expos.

According to Wang, the development of China pavilions in the previous expos is a process of gradual improvement. Compared to previous years, Chinese authorities have placed greater emphasis on the economic and trade aspects. This change results from the communication with other countries, "at the expo platform we not only showcase ourselves, but also learn and absorb others' advantages", Wang said.

"We learned from other experienced countries such as Italy, France, Germany and the United Kingdom. Those countries are very dedicated to the expo and to the promotion of their economic development and trade relationship through the expo. From the design and exhibitions of their pavilions, you can feel the enthusiasm of promoting trade ties," Wang said.

"Slightly, step by step, we adjust our design and concept of the pavilion to adapt to new international trends," he said.

China's provincial governments have also organized a series of higher-end economic and trade promotional activities for investors and projects through the platform.

"Strong political ties between the two countries are also providing a strong foundation for business and cultural ties." Barberis said.

She is very optimistic about China's Belt and Road Inititative, a reference to the Silk Road Economic Belt and the 21st Century Maritime Silk Road initiatives, transport infrastructure projects linking Asia and Europe, proposed by President Xi Jinping in 2013-and she believes that this policy will be very successful.

"The Milan Expo is providing a great opportunity to deepen bilateral exchanges and many Chinese and Italian businesses have been able to discuss cooperation in a series of themed conferences held during the global event." she said.

According to Wang, in the past few months, the China Pavilion has hosted more than 15 provincial-level trade promotion events; in September, Shandong province held the largest one with more than 300 Chinese and Italian enterprises participating during the Shandong Week industry event.

Yantai Changyu Pioneer Wine Co, a leading Chinese wine producer, also took part in the event. According to Sun Jian, deputy general manager of the company, since 2012, the company has placed greater emphasis on its overseas market to hedge declining domestic sales, and has established cooperation with many European companies in traditional wine producing countries including France, Spain and Italy.

The company attended the five-day Shandong Week at the expo, during which it negotiated plans with two Italian winemakers.

As early as 2011, Italian sparkling wine maker Donelli signed an agreement to issue and transfer its intellectual property rights in the Chinese market to Changyu, including its trademark and Chinese brand name. They plan to further their cooperation.

Changyu is also negotiating with the Generali Group, which has seven chateaus in Italy. The agreement would allow Changyu to use Generali's wine laboratory, one of the most advanced in the world.

"Every province places a lot of emphasis on this platform. We held events in various formats including visiting local enterprises, banquets and trade fairs. We also received very positive feedback from the Italian side," Wang said.

Many Chinese companies seek business opportunities in Italy through the platform. Founded in 1998 at Weifang, Shandong, Foton Lovol International Heavy Industry Co recorded 2.8 billion euros ($3.1 billion) in sales revenue last year. It also bought an Italian agricultural machinery company earlier this year.

"Through the acquisition, we would like to promote high-end agricultural machine in the Chinese market, and it will set up a new center in Italy Emilia

Romagna," said Massimo Zubelli, general manager of Lovol Europe, during the trade fair at Shandong Week.

"More economic trading functions are expected to play major roles in the design of China pavilions in future world expos, to use the global platform to propel international trade relationships." Wang said.

中文内容摘要：

米兰世博会迎山东活动周 "农圣家园"加强对欧合作

以"滋养地球，生命的能源"为主题的米兰世博会于今年5月1日正式开幕，作为中国重点参与的8个省市区之一，"米兰世博会中国馆山东活动周"主题为"丝路情长，农圣家园"，以体现山东作为古代世界海陆丝绸之路的重要发源地之一，在农业特别是粮食生产上的突出贡献。

"孔子故里"中国山东省于9月16日至20日在2015年意大利米兰世博会中国馆举行山东活动周。

山东自古多圣人，不仅是孔子故里，还是中国古代农圣——贾思勰的故乡，在粮食生产、农业先进技术和农业发展方面对世界产生了重要影响。由山东推荐的《齐民要术》展项成为本届世博会中国馆的11个常设展项之一。

"米兰世博会山东活动周是山东与意大利地方政府之间深化交流合作的重大机遇。要以世博会山东活动周为平台，充分展示山东特色，大力开拓欧洲市场。"米兰世博会山东周组委会办公室主任、山东省贸促会会长徐清说。

中国农产品出口第一大省欲加强对欧合作

"作为中国第三大经济省份，山东不仅是经济文化大省，同时也是中国重要的农产品生产、出口、消费大省，在对外开放特别是农业对外开放方面一直走在全国的前列。"徐清说。

目前，山东全省耕地面积1.12亿亩，农作物总播种面积1.63亿亩，是中国粮食作物和经济作物重点产区，粮棉油、瓜果菜、畜产品、水产品等主要农产品产量一直位居中国前列。山东已成为中国重要的农产品生产、加工、出口基地，规模以上农业产业化龙头企业数量和销售收入位居中国第一。

2014年，山东农产品进出口贸易总额427亿美元，同比增长4.2%，其中，农产品出口157.3亿美元，同比增长3.5%，出口额连续第16年领跑全国。山东省优势农产品按出口额依次是水海产品及制品、蔬菜、果品及制品、肉食品和花生及制品。出口市场遍布全球200多个国家和地区，日本、欧盟、东盟等市场位居前列。

山东蔬菜品种资源丰富，被称为"世界三大菜园"之一。目前全省蔬菜有100多个种类，3000多个品种，70%以上销往省外，出口量占全国的1/3。2014年，山东蔬菜总产10952万吨，居中国第一位，占全国的比重为13.2%。

为进一步提高山东出口农产品在境内外的知名度和美誉度，山东目前正在积极推进出口农产品质量安全示范省建设，力争到2017年完成重点培育的农产品国际知名品牌达到100个，农产品年出口力争达到200亿美元，全省80%以上的县（市、区）建成示范区，出口农产品检验检疫合格率保持在99.95%以上。

"意大利的产业结构与山东省具有很强的互补性，是山东企业开展对外贸易和投资、进军欧洲市场的理想合作对象。"意大利是欧洲第4大经济体，是欧盟内仅次于法国的第二大农业国，农产品质量享誉世界，239种农产品获得欧盟最高认证，是世界最大葡萄酒生产国、欧洲重要的生鲜果蔬转口贸易国。

2015年10月5日

Lovol takes "A Plan" for tractors to international stage

赵瑞雪

To tap the global market for high-end agricultural machinery, Lovol International Heavy Industry Co presented its state-of-the-art Arbos-branded tractors at Agritechnica, the world's leading exhibition for agricultural machinery and equipment, in Hanover, Germany, from Nov 8 through 14.

Lovol, China's largest producer of agricultural equipment displayed its Arbos 5000, 6000 and 7000 series, with the 5000 series being shown for the first time on the global stage. A jury of journalists from 23 European countries selected the Arbos 5130 from the world's best tractor models to win the silver prize in the Tractor of the Year 2016 Best Utility contest.

More than 2,900 exhibitors from 52 countries including America, Germany, France and Italy presented agricultural machinery at Agritechnica.

An Italian jury member said the color and elegant lines of Arbos 5130 - featuring the red letter A logo - give it a modern and practical look, while the cab provides broad vision and its advanced systems make steering and routine maintenance easy, combining style and functionality.

"The Arbos tractors shoulder Lovol's commitment to developing into a world leader in the of-road machinery equipment industry," said Wang Guimin, president and general manager of Lovol. "These tractors will secure a substantial place in the global middle and highend market with their superior quality."

Arbos tractors are independently developed by Lovol Arbos Group Spa, which is located in Bologna, Italy, and wholly owned by Lovol. With five years' eforts and a combined investment of 200 million euros ($214 million), the tractors feature many high-end technologies including a power shift transmission with proprietary intellectual property rights owned by Lovol.

A Lovol Arbos tractor is tested in a field.

"A Plan" evolution

An antique-class tractor bearing the Arbos brand was also on show at Agritechnica, introducing the story of how the brand grew from a small family firm into a world-class company.

According to the company, Arbos was developed from Bubba, a workshop founded by the Italian Bubba family in 1896 to manufacture farm implements such as threshers. Arbos renamed the company Arbos Bubba and its business was streamlined in 1956 to focus on agricultural machinery and products bearing the Arbos brand. Last year, Lovol took over Arbos.

During the past century, the Arbos brand presented many classic products to the world. In Europe, Arbos owners drive their tractors and harvesters to the Arbos Bubba fair every year, demonstrating the important influence of Arbos products across the continent.

China's connection with Arbos dates back to the 1970s when China sent its first official delegation to Italy after the two countries established diplomatic ties in 1970. The delegation visited Arbos, hoping to learn from the company's advanced technology to introduce agricultural machines to China.

Pace accelerated

By showing tractors bearing the Arbos "A" logo at the Agritechnica exhibition, Lovol's plan for globalization was officially unveiled after five years' preparation.

Four years ago, Lovol started a research center in Europe to develop new technologies for producing tractors, harvesters and high-end agricultural implements. The company also formed a team with more than 200 high-end professionals working in research and development, production and marketing.

To upgrade its technologies and product quality, Lovol purchased both Arbos and Mater-Macc in 2014.

After first purchasing Arbos, Lovol bought MaterMacc, also based in Italy, in December. MaterMacc focuses on the design and production of precision pneumatic sowing machines to sow vegetables in open fields and greenhouses and sow grain, inter-row weeders and fertilizer spreaders. In buying MaterMacc, Lovol inherited property rights for electronic control equipment and sowing machines.

By acquiring the two European agricultural machinery brands, Lovol is able to sharpen its global competitiveness in the sector of high-end agricultural equipment by integrating Arbos and Mater-Macc's advanced technologies and the European elements of the Arbos and MaterMacc brands to enrich Lovol's brand profile.

Lovol has advanced global digital factories producing agricultural equipment in China, an efficient marketing service network covering both Chinese and overseas markets and the company enjoys a good reputation in the field. Meanwhile, Arbos has nearly 100 years of history and a sound foundation. The Arbos and MaterMacc design philosophies will provide immeasurable value to Lovol, said Wang.

Armed with world-class technologies, Lovol founded the Lovol Arbos Group on Sept 15.

Wang said the company's "A Plan" is the first stride in Lovol's plan to become a global first-class agricultural machine producer.

Brand globalization

Lovol will develop the Lovol Arbos Group into a center for the company's

European and American business, integrating research and development, purchasing, manufacturing, marketing and management.

Experts regard Lovol's process of going global as an ideal model of the Chinese equipment manufacturing industry upgrading its development structure to be competitive on the global stage rather than merely being large in terms of industrial scale.

In brief, Lovol's globalization course is driven by technology and brands as the company sets its sights on technology, research and development, innovation and product quality, Wang said.

"Compared with those that directly establish plants overseas and those simply dependent on domestic teams to merge with overseas companies, Lovol's 'A' Plan requires less capital and is much steadier," he said. "This process can achieve cultural integration in an eficient way."

Lovol, located in Weifang, Shandong province, is an equipment manufacturing enterprise engaging in agricultural equipment, construction machinery, vehicles, core components and financial services. The company's sales revenue reached 21.98 billion yuan ($3.45 billion) in 2014.

Lovol has been identified as a National Key High-Tech Enterprise and its engineering and technology research institute is identified as a National Certified Enterprise Technology Center.

中文内容摘要：

11月8日，在全球最顶尖的国际农机展会——德国国际农业机械博览会上，中国农业装备的领军企业雷沃重工面向全球发布标识为红色字母A的雷沃阿波斯品牌和该系列拖拉机产品，以进军全球高端农机市场。

本次发布的产品包括阿波斯5000、6000、7000三个平台的拖拉机，其中阿波斯5000系列拖拉机为全球首发。在本届展会上，阿波斯5130型拖拉机在与国际顶尖品牌拖拉机同台竞技中获得殊荣，被授予欧洲"年度拖拉机银奖"。

"阿波斯品牌系列产品是雷沃重工精心打造的有竞争力的产品，将在全球中高端市场占据一席之地。"雷沃重工董事长、总经理王桂民说。

据介绍，阿波斯系列拖拉机是由雷沃重工位于欧洲的全资子公司雷沃阿波斯集团历时五年自主研发完成，具有完全自主知识产权的动力换挡技术，采用了多项高新技术，研发累计投入近2亿欧元。

雷沃重工加快实施全球化市场战略

为加快海外市场拓展，早在2011年，雷沃重工就在欧洲建立了研发中心，主要负责新技术平台拖拉机、大喂入量收获机、高端农机具研发。在依托该全球研发平台开展技术攻关突破的同时，雷沃重工国际化运营团队的培育和打造也已渐入佳境，形成了一个全球高端海外人才超过200人的团队。2014年，雷沃重工以全资收购全球著名的意大利阿波斯农机品牌。2014年12月，雷沃阿波斯公司又全资收购了意大利的马特马克（MaterMacc）。马特马克公司是全球高端农机具企业，业务覆盖全系列精量播种机、条播机、蔬菜播种机、中耕机产品，拥有世界一流的自主知识产权播种机排种器和电控系统核心技术。此次战略收购，填补了中国高端农机具尤其是精量播种机的技术和产品空白，为雷沃重工在农机具领域的发展奠定了更加坚实的基础。

2015年9月15日，雷沃阿波斯公司挂牌成立，雷沃欧洲业务具备了研发、制造和营销全价值链的运营基础。此次随着阿波斯系列产品全球发布并投放市场，正是雷沃重工全球化战略提速"A计划"的一部分。

据王桂民介绍，雷沃A计划，是雷沃重工为实现由国内一流向世界主流跨越迈出的第一步，依托技术与品牌实现了海外高端市场开拓的双轮驱动。

过去五年间，雷沃重工的"走出去"先后完成了海外建立高端研发平台，并购世界一流技术水准的企业，生产最具竞争力的新产品三部曲，实现在收获机械技术、农机具等领域的与世界全面接轨，迈过中国农业装备产品通往全球市场的门槛。

据了解，在雷沃重工的战略规划中，雷沃阿波斯公司作为雷沃欧洲业务的总部，未来将建设成为面向欧美市场的高端农业装备研发、采购、制造、营销基地和运营管理中心。

2015年11月18日

Efforts to cultivate food sector fruitful

王 倩

Yantai, a coastal city in East China's Shandong province, is committed to building a brand for itself as "China's food city".

"We are working to boost the city's food sector by promoting food diversity and security, aiming to develop the city into a heavyweight in both China and the overseas food market," said Zhang Yongxia, mayor of the city.

The food sector has always been one of Yantai's competitive industries. The China Food Industry Association recognized Yantai as a well-known Chinese food city in 2009.

Statistics from the local government show that last year revenue generated from the city's food industry hit 181 billion yuan ($28.4 billion), an increase of 8.7 percent from the previous year.

There are more than 500 major enterprises doing business in the city's food industry. These include Changyu Pioneer Wine Co, oil producer Shandong Luhua Co, Shandong Longda Meat Foodstuff Co, Yantai North Andre Juice Co and Shandong Oriental Ocean Sci-tech Co. All the companies play leading roles in their sectors.

Yantai has a competitive edge in 16 food sectors including fruit and vegetables, oil, meat, aquatic products, vermicelli, cake, candy, instant foods, dairy products and condiments.

The city has 27 nationally famous trademarks and 96 leading provincial trademarks in the food sector. Three brands - Changyu, Luhua and Longda -were named among China's top 500 most valuable brands in 2014.

Food products made in Yantai are exported to more than 80 countries and regions including Russia, the United States and South Korea. According to the city's plans, revenue generated from the food industry will reach 300 billion yuan by the end of 2017.

Fruit hometown

"With its favorable climate conditions and geographical location, Yantai has become one of China's most important fruit planting, processing and exporting bases," Zhang Yongxia said.

"The city is known as China's hometown of fruit. Fruits produced in Yantai, such as apples, cherries, pears and grapes, are known far and wide." said Zhang.

Yantai apples, which were given geographic indication status by the State Quality Supervision and Inspection and Quarantine Administration in 2002, have become one of the things the city is renowned for.

With a cultivating history of more than 140 years, Yantai has 181,333 hectares of apple orchards, with an annual output of 4.23 million metric tons, according to statistics from the Yantai Agriculture Bureau.

The city has more than 200 varieties of apples. The brand Yantai Apple has a value of 10.59 billion yuan, the leading amount in China's fruit industry for seven consecutive years.

With a bright color and sweet taste, Yantai apples are exported to more than 60 countries and regions with an annual export volume of 600,000 tons, accounting for one-fourth of the country's total apple exports.

Twenty-one tons of Yantai apples were shipped from Yantai to the United States on Nov 9. It was the first time for Yantai apples to enter the US market. As a country with strict inspection and quarantine measures, the US had previously forbidden apple imports from China for 17 years.

"As the price in the US is twice the price in Asian countries, expanding to the US market will surely promote the apple industry in Yantai and increase locals' income," said Bai Guoqiang, head of Yantai Agriculture Bureau.

Cherries are another well-known fruit from Yantai, where cherry trees have grown for 130 years. More than 25,000 hectares of cherry trees produce about 190,000 tons of the fruit a year. The cherries are exported to more than 60 countries and regions, including South Korea, Germany and the US.

At almost the same latitude as Bordeaux in France, Yantai is also considered one of the world's top seven coastal grape-growing areas. It was named the only "international grape and wine city" in Asia by the International Office of Vine and Wine in 1987.

The city now has more than 18,000 hectares of vineyards, 11,000 hectares of which provide grapes for winemaking. It is home to more than 20 international wine businesses and a large number of domestic vintners, including the brands Changyu, Great Wall and Dynasty. Chateau Lafite Rothschild selected Penglai, a county-level city of Yantai, to develop its first vineyard and chateau in China.

International food expo

To further boost its food industry, Yantai holds a series of international food expos and trade fairs every year.

During the 16th Fruit, Vegetable and Food Fair held in the city last month, thousands of participants from more than 10 countries and regions including Japan, South Korea and Italy came to Yantai in search of business opportunities.

The four-day event attracted organizations and companies from home and abroad to display fruits, vegetables, seedlings, food processing equipment and agricultural machinery at nearly 900 booths.

Six overseas organizations and delegations including the Japan Consul General in Qingdao participated in the fair and brought their latest developments in fruit and vegetable production and related equipment manufacturing.

Some high-tech products at the expo were particularly interesting, including irrigation equipment from Israel, Italy's agriculture testing machines, apple-planting technology from Japan and unmanned plant protection helicopters from Shandong.

"Held in Yantai every year since 1999, the event has become one of China's most influential expos in the fruit, vegetable and food industry. It provides a sound exchange and cooperation platform for Chinese and foreign companies in the sector," Zhang said at the event's opening ceremony.

The fair's organizers said that the event has attracted more than 1.7 million delegates from across the world during the past 15 years. This year's event alone attracted 58,000 visitors and the trade volume hit 230 million yuan.

中文内容摘要：

烟台全力打造"中国食品名城"品牌　产品出口至逾 80 国家和地区

山东省烟台市加快打造"中国食品名城"品牌，放大烟台特色农产品、水产品和食品的品牌优势。"我们要加快食品产业发展，提升烟台食品的多样性和食品安全性，将烟台建成全国首屈一指的食品名城，出口大市。"烟台市市长张永霞说。

据统计，2014 年烟台食品产业业务收入突破 1810.25 亿元，相对去年同比增长 8.7%。目前，全市拥有规模以上食品企业 500 多户，其中不乏张裕葡萄酒公司、山东鲁花集团、龙大食品集团、山东东方海洋科技公司等一批在海内外有影响力的食品行业龙头企业。

烟台食品企业有丰富的资源，目前，已形成粮油加工、饲料、屠宰及肉类加工、水产品加工、蔬菜和水果加工、粉丝、方便食品、乳制品、调味品和发酵制品等十六大类食品工业体系。其中果蔬加工、葡萄酒制造、粮油加工、肉类加工、水产品加工成为烟台五大食品优势产业。

经过多年努力，烟台建成了一批规模化、专业化程度较高，特色鲜明的优势农产品生产基地，全市基本形成了果品、蔬菜、海珍品、畜产品、食用菌、粉丝加工等 6 大农产品生产、加工、出口产业区和产业带。根据统计，去年全市出口额过 1000 万美元的农业企业达到 50 家，农产品出口 80 多个国家和地区。

按照国际标准进行食品种植、加工生产，加大食品安全，使烟台食品工业的国际竞争力不断增强。该市规划到 2017 年，烟台食品行业规模以上年主营业务收入将达到 3000 亿元。

"水果之乡"名扬海外　烟台苹果品牌价值超 105 亿元

烟台位于山东半岛东北部，这里气候宜人、四季分明、阳光充足，适宜多种水果栽培，被誉为"中国的水果之乡"，是中国最重要的水果生产、加工出口基地之一。烟台苹果、大樱桃、葡萄、莱阳梨等多种当地特色水果已名扬海内外。

这其中以烟台苹果最负盛名。烟台苹果已有 140 多年的栽培历史，2002 年"烟台苹果"获得国家地理标志产品保护，2011 年"烟台苹果"获得中国驰名商标。烟台苹果连续 7 年蝉联中国果业第一品牌，品牌价值达 105.85 亿元。

"烟台已成为苹果栽培历史最久、基础最好、产量最高、品牌最亮、从业人数最多的地区，'烟台苹果'已成为一张亮丽的城市名片。"烟台农业局局长白国强说。烟台市农业局发布的最新数据显示：如今，烟台苹果栽培面积达272万亩，产量达419万吨，是中国最大的红富士苹果生产基地。烟台苹果常年出口在60万吨，销往欧盟、东盟、日本、澳大利亚、加拿大等60多个国家和地区，出口销量稳占全国1/4。

11月9日，史上首批烟台苹果正式发往美国市场，届时，它们将出现在纽约等大城市的多家连锁超市，这也是山东苹果第一次踏上美国大陆。众所周知，美国是北美最大的水果消费市场，年均苹果进口量20万吨以上，但也是全球检验检疫措施最严格的国家之一，长期以来一直禁止从中国进口苹果。

"烟台已有4家企业获得出口美国的资质，高端市场的开拓，能谋求更大的利润空间，要求我们提高基地管理水平、果品品质、加工水平，企业发展的同时也促进产地苹果管理水平的提高。"烟台市农业局产业化与市场信息科科长申俊立说。

常年举行各类食品博览会　搭建国际交流平台

多年来，烟台市先后在20多个国家和地区、国内30多个城市开展烟台名牌食品、农产品宣传推介活动。并在当地连续举行了多届中日韩国际食品博览会、东亚食品博览会、国际果蔬食品博览会、烟台糖酒会等一系列国际活动，搭建中国食品产业与海外交流合作的平台，推动烟台食品走向海外。

在上个月刚刚举行的第十六届国际果蔬食品博览会上，来自日本、韩国、意大利等十多个国家和地区的食品参展商齐聚烟台，寻求商机。近900个展位上分别展出了新鲜果蔬及制品，农产品、地方特色食品、果蔬种植技术与设备、农业机械及设备，果蔬食品加工设备、检测设备等特色产品。

"历经多年的培育与发展，国际果蔬食品博览会已成为烟台重要的节会品牌，为烟台走向世界、世界了解烟台搭建了交流合作平台。"烟台市市长张永霞在开幕式上说。自1999年以来，国际果蔬食品博览会参会参展的中外客商已达170多万人次。仅今年展会就吸引了58000多客商，4天总成交额达2.3亿元。

2015年11月19日

Auditor wages war on costs

赵瑞雪

Chen Yujin, a senior auditor for the People's Liberation Army for the past 28 years, uses his economics expertise and financial savvy on a different kind of battlefield: the project sites where the military spends billions of yuan on construction.

Since 1987, when Chen started working as an auditor at the Jinan Military Area Command, he has audited more than 3,300 projects and saved the PLA at least 675 million yuan ($106 million) in project costs.

"Every time I finish auditing a project with accurate and objective results, I feel

Chen Yujin works at a construction site under the Jinan Military Area Command in Shandong province. Li Yuyin/China Daily

I win a battle," Chen said.

"Chen is known for his fieldwork in tough conditions, mastery of contracts and negotiation skills. His reports are supported by such strong evidence that none of his conclusions have been overturned," said Ren Xiuxiang, director of the command's audit bureau.

"To ensure his results are accurate and objective, Chen always tries his best to conduct field work at the construction sites to collect information and evidence no matter how hard it is," Ren said.

On one freezing winter day, for example, Chen and his colleagues were on a tight timetable to audit three wharves that had been newly constructed at South Changshan Island and Large Qinshan Island off the coast of Yantai city in Shandong province.

After a five-hour boat trip in rolling waves, Chen and his colleagues found heavy snow at the islands, which made the field investigation more challenging. Fastened by safety belts, Chen entered the water and collected the necessary data on the bulwarks that were built to block the sea waves.

"Whether the wharves were built as required matters for the island people's lives, so no negligence is allowed," Chen said.

Chen's colleagues hold him in high regard as he is knowledgeable, ably reads engineering drawings and keenly understands engineering standards, contract specifications and regulations. As an engineering auditor, he checks savings between what the contracts' bids were and how much the projects actually cost to construct.

"When negotiating with contractors, Chen can list detailed specifications and regulations to convince the contractors," said Li Bo, director of Jinan command's audit office.

Cao Bin, a manager at Henan Wujian Construction Group, said Chen's work is beyond reproach.

"He is strict with everything, like inspecting the materials of components contractors use for projects, and he won't meet with contractors alone so there is no perception of corruption," Cao said.

Evidence of Chen's dedication to his job and his love of reading are piled up at his home. He has thousands of books, likes to quote Francis Bacon ("Reading maketh a full man") and is known for always having one in his bag.

"Once, we finished work at 2 am, and Chen read for another one hour before going to bed," said Shi Jun, an assistant who has worked with Chen for years.

Li Yonghong, 47, Chen's wife, said she packed 35 sacks of books when they moved house. His interests cover a wide range of subjects, from poems to law to culture. "I think reading is his only hobby," Li said.

Before studying infrastructure finance at the PLA Military and Economic College in 1985, Chen considered becoming a poet. He has published 300 poems.

As he spends more than 200 days a year on the road, Chen said he greatly appreciates his wife, a teacher for mentally and physically challenged children, for supporting him in his work and their family.

"It's not easy for my wife. She takes care of our son and does all the housework," he said. "She is the one who can share my feelings for our country. She contributed to my achievements."

中文内容摘要：

陈玉晋：军中铁面审计师

对于从事军队工程审计 28 年的济南军区审计局审计事务所高级审计师陈玉晋来说，工程现场就是战场。在这个战场上，陈玉晋用精湛的业务技能捍卫党和国家的利益，担当起一名经济卫士的角色。

"每次审计完一项工程，就像是打了一场胜仗。"陈玉晋说。

在过去的 28 年里，陈玉晋独立和组织完成 3300 多项工程审计任务，累计审减不合理工程款 6.75 亿元。

济南军区审计局局长任秀祥说，陈玉晋的审计结论每一件都是铁板钉钉，从没有一起审计结论被推翻。

"不管工地多么辛苦，陈玉晋都坚持奋斗在审计一线，以确保审计结论客观又准确。"任秀祥说。

有一年的 1 月份，寒冷的冬日，陈玉晋带人去测量在南长山岛、大钦岛上刚刚修建的 3 处新码头。陈玉晋和同事在海上颠簸 5 个多小时，人刚登上岛，大雪又直扑而下，使测量工作更具有挑战性。恶劣的环境没有阻止陈玉晋的脚步。陈玉晋系上安全带、抓住系船柱，第一个到了冰冷刺骨的海边，测完三个码头的数据。

"码头是否按照要求建设，关乎岛上军民的安全，容不得一点儿马虎。"陈玉晋这样说。

当被问及为何不等到天气晴好时再测量，陈玉晋回答："年关靠近，如果不及时审计完，工人们就可能拿不到工资，影响他们回家过年。"

在军区，陈玉晋被评价为是"勤于学习，爱读书，能够'舌战群儒'"。

"在与施工方谈判时，陈玉晋能够逐条列出具体的哪一项规定或者条款，使施工方对他的审计结论信服。"济南军区审计局审计事务所所长李波说。

河南五建有限公司经理曹斌用"近乎苛刻"来形容陈玉晋的工作态度。

"他对每一项都是很严格，小到工程用的小部件他都会认真核实。他从来不单独和施工方见面，以防施工方有任何行贿的机会。"曹斌说。

陈玉晋"舌战群儒"本领也不是轻易得来的。尤其是在涉及建筑、财政和法律等数十门专业知识的审计领域，不经一番苦功，根本无法使经验丰富的施工方人员心服口服。

陈玉晋家里几千册书籍或许能解释他"舌战群儒"本领来自于博学的底气。

有一年搬家，陈玉晋在外审计，他的妻子李永红打包了鼓鼓囊囊35袋子的书。

"我觉得读书可能是陈玉晋唯一的业余爱好了。"李永红说。

"不管走到哪里，陈玉晋的包里永远都是书占一大半。"早些年，经常一起执行审计任务的某部助理员史军说，"有一次，审计结束凌晨两点多了，陈玉晋却雷打不动坚持看1小时书再睡，还边看边作批注。"

陈玉晋引用英国作家培根《论读书》里的句子"读书使人充实……读史使人明智，读诗使人灵秀，演算使人精密，哲理使人深刻，道德使人有修养，逻辑修辞使人善辩"来鼓励自己坚持读书。

这位博学强辩的审计师读的书涉及广泛的主题，包括诗歌、法律、经济学和文学。

陈玉晋在1985年到军事经济学院读基建财务专业之前，他还认为自己或许会成为一名诗人。事实上，陈玉晋在几天前将他在闲暇时间写的300余篇诗文结集成册，这些诗歌展现了他赞美绿色军营的开阔胸怀与铸就忠诚天地间的人生境界。

据李永红介绍，陈玉晋所写的这些诗文里面，有两篇是为她所写，这让她欣慰。

陈玉晋一年里有200多天都是在外出差，李永红承担起家里的所有家务并照顾抚养儿子。

"她（李永红）也不容易。这20多年对我的工作给予理解和支持。我所取得的成绩都有她的贡献。"陈玉晋深有感触地说。

今年47岁的李永红现在是十几名智障孩子的老师。"这些孩子需要更多的爱和照顾，我相信我可以照顾好她（他）们。"李永红说。

谈到对丈夫的期许时，李永红希望丈夫能够多注意自己的身体，毕竟年龄大了。

今年7月，陈玉晋的儿子以优异成绩获得军校双学士学位。毕业分配时，陈玉晋鼓励儿子到一线部队建功立业。李永红说，儿子将父亲当作最崇拜的偶像，立志铆在基层、献身强军事业。

2015年12月3日

Weichai eyes overseas deals

吕 畅　赵瑞雪

Auto equipment maker planning manufacturing facilities in Brazil, India

Weichai Power Co Ltd, an automotive and equipment manufacturing company, said on Wednesday that it was considering acquisition opportunities to make optimal use of its resources in overseas markets.

Dai Lixin, vice-president of the company, said overseas acquisitions will help the company complete its product portfolio and make its core business more competitive.

"Having a global perspective has always been a part of our strategy. We will consider suitable opportunities for possible overseas acquisitions if the

A worker at a production line of Weichai Power Co Ltd in Weifang, Shandong province. The automotive and equipment manufacturer is considering acquisition opportunities to make optimal use of its resources in overseas markets.
Ju Chuanjiang / China Daily

timing is right and the price is reasonable," he said.

Currently, Russia is a major export market for Weichai, which has exported products such as diesel engines and generators, but the company is also exploring business opportunities in other countries like Brazil and India.

"Emerging economies like Brazil and India have huge potential for growth in the commercial-vehicle market, so I think we have many opportunities there," he said.

At the same time, Weichai, based in Weifang, Shandong province, is also trying to localize its production in overseas markets by setting up a factory in India, which is expected to produce more than 700 engines this year. The group made huge inroads into the global market since 2009 with the acquisition of 130-year-old French diesel engine maker Moteurs Baudouin.

Weichai also acquired a 25 percent stake in Germany-based Kion Group, the world's second-largest forklift maker for 467 million euros ($509 million) and a 70 percent controlling stake in Kion's subsidiary Linde Hydraulics for 271 million euros in 2012.

Dai said that China's market for high-end hydraulics components has been dominated by manufacturers from Germany and Japan and relies heavily on imports, because the hydraulics control systems technology is a bottleneck for the equipment manufacturing industry.

The technology can be applied to many industries such as engineering and agricultural machinery, yachts, aviation and aerospace.

"The takeover was like a shortcut for us, because it helped us enter the high-end segment in equipment manufacturing," he said, adding that the company's first hydraulic equipment factory started production in June.

Yi Sun, a partner at Ernst & Young and head of China business services in Germany, Austria and Switzerland, said that Germany has become an investment target for Chinese companies with advanced technologies in many fields.

"It is a smart move as it helps Chinese companies complete their product upgrade and gain an edge over rivals," he said.

Chinese companies going on a global shopping spree have been very common recently, but only a few have made the acquired companies grow and prosper.

Dai said the key to making it work is cultural integration. After the acquisition, Weichai retained most of the management team in the company and only replaced some members of the board of supervisors at Kion.

"It is better off this way, because it is important to know how to play in the local markets and our cultural differences," he said. "Keeping local staff will help us integrate into local market sooner and better."

中文内容摘要：

潍柴着眼海外市场

周三，汽车及装备制造企业潍柴动力股份有限公司表示其将考虑海外收购，最大程度地利用海外资源。公司副总裁戴立新表示，海外并购将有利于公司充实产品序列，增强核心业务竞争力。

戴立新说："全球化视角一直都是我们战略的一部分。在时机成熟、价格合适的条件下，我们会考虑可能的海外并购机会。"

目前，俄罗斯是潍柴的主要出口市场，出口产品包括柴油机、发电机等，但公司也在巴西、印度等市场寻找业务机会。

"巴西、印度等新兴国家的商用车市场具有巨大发展潜力，所以我认为在那里我们会有很多机会。"他说。

同时，总部位于山东潍坊的潍柴动力也在印度建立工厂，使产品在海外市场本土化。印度工厂今年有望生产700多台发动机。自2009年收购法国博杜安起，潍柴开始大举进军全球市场。博杜安是一家拥有130年历史的法国柴油机生产企业。

2012年，潍柴动力以4.67亿欧元（5.09亿美元）收购了世界第二大叉车制造商——总部德国的凯傲集团25%的股份，并以2.71亿欧元控股凯傲子公司林德液压70%的股份。

戴立新表示，由于液压控制系统技术是国内装备制造业的瓶颈，中国的高端液压零部件市场一直由德国、日本制造商垄断。中国的高端液压装备多依赖于进口。

液压控制系统技术也可以应用在工程机械和农机以及游艇、航空领域。

"对我们来说，收购是我们进入装备制造领域高端市场非常好的途径。"

戴立新补充说，公司的首家液压工厂已经于今年 6 月投产。

安永国际会计公司合伙人，同时也是德国、澳大利亚和瑞士中国业务的主管——衣笋说，德国已经成为中国企业在很多领域的投资目的地。

"海外并购是中国企业拓展海外市场的明智之举，因为这样的行为会帮助中国企业完善产品线，并增强竞争力。"

中国企业走向全球实行并购的很多，但却很少企业能够做大做强海外企业。

戴认为海外兼并最重要的是文化融合。收购凯傲之后，潍柴保留了原公司大部分的管理层，仅替换了部分监事会成员。

"了解对方市场和文化差异对于运营海外公司很重要。保留管理层会帮助我们尽快融入到对方市场。"戴说。

2015 年 12 月 10 日

站长专栏：谁能更多分享中韩自贸区"红利"大蛋糕？

鞠传江

经中韩两国政府共同确认，《中华人民共和国与大韩民国政府自由贸易协定》将于2015年12月20日正式生效并第一次降税。这一被称为含金量最高的自贸区协定尘埃落定，无疑将为中韩两国未来的经贸发展开启"红利"大门，山东作为距离韩国最近的省份正憋足劲抢占制高点，以更多分享协定生效后的"蛋糕"。因为，在中韩自贸区协定的背后将是双方经贸数字的跳跃增长和价廉物美外国货给两国老百姓带来的福祉。

中韩自贸区协定的红利"蛋糕"有多大？

中韩自贸区协议生效后将会极大刺激双边贸易，专家预计五年内双方的贸易规模将从目前的年近3000亿美元增至4000亿美元。面对这一协议带来的好处，连韩国总统朴槿惠对企图阻挠协议通过的政客都发出了"伪善并玩忽职守"的强烈抨击，因为协议生效每推迟一天，就会给韩国带来40亿韩元（约合人民币2228万元）出口利益的损失。韩中两国建交23年来，两国的贸易规模从建交时的年60亿美元增加到去年的2350亿美元，中国已经成为韩国最大的贸易伙伴，而韩国也

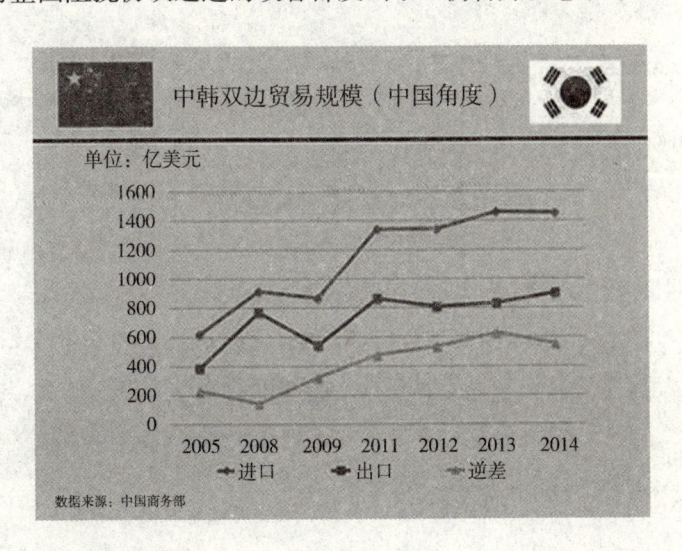

中韩双边贸易规模（中国角度）
单位：亿美元
数据来源：中国商务部

成为中国的第三大贸易伙伴。去年韩国对中国贸易的顺差达到475亿美元。

协议生效后韩国马上就有958种对华出口产品享受到零关税。中国国务院发展研究中心和韩国对外经济政策研究院等机构均对外公布了他们的预测,这一协定将拉动韩国实际GDP增长0.97个百分点,也将拉动中国实际GDP增长0.34个百分点,而巨额贸易将给两国的消费者带来好处,并提供更多就业岗位。

俗话说,近水楼台先得月。协议生效对与韩国隔海相望的山东企业和韩国商品的粉丝们自是喜不自禁。从年初开始山东半岛的各个城市都在紧锣密鼓地忙着为迎接协议生效建园区、拉项目、学政策。

"协议生效必定使双向经贸再度升温,2014年,烟台对韩国进出口109.7亿美元,增长20.2%,占山东省对韩贸易的33.4%。今年1～10月,烟台对韩进出口92.5亿美元,增长3.2%,而烟台的中韩自贸区产业园已经引来了上百个新项目。"烟台市商务局局长于东对《中国日报》记者说。

伴随协议生效,两国间贸易关税和投资壁垒将一步步拆下,必将成为拉动双向贸易和投资的新动力。

山东借势迈上开放新台阶

韩国前总统金大中曾用在韩国西海岸可以听到山东的公鸡叫来形容山东与韩国的距离近。正是一海两岸的地缘、生活习惯及文化相通、产业互补的天时

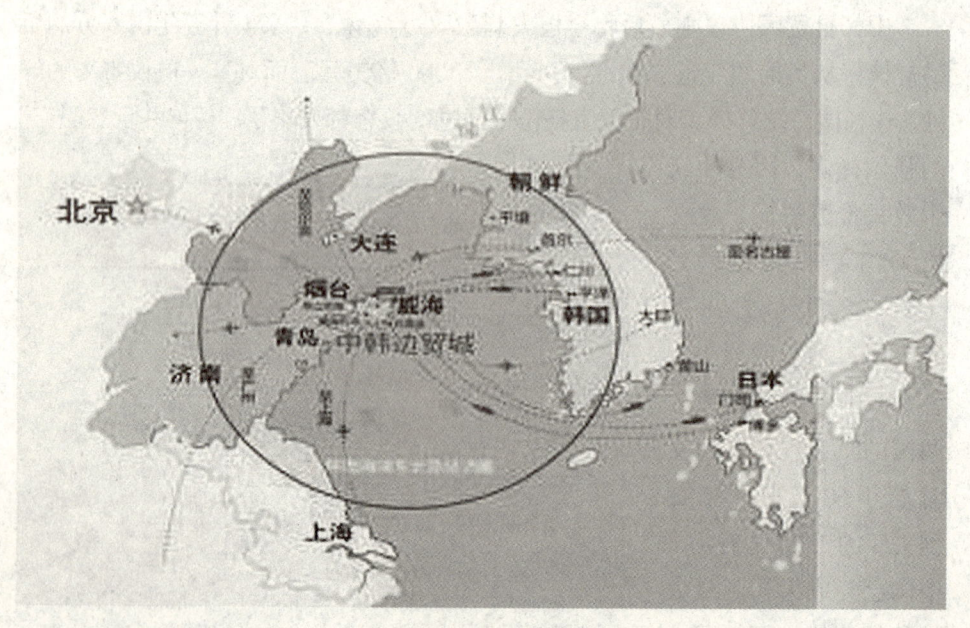

烟台中韩产业园示意图

地利使得山东与韩国的合作关系越来越紧密。

山东半岛是韩国企业进入中国的便捷门户和交通枢纽，拥有两国间最密集的海、空中航线和陆海联运通道。山东半岛几个城市每天往返韩国的空中航班超过 100 个，海上航线 19 条，每周客货航次 90 多个。1 至 10 月份，来山东省旅游的韩国游客达到 50 万人次，占全国的 1/6。来自山东商务厅的统计数据显示，去年，山东与韩国进出口总值 328 亿美元，占中韩两国贸易总额的 11%，增长 10.4%，韩国在山东实际投资 15.3 亿美元，增长 27.5%。截至目前，韩国在山东的实际投资累计达 316.7 亿美元，有 5000 多家韩资企业在山东投资发展。

今年前三季度，山东对韩国进出口 240.7 亿美元，增长 11.6%。双方投资也持续增长。今年 1 月至 8 月，韩国对山东投资项目为 359 个，同比增长 36%。包括三星、现代、LG 等韩国前 30 位的大企业集团都将重点项目放在山东，这些项目 90% 以上集中在山东半岛。居住在山东半岛各个城市的韩国侨民超过 20 万人。这些说明山东与韩国的经贸关系是何等密切！

目前，韩国已成为山东第二大外资来源地和第二大贸易伙伴。山东在青岛、烟台、济南、威海等 7 市均设立了中韩产业园，投资和建设风生水起，将成为中韩合作的示范区。今年 8 月，山东省省长郭树清带着众多市长和企业家赴韩国考察和招商，山东省政府与韩国产业通商资源部共同签署了山东—韩国部省经贸合作谅解备忘录。而韩国的市长们和企业家也前呼后拥跑到山东推介，双方互动异常活跃。

距离韩国最近的威海市，投入运行的韩乐坊、中韩边贸城、韩国食品日用品展示交易中心已经客商盈门，成为韩国商品在中国的分销聚集地。今年 1 至

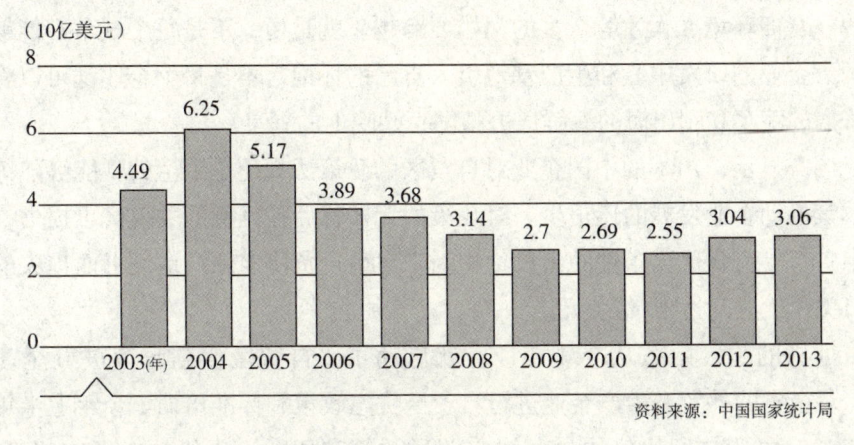

(10亿美元)

年份	2003	2004	2005	2006	2007	2008	2009	2010	2011	2012	2013
金额	4.49	6.25	5.17	3.89	3.68	3.14	2.7	2.69	2.55	3.04	3.06

资料来源：中国国家统计局

韩国对中国直接投资示意图

10月威海对韩贸易额达到了164亿美元，增长15%。

面积达9000平方米、可容纳5万种商品的韩品"百货店"于今年10月在济南保税区开张。省城人不出国门就买到了最喜爱的韩国商品。

最近有媒体爆料韩国由于持续干旱导致大白菜价格飞涨，一棵白菜卖到19元，而山东大白菜连年丰收，涌入韩国是理所当然的。据统计，去年韩国进口中国泡菜22万吨，80%来自山东。随着零关税的来临出口韩国的果蔬将大幅增长。

山东省商务厅副厅长孙建波分析，中韩两国零关税时代的来临，以及双方高端服务领域的相互开放，山东将成为最大的受益者。山东果蔬、农产品、水产品一直担当国际菜篮子的角色，韩国市场的蔬菜及海产品价格是中国市场的3~5倍，去掉关税门槛，山东蔬菜及海产品出口韩国必将大增！而高端制造业发达的韩国将会把更多制造和研发基地放在山东，今年山东对韩贸易额和韩国对山东投资双上升就是证明。

如何搭上中韩自贸区的"翅膀"腾飞？

山东社会科学院院长张述存认为，山东站在"高大上"的中韩自贸区新起点上开启开放顶层设计，零关税和贸易的便利化将加速双方产业的国际化和一体化进程，互补升级、互惠共赢，将使双方合作领域更广、产业更新、目标更高、发展更快。不远的将来，会实现由"经济圈"向"生活圈"的转变，使山东半岛和韩国西海岸成为面向亚太乃至世界的国际社区和高端产业基地。

如何才能够搭上中韩自贸区的"翅膀"腾飞？张述存说，自由贸易区是篇大文章，需要认真学习和实践。因为关税的门槛降低了，还有技术、标准、法规、品牌、营商环境、人才等众多的门槛要跨越。就是说，不是每个城市都能够将韩国大企业的研发中心和生产基地引入自己的怀抱，不是每个企业都可以将早上采摘的蔬菜和刚出海的海鲜送上韩国百姓晚上的餐桌。

调查显示，70%的中国企业对自贸区的政策法规还是陌生的，能够熟练运用政策推动企业发展的还很少。对政策的无知背后是巨额的关税优惠损失，仅山东省每年符合优惠条件的出口货物因未申请自贸协定原产地证书而损失的进出口关税优惠高达10亿美元。

可喜的是，山东从今年8月份就启动了"自贸区优惠政策进万企"活动，对全省的外贸及生产企业进行自贸区优惠政策和标准培训。今年上半年，山东省对主要自贸伙伴的自贸协定关税政策利用率由去年的26.63%上升为

31.55%。

进入中韩自贸区协议的威海市和烟台中韩产业园均启动了学习复制推广上海等自贸试验区经验路径，将成为中韩自贸区的范例。

今年上半年，山东检验检疫系统共签发自贸协定原产地证书66738份，签证金额33.3亿美元，相关企业享受自贸伙伴关税优惠约2.76亿美元，同比增长19.42%，推动对自贸伙伴出口增速超过全省平均出口增速11个百分点。

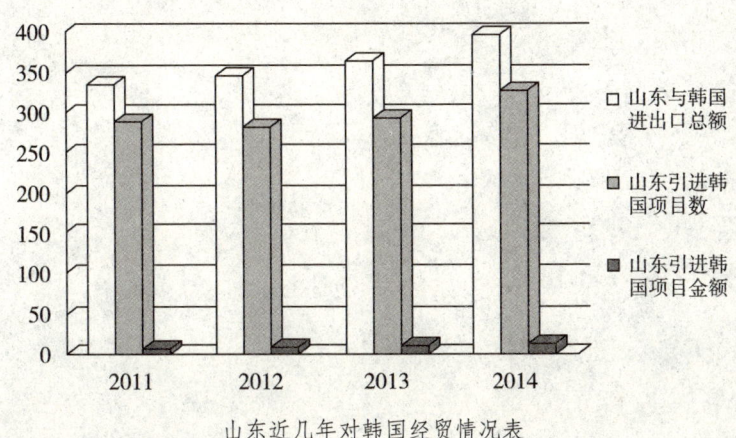

山东近几年对韩国经贸情况表

中韩海关AEO互认也进一步促进了中韩贸易便利化。目前，山东省共有可享受中韩AEO互认的高级认证企业329家，使出口韩国海运、空运货物平均查验率分别降低98.21%和57.14%。

11月初，山东省推出了《关于支持威海中韩自贸区地方经济合作示范区建设的若干意见》，详列17条政策给力威海中韩自贸区示范区建设。12月9日，中韩自贸区标准化与认证认可研讨会也在威海举行。

此外，山东还建立共享共用贸易统计数据和企业备案信息，发布关税优惠政策，使自贸区优惠政策利用率实现大幅提升。

相信，更多的山东城市和企业会搭上中韩自贸区的翅膀腾飞！

2015年12月16日

"孔子故乡 中国山东"
2015 对外新闻报道集

中 新 社

山东省长郭树清畅谈建设阳光政府：
阳光是最好的防腐剂

李 欣

"阳光是最好的防腐剂，不透明、不公开肯定会产生腐败。"山东省人民政府省长郭树清1月8日在与多家媒体驻鲁负责人座谈时，畅谈了他关于建立阳光政府的观点。

郭树清说，政务信息公开是法治政府、廉洁政府的基础。阳光是最好的防腐剂，不透明、不公开肯定会产生腐败。为了建设阳光政府，山东省高度重视新闻舆论工作，不断加大政务信息公开的力度，省领导多次接受报纸、电视、网络媒体采访，借助新闻发言人制度、新闻发布会、政务微博等形式提高政府的公开性和透明度。

据介绍，目前山东全省县级以上单位，普遍建立了新闻发言人制度，全省共有1240多名新闻发言人。2014年全年由山东省人民政府新闻办主持，山东省政府各职能部门主要负责人发布和解读的各类新闻发布会达75场。与往年相比，发布内容更注重政策性、信息性、时效性，既涵盖事关全省改革发展战略的重大政策、条例、办法，也有贴近民生和民众关心的话题，而一般性的工作通报和普通节会内容大幅减少。

郭树清当日还特别谈到了政府与媒体的关系。他认为，新闻媒体是推动经济社会发展的重要力量。他批评一些政府官员习惯上对媒体采取回避态度，"防火、防盗、防记者"，看到记者就害怕，出了事情又习惯"封、堵、捂、压、瞒"，甚至还为违规行为做辩护。郭树清要求政府官员学会和媒体打交道，与记者交朋友，以理性、平等、协商的心态与媒体建立良好的公共关系。

郭树清对参加座谈的媒体负责人表示，非常欢迎媒体主动监督，特别是安全生产、食品安全、交通安全等领域的问题。这些领域里的很多问题常常是媒体首先发现和揭露出来的，而不是政府监管部门和职能部门发现的。"我们欢迎媒体继续扩大舆论监督，不仅要报道事故和问题，更应该报道怎样改进和解决问题。"

在谈及应对突发事件时，郭树清强调，各级政府应该在事件发生后第一时间正确发声。"因为人的思想容易先入为主，正确的消息第一时间如果没有发布出去，在第二时间、第三时间去更正会很困难。"

在当日座谈会上，山东省省长郭树清还介绍了山东省全面深化改革及全省经济社会发展情况。

2015年1月8日

山东省长郭树清：欢迎媒体讲好山东故事

李 欣

中共山东省委副书记、省长郭树清8日在与新闻媒体负责人座谈时表示，欢迎媒体讲好山东故事并发挥舆论监督作用。

郭树清感谢新闻媒体对山东的关心、支持。他欢迎媒体讲好山东故事，团结、稳定、鼓劲，以正面宣传为主，同时也不回避问题，希望媒体通过生动的故事、通过人物讲述山东。

郭树清说，新闻媒体是推动经济社会发展的重要力量。请新闻媒体多研究山东省经济社会发展短板，更多关注深化改革、调整结构、转型升级、社会事业、雾霾治理、交通安全、食品安全、同工同酬等问题，多提意见，充分发挥媒体监督的作用，促进政务公开和依法治省。

郭树清表示，山东省高度重视新闻舆论工作，不断加大政务信息公开的力度，借助新闻发言人制度、新闻发布会、政务微博等形式提高政府的公开性和

1月8日，中共山东省委副书记、省长郭树清在济南与新闻媒体负责人座谈时表示，欢迎媒体讲好山东故事并发挥舆论监督作用（李欣摄影）

透明度。

　　据介绍，山东全省县级以上单位目前已普遍建立新闻发言人制度，全省已有1240名新闻发言人。2014年全年由山东省人民政府新闻办主持，山东省政府各职能部门主要负责人发布和解读的各类新闻发布会达75场。与往年相比，发布内容更注重政策性、信息性、时效性，既涵盖事关全省改革发展战略的重大政策、条例、办法，也有贴近民生和民众关心的话题，而一般性的工作通报和普通节会内容大幅减少。

　　郭树清要求山东省各级政府官员努力提高公共关系素养，秉承诚实、公开的精神，以理性、平等、协商的态度善待媒体，学会与媒体打交道、交朋友。

　　在当天的座谈会中，中共山东省委常委、宣传部长孙守刚表示，新闻媒体应更好地为经济社会发展提供舆论支持，勇于改革创新，主动讲好山东故事，传播山东声音。中共山东省委常委、常务副省长孙伟通报了全省经济社会发展情况，中共山东省委常委、省委秘书长雷建国通报了全省改革情况。

2015年1月8日

山东搭建东亚海洋合作平台
用国际化营商环境"吸金"

李 欣

2015年山东将加快建设东亚海洋合作平台，潜心打造国际化营商环境，这是山东省省长郭树清27日在济南举行的山东"两会"上透露的。

作为拥有渤海湾黄金海岸水道、毗邻日韩优势的山东，如何利用"引进来"与"走出去"的双轮驱动？郭树清表示，2014年山东进出口总额2771.2亿美元，实际利用外资152亿美元。2015年山东将借助"一带一路"战略实施和中韩、中澳达成自由贸易协议的机遇，不断提高参与国际竞争与合作的能力，深化中韩地方经济合作示范区建设，积极申建青岛自由贸易港区。

郭树清认为，在"引进来"方面，山东要把"给优惠政策"转变为"搭创业平台"，推进引资方式的根本性转变；完善口岸管理体制，加快电子口岸建设，提高贸易便利化水平；破除投资审批、外汇管理、金融服务等方面的障碍；创建国家进口贸易促进示范区，加快发展跨境电子商务，加强外贸公共服务平台建设。

而对于"走出去"这一个轮子，郭树清则透露，2015年山东要充分发挥草根企业学习借鉴国外经验、开展跨国合作的主动性和创造性；加强与"一带一路"沿线国家和地区基础设施互联互通建设合作；完善山东境外投资布局，提高企业信用风险识别能力；深入实施市场多元化和以质取胜战略，加快提升以技术、品牌、质量、服务为核心的竞争力。

曾任中国证监会主席的郭树清自上任山东省省长以来，便以打造国际化营商环境，破除外汇管理、金融服务障碍等作为山东对外发展的重点领域。股票、债券、融资担保、小额贷款等金融领域是郭树清执政山东两年深化改革的"排头兵"，在今年的山东政府工作报告中，郭树清继续提出山东要继续拓宽投融资渠道，发展直接融资，鼓励企业发行股票、债券；发展多元股本投资；探索特许经营及多样化融资办法；推进民间普惠金融组织；稳步发展齐鲁、蓝海股权交易中心和其他私募市场，审慎扩大大宗商品交易业务试点等一系列更深层次的金融改革政策。

在当日《山东省政府工作报告》中，记者还注意到，该报告显示，2014年山东全省生产总值预计达到5.94万亿元人民币，增长8.7%左右，已开始向6万亿元俱乐部迈进。而为了更好调整产业结构、均衡发展，山东预计2015年地区生产总值增长8.5%左右，进出口总额增长6%左右。

2015年1月27日

山东将着力打造文化艺术金融试验区

李欣 梁犇

"山东要加快促进文化艺术与金融融合发展，打造文化艺术金融试验区，弘扬齐鲁优秀传统文化，必须推动经济文化融合发展。"在 27 日召开的山东省十二届人大会第四次会议上，山东省人民政府省长郭树清向山东"两会"代表表示。

山东是中华文明的重要发祥地，孔子、孟子创立的儒家学说，墨子、庄子、孙子、管子、荀子等人提出的思想理念，在中国历史上发挥了重要作用。出生在山东曲阜的孔子更是被联合国教科文组织确认为世界十大文化名人之首，其创立的儒家思想 2000 多年来一直成为影响东方人人生价值观念和治国为政的主要思想源泉。

记者在当天的《山东省政府工作报告》中发现，万余字的报告中，共有 1800 多字集中阐述山东要如何挖掘和利用好丰富的齐鲁文化资源。

郭树清在工作报告中提出，山东要弘扬齐鲁优秀传统文化，必须研究制定整体规划，必须推动经济文化融合发展，推进各种文化交流互鉴，要以开放的态度，推进孔子研究院等机构建设，加快曲阜文化经济特区规划建设，实施文化经典数字化工程。

郭树清表示，齐鲁文化有天下为公、以民为天的大同理想；有以人为本、人皆可为圣贤、三人行必有我师等尊重个性、鼓励创造理念；有天人合一、道法自然，人与自然和谐相处的理念；有仁者爱人、政者正也、强不执弱的人文精神等。因此弘扬齐鲁优秀传统文化有助于实现包容性增长和各国各地区人民共同的幸福梦想。

来自香港特别行政区的山东省政协委员肖培华在接受中新社记者采访时对山东弘扬齐鲁文化表示赞同，他说，山东应该打造齐鲁文化品牌，应该坚持走出去，让以孔子为代表的齐鲁文化在世界各地开花结果，向海内外传递中华传统优秀文化。

山东省人大代表夏季亭也认为，将具有千年历史的齐鲁优秀传统文化同现代经济结合，以此促进优秀传统文化发展是今年山东政府工作报告的亮点，也是一个新的课题。

山东省第十二届人民代表大会第四次全体会议27日正式召开，共有896名人大代表出席，会期6天。

2015年1月27日

山东"蓝天白云"天数 2014 同比增加 17.8 天

曲成兰

饱受空气污染之苦的山东 2014 年"蓝天白云，繁星闪烁"天数平均达到 199.6 天，同比增加了 17.8 天。山东省环保厅新闻发言人说，山东空气中的细颗粒物（PM2.5）平均浓度为 82μg/m^3，同比改善了 16.3%。

据山东省环保厅新闻发言人董秀娟在当日举行的山东省人民政府新闻发布会上介绍，2014 年，山东"蓝天白云，繁星闪烁"天数威海最多，为 326 天，淄博最少，为 135 天。17 城市"蓝天白云，繁星闪烁"天数同比增加最多的是菏泽，增加 72 天，同比减少最多的是淄博，减少 10 天。

这位环保厅发言人说，这些进步得益于山东加快推进能源和产业结构调整。其中，"外电入鲁"三条新通道全部获批并已开工建设，2014 年淘汰炼铁产能 130 万吨、炼钢产能 60 万吨；同时加快推进工业污染治理，部分行业按照 2020 年排放限值实施提标改造。同时，在高污染机动车淘汰方面，截至 2014 年底，山东共淘汰黄标车及老旧车 109.6 万辆，完成国家下达年度目标任务的 256%。

董秀娟表示，目前山东环境治理方面仍存在一些问题：一是空气污染仍然较重；二是能源和产业结构调整压力大，煤炭消费总量依然较大，污染物排放基数大；三是大颗粒扬尘控制相对薄弱，城市施工扬尘、道路扬尘、渣土车治理以及矿山开采扬尘控制仍需加大力度；四是山东机动车保有量基数大且汽车增速快，加之道路拥堵以及油品质量达标率低等，加剧了机动车污染。五是未批先建、未验投产等违规项目数量多，且游离于监管，增加了空气质量改善的压力。

出席发布会的山东省环保厅厅长张波认为，山东能源结构偏重于煤炭，短时间内摆脱煤炭依赖是有困难的。张波建议山东在加强能源清洁利用的同时，积极推进核电、风电、太阳能和生物质能等清洁能源利用。

这位环保局长透露，山东 2015 年将强化大气污染防治，重点治理大气雾霾。

同时，山东还将强化流域污染治理、节能减排、资源节约和综合利用，严格落实区域性大气污染物排放标准，全面清理整顿加油站，抓好工业污染源治理、机动车排气控制和扬尘治理、城市环境综合整治等，努力增加山东"蓝天白云、繁星闪烁"天数。

2015 年 1 月 28 日

山东两会现"毛驴议案"为驴争取与牛羊平等待遇

李欣 梁犇

"毛驴这一物种在中国已经濒临灭绝,我提议让毛驴同牛羊等一样享有大型家畜扶持政策,纳入草畜范围。"30日在山东省第十二届人民代表大会第四次会议的代表议案中,发现了这则关于毛驴的议案。

为什么要提议毛驴同牛羊一样待遇?为什么毛驴竟如此重要地牵动着一位人大代表的心?

带着这些疑问,记者30日采访了这件题为《关于将草畜范围由牛羊等扩大至毛驴的议案》的提案人,国家级非物质文化遗产阿胶制作技艺代表性传承人秦玉峰。

为了在密集的会议和媒体采访中"堵截"秦玉峰,记者特别在其所在的聊城团蹲守。

当记者直截了当抛出毛驴议案的问题时,这位国家级非物质文化遗产传承人,也开门见山地说:"没有了毛驴,阿胶这一国家级非物质文化遗产就没了传承。而且毛驴的灭绝对牲畜物种保护,新疆、甘肃、内蒙古等西北华北农区农民增收、

山东省人大代表秦玉峰在山东省第十二届人民代表大会第四次会议发言(梁犇摄影)

优质肉制品市场供应都有深远的影响。因此，我才建议，中国今后应把发展驴产业作为一项重要任务来考虑。"

为了提出这一议案，这位上市公司总裁几乎走遍了中国各地的养驴地，进行实地调研。大到百万头养驴基地，小到农户三两头的小作坊，秦玉峰都亲自去调研。

一说起驴，秦玉峰便打开了话匣子："随着中国社会农村机械化程度提高，驴的价值开始由役用转为肉用。但是因为毛驴养殖见效慢，繁殖周期长，养驴没有养牛、养猪那样给予资金政策扶持等问题，让驴的养殖数量大大低于肉驴消费数量，农民养殖率很低。养驴的人少了，就直接导致了驴肉价格的上涨和以驴皮为原料的中药材阿胶产业的原料短缺。"

"所以，加大力度扶持养驴产业是增加农民收入、促进城乡统筹发展的需要，也能繁荣国内肉食品发展、扩大内需、促进消费。当然这更是传承国家级非物质文化遗产阿胶炼制技艺的需要。一举多得！"秦玉峰这样评价自己的议案。

深入调研、发现问题、提出解决建议是每一份人大代表议案的重要组成内容。对于解决驴待遇问题的具体方案，秦玉峰认为，第一，要将毛驴与牛羊等一样列入大型家畜扶持范围，政策性支持农户养驴致富。第二，要建设驴资源普查和种质资源基因库，加强对毛驴品种资源的保护。第三，要确保农民的初

山东省人大代表秦玉峰接受记者采访（梁犇摄影）

期养殖的资金需求。第四，将发展驴产业明确列入国家发展规划，单独列入《中国农村扶贫开发纲要》。第五，加快推进行业技术研究和标准的制定。第六，切实加强商品驴产业的科技研发，最大限度地增加农牧民养驴收入。第七，鼓励驴肉制品加工、阿胶中药保健品生产等关联龙头企业发挥资源整合及产业链接作用，带动农户发展养驴业，提高农民收入。

除上述政策建议外，秦玉峰还在采访中向本网记者透露了自己公司正在实施的"涉驴"方案。他说："东阿阿胶已经联合山东省农科院和中国农业大学启动了世界首个驴基因图谱排序工程。同时正预备在黑驴养殖中心基础上，复制几个百万头毛驴基地。"

"工业与旅游业结合。"秦玉峰还向本网记者透露了他有关工业与服务业牵手的新型企业发展模式探索，"未来我们将结合东阿产品生产线打造养生文化体验园区；结合驴产业建设集毛驴博物馆、毛驴农牧园、毛驴乐园于一体的毛驴世界。让游客在东阿阿胶开启一段充满戏剧性的工业之旅。"

采访最后，秦玉峰对记者说，当自己在内蒙古敖汉旗看着两名内蒙古大学毕业的大学生投身于毛驴养殖业时，他更确定了毛驴养殖产业未来的发展前景和毛驴产业为当地农民增加经济收入的信心。

2015 年 1 月 30 日

探营中国第三支赴利比里亚维和警察防暴队

梁犇

中国第三支赴利比里亚维和警察防暴队正在山东济南进行最后一轮集训。9日中新社记者走进了位于济南南部山区的山东边防总队后勤基地，实地探访了这支由140人组成，平均年龄27岁的维和警察防暴队。

头套，作战服，精良的武器设备是每位警察防暴队特战组队员的标配。记者到达训练基地时，特战组正在进行小组战术、步枪立姿跪姿射击、搜索射击、快速机动步手枪转换射击等训练科目。记者在现场看到，特战队员从拔枪、开保险、送子弹上膛、击发、收枪、关保险等动作都在5秒钟内一气呵成。

"经过长期的训练，队员们已经形成了'肌肉记忆'，这样的训练会使队员形成近距离面对威胁时的快速反应能力。"中国第三支赴利比里亚维和警察防暴队特战组组长王健告诉记者，特战队员每天都要身负30多件装备在沙石地面上摔打，将近半年的培训过程中，鞋子已经磨坏了三双，护膝也磨坏了好几副。

2月9日，维和警察防暴队在射击场检靶。当日，中国第三支赴利比里亚维和警察防暴队正在济南进行最后一轮的集训，中新社记者来到位于济南南部山区的山东边防总队后勤基地，实地探访这支即将启程履行维和任务的警察防暴队（梁犇摄影）

"这支警察防暴队共140人，平均年龄27岁，全部来自山东公安边防部队。"该警察防暴队指挥中心主任李轶才说，面对利比里亚物资匮乏、埃博拉疫情蔓延等复杂多变的特殊战地环境，队员先后经过了英语、体能、卫生防疫、维和任务区常识等内容的基础训练和单兵战术、特种战术等50多个科目的技术强化训练。

记者了解到,此次实战集训是维和防暴队出征前的最后一次集训。集训时间自1月6日至2月9日,主要任务是模拟利比里亚任务区勤务运行模式,加强队伍磨合,提升实战能力。

2月9日,特战队员正在整理装备。据悉,中国第三支赴利比里亚维和警察防暴队于2013年12月开始组建,历经五次选拔、六次集训,于2014年12月以全员全优成绩顺利通过联合国甄选评估,获得派出资格,计划于2015年3月出征

2月9日,特战队员正在进行战术演练。特战队员每天都要身负30多件装备在沙石地面上摔打,将近半年的培训过程中,鞋子已经磨坏了三双,护膝也磨坏了好几副(梁犇摄影)

2015年2月9日

总理看望过的家庭农场主期待丰年

李欣 梁犇

位于山东德州陵县的德强现代家庭农场，其"与众不同"不仅是因为对现代农业发展模式的探索，还因为中国总理李克强2014年7月的亲自到访。

"李克强总理一到德强农场，就直接走进田间，蹲在这片地里看秧苗长势，还亲自抓起一把泥土看土壤墒情，又到农机站、种子站、配肥站'全流程'地考察了农场。"农场主冯树强说，"我都不敢相信一个大国的总理能用近一个小时时间'全流程'考察一个家庭农场。"

冯树强16岁就在北京闯荡，经营IT、餐饮等行业。2013年，有感于"国家发展现代农业的政策和决心"，他在老家山东陵县投资成立德州德强农场，通过土地流转、租赁入股等方式聚集了上万亩土地，专门从事农作物、果木、苗木和蔬菜等种植。这也是当地注册成立的第一家家庭农场。

一年后，这家家庭农场迎来了李克强总理的到访。当时，李克强蹲在田头与冯树强仔细查看农作物长势，并和农场主、农民一笔笔细算收益。得知农民通过大规模集约经营成本大幅降低、收入逐年递增后，总理说，现代农业既保障了国家粮食安全，又使农场主获利、农民增收。

他说："农业现代化就是要让农民过上好日子，希望你们挽起手共同致富！"

李克强自始至终强调农业现代化的重要性。就任总理后的第一次基层考察中，他就来到江苏常熟的田娘农场，对这里"公司＋若干家庭农场"的新型合作发展模式称赞有加。他对这里的农场负责人说："土地里也能产出黄金，但这要有条件，小块的一亩三分地不行，还是要大块、要规模效益。"

在去年的《政府工作报告》中，李克强明确强调，坚持把解决好"三农"问题放在重中之重，以保障国家粮食安全和促进农民增收为核心，推进农业现代化。在近期一次会议上，他要求参会省市、部门负责人，要从实际出发，创新多种形式的规模经营，充分发挥农民的创造力。

他说："30年前试点推进家庭联产承包责任制的时候，各地做法不同，而当时中央的态度是'可以、可以、也可以'。我们今天也要给各地、给农民足够的自主权,对于农村改革,我们的态度是'探索、探索、再探索'。"

作为家庭农场的"探索者"之一,冯树强觉得,现代农业的核心,就是高产、安全、科技含量高的农业。他向记者透露,自己经营德强的经验就是将互联网的思维方式和现代企业的管理模式引进到农场。目前德强农场正在加强农业物联网建设,将种子、土壤、浇灌、肥料、工人工作等一系列作业全部用互联网记录,通过大数据分析,得出现代农业华北平原的最佳配比数据,并努力将这组数据制定成现代农业华北平原标准化,让德强的种植和经营经验可以复制。

"到时候德强农场就成为一个品牌,一个可以复制的模式。"

回忆李克强考察德强农场的情景,冯树强至今印象最深的是总理对现代农场经营的要求:"适度规模经营,在尊重农民意愿基础上,根据现代农业技术的要求,同时依法来规范推进。"

他记得,总理特别拿过一份《农村土地承包经营权流转合同》仔细研究,一一确认其中保护农民权益的条款,并和前来咨询办理加入农场的农民反复确认:"加入合作社后会有什么好处?你拿定主意了吗?是自愿的吧?"

他强调,农业合作必须公开、公正、公平,要充分尊重农民自己的意愿。

冯树强说,因为总理的要求,自己经营农场一直很"小心":"我要把德强农场建设成抗击打能力强的农场,让农场健康、可持续地发展,这样农场才能按照合同,每年如期兑付农民们的土地流转金。"

2015年春节前夕,中新社记者来到了德强农场。冷棚里的反季节菠菜、韭菜已经赶着春节上市了,暖棚中的西红柿也在采摘。看管西红柿棚的老王向记者介绍说,已经有辽宁的客商订购了这些西红柿,这两天就来运输,当场现金结算。

"经营农业不同其他行业,不能有半点差错,因为作物的生长周期决定了一步错,错一年的特定规律。"从IT

德州德强农场场主冯树强同暖棚负责人在交流暖棚西红柿的收成和交易情况(梁犇摄影)

行业"转身"到农场主的冯树强颇为专业地说。

他告诉记者，自己在新的一年的愿望是：希望国家可以增加大型农机设备的配套补贴、增加农业保险的险种、保证大田种植户补贴政策落实……

不过，在当地的冬春连旱之后，他最迫切的愿望变成了"一场贵如油的春雨"。

"总理去年7月问我能不能丰收，我回答能。今年我想跟总理说，我们正为赢取下一季的丰收而努力工作。"冯树强望着自己的万亩土地说。

2015年2月24日

总理看望过的德州"新市民"有啥新变化

李 欣 梁 犇

"其实俺也不会总结,只是把心里实实在在的感觉说出来。"72岁的袁桥社区居民王丰元,向记者回忆起2014年7月与李克强一起"总结城镇化有什么好处"的场景。

山东省德州市郊袁桥村1400多名村民2010年从旧村落"上楼",从此变身成为德州市袁桥社区"新市民"。这个城市新社区城镇化的故事引起各方关注,更成为李克强总理2014年7月考察山东的首站。

王丰元记得,总理当时走进社区广场的小凉亭,随意坐在一张小石凳上,像一位普通的街坊邻居一样,和围拢过来的居民们有说有笑地"拉家常":"你们觉得日子怎么样?是农村好还是城里好?"

坐在总理身边的王丰元抢着回答:"当然是城里好!"他说,"进城上楼"后,小孩儿上学更近、周围环境更卫生、老人看病就医更快、买东西更方便、进城的路更顺、车更多、社区公共设施更全。

王丰元每说一条,李克强就掰着手指替他数着。他亲切地称呼王丰元"老王",并最后总结道:你一共说了6个好处,看来,这都是你的切身体会。

"总理考察袁桥社区后,很多亲戚朋友都在电脑上看到我和总理聊天的图片,都说我很幸运。我也觉得自己很幸运,心情很高兴、很舒畅。"王丰元说。

王丰元曾经是邻县的乡村教师,退休后跟着外出打工的儿女搬到德州,又在年近古稀的时候"上楼",当上了"城里人"。在袁桥社区,70%的居民都是像他这样的进城农民。

这也是李克强将这个普通社区作为山东考察"首站"的原因。当总理与"新市民"们气氛融洽地拉家常时,他真正关心的是"新型城镇化"的基层实践,是农民在进城后是否能真正有收入、得实惠。

国家统计局公布的数据显示,2014年,中国城镇常住人口为74916万人,比上年末增加1805万人;乡村常住人口61866万人,减少1095万人;城镇人口占总人口比重为 54.77%，城镇化率较上年提高 1.04 个百分点。

在就任总理后的首次记者招待会上，李克强就明确提出，中国的城镇化规模之大为人类历史所未有，不仅对中国的发展很重要，而且会影响世界。他说，城镇化是现代化的必然趋势，也是广大农民的普遍愿望，它不仅可以带动巨大的消费和投资需求，创造更多的就业机会，其直接作用还是富裕农民、造福人民。

他在去年的《政府工作报告》中提出要解决"三个一亿人"问题：促进一亿农业转移人口落户城镇，改造约一亿人居住的城镇棚户区和城中村，引导约一亿人在中西部地区就近城镇化。

去年 11 月，李克强在国家博物馆参观人居科学研究展时强调，城镇化要以人为核心，其他的一切都要为人服务。推进城镇化意不在"地"，不在"楼"，而在"人"。

而在袁桥社区的考察中，李克强专门考察了社区附近的配套企业，且特意到社区警务室询问民警，进城农民"户口能否落下""办手续方不方便""能否享受和市民同等的服务"。

他特别强调，一定要尊重"农民自己的意愿"。

在总理考察后，袁桥社区的新型城镇化探索有了新进展。曾经向总理介绍情况的社区警务室警官张惠告诉中新社记者："总理考察时，农民进城落户需要 10 个工作日。新年我想跟总理汇报，我们进一步简化了进城落户的办理流程，提升了速度，目前农民进城落户更便捷，只需要 6 个工作日。"

袁桥社区支部书记宿士利告诉记者，总理考察后，社区建成了老年人活动中心，建立了社区"村民公约"。还为社区 70 岁以上老人每月发 100 元生活补助，并派专人送钱上门。他说，自己 2015 年的新春愿望，是想给社区"建一个游泳池"。

作为全镇更大的"家长"，德州袁桥镇党委书记霍晓兵的新年愿望就是让更多的农民可以进城上楼，享受到同市民同等的幸福生活。霍晓兵说，总理考察时袁桥二期社区还正在建设中，现在二期工程已经建成并分发给了 11 个村的村民，其中 2 个村已经入住了新房。袁桥二期有居民 1 万多人，建筑面积 75 万平方米。除了袁桥二期，2015 年袁桥镇的小刘社区和大王社区也将陆续开工建设，这又将有 3200 户、近 1 万农民能享受到新型城镇化带来的"红利"，过上市民生活。

同时，袁桥镇还按照进城村民的年龄结构、技术能力、知识水平"量体裁衣"，为村民提供职业能力培训、公布招工信息、还邀请德州职业技术学院、德州汽车摩托车培训学校等免费培训，借助德州经济开发区的产业发展让村民

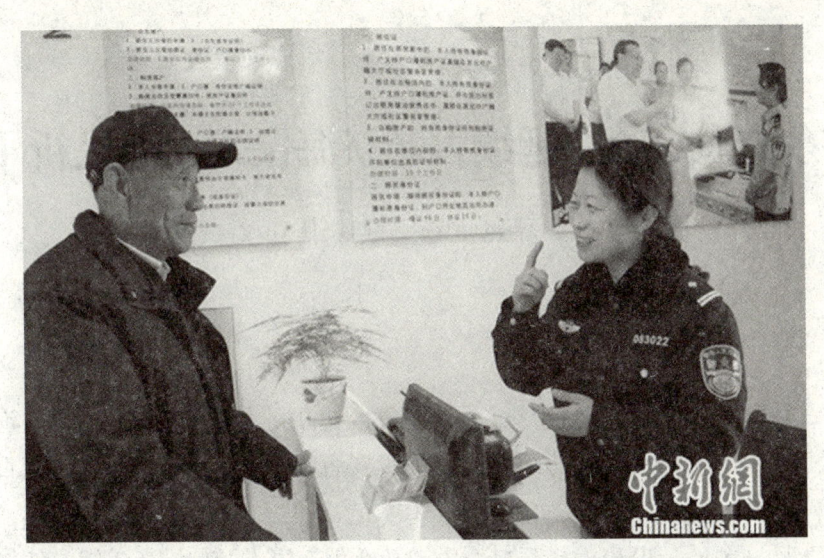

袁桥社区警务室警官张惠正在为居民讲解户口政策（梁犇摄影）

就近就业，让生活"城镇化"的村民收入也实现真正的"城镇化"。

王丰元告诉记者，他希望总理能再来袁桥，自己可以再跟总理说说更多农民生活的新变化：家里有电、有煤气、有地暖，很多农民家里也有了电脑、汽车。

他说："总理去年7月在袁桥社区告诉我们，'今后生活会更好！'我们相信一定会更好！"

2015年2月28日

胶东"渔灯节"延续古老祭海仪式 渔民祈平安

王娇妮 杨兵 传义

3月3日正值农历正月十三,烟台开发区初旺村上千名渔民走向码头渔船,在摆满了猪头、海鱼的船头跪拜上香,安放渔灯,举行至今已延续了数百年的渔灯节祭海仪式。

3日一大早,39岁的初旺村渔民初乃跃就与家人开始准备午饭,他将海鲜和肉做成二十几道菜肴款待亲戚与船工。午饭过后,初乃跃将提前准备好的大鲅鱼、大饽饽等祭品以及数十盏渔灯搬上小货车,载着儿子、妻子和母亲一路向码头开去。

初乃跃来到自家经营的渔船上,小心地将祭品摆在船头,一边上香一边默念着希望来年风调雨顺、鱼虾满仓。

初乃跃从17岁起出海打渔,如今成为经营两条渔船的船主,共雇用了14个船工。这几年由于近海渔业资源减少、船工费用增加,初乃跃的生意受到很大影响,但最令他担忧的还是雇工的安全。初乃跃说,每年来祭海最大的心愿就是平安。

因为渔灯节,往日平静的初旺村在这一天挤满了各地私家车与旅游巴士,约4万名游客与摄影发烧友聚集码头,观看祭海仪式与当地村民表演的锣鼓、秧歌、舞龙等民俗节目。游客柳范林说,渔灯节比过年还要热闹,充满了浓浓的民俗味道。

3日傍晚,祭海渔民纷纷离开码头回家过节,喧闹了一天的初旺村又恢复了平静。码头上一名船工妻子走上渔船,拿出一盏渔灯点亮。她说,希望常年在海上打渔的丈夫每次都能平安归来。

渔灯节距今已有500多年历史,是胶东沿海地区渔民特有的传统民俗节日,每年正月十三和十四举办。烟台经济技术开发区拥有"中国渔灯文化之乡"之称,当地渔灯节已被列入中国非物质文化遗产。

2015年3月3日

纪念台儿庄大战胜利 77 周年
百岁亲历者古运河畔悼国殇

梁 犇　郎春祥

"尸填街巷市野，血盈运河沟渠。千年古城，无墙不饮弹；鲁南大地，无土不沃血……"台儿庄大战参战将士后代、第 42 军第 27 师参战将士马聚三之孙马凤威 8 日在大战纪念馆西侧无名烈士墓前诵读祭文，纪念台儿庄大战胜利 77 周年。

1938 年 3 月 23 日至 4 月 8 日，中国军队在台儿庄与日本侵略者浴血奋战，击溃侵华日军第 5、第 10 两个精锐师团的主力，取得了抗日战争正面战场的最大一场胜利。中国军队在这里毙伤日军近两万人，粉碎了日本要三个月灭亡中国的嚣张气焰，而近半个月的激战中，3 万中国将士也为国捐躯，目前有名可查的烈士只有 4000 人。

4 月 8 日上午 10 时，台儿庄大战胜利 77 周年祭奠英烈仪式在山东枣庄台儿庄举行，苍凉悲壮的声音在古运河畔回荡。

101 岁的台儿庄大战老兵代表邵经斗，102 岁台儿庄大战战地记者蒋思豫和参战将士亲属代表、日本友好人士、史学研究专家、社会各界人士共近千人前往台儿庄大战纪念馆、台儿庄大战无名烈士墓，为长眠在此的英烈献花，缅怀民族英雄。

"你父亲是我的军长，他讲的话我到现在都还记得。"祭奠仪式上，101 岁的抗战老兵邵经斗与第 29 军军长李仙洲将军之子李德强紧紧相拥，失声痛哭。

邵经斗参加台儿庄大战时才 20 多岁，77 年后，他面对曾经战斗的地方，哽咽地说："我不敢看，再来到这里太难过。"驻足在当年鏖战时留下密密麻麻弹孔的砖墙前，邵经斗神情庄重，回想起 77 年前的硝烟战火，他说："这些都是当年日本军队的枪打出来的"，"我们一个连 158 人，台儿庄大战打完，只活下来了 18 个"。

在无名烈士墓前，年过百岁的老兵邵经斗神情坚毅，挺直身体，举起右手，向无名烈士墓行着标准的军礼。

102岁的蒋思豫是抗战时期《中国青年》的编辑，《中央时报》《益世报》记者、特约撰稿人。作为台儿庄大战亲历者，蒋思豫告诉记者，台儿庄战役打响后，他在徐州见到了第五战区司令长官李宗仁和协助李宗仁指挥的副总参谋长白崇禧。当时李宗仁对自己说台儿庄前线之战异常激烈，孙连仲第二集团军坚守台儿庄，伤亡惨重，李宗仁已电令汤恩伯20军团南下，夹击日军，他建议记者们到第一线采访。

台儿庄战役开始一周后，蒋思豫便同《大公报》记者范长江、《新华日报》记者陆怡前往台儿庄前线采访。蒋思豫回忆说，当时台儿庄战场上是枪林弹雨、硝烟弥漫，记者们跟着部队冲锋陷阵、武装转移、撤退、坚守阵地战，很多记者也在这场战斗中伤亡。

2015年是台儿庄大战胜利77周年，中国人民抗日战争胜利70周年，世界反法西斯战争胜利70周年。

2015年4月8日

日本僧人悼念台儿庄大战英烈：
历史不应该被忘记

梁 犇　郎春祥

"侵略确实给中国人民带来了深重的灾难，日本的年轻一代不应该忘记这段历史。"日本僧人、圆光寺主持大东仁 8 日在山东枣庄参加台儿庄大战胜利 77 周年纪念时告诉中新社记者。

当日，大东仁向台儿庄大战纪念馆赠送了《徐州会战·指南事变画报》、小说《台儿庄》《内阁情报局》《周报》各一册，台儿庄大战纪念馆馆长王祥接收捐赠并颁发了收藏证书。

台儿庄大战纪念馆馆长王祥表示，在日本搜集有关台儿庄大战的资料的难度比较大，这也就意味着此次捐赠的资料拥有相当高的史料价值。

"在日本国内很少有人知道台儿庄战役。"大东仁向中新社记者介绍，由于日本在台儿庄大战中溃败，因此日本国内对此次战役的报道非常少见，相关资料的收集难度很大。

大东仁拿起小说《台儿庄》向中新社记者介绍到，这本书出版于 1942 年，作者是亲历过台儿庄战役的日本人，主要描述台儿庄战役时的见闻。"《台儿庄》在今天的日本已经近乎无人知道，但是在书刚出版的时候非常畅销。在特定历史环境中，本书作者表现出的价值观和意识形态对于当前分析研究那段特定的历史环境具有史料价值。"

大东仁 10 多年来先后到中国 30 余次，足迹踏及南京、徐州等地的抗战遗迹。并在日本搜集了大量的日军侵华罪证赠送给中国。

大东仁表示："我至今所做的一切，包括史料搜集、举办展览以及在各地宣讲，都是为了告诉日本的年轻人，日本侵略给中国人民带来了深重的灾难，日本的年轻一代不该忘记这段历史，历史悲剧不能重演。"

除大东仁捐赠的史料外，台儿庄大战纪念馆 8 日还接受了中国社会科学研究院近代史研究所专家，云南二战史学会会长宋向东赠送的抗战时期滇军使用的口缸、手电筒、法军望远镜等物品；南京艺术学院研究员、徐州市博物馆科长岳凯赠送的徐州大歼灭特辑《画报跃进之日本》、昭和13年《周报》和其他收藏家捐赠的各类史料史物，共计200余件。

据王祥介绍，此次捐赠仪式上接收的捐赠物品是展馆开馆至今捐赠最多的一次，也是研究价值最高的一次。这些史料史物的展出，将使更多人了解这段历史。

1938年3月23日至4月8日，中国军队在台儿庄与日本侵略者浴血奋战，毙伤日军近两万人，粉碎了日本要三个月灭亡中国的嚣张气焰，取得了抗日战争正面战场的最大一场胜利。

2015年4月8日

"2014年度中国人文学术十大热点"揭晓

黄品璇

由山东大学《文史哲》杂志主办的第五届"《文史哲》杂志人文高端论坛"5月1日在济南开幕，由《文史哲》杂志和《中华读书报》共同评选的"2014年度中国人文学术十大热点"同时公布。

"2014年度中国人文学术十大热点"分别为：马克思主义与儒学的关系引起空前关注；皮凯蒂《21世纪资本论》中译本出版，以《资本论》为代表的马克思主义重回学界视野；习近平在文艺工作座谈会上的讲话：文学艺术发展出现方向性转折；从"燕京学堂"事件到"新清史"论争：西方学术话语体系能否准确呈现中国；民国学术评价问题引发热议；简帛文献等新材料的整理与研究进一步深入；政治儒学与陆台新儒家之争；明清钓鱼岛文献与甲午战争诗歌研究；"历史虚无主义"概念引发普遍关切；汤一介、庞朴、田余庆等著名学者辞世，古典学术传承问题备受瞩目。

《文史哲》杂志主编、山东大学儒学高等研究院常务副院长王学典在接受记者采访时介绍说，为保持评选的权威性，他们采访了至少100位学者，由他们推选人文学术热点，然后再进行评选，评选结果具有广泛的代表性。

王学典认为，此次评选结果覆盖面广，既关注国家层面的大动向，也关注纯学术研究；既有对海外学术动向的观察，但更多的是对本土学者的关注；既有带有政治性的热点，也有纯学术性的思考。

王学典表示，希望中国人文学术十大热点评选活动，"能够站在学界前沿，引领学术发展的走向，同时也引领学者将其研究与国家发展目标相结合，推动中国人文精神的重建"。

2015年5月1日

400家韩企携万种韩国热门商品"抢滩"山东市场

李 欣

来自韩国的400家企业、1000位展商携带近万种韩国商品5日参展在济南举行的中国（济南）韩国商品博览会（以下简称"韩博会"），欲借中韩自贸协定的"东风"，率先"试水"山东市场。

记者在韩博会现场看到，自然乐园、雪化秀、福库、农心、大象、圃美等品牌纷纷参展，展品主要包括美容化妆、韩国特色食品、家居用品、电子科技、医疗保健等领域。

连续参加韩博会的Hosung T&C公司CEO金善熙在接受中新网记者采访时说，山东是韩国企业重要的市场，随着中韩自贸协定签署，中韩间的贸易将更便利、更紧密。无论是货品通关手续、减免关税还是韩币与人民币的直接兑换都为两国商贸往来提供便捷。"可以预见，未来我将更频繁地来到山东。"

作为本届"韩博会"韩方主办单位大韩贸易投资振兴公社社长金宰弘表示，韩中两国自1992年建交以来，在政治外交、经贸通商、社会文化等领域都一直保持着飞跃性的发展。1992年建交时两国交易额只有63亿美元，到22年后的2014年，已经增加了37倍，达到了2354亿美元，2014年的人员交往突破了一千万人次。韩中两国6月1日签订的自由贸易协定，为两国迎来了自由贸易的时代。"在不确定性不断扩大的当今世界，很难仅凭一方的力量解决所有的问题，所以我们要加强合作。"

谈及缘何韩博会能连续在济南举办4届，每届规模又不断扩大时，金宰弘认为，山东一直都是连接韩中两国的桥头堡，在中韩贸易的最活跃期，山东一定会发挥更重要的作用。大韩贸易投资振兴公社希望韩博会能成为韩中自由贸易时代合作的范例，为韩鲁甚至两国的发展做出贡献。

据济南市商务局副局长康广民介绍，山东是最早开展对韩贸易的省份，为迎接中韩自由贸易新时代,济南将着力打造中韩住宅产业化合作先行示范区、中韩尖端产业合作经济先行示范区及中日韩保税展示交易先行示范区等三大先行示范区。在中韩自贸协定签订当日,济南首个进口商品保税展示交易中心已在济南综合保税区正式启用,该中心实体展示商城营业面积20000平方米,目前已有100多家境外客商和国内进出口贸易公司入住。

据记者采访获悉,韩国锦湖韩亚集团、LG公司、SK集团等知名企业落户山东,山东中德设备有限公司、山东韩都衣舍等企业也已在韩国投资,涉及电子商务、农业种植、机械设备生产销售等行业。截至2014年底,韩国企业在济南累计投资136个项目,合同投资15.57亿美元,实际到账6720万美元。2014年济南市对韩国进出口总额26181万美元,其中出口17781万美元,进口8400万美元。

2015年6月5日

耄耋老人忆台儿庄大战：
十里繁华毁于战火

李欣　梁犇　程丽

"昨夜梦中炮声隆，朝来榴花满地红。英雄效命咫尺外，榴花原是血染成。"曾经十里繁华、一河渔火的台儿庄古城几乎全部毁于1938年春天那场台儿庄大战。

1938年中国军队在台儿庄战胜了日本精锐部队，获得抗日战争正面战场的最大胜利，毙伤日军近两万人，挫败了日本三个月灭亡中国的妄念。

台儿庄古城内袁家后巷李家老宅一处弹痕累累的墙壁是台儿庄古城大战遗址纪念园一处著名景观，高大的灰砖墙上，深深的弹洞清晰可见。生于1934年的李敬善便是这座老宅的主人。"当时家中开设了'义丰恒'字号杂货铺，以经营糖茶、糕点、丝绸、棉布为主，兼营南北水果、干制海鲜等杂货，算得上是台儿庄规模较大的字号。"李敬善回忆到，1938年3月，打仗的消息传到了台儿庄，人们在街头议论，却不知道具体是哪里打仗，仗怎么打？

虽然当时只有4岁，但是李敬善依然记得，直到大战前几天，第二集团军三十一师池峰城部进驻台儿庄，开始封堵四个城门，动员城内居民捐出木料、木门、麻袋，用于布防。这时，台儿庄人才知道真的要打仗了！"当时台儿庄城内许多墙上都写着'誓死不做亡国奴，誓死与日寇作战到底'的口号。那时候的老百姓连机关枪都没有听说过，更别说飞机、大炮了。直到日军开始飞机侦察台儿庄，北面隐约听到炮声，惊恐不已的城内居民才意识到打仗是什么？"

程杜氏当时同李敬善一样都住在台儿庄，程杜氏回忆说："1938年农历二月十八中午（公历3月19日），不到收摊的时间，父亲就慌慌张张的从火车站回家，扔下糖货挑子，说了句日本鬼子要打来了，便带着我们一家人往城东跑，直奔赵村渡口方向。没几天，就看到日本人的飞机在头顶上飞过去，炸弹都扔到城里了。我家住的西关打得很激烈，到处是尸体，房子都炸塌了……"

孙英杰是第二集团军兵站仓库员，台儿庄大战后被分配负责打扫战场和运送伤员。他回忆说："台儿庄战役结束后，城里全是一片一片的尸体，很多都已经面目全非，只能通过衣服颜色辨认，黄色衣服的是日本人，灰色衣服的是自己同胞，满眼望去，望不到头。五月的天气，很多尸体都烂了，运河两岸臭气熏天，我们每人都戴了两个口罩。挖好坑以后，就把尸体拖过来，也不分官、兵，直接放到坑里去。部队怕尸体腐烂会带来瘟疫，调来大量的消毒药水，在战场消毒。仅那一次，我们就掩埋了近3000具尸体，其中日军尸体1000多。"

台儿庄大战结束后，李敬善一家人再次回到城内家中，"墙上都是弹孔、地上也黢黑黢黑。平时地面干的时候就是黄泥，一下雨就有了血。"李敬善说："只记得满巷满街都是死人，到处是枪炮手榴弹。战后的台儿庄，无墙不饮弹，无土不沃血。"

"台儿庄曾是一河渔火、十里歌声、夜不罢市的地方"，时至今日，走在台儿庄古城的石板路上，李敬善还能清楚记得当年许多商店字号的名字和位置：仁济医院、梁泰生煤油店、西广记酱园店、仁寿堂中药铺……

台儿庄大战后，时为台儿庄大战总指挥的李宗仁曾说过，一定会重建台儿庄。走在今天的台儿庄古城，记者注意到大部分建筑外都挂着一幅老照片，照片记录着经战火淬炼的断壁残垣。

台儿庄大战已经过去77年了，这些参加战争或者亲历战争的人，正在离我们而去。在台儿庄，各界人士正在通过影像资料，口述记录等方式保存这一段段将要逝去的历史。

2015年6月9日

第三届中国——中亚合作论坛在日照举行

李 欣

第三届中国——中亚合作论坛6月16日在山东省日照市举行。中共中央政治局委员、中央政法委书记孟建柱与乌兹别克斯坦第一副总理阿济莫夫、吉尔吉斯斯坦副总理基尔共同出席开幕式并致辞。

孟建柱表示,近20年来,中国与中亚国家关系快速发展,树立了友好互助、互利共赢的新型国家关系典范。孟建柱指出,一年多以来,中国与中亚国家共建丝绸之路经济带取得一系列积极成果。随着丝绸之路经济带建设不断推进,中国——中亚合作将进入黄金发展期。他希望双方抓住机遇,以共建丝绸之路经济带为依托,坚持深化互信、平等协作,坚持互联互通、优势互补,坚持多管齐下、综合施策,坚持传承友好、交流互鉴,积极推动区域合作发展,共创开放包容之路、互利合作之路、和平安宁之路、文明融汇之路。

阿济莫夫和基尔赞赏丝绸之路经济带构想,认为双方务实合作前景广阔,愿共同推动双边合作不断取得新成果。

开幕式结束后,孟建柱同中亚各国代表团团长共同为中亚(日照)航贸服务中心、中亚(日照)物流园区举行了揭牌仪式。

本次论坛由中国上海合作组织睦邻友好合作委员会与日照市人民政府共同举办。来自中国和乌兹别克斯坦、吉尔吉斯斯坦、塔吉克斯坦、哈萨克斯坦、土库曼斯坦等中亚国家各界代表约400人与会。

2015年6月16日

山东日照建中亚（日照）港口物流园服务"一带一路"经济发展

李 欣

由中国和中亚五国六家企业共同投资的中亚（日照）港口物流园区6月16日在山东省日照市正式揭牌，园区将成为中亚国家和内陆地区向东出海的现代商贸物流基地，服务"一带一路"经济发展。

记者采访了解到，该港口物流园由日照港集团与哈萨克斯坦、吉尔吉斯斯坦、塔吉克斯坦、乌兹别克斯坦和土库曼斯坦的五家企业共同投资设立，注册资本6000万元人民币，由日照港集团控股，规划面积12万平方米。

日照港集团董事长杜传志介绍，日照港中亚（日照）港口物流园地处日照国家级经济技术开发区，紧邻日照港，与日兰、沈海2条高速公路、新菏兖日铁路、瓦日铁路2条铁路及新亚欧大陆桥紧密相连。物流园区将成为中国东部沿海地区建设规模大、功能齐备、配套设施完善、开放程度高的国际型物流园区。

杜传志表示，中亚（日照）港口物流园可为包括中亚国家提供保税仓储、国际物流配送、海铁联运和过境运输、进出口贸易、转口贸易、物流信息处理等现代物流服务。"未来，园区将致力于打造东北亚向西拓展、中亚国家和内陆地区向东出海的现代商贸物流基地和现代国际物流园区。"

当日，由日照市委、市政府建设的中亚（日照）航贸服务中心也揭牌成立，该中心集口岸进出口业务"一站式通关"服务、口岸信息和电子口岸服务、大宗商品公共交易运营平台等功能为一体，总投资3亿元人民币，总建筑面积7.2万平方米。

据相关统计数据显示，2014年日照市进出口总值为347.69亿美元，其中出口47.89亿美元，进口299.80亿美元。日照港目前拥有石臼、岚山两大港区，53个生产泊位，年通过能力3亿吨以上。

2015年6月16日

山东规模最大抗战主题展开展
200余件抗战文物首次面世

曾 洁

　　1938年胶东雷神庙战斗后保存下来的印着累累弹痕的庙门板，1943年海阳县民兵英雄于化虎在地雷战中使用的地雷箱……为纪念中国人民抗日战争暨世界反法西斯战争胜利70周年，山东抗日战争主题展7日在山东博物馆开展，200余件抗战珍贵文物首次展出。

　　山东博物馆常务副馆长郭思克介绍说，山东抗日战争主题展是迄今为止山东地区规模最大、集合抗战文物最多的一次抗战主题展，陈列面积达2000平方米，集合了抗战珍贵文物382件，其中200余件是首次展出。

　　记者在抗战主题两大展厅看到了1938年胶东雷神庙战斗后保存下来的印着累累弹痕的庙门板、1942年鲁南铁道游击队大队长洪振海等人在滕县地下交通员郝贞家用的碗、1943年岱崮战役中士兵喝水的茶缸、1943年海阳县民兵英雄于化虎在地雷战中使用的地雷箱等382件珍贵文物。

　　展览筹展工作人员李娉介绍说，社会各界捐赠的抗战文物也是展览重要的一部分，迄今为止共收到128件单位或个人捐赠的文物，其中还包括现居台湾的爱国船商贺仁菴后人捐赠的《青岛沉船位置图》。1937年底为延滞日军登陆山东半岛，船商贺仁菴将所属长记轮船行的7艘轮船凿沉于胶州湾，该图正标记了计划沉船的具体位置。

　　记者在山东抗日战争主题展看到，52098名山东抗日战争英烈的名字赫然显示在大屏幕上。在显示屏对面的展板上，还记录着抗战时期山东地区人口伤亡的大型调研统计，数据为347884人。李娉说，这次展览吸纳最新山东抗战的调查研究成果，尤其是山东八年抗战取得的辉煌战果大数据、抗战时期山东人口伤亡和财产损失情况、52098名抗战英烈名录、日军侵略山东期间制造的惨案调研成果和《山东省百县（市、区）抗日战争时期死难者名录》等，体现了抗战史料的权威性。

  记者在现场看到,本次展览除了提供抗战大数据、陈列抗战文物,还运用数字和多媒体技术,设置抗战纪录片等影像资料的播放,并将海量战争历史信息如山东抗日根据地的发展史、山东重要抗战遗址等融入数字化多媒体加以展现。

2015 年 7 月 7 日

英雄在军人的节日回家

李 欣

五星红旗覆盖着的中国武警战士张楠的遗体,"八一"建军节当天晚上19时50分回到他生前服役的山东。当这名为国捐躯的英雄,从遥远的非洲之角,回到他曾服役10年的第二故土时,这一天正巧是中国人民解放军第88个生日。

仲夏之夜,济南遥墙机场的停机坪还残存着当天下午暴雨遗留的水渍,经过一天炙烤,此时停机坪地面气温高于40℃。

张楠生前所在部队的战友们肃立宽阔的停机坪,眼噙泪水,手中"血性男儿浩气长存"字牌无声表露着战友们对英雄的敬仰。

20时15分,覆盖着中华人民共和国国旗的灵柩由8名礼仪士兵托举着缓缓走出飞机。同在这起恐袭事件中负伤的武警战士赵团军、王旗护送张楠"归队"。

烈士张楠的亲属,早早就从河北沧州赶到山东济南遥墙机场,准备迎接英雄魂归故里。看到飞机缓缓靠近,看到亲人的灵柩从飞机上抬下,烈士亲属禁不住痛哭,口中喊着"楠楠""张楠"……

中国外交部副部长张明、山东省人民政府省长郭树清、中国人民武装警察部队副政委张瑞清、政治部副主任陈国帧、索马里驻华大使尤素福、张楠烈士的亲属、张楠生前所在部队官兵代表等社会各界人士250余人到机场迎接烈士回家。臂缠黑纱、胸戴白花的全体迎接人员脱帽向张楠烈士三鞠躬。

在索马里为祖国捐躯的烈士张楠1987年出生在河北省沧州市吴桥县,2004年12月入伍,后担任武警临沂市支队直属大队一中队班长,上士警衔,中国共产党党员。张楠曾获得过武警山东总队"十佳士官"之一,"十佳训练标兵"之一,两次评为优秀士兵,两次荣立三等功。

2014年,张楠通过严苛的选拔,以全优成绩从500多人中脱颖而出,随队进驻索马里首都摩加迪沙,成为一名使馆警卫战士,执行涉外使馆安保任务。

2015年7月26日,索马里当地时间16时30分,中国驻索马里使馆所在酒店遭遇恐怖分子汽车炸弹袭击，正在使馆执行安保任务的张楠在袭击中颈部动脉破裂，最终失血过多，抢救无效牺牲，年仅28岁。

中国外交部副部长张明说，张楠2015年2月随队到中国驻索马里大使馆执行安全保卫任务，多次经历生死考验，今年4月14日就曾在一次任务中负伤。伤愈后，张楠请求继续留在索马里执行任务。"驻守中国驻外使馆的武警警卫小组的外交战士们，每天都在经历血与火、生与死的考验。他们捍卫着祖国的尊严，是外交队伍的重要组成部分。"

武警部队副政委张瑞清表示，张楠是中华民族的优秀儿女，是武警部队广大官兵的优秀代表，是党和人民的忠诚卫士。对他的奉献牺牲，祖国和人民永远不会忘记，武警部队全体官兵永远不会忘记。

7月31日下午，中国武警总部追授张楠为"中国武警忠诚卫士"奖章。

"起灵——"在庄严的军乐声中，礼兵抬起张楠烈士灵柩，缓步走向已停侯在远处的黑色灵车。灵车前，白色的玫瑰花环绕着张楠的照片。

"敬礼！"全体官兵敬礼，目送战友灵柩登上灵车远去。

2015年8月1日

千人送别索马里恐袭遇难的中国武警英雄张楠

李 欣

8月2日9时30分,因遭遇恐怖袭击英勇牺牲的中国驻索马里大使馆警卫人员、武警山东总队临沂支队上士张楠烈士遗体告别仪式在山东省举行。

"忠诚使命血洒异域卫士永垂不朽;矢志从军为国捐躯英雄青史长存"的挽联悬挂在济南市粟山殡仪馆第一告别厅。电子屏上滚动播放着张楠烈士生平、照片和在异国他乡战斗的视频画面。

索马里当地时间7月26日16时30分左右,中国驻索马里使馆所在酒店遭遇恐怖分子汽车炸弹袭击,正在使馆执行安保任务的张楠在袭击中颈部动脉破裂,最终失血过多,抢救无效牺牲,年仅28岁。

中国外交部副部长张明,中共山东省委书记姜异康、山东省人民政府省长郭树清,中国武警部队副政委张瑞清、政治部副主任陈国桢,索马里驻华大使尤素福,驻济中国人民解放军和武警部队官兵代表,张楠在部队的兵妈妈朱呈镕及社会各界群众代表近千人参加仪式,送别英雄。

"楠楠,兵妈妈想你了!"张楠在部队的兵妈妈朱呈镕专程从临沂赶到济南送兵儿子张楠,他们已经认识了7年。朱呈镕眼噙泪水说:"张楠家在河北,逢年过节,我就让他到我家去。我还给张楠介绍了女朋友,可惜他太忙了,刚刚介绍不久就远赴索马里了……"

"今年4月听说张楠在索马里负伤后,我们就一直担心他的安全,希望他可以早日回国。却没有想到今天张楠以这样的方式'归队'。"张楠曾经的指导员高睿接受媒体采访时说,"张楠是一名11年的老兵,他一直坚守军人的职业信仰,在训练中严格要求自己,是所在部队的标志和模范。我们要继续把英雄的精神延续。"

中国人民武装警察部队山东省总队政治部主任杨叶表示,张楠是一位血性男儿,是新时代的英雄代表。在这个缺少英雄的时代,张楠用自己的实际行动,展示了血性男儿的英雄形象,是武警部队广大官兵的优秀代表,是党和人民的忠诚卫士，是广大官兵学习的榜样。

9时30分，哀乐响起，参加告别仪式全体人员肃立，向张楠烈士默哀三分钟。

姜异康在告别仪式现场简要介绍了张楠烈士生平。姜异康表示，张楠是有灵魂、有本事、有血性、有品德的新一代革命军人，是献身警卫事业、建设精锐之师的杰出代表。"张楠烈士满怀报国之志、执着强军梦想，用28岁的青春热血书写了中国武警忠诚卫士的价值追求和时代风采。"

告别厅内，昨晚刚刚被迎接回国的张楠烈士遗体覆盖着鲜艳的五星红旗，静静躺在鲜花中，两名礼兵守卫着菊花青纱簇拥的张楠烈士遗像。

参加仪式的各界代表缓步进入遗体告别厅，脱帽，行三鞠躬礼，向张楠遗体献上一支白菊花，绕行一周，最后送别英雄张楠。

出生在河北省沧州市吴桥县的张楠于2004年12月入伍。生前为中国驻索马里使馆警卫人员、武警临沂市支队直属大队一中队班长，上士警衔，中国共产党党员。张楠曾获得过武警山东总队"十佳士官"之一，"十佳训练标兵"之一，两次评为优秀士兵，两次荣立三等功。

7月31日，中国武警总部追授张楠为"中国武警忠诚卫士"。

8月2日11时，张楠烈士告别仪式结束。两名礼兵手捧张楠烈士的骨灰盒，送上灵车，返回烈士家乡河北沧州，张楠烈士骨灰将安葬在河北沧州烈士陵园。

2015年8月2日

古琴七大门派传人济南同台献艺
高手过招犹如武林论剑

曾 洁

广陵派之自由跌宕，诸城派之质朴流畅，岭南派之刚健爽朗，虞山派之清微淡远……8月9日晚，中国古琴七大门派优秀传人齐聚山东济南东柳戏院，各派传人同台献艺，让观众犹如观看一场武林论剑。

"中国古琴南北流派名曲音乐会"伊始，山东诸城派传人王笑天着素色中式服装，弹奏一曲《长门怨》尽显北派古琴风范，而岭南派传人吕宏望着玄衫，则以《玉树临风》展露南派绝活，南北流派的琴艺切磋就此拉开帷幕。

广陵派、九嶷派、梅庵派、金陵派等派掌门古琴家随后轮番登台，精彩表演令人目不暇接。广陵派省级传承人马维衡，以一曲《大胡笳》，讲述汉代蔡文姬忍痛别子的故事，将听众引入悲伤的气氛，而金陵派传承人马杰则用一曲《欸乃》，描绘出柳宗元《渔翁》诗的悠远意境，让悲伤中的听众回到恬淡疏放的心境。最后古琴艺术国家级传承人、虞山派代表吴钊以一曲《忆故人》，给观众留下清微淡远的回味。

从广州风尘仆仆赶到济南的岭南派传人、广州琴会会长吕宏望，在聆听了王笑天的《长门怨》后说，广东岭南派古琴风格刚健、爽朗、明快，吟揉较少，神韵古逸清高；而山东诸城派源远流长，琴曲融入当地语言特点，且吟揉很多，手法极为奇丽，有飘逸出尘之感，风规自远。

从事音乐史研究多年的吴钊说，各大门派均有传人，是古琴艺术繁荣的保证。从琴谱、琴技、文化、历史等多方面继承古琴艺术是各派传承人的责任。

据史料记载，琴艺列中国古代琴棋书画等诸艺之首。伯牙、子期高山流水遇知音，魏晋竹林七贤山林弄琴，纵酒吟诗，甚至金庸武侠故事中，也有神秘曲谱"笑傲江湖"，数千年中华文化其实一直萦绕着悠扬的古琴声。

中国古琴在唐朝达到繁荣阶段，流派纷呈，佳作迭出。经过历史沉淀，中国古琴琴艺最终形成了九大派系,即虞山派、广陵派、诸城派、梅庵派、岭南派、九嶷派、金陵派、江浙派、蜀山派等。

作为本次"设擂"的东道主,山东省艺术研究院向古琴各派发出"英雄帖",邀请各派高手8月8日、9日会盟济南。山东省艺术研究院戏剧曲艺类非物质文化遗产保护传承研究所主任郭学东说,南北流派名曲音乐会高手云集,竞相献艺,各派琴艺,各有特色,不相上下。这表明中国古琴艺术,在经历濒临失传艰难时刻之后,又重新渐渐复苏,假以时日,则有望重现琴师辈出、流派纷呈的良好状态。

2015年8月9日

耄耋老兵登广告寻失散 70 年战友：
兄弟，你在哪里？

曾洁 李欣

登载着 89 岁老兵袁永福"私人订制"寻战友广告的 3 辆公交车已经在济南 101 路、K2 路、K56 公交线上行驶了三天。袁老兵找战友已成为了济南市民关切的话题。中新社记者 10 日专访了袁永福。

走进袁永福的家，记者看到墙上挂着他与战友们在不同年代的合影，身着深绿色军裤的袁永福坐在照片"簇拥"的沙发里，跟记者谈起了公交广告寻战友的缘起。

"今年是中国抗日战争胜利 70 周年，世界反法西斯战争胜利 70 周年。70 年前，我是山东八路军鲁中 4 师 10 团 9 连年纪最小的兵，今年，我已经 89 岁了。"袁永福告诉记者，"那些曾经共同保家卫国、浴血奋斗的兄弟都已经散落各地。70 年了，当年的战友们不知道是否还在世。我希望通过公交车广告，找到失散的战友们或他们的后人，把战友们的名字刻在山东老战士纪念广场的'山东老兵墙'上。"

袁永福"私人订制"的寻战友车体广告上印着袁永福穿着军装、行军礼的照片，写着"与抗战老兵袁永福一同寻找曾经的战友，共同铭记那段血雨腥风的峥嵘岁月"的字句。

聊起当年的抗日战争，袁永福指着左腿说，这里至今还有当年在山东邹县西沙河头阻击日军进攻济南时留下的弹片。

袁老回忆到，当时战斗的任务是阻止日军北上进攻济南，16 岁的他与年龄稍长的马成学、刘汕、秦启明分在一个组。"战斗中我们同日军近身拼刺刀。当时我年纪小，同组的战友都想保护我。还记得当时秦启明见日军冲上来了，就对我喊'到我身后来'。那场战斗后，我活下来了，可他们都牺牲了……"谈到那场惨烈的战役，袁永福依然情绪激动。

在当年山东邹县西沙河头的那场阻击战中，我军牺牲了近20名战士，但却成功阻止了日军北上侵略济南的步伐。

70年来，与袁永福一直保持着联系的部分战友，互相经常走动，但他们都日夜盼望与失散的那些兄弟团聚。袁永福特别挂牵在当年那场战斗中表现神勇的战友安庆彪、顾桂山等，抗日英雄不知是否健在，不知住在何方，他日夜盼望着能找到他们，或者他们的子女。

袁永福的大儿子今年也已经59岁了，年届花甲的袁联光很支持父亲寻找战友。"记忆中，父亲很少提及参加战争的往事，只是经常带自己去看望老战友。父亲说，这些人都是'生死之交'，不能忘；这些人都是为抗日民族战争贡献一切的人，不能忘！"

2015年8月10日

欧美侨民幸存者 70 年后重访侵华日军设立的 "潍县集中营" 旧址

曾 洁

12 名欧美幸存者在家人陪同下 17 日重回当年遭日军关押的 "潍县集中营" 旧址。70 年的人世沧桑，仍无法抹去他们的那段记忆。

70 年前的 8 月 17 日清晨，在被日军关押 3 年之后，潍县集中营的千余名欧美侨民幸存者重获自由。70 年后的同一天，幸存者之一哈康·叶福礼由子孙搀扶着来到镌刻着"潍县集中营关押人员名单"的纪念碑前，抚摸着熟悉的名字，哈康说，"70 年前，这里没有如此美丽的绿树，清脆的鸟鸣，只有灰色的建筑和戒备森严的士兵"。

"那是在我十七八岁的时候，我无故失去自由，整天与饥饿和寒冷作斗争。" 记者面前的这位鹤发老者，今年已经 87 岁。此次探访共有 60 多位家属陪同这 12 名幸存者，有的是五代人结伴，叶福礼家族就有 32 位家庭成员到场，其中年龄最小的仅 7 岁。

哈康·叶福礼告诉中新社记者，"70 年前，我的父亲在战争中去世了，而现在的我也老了，可能很快也要到天堂了，但这段经历不应该被遗忘，我希望我的家族成员，能一代一代把它传递下去"。

当年与哈康一同被日军囚禁的约瑟夫·科特里尔已是 98 岁高龄。他和哈康同时回忆起集中营里的一位好人——埃里克·利迪尔。据约瑟夫·科特里尔介绍，埃里克·利迪尔在集中营不知疲倦地照料着孤儿们，还编写教材传授知识，可是这个大好人却在被解救前罹患脑瘤去世。

哈康表示，"当年埃里克叔叔给了我父亲般的爱护，为了纪念，我给大儿子也取名为埃里克"。

在到访者中，一位日本作家引起记者的注意。记者经询问得知，日本青年作家安田浩一不久前才得知潍县集中营的存在。"我想广泛地搜集资料，写一本书，向日本民众讲述这段历史。"安田浩一对记者说。

1942年3月，为报复美国限制日裔美籍人士在美国本土活动，侵华日军在山东潍坊（潍县乐道院）设立了外侨集中营，最多时关押了来自欧美30多个国家的2250名侨民、战俘和知名人士，其中包括327名儿童。1945年8月17日，日军设立的潍县集中营被解放。

记者获悉，一部题为《终极胜利》的电影故事片，正在潍坊拍摄最后一组镜头，将真实再现"潍县集中营"感人故事，拍摄方计划完成之后亮相柏林电影节，并于2016年3月全球同步上映。

2015年8月17日

国际历史学会秘书长：欧洲中心主义不再适用于当前国际形势

曾洁 梁犇 孙婷婷

国际历史学会秘书长罗伯特·弗兰克22日表示，欧洲历史学家已意识到欧洲中心主义不再适用于当前国际形势，他们在尝试寻求突破。本届首个国际历史学会——积家历史学奖得主格鲁金斯基就是其中一位杰出代表。

第22届国际历史科学大会新闻发布会22日在山东济南举行。国际历史学会主席玛利亚塔·希耶塔拉、秘书长罗伯特·弗兰克出席当日发布会，多次强调本届国际历史科学大会在突破欧洲中心主义研究框架上的转向。

罗伯特·弗兰克在接受中新社记者采访时说，本届国际历史学会-积家历史学奖的得主格鲁金斯基虽是法国人，却致力于拉美历史研究，他成为首个获奖者，正说明欧洲中心主义研究框架的突破。

据玛利亚塔·希耶塔拉介绍，这是国际历史科学大会首次走进亚洲，2600余名历史学家来自美国、澳大利亚、韩国、日本等90多个国家，还有许多发展中国家的学者前来参会，这是历届国际历史科学大会中与会国别最多的一次。

中国史学会会长张海鹏在回忆中国与国际历史科学大会的渊源时说，从1980年中国组建20～30人的代表团参加国际历史科学大会，到今天中国组成1500余人的"最大代表团"，国际历史科学大会与中国的关系越来越紧密。

罗伯特·弗兰克在接受本社记者采访时说，他曾与其他学者写就达2000余页的论文，讨论战争对于世界各国的影响。现在越来越多的学者开始研究中国在世界战争中受到的影响，西方学者对于中国在世界战争中的经历很感兴趣，期待借此机会与中国学者共同交流。

据悉，2005年第20届国际历史科学大会选在澳大利亚的悉尼举行，可视为突破欧洲中心主义的开端。2010年，中国史学会会长张海鹏带领中国史学家在第21届国际历史科学大会上获得第22届大会的举办权。

2015年8月22日

国际历史科学大会开幕：
史学"大咖"妙喻古今

肖欣 李洋 梁犇

中国史学界 23 日迎来"荣耀时刻"，88 个国家和地区的 2600 多名代表在山东济南见证了素有"史学界奥林匹克"之称的国际历史科学大会首次走进亚洲。

当日举行的第 22 届国际历史科学大会上，世界史学界"大咖"齐聚妙喻古今，为未来一周大会博得"头彩"。

中国国家主席习近平为大会发来贺信。他在贺信中说，历史研究承担着"究天人之际，通古今之变"的使命。重视历史、研究历史、借鉴历史，可以给人类带来很多了解昨天、把握今天、开创明天的智慧。他强调，中国人自古重视历史研究，历来强调以史为鉴。中国有着 5000 多年连续发展的文明史，观察历史的中国是观察当代中国的重要角度。中国人民正在为实现中华民族伟大复兴的中国梦而奋斗，需要从历史中汲取智慧，需要博采各国文明之长。

出席开幕式的中国国务院副总理刘延东指出，中国 5000 多年的文明史，是自强不息的奋斗史、追求史和发展史、互学互鉴的交流史，塑造了融入中华民族血脉的文化基因，形成了当代中国的价值观念、制度选择和发展道路。她希望各国学者通过交流对话、传承创新，促进多样文明和谐共生。

山东省省长郭树清指出，山东是中华文明的发源地之一，曾经蕴育出灿若星辰的文化大师、东方最繁华的城市、与希腊雅典学院同期的稷下学宫，诸子百家激荡汇融，生成中华文化的基因。在应对今天的难题时，人们仍自觉不自觉地向历史中寻求智慧和方案。

国际历史学会主席玛利亚塔·希塔拉表示，"史学奥林匹克来到山东"展示了中华文明的生命力、增强了文化自信心、也提升了中国的国际形象。"欧洲人等到 18 世纪才完全了解到中国丰富的文化"，而今天，"国际史学会已为多元文化议题和跨越不同文化边界打开大门"。

中国史学会会长张海鹏在开幕式上回顾国际历史科学大会历经100多年走向中国的漫漫长路。他回忆说,早在1905年的清末,中国学者就开始期待在柏林召开的第三届历史科学大会;1923年,在布鲁塞尔举办的第五届大会闭幕后不久,东南大学历史系学生向达就在《史地学报》发表翻译自美国的长篇介绍文章;1938年,胡适作为中国历史学家第一次出席在苏黎世举办的第八届大会;直到1980年,中国史学会才与国际史学会发生联系,此后每届大会都会组团出席;2010年,国际史学代表大会正式投票通过在中国济南举办第22届国际历史科学大会。"济南大会将打破欧洲中心主义,走向亚洲,走向世界!"

张海鹏强调,历史是人类共同的遗产,守卫历史,就是守卫人类的正义与和平。

中国社会科学院院长王伟光指出,今年是标志着世界历史和中华民族命运实现重大转折的世界反法西斯战争暨中国人民抗日战争胜利70周年,是值得世界铭记的具有历史意义的时刻。观今益见古,无古不成今,今天发生的一切都可以在历史上找到印兆,历史上发生过的一切都可以作为今天的鉴戒。历史是前人的实践和智慧之书,记述了他们的科学文化知识、治国理政思想、成功和失败的经验教训,应以科学方法吸收运用,或为借鉴,或为警戒。

接下来的7天,来自88个国家和地区的2600多名代表将探讨超过170项关乎人类历史与未来的国际史学界前沿议题,它对于我们共同未来的意义,诚如玛利亚塔·希塔拉所言,"依我之见,没有什么可以取代来自不同国家地区的人们面对面交流"。

2015年8月23日

格鲁津斯基：西方无可避免地
需要努力理解中国

肖 欣　李 欣

当今世界充斥着新的变化，比"误解"更严重、更危险的是，西方人习惯用自己的视角去解读中国。当今世界，中国的"存在感"已无处不在，西方无可避免地需要努力理解中国，理解中国的历史和现实。国际历史科学大会首位积家历史学奖获奖学者塞尔日·格鲁津斯基26日接受记者采访时表达了其对世界历史进入"中国时间"的理解。

作为首位获得有"国际史学界诺贝尔奖"美誉的"国际历史学会——积家历史学奖"的史学家，格鲁津斯基认为，今天的历史是全球化的历史，关键并不在于如何定义全球化，而是如何在全球化背景下理解对方，如果从不同的视角了解历史，了解过去就能更好的理解现在。这对欧洲、对中国都一样重要，因为所有人都是全球化的参与者，身处同样的历史语境当中，要用多元的视角去理解历史。

格鲁津斯基举例说，在欧洲、在拉美、在美国，年轻人通过电影院、互联网、媒体等方式接触、收到有关中国的大量信息。比如在美国，人们可以看到来自中国大陆、香港、台湾不同地区的电影，当然，国外也看到李安等中国导演制作的好莱坞电影。但人们如果不了解中国历史，就没办法真正理解这些电影里所传达的文化信息。

"在西方的历史教育中，他们对中国知之甚少。"格鲁津斯基表示，因为对中国历史的知之甚少，会造成非常危险的误读，对于美国人和欧洲人而言，当看到彼此的影视作品，多少对其中历史背景有所了解，因为欧美的历史实际上是联系在一起的。但是在西方人的教育经验中，很少涉及中国历史，因此只能做出表面的解读。

"这也是我为什么强调，全球化的现实是一种'压力'，促使人们要去了解历史。尤其对年轻一代而言，理解这些影视作品背后的意义尤其重要，而不仅止于画面、故事所带来的冲击。"格鲁津斯基特别强调当代年轻人了解历史背景的重要性。

而在格鲁津斯基看来，比"误解"更严重、更危险的是，西方人习惯用自己的视角去解读中国。对各自而言，大家都应试着去理解对方。当今世界充斥着新的变化，中国的"存在感"无处不在。"我们都无可避免的需要努力去理解中国，理解中国的历史和现实。"

从青年学生时期就对中国有所了解，向往来到中国的格鲁津斯基认为，"对中国而言，其实也可以主动向外界去讲述自己的历史，不用一味等待西方人来讲述"。

2015 年 8 月 26 日

各国历史学者吁：寻找历史共识解决当今世界问题

李 欣

"世界各国应该找到一种共同理解历史的方法"，"我们要找到共同的道路解决现实中的重要问题"。正在山东济南举行的第22届国际历史科学大会上，"共识"成为了各国与会历史学者多次提到的关键词。

在已经持续5天的各种历史学前沿研讨会议上，来自世界各地90多个国家的2600余名历史学家围绕"全球视野下的中国""书写情感的历史""世界史中的革命""历史学的数字化转向"四大主题和二战记忆、妇女问题、全球性联系等分议题进行了交流和讨论。

在已经进行的近百场的学术会议中，各国学者各有观点，各抒己见。但记者在采访中也发现，虽然各国历史学者所关注的领域和使用的研究方法不同，但是众多历史学者都在强调，历史不只关乎过去，更关乎现实和未来，人类应该努力寻找对历史的共同认识，以此来解决当前面临的问题。

可如何能让来自90个不同国家的历史学"大咖"们形成共识？对此，瑞士纳沙泰尔大学当代史教授劳伦特·迪索举例表示，中国和欧洲在经济、政治、历史、社会等各方面都有很大不同，但是大家都应该意识到，人类生活在同一个星球上。所以人们应该把不同的观点，相互融合、结合起来，最后形成一个共同的观点。"融合不同观点并不是说简单的作出这个对、那个错的判断。"

中国社会科学院荣誉学部委员、国际历史学会执委陶文钊也认为，虽然历史学家有国籍之分，有研究视野之别，但各国历史学家在基本历史事实上是可以找到并达成共识的。

全球史、跨国史研究，寻找共同的历史理解也成为了首次选择走进亚洲的国际历史科学大会的前沿话题。国际历史学会执行局委员、韩国西江大学教授林志弦在接受媒体采访时表示，历史学者们现在应该通过跨民族、跨国的历史研究，用更宏观的思维，找到共同的道路来解决现实和未来的一些重要问题，从而避开冲突。

"如果想以史为鉴解决现实问题，世界各国就应该找到一种共同理解历史的方法，以促进我们的进步，促进友谊。也许这种方法不是客观的，但却是有用的。"刚刚因在跨国史和全球史研究中的卓越成就捧得"国际历史学奖"的法国历史学家塞尔日·格鲁津斯基就认为，今天的历史是全球化的历史，但关键并不在于如何定义全球化，而是在全球化背景下如何理解对方。所有人都是全球化的参与者，身处同样的历史语境当中，人们要找到一种共同理解历史的方法。

2015 年 8 月 27 日

学者：第 22 届国际历史科学大会实现了历史学跨边界研究目标

李欣 曾洁

22 日于山东济南召开的第 22 届国际历史科学大会历时 7 天落下帷幕，来自 90 个国家的 2600 余位历史学家参加了共 175 场历史学前沿学术会议，研究的议题涵盖了"全球视野下的中国""历史学的数字化转向"等内容。

中国社会科学院荣誉学部委员、国际历史学会执行局委员陶文钊说，本届大会讨论第一次世界大战、第二次世界大战、犹太人历史、古罗马与古中国历史等议题均是跨边界研究的有益尝试。他认为，目前中国学者对全球史的研究还不够，中国学者更需要了解别国学者眼中的中国史。

国际历史学会执行局委员、韩国西江大学教授林志弦在接受媒体采访时也表示，历史学者们现在应该通过跨民族、跨国的历史研究，用更宏观的思维，找到共同的道路来解决现实和未来的一些重要问题，从而避开冲突。

"本次大会是一次成功摆脱欧洲中心历史观或西方中心论的尝试。"国际历史学会秘书长罗伯特·佛兰克认为，110 年来国际历史科学大会首次走进亚洲，走进中国有着特别的意义。

在过去的若干年，一场大变革已经发生。在过去，历史的意象是建立在层层的历史知识上，今天，历史世界观建立在大众传播上。因此，国际历史学会主席希耶塔拉建议，将来的史学家应该将知识向更广大的观众传播。历史学家必须跨越边界来理解不同文化、意识、形态以及研究方法，并展开合作。

在当天的闭幕式上，希耶塔拉宣布第 23 届国际历史科学大会将于 2020 年在波兰城市波兹南举办。

2015 年 8 月 29 日

联合国秘书长潘基文访问山东
观"三孔"登泰山赏名泉

李 欣

联合国秘书长潘基文在出席过中国人民抗日战争暨世界反法西斯战争胜利70周年纪念活动后到访山东。在到访山东的两天时间内，潘基文一行参观了孔子故里曲阜的"三孔"、登临了东岳泰山、游览了"天下第一泉"趵突泉，并同中共山东省委书记姜异康进行会见。

据山东省当地媒体报道，5日上午，中共山东省委书记姜异康会见了联合国秘书长潘基文一行。

姜异康在会见中说，秘书长阁下是中国人民的老朋友。您作为国际组织的最高代表，出席了中国人民抗日战争暨世界反法西斯战争胜利70周年纪念活动。山东人民抗日斗争是中国抗战的重要组成部分，伟大的抗战精神一直激励着我们为实现中华民族伟大复兴、促进世界和平与发展努力奋斗。自20世纪中国改革开放以来，联合国各机构与山东在多个领域开展了良好合作。

姜异康还表示，当前山东正处在由大到强战略性转变的关键时期，希望联合国各机构对山东发展给予更多关注和支持，在文化、教育、旅游、科技等领域开展更为广泛深入的合作。当前，中韩自贸区协定已经正式签订，山东作为距离韩国最近的中国省份，与韩国各行政区的交流合作面临新的重要机遇。希望秘书长阁下继续予以关注支持，推动双方合作深入开展。希望山东之行能给您留下美好印象。

潘基文表示，这次来山东访问，登上了泰山，拜访了孔子的诞生地曲阜，感到非常高兴。山东人口众多，资源丰富，这些年有了长足发展。山东与韩国距离最近，双方开展了广泛合作，希望继续加强合作。同时，希望山东积极参与到"南南合作"的进程中，祝愿山东继续阔步发展。

潘基文说，我刚参加了中国人民抗日战争暨世界反法西斯战争胜利70周年纪念活动，9月3日是中国人民值得骄傲的日子，中国人民应该为自己取得的成就和文化感到自豪。

联合国副秘书长吴红波、沙姆沙德·阿赫塔尔，中国常驻联合国代表团大使刘结一，中共山东省委常委、秘书长于晓明参加会见。中共山东省委副书记、省长郭树清设宴款待潘基文一行。

2015年9月5日

中国船长郭川率"中国·青岛"号帆船完成北冰洋探险创世界纪录

胡耀杰　袁华强

记者16日从青岛市帆船运动管理中心获悉，国际标准时间9月15日16时48分24秒（北京时间9月16日凌晨零点48分24秒），中国船长郭川亲自掌舵，率领5名国际船员驾驶"中国·青岛"号冲过了世界帆船速度纪录委员会在白令海峡设置的终点线。人类历史上第一次驾驶帆船仅以风为动力在不间断、无补给的条件下完成了北冰洋东北航线的航行，这也是世界航海史上第一次由一位中国船长带领5名国际船员创造的世界纪录。

本次13天的北冰洋探险，自俄罗斯的摩尔曼斯克出发，郭川船队从巴伦支海开始，先后穿越了喀拉海、拉普捷夫海、东西伯利亚海、楚科奇海，最后来到了白令海峡。国际帆联世界帆船速度纪录委员会在那里设置了一条无形的终点线——从俄罗斯东北端的杰日尼奥夫海角的灯塔到大迪奥米德岛之间划的地图直线。

在北冰洋上3240海里的漫漫征途中，他们经受过风浪的考验，还在绕过一座座冰山浮冰时与死神擦身而过。回想这13天的航程，郭川说："有好几次，在寒冷冰冻的船上，我们都差点以为这段路再也走不下去了，但依靠大家的智慧和毅力，我们克服了一个又一个不可能。"

"从两年前有这个挑战北冰洋东北航线不间断航行的梦想开始，我们经历了太多。从买船到寻找赞助商，从寻求各方支持到组建船队，直至最终成行。我想说，梦想还是属于有毅力，永不放弃追求的人。"郭川航行的总负责人刘玲玲说。

郭川曾在2013年创造单人不间断环球航行世界纪录（40英尺帆船），北冰洋创纪录航行是郭川创造的第二个世界纪录。

2015年9月6日

第七届世界儒学大会在孔子故里山东曲阜召开

李欣 曾洁

来自中国内地、中国台湾、香港和美国、德国、俄罗斯、马其顿、埃及、澳大利亚、新加坡、韩国、日本、马来西亚、越南、蒙古等15个地区和国家的150多位代表27日在孔子故里山东曲阜参加第七届世界儒学大会，以"儒家思想与当代价值建构"为主题展开讨论。

世界儒学大会（World Confucian Conference）是由中华人民共和国文化部、山东省人民政府联合主办的国际儒学盛会，每两年于孔子诞辰期间在孔子故里曲阜举办。世界儒学大会以推动各国、各地区儒学研究的深入发展，传承、弘扬中国优秀传统文化，促进人类不同文明之间的对话与交流，增强各国各民族人民之间的相互理解和信任为宗旨。

记者采访获悉，本届世界儒学大会以"儒家思想与当代价值建构"为主题，分设"儒家思想的当代哲学使命""儒学与国家文化软实力建构""礼乐文化与社会道德""儒家思想与公共文化空间"四个议题。

2015年度"孔子文化奖"也同期颁奖，该奖项旨在鼓励世界范围内的儒学和中国文化研究者、研究机构（团体或非政府组织）。清华大学教授陈来，台湾政治大学教学董金裕获得2015年"孔子文化奖"。

当天开幕式上，世界儒学大会专家委员会委员、山东大学儒学高等学院执行副院长王学典代表世界儒学大会专家委员会，对外发布近年儒学研究十大热点报告。中国共产党正面肯定儒学，马克思主义与儒学关系引起空前关注；"政治儒学"渐成气候；儒学与自由主义对话日渐深入；儒耶在对话中融合等话题入选儒学研究十大热点。

中共山东省委常委、宣传部部长孙守刚在当天的开幕式说："孔子所创立的儒家学说，是中华文化的瑰宝，也是世界灿烂文明的重要组成部分。儒学不断发展并传承至今，已成为一门博大精深、贯穿古今、影响中外的社会学科，也成为了当今各国、各地区、各民族公认的化解人类共同危机和冲突的重要思想源泉之一。"

中国艺术研究院副院长贾磊磊代表世界儒学大会各承办方表示，儒学只有植根于当代中国，当代世界，才能实现其创造性转化和创新性发展。儒家确立的许多价值观念不仅依然对个人产生着深刻的影响，而且也成为治国理政的重要思想资源。儒家学说不仅意味着藏书阁中奉为经典的历史文献，更寄托着中国人对理想社会的美好向往和精神追求。这种具有独特文化魅力的思想是中华民族乃至人类社会宝贵的精神财富。

清华大学教授张岂之，北京大学人文讲席教授、国际哲学学院副院长、美国艺术与科学院院士、2009年度孔子文化奖获得者杜维明，中央民族大学教授、国际儒学联合会副会长、2012年度孔子文化奖获得者牟钟鉴，澳大利亚邦德大学教授、国际儒学联合会副会长李瑞智作为参会代表在大会开幕式上分别发表了主题演讲。

《世界儒学发展报告（2014～2015）》《孔子文化奖学术精粹丛书》（1～6卷）、《"春秋讲坛"学术讲演录》等儒学研究书籍也在27日正式推出。

孔子名丘，字仲尼，是中国伟大的思想家、教育家、儒家学派的创始人。2015年是孔子诞辰2566年。

2015 年 9 月 27 日

乙未年公祭孔子大典举行
海内外人士纪念孔子诞辰 2566 年

曾洁 李欣

乙未年祭孔大典 28 日在山东曲阜孔庙如期举行。海内外各界近万人汇聚于此，共同纪念世界文化名人孔子诞辰 2566 年。

28 日上午 9 时，晨钟响起，万仞宫墙缓缓开启。神道路至大成门，300 名礼生夹道齐诵儒家经典。伴随着"德不孤，必有邻""人无远虑，必有近忧"等儒家智慧箴言，海内外人士肩披祭奠绶带，神情庄重，步履坚定，向大成殿前进，沿路均摆设着写有"己所不欲，勿施于人""礼之用，以和为贵""士不可不弘毅，任重而道远"等儒家经典名句的杏黄色旗帜。

本次祭孔大典由山东省人民政府副省长季缃绮主持。2015 年度"联合国教科文组织孔子教育奖"和"孔子文化奖"获得者和社会各界人士代表分别向孔子像敬献花篮，行三鞠躬礼。其间，《天人合一》《为政以德》《天下大同》等乐响，舞生均左手持籥，右手持雉尾羽，起舞。

记者采访获悉，祭孔大典是专门祭祀孔子的大型庙堂乐舞活动，集乐、歌、舞、礼为一体，也称为"丁祭乐舞""大成乐舞"，其礼仪要求"必丰、必洁、必诚、必敬"。祭孔大典用音乐、舞蹈等几种表现儒家思想文化，形象地阐释孔子学说中"礼"的含义，表达"仁者爱人""以礼立人"的思想，以展现"千古礼乐归东鲁，万古衣冠拜素王"盛况。

"圣师之教，垂范至今。以人为本，不语乱神；以德为政，立己立人。"中共山东省委副书记龚正代表恭读祭文："圣师之言犹在，而或成腐儒之虚饰，或遭伪士之凶评。然礼失诸庙堂，犹可求诸四野，况志士仁人迭起，力挽九州陆沉。……崇德以筑中国梦，旧命而维天下新。"

2015 年度"孔子文化奖"得主之一，台湾政治大学教授董金裕说，孔子思想对后世有着"润物细无声"般的影响，他本人从幼时的家庭教育到青少年的学校教育中汲取了大量儒家智慧，并最终致力于儒学研究和传播。

据曲阜市宣传部部长靳亚介绍，乙未年祭孔大典更加注重仪式感，在圣时门增加了开庙仪式。典仪官、唱乐官、赞引官等礼仪人员引导祭礼也更符合礼制规范。

孔子名丘字仲尼，春秋时期出生于山东曲阜，是中国古代的伟大思想家、教育家。祭奠孔子自古有之，孔子去世第二年起，鲁哀公下令在曲阜阙里孔子旧宅立庙，祭祀孔子，2004年开始，由地方政府出面在孔子故里山东曲阜进行公祭孔子大典。目前海内外共存有1300多处孔庙。

2015年9月28日

"孔府菜"正式申请加入世界非物质文化遗产名录

曾 洁

中国衍圣公府饮食技术标准化委员会17日晚宣布，将向联合国正式启动世界非物质文化遗产代表作名录的申请程序。

恰逢第五届亚洲食学论坛在曲阜召开，来自亚、欧、美三大洲15国与会者当晚品鉴了"六艺拼盘""圣府三套汤""带子上朝""阖家平安""抬头见喜""儒雅翡翠面"等13道衍圣公府菜，并观看了敬拜孔子的完整传统礼仪。

中国衍圣公府饮食技术标准化委员会主任刘德广诵读了《中国衍圣公府饮食申请加入世界非物质文化遗产代表作名录宣言》，称衍圣公府菜味兼南北、积淀丰厚、礼俗绵长，是中华饮食文化的集中体现与历史缩影，宣布向联合国正式启动世界非物质文化遗产代表名录的申请。

据刘德广介绍，衍圣公府菜俗称"孔府菜"，自宋代宝元年间正式建府后出现，清代乾隆年间发展至鼎盛阶段，其突出的历史文化特征是食礼规制与礼食风格，该菜系饮食文化的典范性和濒危性使它值得代表中国民族饮食申请世界非遗代表作名录。

谈到对衍圣公府菜的传承与保护，刘德广说，中国衍圣公府饮食技术标准化委员会将对该菜系的形成过程、菜品形态进行标准化继承，并着力保护其代表品种。

据了解，世界非物质文化遗产名录的申报包括艺术价值评估，是否处于濒危状况，是否有完整保护计划等三个基本条件。目前，中国的昆曲、古琴、中医针灸、妈祖信仰、活字印刷等已进入世界非物质文化遗产代表作名录。

2015年10月17日

在海外设 23 个国际人才海外联络处
山东向世界人才发"请柬"

李 欣

山东目前已在美国、日本、以色列等国家设立了 23 个国际人才海外联络处，力邀世界人才到世界经济最活跃地区发展。山东省人力资源与社会保障厅厅长韩金峰 5 日向中新网记者介绍了山东如何向世界各地招揽高技术人才。

韩金峰说，对于国外各类专业人才和管理人才，凡是愿意为中国的建设贡献智慧，有一技之长，中国国内又确实需要的，都是"请进来"的对象。山东省已经制定了《山东省海外联络处管理办法》，根据实际需求发布引智需求信息，向世界人才发出来自孔孟故里的请柬。山东将按照相应的政策为来鲁工作的海外高技术人才提供科研经费、交通、住宿、日常生活等经费。

目前，每年来鲁工作的外国专家有 2 万 5 千余人次，长期在山东工作的有 1 万人以上，其中"外专千人计划"专家 19 人，中国政府"友谊奖"专家 63 人。

在专司外国专家引进的山东省外国专家局局长张祝秀记忆中，海外专家参与山东建设，实现科技新突破的案例不胜枚举。他说："例如山东常林集团先后引进了德国专家钟墨博士、日本机械制造专家大武茂、德国铸造专家皮特·斯伯利德，以及瑞典、日本和德国外国技术专家团队 30 多人，启动建设了'重大装备液压主件产业化'项目，填补了中国国内高端液压产品无规模、无系统化生产的空白。"

张祝秀介绍，目前山东在日照设立了中国蓝色经济引智试验区、在德州设立了中国新能源及生物材料引智试验区、在青岛设立了山东半岛蓝色经济引智试验、在济南历城设立了山东省引智综合试验区、在济南济阳设立了山东省引进台湾人才智力试验区。除邀请专家外，在山东还建立了留学人员创业园 42 家，留学人员创业孵化基地 26 家，目前，已有 2887 家企业入园。

山东省人社厅厅长韩金峰表示，随着全球金融危机的不断加深，各国经济都面临着下行危机。转型升级的中国正处于相对活跃期，所以很多外国专家希望到经济活跃的地区工作，使得自己的科研发明拥有更多转化成现实生产力的机遇。"请进来"的外国专家们，有的帮助聘请单位解决科研和管理难题，助推创新发展、转型升级；有的投身新兴学科建设和教学改革，培养急需紧缺人才；有的积极牵线搭桥，促进国际合作交流。

在采访中，韩金峰还透露，2015年至2020年，山东将面向海外遴选60名引领技术革新、技术改造和技能攻关的产业技能领军人才，山东省财政对入选的每名领军人才给予50万元的经费资助。

2015年11月5日

考古队在城市化进程里"争分夺秒"

曾 洁

"开发之前,考古先行",考古领队郝导华望着淄博黄土崖一排排整齐的探方说。这片土地在未来将会被建成水库以及湿地生态公园。

放眼望去,方圆48800平方米的考古现场,到处都是洛阳铲挖过的深洞。有考古线索的深洞会被拓成探方,开启深度考察模式。郝导华说,现在城市化快速发展,公路、高铁、城市扩建等工程此起彼伏,山东省文物考古研究所派出的考古队会在某一区域开发之前赶到,与开发方签订协议,提前"把地都挖一遍",以防珍贵历史遗迹、文物被永远掩埋。

考古队成员王龙带领中新社记者观看了考古现场的最新发现。他指着一个25平方米的探方说,"左侧陶窑是龙山文化时期的,而右边是明代晚期的墓葬,这户人家下葬亲属时也许并不知道自家的坟墓旁竟然是4000年前的龙山陶窑!"记者走进探方看到,龙山祖先烧制陶器的红色窑床,以及明代人在墓中绘制的龙纹壁画,清晰可见。

类似墓葬、陶窑这些大型文物,考古队将其"整体提取"再移送到实验室或博物馆,而像陶鬲、陶盆、盉形器等小型器具,考古队员会对其进行就地修复。"由于时间紧迫,除了7个小时的户外工作外,其余时间我们在宿舍进行文物修复",王龙来不及换下沾满泥土的衣裳,就坐在堆满碎陶片的宿舍,用刷子扫除陶片上的尘土,拿起胶水瓶以毫米为单位涂抹开裂处。

执行领队王子孟告诉记者,黄土崖考古队2015年7月23日进驻,迄今为止,已经过去了3个半月,"其实起初我们和开发方只签订了3个月考古时段,但因为有些新发现有待进一步确认,所以拖住了开发的步子,延迟到现在"。

记者环视黄土崖周围看到,土地即将投入水库和公园建设,大片耕地闲置,"农村上楼"的景观随处可见,城市化的痕迹已经在黄土崖蔓延。部分村民加入考古队伍,在专家的指导下,开掘探方,一点点清理土层,协助考古工作。

谈及考古发现的社会意义,王子孟说,起初考古具有"证经补史"的作用,而现在城市化激发了大众对"文化寻根"的追求，考古在复原祖先生活，展现历史演变过程等方面的作用颇受关注，博物馆的需求越强烈，文物考古工作的任务就越紧迫。"我们有点和城市化争分夺秒的样子"，王子孟笑着说。

记者在现场了解到，黄土崖考古现场，目前发现大汶口文化、龙山文化、岳石文化，以及商代、西周、明清等多个时期的历史遗址，其中龙山文化领域频出新发现，正在等待进一步勘测和确认。

山东是中国经济大省，同时也是文物大省，沂水纪王崮春秋墓葬，定陶灵圣湖汉墓，京杭大运河七级码头、土桥闸与南旺分水枢纽遗址，济南大辛庄商代遗址等均被列入2010年至2013年的中国考古十大发现。2015年，山东省又成立文物保护修复中心和水下考古研究中心，推动考古工作的深入发展。

2015 年 11 月 14 日

世界智能制造行业巨头齐聚泉城济南 共寻中国工业 4.0 之路

梁 犇　沙见龙

以"工业 4.0"牵手"中国制造 2025"为主题的中国智能制造国际高峰论坛暨中国智能产业创新创业大会 20 日在山东济南举行。来自国内外智能制造领域的顶级专家和企业精英齐聚泉城,对各国智能制造产业发展策略、特点和现状进行分析与展望。

该论坛是在"中国制造 2025"战略提出后济南举办的全球智能制造行业、学术、企业间的交流盛会。来自中国、德国、法国、美国等国家和地区的专家共发布了 12 场报告。着重对全球最前沿的工业 4.0、工业互联网、人工智能、工业云等方面情况进行了介绍和阐述。通过广泛讨论和观点碰撞,形成共识与合作意向,推动产业与资本的相互延伸与结合。

在会场外的路演大厅里,40 多个科技创新团队一一展示自己的机器人。来自北京康力优蓝机器人科技有限公司的研发团队展示了一款服务机器人 U03S,其具备看、听、说、动、知、情等六大方面的人机交互功能,有着强大的仿生系统。

中国工程院院士李德毅会后接受记者采访时表示,当前,新能源科技革命和产业变革与中国加快转变经济发展方式正形成历史性的交汇,国际产业分工格局正在重塑,全球制造业格局面临重大调整。新一代信息技术与制造业深度融合,促进形成新的生产方式、产业形态、商业模式和经济增长点。

"发展自动化、发展机器人是大势所趋,是历史的必然。"中国科学院院士吴宏鑫说,如今机器人产业已进入产业化,发展速度非常惊人。

德国开姆尼茨工业大学教授伊贡·穆勒认为,未来人机协作是智能制造的发展趋势。讨论工业 4.0,首先需要在大数据方面做出实时的判断和分析,来支持整个自动化的流程。来自德国弗劳恩霍夫协会的维蕾娜·克劳塞博士更是希望用大数据的方式,通过第三方认证的方式让更多的企业连接到数据库,整合资源，带来更多的附加值。

根据国际机器人联合会（IFR）的统计报告，全球工业机器人2013年全年销售量达17.9万台，中国销售量就占了3.7万台，世界排名第一，中国已成为最大的机器人消费国。

2015 年 11 月 20 日

山东社会资本"挑大梁"
20个PPP项目推介会现场签约

孙婷婷

山东省"政府与社会资本合作"项目（PPP）再添20个新成员。在2日举行的"政府与社会资本合作"项目推介会上，共推介158个项目，总投资额逾2700亿元人民币，其中20个项目为现场签约。此次推介会还吸引了西班牙等国的外资企业参会。

参加当天推介会的项目从山东省级项目库中筛选而出，涉及市政工程、交通、水务、环保、医疗、卫生、养老等领域。"山东先后总结推广了多方合力、小县城做大PPP的'宁阳模式'，用PPP模式推进城乡教育综合发展的'禹城经验'等一大批先进典型，在山东省形成了'比、学、赶、超'的局面。"山东省财政厅厅长于国安说。

于国安介绍，从单个项目投资规模看，投资额5亿元以上的项目达到150个，占比95%。其中，20亿元以上的项目37个，50亿元以上的项目9个，100亿元以上的项目2个。从项目进度看，57个项目已经通过物有所值评价和财政承受能力论证，11个项目已经开工建设，具备转化为PPP项目的良好条件。

西班牙一家名为"Urbaser"的公司参加了当天的推介会，并对垃圾处理项目有合作意向。据该公司负责人Monica介绍，该公司在处理不同类型的垃圾方面有先进的技术经验，并形成了完整的产业链，期待能有机会参与PPP项目。"现场签约的20个项目中，就有关于垃圾处理的，这次没有签约成功，感觉很可惜。"Monica说。

"在PPP项目中，我们期待更多的外资能够参与进来。"山东省财政厅金融与国际合作处处长李学春说，目前，已有多家外资企业对推介项目表示出合作意向。

为鼓励PPP项目开展，山东制定了PPP项目奖补资金管理办法，并安排1

亿元对示范效应明显的项目给予补贴。同时，还设立了总规模达 1200 亿元的 PPP 发展基金。日前，已参股发起设立 12 只子基金，预计今年将募集到位 400 亿元。

今年以来，山东省已经连续举行 3 次推介会。前两批分别推介了 50 个 PPP 项目，总投资均超过 1000 亿元。为推动 PPP 项目开展，山东还挑选出 34 个重大项目作为首批省级示范项目向社会公开发布，其中淄博市博山姚家峪生态养老中心等 4 个项目入选第二批国家示范项目范围。

2015 年 12 月 2 日

山东化工产业开启三年攻坚战
力克"化工围城"现象

孙婷婷　赵可心

山东省出台《关于加强安全环保节能管理加快全省化工产业转型升级的意见》，要求污染物排放超标企业强制性实施清洁生产审核。化工产业开启3年攻坚战，力克"化工围城""化工围村"等现象。

山东省人民政府9日针对山东省化工产业转型升级有关情况召开新闻发布会。中新社记者了解到，山东将对化工产业进行为期三年的综合整治，推动该省产业转型升级，使化工产业逐步发展为安全清洁、绿色低碳、集约集聚、创新高效的重要支柱产业。

雾霾天气持续，已经成为当下焦点话题，山东多地先后于本月7日、8日重新启动重污染天气应急预案。"对使用或排放有毒有害物质、污染物排放超标超总量的重点企业，实施强制性清洁生产审核。"山东省经济和信息化委员会主任钱焕涛表示，山东将大力发展循环经济，提高化工企业环保设施运行管理水平。

"我们正在出台化工产业 VOC（挥发性有机物）排放标准，同时加强石油化工、煤化工等企业的二氧化硫和氮氧化物治理。"山东省环保厅副厅长谢锋表示，此次化工产业转型升级具体到环保方面，就是深化化工企业污染治理，重点是实施更加严格的污染物排放控制标准。

今后山东省将不再核准固定资产投资额低于1亿元的新扩建化工项目，严禁新上淘汰类、限制类化工项目。同时鼓励发展产品档次高、工艺技术装备具有国际或国内领先水平的化工项目。"对已有的化工企业必须'进区入园'，2018年底前原则上必须完成搬迁、转产或关闭。"钱焕涛说。

"化工产业具有巨大节能潜力，同时高排放对大气环境污染比较严重。"山东省节能办主任刘绪聪接受记者采访时说，化工产业转型升级必须节能降耗，将通过推进节能技术、节能标准和节能法规等方式，提高热、气、电等能源资源规模效益，降低企业综合成本。

据了解，山东是化工大省，其经济总量和经济效益24年来一直位居全国同行业首位，是中国重要化工生产基地。目前，已经形成了以石油化工、煤化工、盐化工"三大系列"为主体的产业体系。2014年，山东共有规模以上化工生产企业4465家，实现主营业务收入3万亿元、利税3286亿元、利润1824亿元，各项指标占山东省规模以上工业和全国化工行业的比重均在1/5左右。

2015年12月9日

亚圣孟子以鲜活形象回归"寻常百姓家"

曾 洁

每逢周末,孟庙、孟府总会出现一群"古人",行孩童开笔礼、男子冠礼、女子笄礼、男女婚礼等汉代重大传统礼仪。每逢此时,游客便会惊叹"穿越",纷纷屏息围观,还用手机录下影像细细品味。

邹城是儒家亚圣孟子的诞生地,孟庙和孟府是纪念儒家亚圣孟子的地方。孟子是2000多年前的儒家学派代表人物之一。他提出的四德"仁、义、礼、智"、成才哲理"天将降大任于斯人也"、仁政学说"民贵君轻"等思想为人熟知。

如今,人们在经济腾飞中产生了文化寻根的渴望,孔子、孟子等中国古代"风云人物"以更鲜活的面孔重回"寻常百姓家"。孟子的纪念场所就逐渐成为"寻常百姓"亲近传统文化,触摸文化根脉的地方。

记者曾多次在孟庙邂逅晨起诵读中国传统经典书籍的中小学生。邹城市第五中学的郭秀梅告诉记者,这是学生们一周一节的国学课,每次诵读完毕,孩子们可以畅游孟府、孟庙,阅读碑文、瞻仰古柏都是接受文化熏陶的过程。

孟子幼时丧父,顽皮而聪慧,孟母为促其成才,用心良苦。孟子长大后师从孔子之孙孔伋的再传弟子,44岁开始周游列国,在今山东、河南一带游说诸侯。60岁孟子结束周游,著书立说。公元前289年冬至日,85岁的孟子离开人世。邹城人为缅怀这位圣人,每年冬至日在孟庙举行祭祀大典,各地孟氏宗亲也会前来参加。

曾从内蒙古到邹城孟庙参加祭孟大典的孟氏宗亲成员对记者说,孟母教子的故事将儿时孟子还原为普通的孩童,后人除了感受亚圣光环,还了解到孟子何以成为中国古代思想家,孟子的形象更鲜活了。

现存孟庙为清代康熙年间所建,院中古柏青青,还有元代追封孟子为"亚圣"的石碑矗立。走进孟庙,在孟子故土听孟母三迁、孟母杀猪、断机教子等故事,游客有时会好奇:"邹国都城西郊的庙户营村今在何处?旧时闹市在何处,学堂又在何处?"

近年，随着中国传统文化的复兴，孔孟思想不再停留于书本与口头，而出现了传统礼仪巡演、礼乐射御书数进校园等民众参与性较高的活动。

孟子虽生于邹城，但其影响远远超越一地。2015年的祭孟大典，不仅全国各地的孟氏宗亲"组团"前来，以"邹鲁文化城市"为名的中国海南、长沙、韩国安东等23个城市的代表也聚于邹城，寻根问源、共话发展。

2015年12月12日

东阿冬至子时开井仪式
解密三千年炼胶神秘技艺

李欣 曾洁

"乙未年冬至日夜半子时……"古老的更声,提醒一年又到岁寒时,在山东东阿冬至子时举行的一场古井取水仪式,将人们拉回关于3000年前古阿井冬至开封取水的遥远回忆。

国家级非物质文化遗产东阿阿胶制作技艺代表性传承人秦玉峰身着红色礼服,双手拈香,点燃后举过头顶,向被封存一整年的阿井礼拜,现场气氛庄严肃穆,近千名围观者屏住呼吸,目睹了整个取水过程。

据仪式的举办方介绍,冬至子时阿井取水,正是国家级非物质文化遗产东阿阿胶制作技艺中最为关键和具有文化标志意义的仪式,由此开启了一个古法炼制九朝贡胶的新的生产周期,上香祭告天地,开古阿井,汲水炼胶并非故弄玄虚,而是充分体现中华传统文化对大自然规律的尊重和敬畏。

有幸观赏今年冬至阿井取水仪式的中新网记者在采访中了解到,位于山东聊城市辖东阿县古城中的古阿井,是传说中"中国四大宝井"之一,相传为上古神农氏发掘。因受到唐太宗李世民御封,这口古阿井每年只能同世人见面一次,也就是自唐代以来每年冬至日子时开封取水。

近年来,在孔孟之乡山东各地采访,记者屡屡应邀出席和观赏了各种从古传承至今的文化仪式,除国家级非物质文化遗产东阿阿胶制作技艺中的东阿古井取水外,还有国家级非物质文化遗产祭孔大典和孔府过年等大型仪典,以及同样在冬至日举行的冬至祭孟仪式,还有在各个时间节点上举行的蒙童开笔礼、男子加冠礼、女子筓礼、男女婚礼等遵循古代礼制进行的现代人的特殊仪式。

记者发现,在这些按照整理过的古代礼制恢复举办的各种仪式上,着古装、古韵诵读、焚香跪拜及一些声光技术配合表演,都让作为孔孟故里的齐鲁大地显得古风习习,这些中国传统仪式的举办,也吸引了在当地旅游的外地人和外国人浓厚的兴趣,有些还积极加入各种古典仪式体验。

那些古风习习的仪式对中华优秀文化传统的传承究竟有无必要?

主礼今晚冬至子时取水熬胶的东阿阿胶制作技艺代表性传承人秦玉峰介绍,冬至日取阿井水熬胶的仪式,已经在三千年历史长河中固化为一种文化传统。尽管现在的阿胶制作技艺已进步到使用小分子生物制药技术时代,但冬至子时取水的仪式,还是能够提醒人们,蕴含在东阿阿胶这一中药品类中的深厚中华文化内涵,其实是中国古代对于人体养生和大自然的内在哲学联系,用这种传统仪式来展示蕴含在这一古老中药中的中医药阴阳五行养生文化,客观上可以唤醒沉睡在当代人记忆深处的民族自豪。

秦玉峰认为,仪式感是非物质文化遗产传承不可或缺的氛围条件,科技发达和经济腾飞并不能替代亲近传统文化的必要性,用身临其境的仪式触摸文化根脉非常必要。因此,他主持的冬至取阿井水熬胶的传统已经延续了九年,并且九年来一次比一次赢得大众的认同。

针对中国当代社会中重新出现的"传统仪式"热,中国社会科学院儒教研究中心研究员赵法生认为,传统礼仪、仪式可以唤醒人们对天地、先祖、圣贤的敬重和敬畏,有益于传统文化的传承和发扬。

冬至日前夕在山东曲阜出席中韩儒学对话会的赵法生接受中新网记者采访时主张,在传统文化的传承中,既要重视礼仪仪式,更要重视内在道德修养。传承传统文化,也不能仅仅停留在仪式上,更需要践行在生活中。婚、冠、丧、祭等传统仪式能唤醒人们的良知,从体验仪式到践行礼仪,仁、礼并重,内外兼修,才能让当代社会人们达到古圣先贤所倡导的文质彬彬君子风范。

2015 年 12 月 22 日

"孔子故乡 中国山东"
2015 对外新闻报道集

中国报道

中韩自贸区触发山东新机

国家给了我们一块"试验田",播下什么种子,收获什么果实,提供什么样的可复制、可推广经验,对我们来讲既是机遇,又是挑战。我们将把中韩自贸区地方经济合作示范区建设作为一项改革任务来完成,从各个领域大胆探索创新,努力把"试验田"种好。

文 / 本刊记者 高鑫

仿佛是为2015年的中韩贸易讨个"好彩头",2月25日,中国农历春节后第一个工作日,好消息就不期而至。中韩双方完成中韩自贸协定(FTA)全部文本的草签,并对协定内容进行确认。至此,中国迄今为止涉及国别贸易额最大、领域范围最为全面的自贸协定谈判全部完成。坐拥区位、人才和基础设施三大优势的山东半岛受益其中,大有可为。

可闻邻国"鸡鸣犬叫"

"威海的鸡鸣在仁川都能听见。"威海市市长张惠用这样一句话来形容威海跟韩国的密切联系。从地图上看,山东和韩国基本处于同一纬度上,两地相距最近处只有90海里。与韩国之间的地缘相近、文化相通、产业互补,也使得作为距离韩国最近的以及韩国在中国投资额最大省份的山东成为中韩贸易大通道的门户。

从1992年中韩正式建交以来,23年间,两国关系全面迅速发展。2013年,中韩双边贸易额达到2742亿美元,相当于韩美、韩日、韩欧贸易额总和,是建交之初的55倍。这其中,山东与韩国的交流与合作当数一抹亮色。作为最早与韩国开展经贸往来的省份,韩国在华投资的"半壁江山"落户山东,山东与韩国的贸易量占中韩贸易总量的10%以上。根据青岛海关公开的数据,2014年,山东对韩国进出口总额达2016.8亿元人民币,较上年增长10.4%,韩国已经成为山东第二大贸易伙伴和第二大外资来源地。另有资料显示,截至2013年底,在山东的韩资企业超过了4700家,三星、LG等韩国前30位的大企业集团都在山东进行了集群式、战略性投资,90%以上集中在青岛、烟台、威海三市,85%分布在通信、电子等第二产业。山东与韩国企业间合作逐步由简单的贸易合作走向战略合作和技术合作等高端领域。

除了经贸往来,伴随中韩之间的人文交流日趋活跃,山东与韩国友好城市间的交流与合作愈加深入。在中韩已建立154对友好省(道)市关系中,山东就占21对。独特的区位优势,投资、生活环境和便捷的交通,更使山东成为近邻韩国人眼中的"乐土"。张惠告诉记者,威海是中韩海上航线密度最大的城市,海上航线每周30班。从威海乘坐飞机只需要45分钟就到达仁川。韩国商圈已成为威海发展的重要力量,"韩国元素"成为威海经济的重要标志,韩国文化成为威海的特色风景线。不仅是威海,在青岛和烟台,"韩国元素"已成为城市开放发展的最大特色。根据估算,约有10万韩国人在山东长期生活和工作,韩国也是目前山东旅游市场最大的客源国之一,每年接待韩国游客约100万人次。

蓄力"中韩自贸区"

作为对韩贸易的桥头堡,山东早早就摩拳擦掌。早在2008年青岛建设保税港区时,外界舆论普遍认为,此举将是其作为中韩自贸区先行试验区的第一

韩国"HANJIN GOTHENBURG"轮在山东青岛港集装箱码头装卸集装箱。

步。与此同时，天津及大连也都被寄予厚望。一年之后，烟台保税港区获批建设，这使山东省成为继广东之后，国内第二个同时拥有两个保税港的省份，山东对外开放程度一跃而至全国前列。

与烟台相邻的威海，曾高调打出"借韩兴威"的口号，吸引大量韩国企业前来投资，以韩资企业为核心的电脑周边设备产业集群在当地也颇具规模。

不仅如此，山东始终力争作为中韩自贸区谈判中部分领域的先行先试试点。早在2013年，山东就提出《关于在山东半岛蓝色经济区建设中日韩地方经济合作示范区的框架方案》，被山东省规划为中日韩地方经济合作示范区的青岛、东营、烟台、潍坊、威海、日照、滨州沿海七市，均已启动示范区建设。

2014年6月25日国家发展和改革委员会发布了《关于印发青岛西海岸新区总体方案的通知》，其中特别指出，要加快韩元挂牌交易试点，推动中韩本币跨境结算。从青岛西海岸新区抢本币结算头筹到中韩自贸区升温，青岛毫无疑问地成为本轮自贸区建设的主力军之一。2014年8月15日，位于青岛西海岸新区北部的中韩贸易合作区的启动建设，更让青岛在推进中韩贸易中又抢先了一步。青岛国际经济合作区管委会副主任张建国介绍说，中韩贸易合作区将突出贸易便利化，重点在AEO互认、金融合作、服务贸易、服务外包、知识产权保护等领域先行先试，把青岛中韩贸易合作区打造成韩国消费品进入中国内陆市场的门户。

在形成共生的战略性新兴产业体系以及改善营商环境促进与国际加快接轨等方面，中韩自贸区也为山东提供了难得的机遇，有利于重构升级鲁企全球价值链。

即使未被列入的济南，同样不甘落后。2014年6月，《关于筹划建设中日韩产业合作济南先行示范区实施方案》正式出台。依据该方案规划，济南先行示范区将建设"中日韩住宅产业化合作济南先行示范区"、"中韩尖端产业合作济南先行示范区"、"中日韩保税展示交易济南先行示范区"。

种好中韩自贸区地方经济合作"试验田"

区位优势和长期的合作积淀，将让山东在中韩自贸区中赢得先机。

作为国内首个专业韩货集散基地，位于威海经济技术开发区的韩国食品日用品交易集散中心，2014年6月份开业至今，已吸引76家对韩贸易企业进驻，进口韩国商品突破1亿元。而根据刚刚草签的《中韩自贸协定》，中国将在最长20年内实现零关税的产品达到税目的91%，韩国零关税产品达到税目的92%。"这意味着市民在家门口就可以扫便宜的韩货了。"韩乐坊招商总监刘淑宁表示。

不仅如此，山东与韩国的经济贸易、人员往来、交通出行和文化交流也都将面临一个质的飞跃。而对企业来说，随着生产要素自由流动，将倒逼企业转型、产业升级，增创山东开放型经济新优势。有观点认为，相比优势韩货在市场大幅降价，产业融合才是中韩自贸区带给山东最大的收益。

"随着中韩制造业领域的深度合作融合，双方生产性服务业的合作有着迫切需求，山东作为中韩自贸区的关境口岸，更是韩国商品倚重的立足点。"山东省商务厅副厅长孙建波透露。他认为，在形成共生的战略性新兴产业体系以及改善营商环境促进与国际加快接轨等方面，中韩自贸区也为山东提供了难得的机遇，有利于重构升级鲁企全球价值链。

面对新机遇，山东如何抢抓？2015年，山东省省长郭树清在做《山东省政府工作报告》时强调指出，必须抓住"一带一路"战略实施和中韩、中澳达成自由贸易协议的机遇，不断提高参与国际竞争与合作的能力。在全国两会期间，全国人大代表、山东省省长郭树清在接受采访时也表示，山东将充分利用与韩国的地缘优势和经贸文化合作优势，着力在产业开发、园区设立以及投资合作等方面积极推进。

威海，作为迄今为止唯一一个被写进中韩自贸区协定的城市，不仅是我国十多年来对外商谈自贸区的重大创举，更开创了双边自贸区建设的先河。张惠在接受采访时表示，中韩自贸协定的正式签署，特别是威海和韩国仁川自由经济区间的地方经济合作示范区建设，给威海带来重大发展机遇。她说，国家给了我们一块"试验田"，播下什么种子，收获什么果实，提供什么样的可复制、可推广经验，对我们来讲既是机遇，又是挑战。我们将把中韩自贸区地方经济合作示范区建设作为一项改革任务来完成，从各个领域大胆探索创新，努力把"试验田"种好。

对于下一步威海发展的重点，张惠表示，威海市将与仁川自由经济区加强对接，探索建立新型合作机制，实施一批试验项目，满足两国企业的开放需求，打造对外开放的"政策高地"。加快电子口岸建设，提高通关便利化水平，完善中韩陆海联运业务运行机制，研究推动中韩海铁联运，构建与韩国互联互通的高速通道。积极开展先行先试，着力在电子商务、服务外包、旅游、文化创意、健康养生、医疗美容等服务和投资开放上探索创新。

作为对韩贸易的重要城市，青岛和烟台等市也正抢抓中韩自贸区建设机遇，推进经贸合作与产业新转型。

责编：高磊

"孔子"品牌拉近山东与世界的距离

山东省委、省政府围绕"孔子"这张享誉世界的名片，着力讲好山东故事，传播好山东声音，塑造好山东形象，进一步推动山东文化产业科学跨越发展。

文 / 本刊记者 高鑫

2013年11月26日，中共中央总书记、国家主席习近平在山东曲阜的孔子研究院参观考察。

当《孔子故乡 中国山东》宣传片在纽约时报广场的大屏幕播出，水墨动画形象的中国先哲孔子，与熙来攘往的人群融为一体，中国与世界、传统与现代在这里交汇，向全世界展示了立体的中国形象。

"研究孔子、研究儒学，是认识中国人的民族特性、认识当今中国人精神世界历史来由的一个重要途径。"在纪念孔子诞辰2565周年国际学术研讨会暨国际儒学联合会第五届会员大会开幕式上，习近平总书记的讲话体现了中央对于儒学研究与传承的高度重视。2013年11月，习近平总书记视察山东时的重要讲话也明确指出："要加强对中华优秀传统文化的挖掘和阐发，努力实现中华传统美德的创造性转化、创新性发展。"

素有"孔孟之乡、礼仪之邦"之称的山东，历来重视齐鲁优秀传统文化的传承与发扬。近年来，山东省委、省政府相继作出了"建设经济文化强省"、实施孔子文化品牌带动战略和打造"孔子故乡 中国山东"文化品牌的重大决策，并围绕"孔子"这张享誉世界的名片，肩负起弘扬中华优秀传统文化的重大责任，着力讲好山东故事，传播好山东声音，塑造好山东形象，进一步推动山东文化产业科学跨越发展。

推动儒学贴近大众、融入生活

"人无德不立，国无德不兴""学而时习之，不亦说乎"……伴随着耳熟能详的诵读声，2014年9月28日，孔子诞辰2565周年纪念日，由60多位孔子后裔和300位来自全球各地的各界人士组成的祭祀队伍齐聚孔子故里山东曲阜，在孔庙的大成殿前举行隆重的公祭仪式。

除了公祭活动，曲阜在每年孔子诞辰都会举行大型的祭祀表演，吸引海内外华人华侨朝觐孔子，《孔庙祀典》是山东省惟一一项入选联合国世界非物质文化遗产保护名录的候选项目。而从1984年起连续举办30届的孔子文化节，已经从最初的"孔子诞辰故里游"真正成为弘扬中华民族文化的重要载体、经典的文化盛宴、对外交流的重要平台。2014年9月，孔子学院总部体验基地也正式落户曲阜。基地的设立，可以使国外学生了看了"三孔"，再到基地感受儒家文化熏陶、体验中华传统文化。

此外，尼山世界文明论坛、世界儒学大会的举办，也通过搭建多重儒学研究传播载体，推动孔子及儒家思想研究，促进世界不同文明的相互理解和交流合作。

孔子文化传播得到海内外的热情响应。作为前两届尼山世界文明论坛的会址，尼山圣源书院担负着"弘扬儒家文化精华，参与并推动人类文明对话，促进文化教育发展与繁荣，服务于社会经济文化建设"的重任。2009年，书院与台湾中华孔孟学会合作"海峡两岸《论语》师资研修"项目，由台北市教育局遴选富有教学经验的教师，与书院教师一起，对大陆中小学教师进行国学经典培训。

进一步扩大优秀传统文化的传播普及，推动儒学贴近大众、融入生活，更好地以文化人、以文育人，也是山东省委、省政府实施孔子文化品牌带动战略中的重要内容。山东省委宣传部部长孙守刚表示，弘扬传统文化、加强公民道德建设是构建社会主义核心价值体系的重要内容。如何具体化、实在化，关键是针对不同的社会人群、不同的社会群体，在行为的养成、思想的教化、自身的修养方面将优秀传统文化融入到我们日常生活当中去。为了让百姓亲近儒学，山东在全省启动实施了乡村儒学推进计划，把乡村儒学建设纳入现代公共文化服务体系。2014年，山东省文化厅投入"乡村儒学"建设扶持资金1300万元，培训了首批500名乡村儒学骨干。山东省120多个乡镇综合文化站、1900多个村文化大院率先建成了儒学讲堂，举办讲座1.6万次，80余万基层群众受益，邻里和睦，村民关系和谐，很多不良风气得到了改善。

打造儒家文化传承区

穿越2500多年的时光，依然给人留下深深烙印的孔子，已经成为山东文化产业发展的响亮品牌。而这正是山东着力从积淀深厚的文化资源中"提炼"优势品牌、做大做强文化产业的一个重要举措。

作为孔子的诞生地、儒家文化的发源地，曲阜素有"东方圣城"的美誉。与"孔子"作为中国最具代表性的文化符号一样，曲阜是中国在世界文明版图上最具代表性的文化地标之一。在推进儒学传承过程中，曲阜积极抢抓共建"曲阜文化经济特区"机遇，建设儒家文化传承区，大力发展文化产业，促进儒家文化的传承创新。

以国家级文化产业示范园区、尼山圣境为龙头的重大文化项目；以孔子国际文化节、孔子学院为代表的特色文化品牌；以祭孔大典、鲁国古乐为代表的文化演艺；以孔府美食、楷雕如意、《演说论语》等为代表的系列文化产品；以金龙阁、御书房、冀道动漫等为龙头的文化企业⋯⋯曲阜市不断在项目建设、品牌打造、园区发展、改革创新上下功夫、做文章。

保护性开发，始终是发展坚持的根本原则。1994年12月，孔庙、孔林、孔府被联合国教科文组织列入世界文化遗产名录，山东省2014年7月专门启动了"三孔"古建筑彩绘保护工程，确保2017年完成全部维护工作。

除了对文物资源进行保护外，曲阜还充分利用曲阜文物旅游资源，围绕文物景区展陈、孔府档案整理出版、孔子博物馆展览和景区演艺、修学旅游、孔子文化节等活动，提升旅游品质，传承弘扬优秀传统文化。"我们精心打造了以开笔礼、成人礼、经典诵读、孔庙祭拜、孔庙祈福为核心的'孔子修学游'品

2014年9月28日，孔子故里山东曲阜孔庙举行祭孔大典，祭祀人员在表演祭孔舞乐。

牌，'孔子故里、东方圣城'城市品牌和'走近孔子、游学曲阜'修学旅游品牌得到广泛宣传推广。"曲阜市文物局副局长韩凤举介绍说。

为了丰富文化旅游内容，2013年4月，曲阜还策划恢复了明故城晨钟开城仪式、暮鼓关城仪式、孔庙祭礼展演等文化演艺项目；2014年4月，成功推出孔庙中华成人礼和孔府戏台活动，进一步丰富了"三孔"景区的观瞻和体验项目。而孔子文化旅游业、孔子文化商品和孔府美食、动漫影视、节庆会展等也逐渐凸现出来。这些具有浓郁孔子文化元素的商品，销售收入已占整个曲阜旅游产业收入的35%以上。

不仅如此，曲阜市还全力做大"新园区"，用足用好国家级文化产业示范园区"金字招牌"，优先引进一批科技含量高、附加值高的新兴文化项目，将其打造成济宁文化产业核心区、鲁文化产业聚集区、东部文化产业高地。

拉近山东与世界的距离

"如此近距离地观察中国古代伟大的思想家、教育家孔子，简直太神奇了。孔子所提倡的'仁'和世界语所推崇的'和谐'、'和平'具有共通性。而这次的展览，也让我对孔子的故乡——山东加深了印象。"2013年，在冰岛首都雷克雅未克举办的第98届国际世界语大会上，国际世界语协会主席马特·费蒂斯告诉记者。短短几天的《孔子故乡 中国山东》图片展，吸引了来自57个国家的近2000名世界语者和当地民众参与，其中由山东省赠送的孔子像更是成为各国观众合影的首选。

"在海外打出'孔子出生在山东，山东是孔子故乡'的口号，采用展览、活动等各种形式，全方位、立体化展示'孔子形象'，进而也使得众多不了解山东的港澳台同胞和外国朋友通过有形可见的文物和图片来触摸、了解山东。这是我们近年来围绕'孔子'这张享誉世界的名片，实施孔子文化品牌带动战略，全力打造'孔子故乡 中国山东'外宣品牌的具体举措。"山东省委外宣办主任王世农告诉记者。据了解，山东已向海外赠送了80余尊大型孔子雕像，并先后赴日韩、欧美、东南亚和非洲等地开展了《孔子故乡 中国山东》图片展、孔子文化世界行、美国阿尔布拉市花车巡游、山东汉代画像石拓片精品展等20余次对外文化交流活动，直接到境外直观展现、推介山东。而自2011年11月起在纽约时报广场"中国屏"连续播放的山东形象片，更向全世界展现"孔子故乡 中国山东"的立体形象。

"送出去"也要"请进来"。除了孔子文化节、尼山世界文明论坛、世界儒学大会等重大国际交流活动，山东省近年来还成功举办了"孔子故乡 中国山东"国家历史文化名城采风、山东出口农产品质量安全示范省创建媒体行、国际大型企业集群式落户济宁现象探访、亚洲主流媒体聚焦仙境烟台等集中采访活动、"齐鲁巡礼——西方艺术家眼中的山东"创作采风活动、"香港人心目中的山东印象符号"推选等活动，不断推动世界了解山东和山东走向世界。

责编：高鑫

历史：我们共同的过去和未来

"国际历史科学大会走出欧美，首次来到亚洲就选择了山东，我们感到非常荣幸，同时也意识到这是一个极其正确的决策。一切社会科学和人文科学的基础是历史科学，而中国的历史科学从山东起始。"山东省省长郭树清表示。

文 / 本刊记者 高磊 发自山东济南

"人事有代谢，往来成古今"，在习近平总书记致第22届国际历史科学大会的贺信中，他用这句诗再次强调，历史研究是一切社会科学的基础，承担着"究天人之际，通古今之变"的使命。

8月23日至29日，素有史学界"奥林匹克"美誉的国际历史科学大会在山东济南召开。来自90个国家和地区的2600多位中外学者汇聚一堂。这不仅是115年来国际历史科学大会首次在亚洲召开，注册国家和地区数量也创历史新高。"大会首次走入亚洲，走进中国，对摆脱历史学研究欧洲中心主义的传统、开辟新的视角和思路将发挥开创性作用。"国际历史学会秘书长罗伯特·弗兰克教授说。

史学界的"奥林匹克"

117年前，法国人莫第尔或许不曾想到，他在海外外交史会议上发起的大会能在战火的洗礼与学术的碰撞中演绎成国际历史科学大会，并愈走愈远。

从1900年巴黎会议开始至今，115年间，国际历史科学大会作为学术共同体发生了深刻的变化，也在很大程度上折射了19世纪末以来世界历史的变迁和全球人文社会科学在认识论和方法论方面的嬗变。

在国际历史学会主席玛丽亚塔·希耶塔拉看来，"国际历史科学大会已为多元文化议题和跨越不同文化边界打开了大门。每五年举行一次的国际史学大会，是史学家这个全球共同体的最大盛会。"

"历史：我们共同的过去和未来"成为第22届国际历史科学大会的主旨。正如玛丽塔·希耶塔拉主席曾提到的，大会的成功之处在于把不同大洲和国家的史学家聚集起来讨论新的创新主体、新的方法和专题路径，并作出比较研究。一周时间里，来自世界各国的学者通过参与"全球视野下的中国"、"书写情感的历史"、"世界史中的革命：比较与关联"、"历史学的数字化转向"等四场主题研讨，以及围绕82个议题而展开的包括专题讨论、联合讨论、圆桌会议等175场各类会议，展示了历史学家们在摆脱欧洲中心主义和西方中心主义的研究框架方面所取得的成果，呈现他们在提升全球化历史和跨国际历史研究上的尝试。

与往届大会相比，这届大会特别强调对于青年学者的支持与资助。大会执行局不仅鼓励会议召集人积极发动青年学者提交论文，更设立了一项专门的临时性基金，为诸如来自东欧的年轻学者以及无法从自己所在大学获得经济支持的资深研究员提供资金支持。

不仅如此，本次大会还第一次为历史学家设置了"国际历史学会——积家历史奖"，旨在表彰那些通过自己的研究、著作或是教学工作在历史学界脱颖而出的同仁，那些对史学知识发展做出突出贡献的历史学人。首位得奖人是来自法国的历史学家格鲁金斯基。"奖项规模相对较小，但在某种程度上它完全可以和诺贝尔奖或是数学界的菲尔德奖相媲美。"玛丽亚塔·希耶塔拉主席表示。

国际史学界的"中国时间"

"从1905年中国清朝学者在刊物上报道国际历史科学大会,到如今成功举办国际历史科学大会,中国等待了110年。"中国史学会会长张海鹏直接参与了大会申办、筹备全过程,如今提起仍是感慨万千。

学术的发展其实是一个时代的写照。"机遇和荣誉体现进步与实力,也充分表明国际历史学界对中国的重视和信任。"中国史学会秘书长王建朗表示。

五千年不曾中断的文明史孕育了源远流长、博大精深的中华文化,史学领域名家辈出、流传下来的典籍浩如烟海。但是,中国与国际历史科学大会却颇多曲折。从"虽不能至,心向往之"的扼腕到"孜孜以求中国作为大会承办方"而不得,再到如今梦圆,这一切与中国经济增长的成就密不可分,与中国软实力的提升息息相关,更与中国国际地位的提高紧密相连。"2010年中国经济总量超过日本,成为仅次于美国的第二大经济体,中国的国际地位和国际话语权空前提高。"张海鹏说。

本次大会创新性地将"全球视野下的中国"设置为首要议题,体现了国际历史学会、全球历史学家对中国的重视。正如国务院副总理刘延东提到的,"如果说全球视野是认识中国的空间坐标,历史的视角就是认识中国的时间坐标。"来自意大利、法国、美国等国家和地区的12位学者在主题会议中分享了他们的研究成果,并吸引了更多学者关注中国历史进程,关注中国当前正在经历的深刻社会变革,探索中国作为一个新兴全球大国崛起的历史渊源。

"国际历史科学大会走出欧美,首次来到亚洲就选择了山东,我们感到非常荣幸,同时也意识到这是一个极其正确的决策。一切社会科学和人文科学的基础是历史科学,而中国的历史科学从山东起始。"山东省省长郭树清表示。素有"一山一水一圣人"之美誉的山东,在自然和人文方面堪称中华文明的典范。作为中华文明的发源地之一,中国历史上最有影响的一大批思想家,如孔子、孟子、孙子、墨子、庄子、管子等都曾先后出生于此或者在这里著书立说,开创了百家争鸣、兼容并蓄的学术先河。承办此次会议的山东大学更以"文史见长",有着深厚的人文底蕴和悠久的学术渊源。本次大会还特别在山东济南、青岛、淄博、泰安、济宁、聊城六个地市配套推出了与中国历史文化紧密相连的"卫星会议"。从"比较视野下的龙山文化与早期文明"、"青岛的城市化与国际化"到"儒家文明与当代世界"等,每一个主题都在展示主办地文化底蕴和当代形象的同时,助力探索当代社会文化对区域经济社会发展的有效途径。

在山东大学校长张荣看来,第22届国际历史科学大会在济南召开,具有跨时代的意义。它将改变历史学的西方格局,使中国历史学走向世界,这是中国文化的一个重要符号,也是国际主流学界的一个重要变化。"在以历史学为中心的人文学术主流化进程中,中国价值的国际表达、'中国梦'的世界意义将得到更为广泛的理解,东西方文化体系、东西方价值体系的差异将得到更为积极的尊重。借助这个舞台可以让世界更好地倾听中国声音。"

8月23日至29日,素有史学界"奥林匹克"美誉的国际历史科学大会在山东济南召开。"历史:我们共同的过去和未来"成为第22届国际历史科学大会的主旨。

责编:高鑫

山东搭上中韩自贸协定快车

随着近年来中韩贸易往来越来越密切，韩国企业不断在山东落地扎根，山东也成为全国对韩开放的引力中心及最重要的"韩货"集散地。

文/本刊记者 王哲

"每个韩国人在日常生活中都可以用到中国产品，而几乎每个中国人也都可以用到韩国产品。"国家商务部部长高虎城曾撰文如是说，"中韩双边贸易额超过韩国对外贸易总额的五分之一，超过了韩美、韩欧贸易额的总和。"

今年6月1日，中韩两国政府在韩国首尔正式签署《中华人民共和国政府和大韩民国政府自由贸易协定》（简称"中韩FTA"），其蕴含的巨大历史机遇让中国各省市开始了新一轮的抢滩行动。作为中国距离韩国最近的省份，山东凭借地缘优势以及良好的历史合作基础在其中抢得了先机。

9月14日至17日，由50多名记者编辑、知名博主、摄影师组成的"中韩自贸 齐鲁先行"全国媒体行采访团深入济南、青岛、威海、烟台四地，发现和感知中韩自贸协定带给齐鲁大地的"韩国范儿"。

济南：打造区域性集散中心

喜欢网购的中国年轻人大多知道"韩都衣舍"，这个诞生在济南的互联网韩风时尚品牌在中韩自贸协定签署的契机下将为更多的韩国品牌作代运营，助力它们"引进来"，同时也为自身"走出去"打下基础。

2006年韩都衣舍创立时首先从韩国服装代购做起，随后摸索出了韩国流行服装的设计要素与设计热点，开始尝试推出自己的原创服装。到2008年，韩都衣舍已成为一个设定在韩风时尚的互联网品牌，虽然从设计到加工生产都是在中国完成，但是70%至80%的服装拍摄是在韩国进行的。韩都衣舍的品牌代言人中还有三位韩国明星：全智贤、安宰贤和朴信惠。

6月26日，有"韩国耐克"之称的健步鞋品牌PROSPECS与韩都衣舍举行战略合作签约仪式，这是第五个由韩都衣舍代运营的韩国品牌。把韩国品牌拿到中国来做代运营，是韩都衣舍未来的一个发展规划。下一步，韩都衣舍的野心是与更多的韩国服装品牌、鞋包品牌甚至化妆品品牌合作，通过互联网电子商务，把它们引到中国来。

随着中韩自贸协定的推进，韩都衣舍也正酝酿着打开韩国市场。"中韩自贸协定会给中国商品一个很好的渠道走进韩国市场。"韩都衣舍电商集团副总经理胡近东说，"我们对韩国市场是非常了解的，在中国激烈的市场竞争中都能抢占有利地位，相信我们在韩国市场也能站稳脚跟。"

眼下，济南正利用山东省中西部地区唯一国家级综合保税区的优势，建设中日韩大宗商品展示交易中心和中日韩跨境电子商务交易平台，打造中日韩保税展示交易先行示范区。下一步，济南将利用综合保税区保税物流政策优势和济南省会城市商贸流通优势，推进跨境电子商务平台的功能完善和正常运营，打造区域性韩国商品集散中心。

青岛：抢抓FTA机遇加快跨境合作

中韩自贸协定签署当日，青岛市政府随即发布了《青岛市进一步提升对韩国开放合作水平行动计划(2015-2016)》。计划到2020年，进出口贸易额在2015年的基础上翻一番，达到200亿美元；吸收韩国投资累计突破200亿美元；对韩投资在2015年的基础上翻一番，达到5亿美元。

拥有山东经济龙头地位的青岛与韩国地缘相近、人文相亲、经贸往来密切，是我国最早与韩国开展经贸合作的城市之一，也是全国韩资企业最为密集的城市之一，青岛开展对韩经贸合作的优势得天独厚。

目前，青岛—韩国每周往返航班达182个，青岛港与韩国港口之间开通航线近20条。青岛有韩国总领事馆、大韩贸易投资振兴公社、韩国中小企业振兴公团等机构，常驻青岛的韩国人近10万。韩国也是青岛最大的旅游客源地，近三年来，青岛累计接待韩国游客超过100万人。

青岛市在西海岸新区国际经济合作区内规划了中韩创新产业园。韩国住宅土地公社已与青岛市签约，拟在中韩创新产业园建设中韩复合新城项目；延世大学口腔医院等重大项目也于近日签约。青岛正积极争取将青岛中韩创新产业园列为中韩两国政府重点合作产业园区，利用国家层面资源推动青岛与韩国实现更高水平的园区合作。

今年7月份，青岛市被中国人民银行批准试点开展韩国银行机构对青岛财富管理改革试验区内企业发放跨境人民币贷款业务，成为全国首个也是目前唯一一个允许境内企业从韩国银行机构借入人民币资金的试点地区。此项业务开展后短短一个月，青岛市企业已累计从韩国银行贷款人民币30亿元，且利率大大降低。

8月27日，青岛市政府代表团南下韩国釜山，在釜山举行了韩国青岛工商中心启动暨合作协议签署仪式，韩国青岛工商中心将全面推动中韩地方经济合作。

青岛汽车口岸首批1650辆进口雷诺中规车到港。

威海：种好自贸"试验田"

"威海的鸡鸣仁川都能听见"，这句韩国谚语广为流传，是威海在与韩国经贸往来中得天独厚的地缘优势的生动写照。

威海，位于山东半岛东端，与韩国一海相隔，是中国离韩国海上距离最近的城市。中韩自贸协定创新性地引入地方经济合作条款，明确将威海和仁川自由经济区列为地方经济合作示范区，这一创新举措使得中韩双边的合作更"接地气"。威海作为中韩两国地方经济合作的一块"试验田"，肩负了探索可复制、可推广经验的重要任务。

在威海目前乘飞机50分钟可到达仁川，一周28个航班，海上客轮一周有30个班次。每年都有超过100万人通过威海口岸到达韩国。7月22日，一艘从韩国仁川出发，载着服饰、化妆品等的班轮到达威海港，这标志着威海—仁川海运邮路在停运七年后正式恢复通航。该邮路是国内首条中韩海运EMS速递邮路，邮件到达时间与空运相当，

6月26日，第六届威海国际食品博览会举行，来自中国、韩国等国家和地区的食品商携海洋食品、农副产品、休闲食品等中外美食亮相威海，吸引了许多民众尝鲜。

但运费却节约70%以上。

穿过由丽水市市长金忠锡亲笔题字、具有韩国特色的丽水门，再穿过一条回廊，就来到威海韩国商品交易中心，这里韩国食品、化妆品、日用品、床上用品、文具、小家电应有尽有。威海韩国商品交易中心与中国首家韩国文化主题商业公园韩乐坊毗邻，韩国商业步行街、韩国文化艺术馆、韩国明星演艺广场、乐天文化广场、精品夜市以及韩国风情街等商业景区，"韩国范儿"十足。作为首个也是目前唯一一个被写入自贸协定的中国城市，根据威海市出台的《加快推动中韩自贸区地方经济合作第一批实施方案》，威海将打造五个韩国食品日用品交易中心，其中三个已开业，一个正在招商。目前，韩国商品中国分拨中心、韩国商品保税展示交易中心等设施也正在推进。

烟台："大咖"韩企云集

2005年3月，蓬莱水城清淤时发掘出土了高丽王朝晚期的韩国古船——这是中国首次发现韩国古船，一举轰动中韩考古学界。2600多年前的春秋战国时期，生活在烟台的先人就与朝鲜半岛开展商贸、文化往来，《三国志》《新唐书》等中国古籍有大量关于烟台与韩国交往的记录。1000多年前，烟台是当时中国的四大通商口岸之一，成为中国与朝鲜半岛联系的纽带，有着"日出千杆旗，日落万盏灯""帆樯林立，笙歌达旦"的辉煌。1883年仁川开埠通商后，烟台即与朝鲜开通了海上定期航线……

目前，与韩国隔海相望的烟台至韩国平泽的距离仅为237海里，船舶航行约13小时。满载鲜活农产品的船舶当天下午从烟台出发，次日中午这些农产品就可以端上韩国人的餐桌。"韩国元素"已成为烟台开放发展的最大特色。最能让人眼前一亮的当数在烟台落地生根的众多韩国企业。早在1989年，中韩两国尚未建交，第一家韩资企业就已落户烟台。目前韩国在烟台总投资千万美元以上的项目有200多个，外资额达40多亿美元。其中LG、斗山、浦项、现代汽车、大宇造船等世界500强在此投资企业达18家，是山东省内韩国大企业最集中的城市。这些韩企"大咖"全部集中在烟台开发区。除了上述18家世界500强投资企业之外，烟台开发区目前共有韩资企业432户。依托LG、喜星、斗山机械、大宇造船、现代汽车等韩国企业巨头，烟台开发区已成为中国最大的挖掘机生产基地、重要的智能手机生产基地、汽车及零部件生产研发基地，与韩国的产业关联度和互补性不断增强。

得益于地缘优势和相似的文化背景，韩企在烟台落地生根完全没有"水土不服"，LG集团旗下乐金显示、浪潮乐金等四家企业已在烟台集聚发展包括显示屏、摄像头、整机等生产、研发、销售在内的手机全产业链，其中乐金显示随着三期项目全面投产，手机屏产量将占全球市场三成份额，成为全球重要的手机屏生产基地。现代汽车

271

新能源汽车研发中心投入建设资金12亿元，办公楼已完工并交付使用，部分跑道也已开始试车。

搭上自贸协定发展快车

中韩自贸协定是我国迄今为止对外签署的覆盖议题范围最广、涉及国别贸易额最大的自贸协定。在今年年底协议生效后，中韩超90%的商品将进入零关税时代。有专家预计，五年内中韩贸易规模将突破4000亿美元，而这一数据在2004年双方启动可行性研究时仅为900亿美元，2014年已跃升至近3000亿美元，年均增速达22.3%。

随着近年来中韩贸易往来越来越密切，韩国企业不断在山东落地扎根，山东也成为全国对韩开放的引力中心及最重要的"韩货"集散地。据山东省商务厅统计，韩国在山东的实际投资累计达316.7亿美元，占韩国对中国投资的四分之一，近5000家韩资企业在山东生产经营。

山东发展研究中心主任、山东蓝色经济文化研究院副院长郑贵斌告诉本刊记者，在他看来，作为与韩国毗邻的省份，山东在中韩自贸区建设中走在全国最前列。减轻关税、贸易自由化、投资便利化、合作空间扩大化等一系列优惠政策将为山东经济发展注入新活力，山东在调整产业结构、加快转型升级、构建开放型经济方面都将迎来重大历史机遇。

责编：王盼

山东临沂：打造"一带一路"国际贸易新高地

山东，一个不沿边、不靠海、不是区域中心的内陆城市，却在30年间创造出了市场传奇，形成全国"南有义乌、北有临沂"的商贸市场发展格局。

文 / 李萌

"临沂商城物流便利，让我们与企业、经销商联系越来越多，每个月我们从临沂进口的各种商品就有300多万。"木雕商人艾哈迈德专程从巴基斯坦赶来参加第六届中国(临沂)国际商贸物流博览会。他对记者说，搭乘火车直接就可以把货运到临沂，此次带来了4000多件商品，上午就已被企业订去了一半。

今年，随着临沂至乌鲁木齐快速货运专列的开通，临沂打通与中亚、西亚间的商贸"走廊"，让跨境物流变得更畅通。随着"一带一路"战略的实施，临沂构建跨国贸易绿色通道，为商贸物流业进一步打开了国际化新格局。

临沂擦亮商贸"硬名片"

临沂，位于山东东南隅，是一个不沿边、不靠海、不是区域中心的内陆城市，却在30年间创造出了市场传奇，成为中国商贸流通的晴雨表。临沂有两张"城市名片"，一张是沂蒙精神，这是临沂人的精神象征，是一张"软名片"；另一张是临沂商城，这是临沂经济的最大特色和亮点，是一张"硬名片"。"中国市场名城"、"中国物流之都"、"中国十强文明市场"、"全国流通领域现代物流示范城市"、"全国诚信经营示范市场"、"中国市场年度先进管理机构"、"全国公平交易（诚信）行业十佳单位"、"中国优秀市场管理机构"、"山东省优秀服务业园区"……一项项荣誉是临沂人用辛劳和汗水凝结的"硬名片"。

山东临沂商城核心区是我国创办最早的专业批发市场和全国最大的商品集散地之一。临沂人以"没有跑不了的路、没有吃不了的苦、没有干不成的事"的拼搏精神，在一穷二白的基础上，大力发展商贸物流业，培育崛起了一座现代商贸物流城。从小推车运货到如今的现代物流网络，临沂商城从无到有、从小到大、从弱到强，它的发展也改写着临沂普通人的命运，成就着天南地北商家的事业。而今，三十载弹指一挥，临沂商城以崭新的容貌呈现在人们面前。临沂商城已经发展成为全国知名的专业市场集群、重要的物流周转中心和商贸批发中心，形成全国"南有义乌、北有临沂"的商贸市场发展格局。

"不到临沂，你绝对想象不到这里的市场有多大！"临沂市委书记、市人大常委会主任林峰海说，在临沂，小到缝针纽扣，大到园林机械，只有你想不到的，没有你买不到的，商贸市场已成为这座城市最具特色的名片之一。曾有人计算，如果在临沂商城每个店铺停留一分钟，逛遍所有门店，不眠不休也需要48天。目前，临沂商城拥有128个专业市场，6万多个品种，涵盖劳保、灯具、五金、板材等27个大类，大到工程机械，小到劳保手套，各具特色。此外，已经建有22处物流园，2000多条国内线路，日均发送货物20多万吨。

近年来，临沂发挥商贸物流优势，大力实施商城国际化战略，相继获批和实施"旅游购物模式"、国际贸易综合改革试点等一系列贸易便利化扶持政策，临沂综合保税区顺利通过国家正式验收。当

10月18日，第六届中国国际商贸物流博览会开幕式现场。

前，正围绕打造全国最大的商品交易批发中心、物流分拨调运中心、电商集聚中心和国际会展经济新高地的发展目标，全力加快商城转型升级发展。前三季度，临沂商城实现市场交易额2412.96亿元、增长24.7%，带动全市出口42.3亿美元。

物流加快"走出去"步伐

"全国几乎所有生产企业在临沂都有经销商或代理商，市场的背后其实还有物流。"临沂市政府党组成员、临沂商城管委会主任姚明说，市场和物流犹如鸡和蛋，在临沂，究竟是先有市场还是先有物流，始终是个解不开的谜，但可以肯定的是，物流支撑起了当地市场的繁荣与发展。

据统计，目前围绕临沂商城各个市场，有2094户物流经营户和1.8万辆货运车辆，去年实现物流总额4000多亿元，覆盖全国所有的县级城市，通达全国所有港口和口岸。由于具有不可比拟的规模优势、效率优势，当地物流价格比全国平均低20%至30%。

"临沂商城'买全国、卖全球，买全球，卖全国'的目标，依赖于现代物流行业的发展。"高娟作为一名物流行业从业者，认为现代物流是指包括以航空、铁路、水路、公路等为载体，通行全国范围以及世界范围内的物流，临沂融入"一带一路"将会促进现代物流业的发展，从而带动临沂经济的发展。

随着国家"一带一路"战略的加快实施和中韩自贸区的深入推进，国际市场与国内市场的联系日益紧密，临沂东联"海上丝绸之路"、西通"丝绸之路经济带"的节点优势更加显现，推进临沂商城国际化正逢其时。

7月1日，临沂至乌鲁木齐集装箱快速班列通车，形成了南到广州、西到乌鲁木齐的两条铁路快速通道。据统计，物流之都临沂每年发往新疆经"丝绸之路"、亚欧大陆桥出口中亚、南亚、西亚、欧洲的货物达600多万吨。临沂至乌鲁木齐货运班列开通后，将实现临沂至乌鲁木齐72小时直达，中途不用挂，全程一体化"门到门"服务，物流辐射能力将进一步增强。6月28日，临沂—韩国航线顺利实现首飞，临沂还有望被列入两岸客货运包机和航班直航点。临

临沂商城已经成为重要的物流周转中心和商贸批发中心，形成全国"南有义乌、北有临沂"的商贸市场发展格局。

几年前批发商贸大行其道的时代，当前电商大潮已汹涌而来，新商业"游戏规则"正在不断确立，商贸物流业的"天"变了。临沂商界又展开了传统批发商向电商的嬗变，给"买全球、卖全球"插上电商翅膀，演绎新的临沂传奇。

10月18日，在第六届中国国际商贸物流博览会开幕式现场，由临沂市委、市政府倾力打造的"城市名片"——"智慧临沂商城"正式上线。"智慧临沂商城"将打造国内技术领先的"互联网+临沂商城"模式，为6万多家批发商户及各类物流企业提供服务，未来将成为集电商、物流、会展和支付为一体的综合性、特大型交易平台，也将是政府采购、市场批发、全国物流转运和分销中心。

"改革转型是大势所趋，否则过去积累的发展红利会被逐步消耗掉。"临沂市委副书记、临沂市市长张述平说，临沂未来将打造电商、信息和支付三大平台，实现线上与线下、物流与商贸、内贸与外贸的结合，走出一条现代流通业发展的新模式。

一项临沂商城的调查显示，未开展电商经营的市场业户，商品销量已经下降10%至30%不等。对以批发业务为主的传统商城来说，电商的影响显而易见。与其被动等待，不如主动适应。

临沂雅讯电商服务公司董事长聂文昌说，电子商务离不开实体经济和物流，而临沂规模庞大的实体市场和四通八达的物流网络恰好为电商发展打下了坚实基础。据了解，尽管起步相对较晚，但在政府鼓励引导和商户主动"触网"之下，临沂商城电子商务企业和商户已发展到2万户、从业者近10万人，去年实现电子商务交易额309.5亿元。经过几年努力，有望再造一个"网上商城"。

临沂着力构建"垂直交易平台+内贸网商+跨境电商+电商服务商"的电子商务生态链，加快线上线下融合发展。立足专业市场营销渠道优势，实施电商化改造工程，加快构建B2B、B2C垂直电商平台；规划建设跨境电商创业园，打造大学生创业和跨境

沂机场作为一类航空口岸正式开放目前已写入《山东省"十三五"口岸发展规划》，并已申请列入2016年度开放计划。

临沂统筹发展公路、铁路、航空和临港物流，编制物流业中长期发展规划，加快构筑陆海空三位一体的物流体系；积极争取国际铁路货物联运口岸政策，力争三年内形成临沂至广州、乌鲁木齐、南宁、哈尔滨等地的快速往返货运班列物流网络。临沂正在积极打通国际物流通道，实现基础设施互联互通，让更多的临沂商品通达全球。

临沂商城坚持国际化、电商化、集约化"三化并举"，准确把握商贸与物流、市场与产业、线上与线下、内贸与外贸、核心产业和支撑产业"五个关系"，扎实开展国际贸易综合改革试点，积极放大内陆"无水港"临沂港和临时开放航空口岸等平台作用，着力推进综合保税区建设，临沂商城国际化进程明显加快，入围海关总署发布的"中国外贸百强城市"名单。

互联网+临沂商城

临沂商城坐拥国内最大的市场集群，但相比十

随着"一带一路"发展战略的深入实施，临沂主动加强与拥有海外工程项目的大企业合作，重点推动在亚非欧美等国家建设"海外商城"，促进临沂商城走出国门、走向世界。

电商人才孵化基地。

目前，临沂商城网商已发展到4万户，电商服务商100多户，电商产业园区9个，拥有B2B、B2C、O2O、F2C、OIO等各类电商平台42个。其中，新明辉商城、伊亲购等行业垂直电商平台已发展成为国内行业领先的知名电商平台，白龙马速达、即时到等区域电商+同城配送电商平台已发展成为具有临沂商城特色的区域电商平台；在阿里"出口通"平台注册企业950户，通过E邮宝、DHL、UPS等跨境快递日均出货1.5万票。

临沂商城的"国际范儿"

随着"一带一路"发展战略的深入实施，临沂主动加强与拥有海外工程项目的大企业合作，重点推动在亚非欧美等国家建设"海外商城"，促进临沂商城走出国门、走向世界。

临沂商城的外贸主体逐年壮大，一手抓商城优势和便利化政策宣传，引进高层次、实力强的外贸主体；一手抓培训提升，引导临沂商城企业、市场开展国际贸易。今年1月至8月，商城引进新华锦外贸综合服务、国采丝路（北京）电子商务、小笨鸟跨境贸易服务等一大批重点项目，实现"个转企"5096家。

未来，临沂将继续引导内贸经营主体开展国际贸易业务，加快"内转外"步伐；引导本地外贸企业加强与世界知名采购商、跨国批发商、零售商开展合作，扩大外贸发展渠道；争取引进一批龙头型供应商、采购商落户临沂，争取联合国难民署、儿童基金会、世界卫生组织等国际性组织在临沂商城设立采购基地。

今年6月初，临沂市委书记、市人大常委会主任林峰海率团到柬埔寨、印度和阿联酋，就推进临沂商城国际化进行考察，与相关国家商界人士共同探讨"一带一路"战略背景下双方拓展经贸合作的新机遇；与马中贸易进出口商会、印中贸易中心等七个国外商协会签订协议；与一批具有海外工程项目的大企业合作，重点推动在巴基斯坦、尼日利亚等国家建设"海外商城"，为走出国门、走向世界搭建了桥梁。同时，借助与中交建集团海外部的战略合作，目前正积极推动在非洲肯尼亚蒙巴萨自由贸易区的"海外临沂商城"建设事宜。

匈中经济商会会长佩特·艾尔诺对记者说，匈牙利派出多家企业到临沂，以增强双方的交流合作，双方在很多领域可以开展合作。匈牙利可以把高品质的美食、美酒、矿泉水等产品带到临沂，临沂也可以为欧盟提供很多的优质产品，双方在旅游业和物流业也开展了良好的合作。艾尔诺先生表示："作为匈牙利的采购商，我希望能看到更多的适宜欧洲市场的产品，希望我们在将来能够更好地合作。"

"目前在匈牙利建设的中欧商贸物流合作园区，已经发展入园企业150多家，被认为是第一个国家级境外商贸物流型的经贸合作区，为建设海外市场闯出了路子。"临沂市委副书记、临沂市长张术平介绍说，临沂正在与中铁建、中交建等具有海外工程项目的大企业建立合作，为拓展海外市场搭建桥梁。

"融入'一带一路'，商贸物流是我们的最大优势，推进商城国际化是我们的战略举措。"张术平说。临沂商城年交易额3000多亿元，物流总额3万多亿元，电子商品交易额超过1000亿元，国家"一带一路"构想的深入实施为临沂市推进商城、加快商贸物流的转型升级提供了重大机遇。

责编：王凤娟

"孔子故乡 中国山东"
2015 对外新闻报道集

大 公 报

中法诺奖得主对话"文学与人生"

胡卧龙

中国当代著名作家、首位诺贝尔奖得主莫言与法国著名文学家、2008年诺贝尔文学奖得主勒克莱齐奥在山东大学展开高端对话,结合各自生活和写作经历共话"文学与人生"。两位大师思维敏捷、妙语连珠,现场的山东大学师生享受了一段美妙的文学时光。

"饥饿的童年"引共鸣

"当我听说当年险些被饿死的孩子,居然成为第一位获得诺贝尔文学奖的中国公民,我觉得人生的奇迹发生了。"研究莫言并与莫言相交了二十多年的山东大学副校长陈炎说。

出生于1940年的勒克莱齐奥同样拥有"挨饿的童年"记忆。1944年欧战正酣,年幼的勒克莱齐奥随外婆和母亲逃难到一个小山村里,农民正在收麦子,他在后面拾麦穗,拿回家外婆用咖啡机磨成生面粉,这是他童年最美的记忆。

勒克莱齐奥说:"尽管那个年代非常黑暗,而且也是非常的困难。但是后来当我接触到文学的时候,我还是燃起了希望。"在莫言小说《红高粱》中,他看到同样的土地以及土地带给人的希望。

"我总是希望在文学的作品当中,能够收集到这么一种力量,让我能够与这个大地,与这个大地上的农民有一种亲近感。"勒克莱齐奥说。

在莫言看来,饥饿是小说家非常独特的资源。

莫言在对话中发言

勒克莱齐奥在对话中发言

"有过饥饿的体验，让作家在写作当中涉及到人性本能的东西有更深的理解。人在非常饥饿的状态下，如何保持人的尊严、如何保持体验，这是我们小说里面应该充分予以展示和描写的。"莫言在与勒克莱齐奥对话中称。

勒克莱齐奥表示，明天将会到莫言家拜访。亲自到产生了那么多神话、那么多故事的土地上走一走。

文学影响潜移默化

在莫言看来，人生，可理解为人生命的过程、人生活的过程。人生毫无疑问是文学的最重要的元素，没有人生，就没有文学。文学是有了人才有的，所以文学与人学息息相关。

另一方面，文学与人生，可以缩小到文学对每一个生命的影响。莫言认为文学有时会对人产生巨大的影响，但大多数时候是潜移默化的。

莫言称，作为一个写作者，确实感觉到手下的笔重若千斤。他希望通过写作，把自己对人生最宝贵的体验写进去，对个性化的体验也写进去。而且在写的过程中，对人性当中的善的方面、恶的方面，尽可能的给予全面的呈现。把人当做人来表现，当做具体的人来描写，描写人最复杂的人性的各个层面、人性当中的善的一面、荒谬的一面、美好的一面，人性当中黑暗的一面，人性当中弱点的一面，都写进去。

"我想只有这样，作品里面的人物才会充满典型性的特点。只有这样真实的人物，才能够让人们受到感染，才能够让人牢牢记住，才能够对人的生活有所启发。"莫言说。

与莫言一样，勒克莱齐奥也认为文学是记述生命体验的过程，他把作家比作"工匠"，通过"词语"构造人生。

勒克莱齐奥非常尊崇中国作家老舍先生，他为《四世同堂》法译本作序的题目就叫作《师者老舍》，他不仅把老舍作为自己的老师，而且认为老舍应当是中国人特别是年轻人的老师。

勒克莱齐奥喜欢老舍笔端的幽默。在勒克莱齐奥看来，面对当时的时势，这种幽默就是背叛人生的最好办法。这种幽默或者讽刺给笔下人物阶段性的人生撒下了一把盐，这点盐让人生有了一点味道。

勒克莱齐奥说："老舍讲述了普通人的生活百态。读老舍的小说，仿若回到当年的北京，感觉自己就是个北京人。体会其中的喜怒哀乐，人生就有了味道。"

中法诺奖得主对话"文学与人生"人气爆棚

2015年1月1日

打败优衣库　夺天猫女装销售三冠王

丁春丽　李宇潇

韩都衣舍：网络深海里的鲸鱼

销售额1分钟破1000万元（人民币，下同）、6分钟破2000万、10分钟破3000万、50分钟破亿，2014年的"双十一"，山东韩都衣舍（简称"韩都"）创始人兼CEO赵迎光在微博上直播着一个个令人刺激的数据，最终当天以1.98亿元的销售额拿下天猫商城女装品类冠军，超过亚军优衣库近一倍。接下来的"双十二"，又一次夺得天猫女装交易额冠军。在刚刚结束的2014年，继续蝉联天猫女装交易额第一。

一年内夺得天猫商城"三冠王"的韩都，已然成为互联网深海里的一条鲸鱼。赵迎光说："具备互联网基因的人，如同深海里的鲸鱼。"而携互联网基因的韩都，成立仅六年时间，便频创行业纪录，获IDG、StarVC等风投基金追捧，并入选清华大学MBA教学案例库。

不排除来港挂牌上市

但志存高远的赵迎光并不为目前所取得的成绩而陶醉，在互联网的深海里，他有着强烈的危机感。"第二天都能看到同行的数据、排名，这是作为电商最大的压力。"他用了"可怕"来形容电商之间的竞争。

他要培育的韩都这条鲸鱼，不是简单的定位为一家服装企业品牌，而是要做成"全球最有影响力的时尚品牌孵化平台"，形成一个多品牌群的互联网品牌集团。他希望到2020年，在"韩都云时尚平台"上至少孵化50个时尚品牌，实现100亿以上的交易额。而刚刚过去的2014年，这两个数据分别为20个、15.7亿元。同时，公司未来不排除来港挂牌上市。

"韩都紧紧抓住了互联网时代用户的需求，掌握了电商发展规律。"泰山管理学院互联网经济研究中心主任白立新表示，韩都小组制模式是大数据时代的精细化管理典范，在众多企业还在摸索探寻时，韩都模式已脱颖而出。

专攻棉麻类的素缕品牌创始人刘婷对此深有感触,"我觉得韩都搭建的这个平台非常好,正好弥补了设计师的弱项短板"。作为服装设计师的她不擅长运营管理,几年下来身心疲惫。刚加入韩都时,也担心"以小组制为核心的单品全程运营体系(IOSSP)"是否适合原创设计师品牌。

独创互联网运营新模式

不过她的担心很快就消除了。小组制的核心是最大化调动积极性、推动服务用户价值的实现,素缕因此实现了良性发展。销售额从加入前的300万元一路攀升至2014年的逾亿,仅在去年"双十一"当天便超过1000万。就连阿里巴巴创始人马云也选择在素缕定做服装。

"如果坚持自己做下去,素缕可能会一直小小的,也有可能死掉。"刘婷说,现在她有更多的时间去从事产品的设计。

白立新评价称,韩都开创了一个互联网时代的精细化运营新模式,即每一款产品从设计、生产、销售都以"产品小组"为核心,企划、摄影、生产、营销、客服、物流等相关业务环节配合,全程数据化、精细化的运营管理系统,"多款少量,以销定产",最大的优势就是可以解决服装行业最为头痛的库存问题。

"小组制把产品研发人员和销售人员一体化,其产品更接地气,根据用户需求做出的反应更快速、更精准、更极致。"赵迎光介绍,目前,韩都拥有267个像素缕这样的产品小组。2~3人为一组,每个小组负责产品选款、订单管理、页面制作、打折促销等全程运营环节,基本拥有90%的运营决定权。但每个小组的利润又与销售额、库存率挂钩,在最小业务单元上实现"责权利"的高度统一。

"小组制代表了互联网时代的管理方向,组织扁平化是大势所趋!"白立新说,小组制实现了韩都互联网思维的落地,点对点、快速、极致、人无我有。

大朴网创始人王治全称赞:"韩都小组的组长变成了老板,这就解决了员工职位升迁问题,员工再也不用为提高收入而挖空心思考虑升职,只需要专注地将产品做好。"

打造全球时尚品牌孵化平台

最近一个月内,赵迎光又谈定了4家淘品牌,还有七八家在谈。2015年是韩都的"资源整合年",加上已确认运营的20个子品牌,赵迎光希望今年能发展到30个品牌,并把韩都独创的运营模式复制给每一个子品牌。在互联网的深海里,他表示要实现这些目标压力并不大。

"互联网天生适合细分定位品牌,但一定要以品牌集群的模式发展。"他认为,细分品牌与传统的供应链不匹配,韩都搭建的服务平台可以助其与供应链对话,而且平台上品牌越多对供应链的议价能力越强。

2013 年 8 个品牌、2014 年 20 个品牌、2015 年 30 个品牌、2020 年 50 个品牌……韩都的品牌扩张有点"疯狂"。赵迎光笑言,这种疯狂有点像 2011 年,他把风投基金 IDG 注资的千万美元疯狂地用于扩充产品小组,从不到 400 人到 1100 多人。但此举让韩都年销售额从 8000 万元冲上 3 亿元,并奠定了在行业的市场地位。

赵迎光愿意再"赌"一把,其疯狂的扩充品牌在为韩都未来的高速发展谋篇布局。毕竟在互联网这个深海里,竞争白热化,硝烟弥漫中时刻都面临着生死存亡。

他说,最近在反复读《大败局》,回忆一路上倒下去的同行们,就是为了避免重蹈他人覆辙。

配稿一:志存高远的"赵百万"

"各位董事,本财团投资美国的计划就这样定了,散会后请总经理留一下。"这段话印在 1995 年山东大学韩国语学院 37 名毕业生的留言册上,"嚣张"的留言就来自 21 岁的赵迎光。

同学们给做发财梦的赵迎光起了一个绰号:赵百万。

毕业后,他被公司派驻韩国,一待就是十年,见证了韩国电商发展。2002 到 2007 年间,他的生意就没有离开过电商。2008 年春节后,辞去了国企工作,专注启动韩都衣舍项目。一晃 6 年过去了,在他毕业 20 年后,韩都集团年销售额突破了 15 亿元。去年"双十一"夺冠之后,赵迎光基本处于出差状态。亦有众多的品牌企业组团前往韩都参观学习,洽谈合作事宜。他忙得团团转,接受采访时,

韩都衣舍创始人兼 CEO 赵迎光对自己的评价是"志存高远,脚踏实地"

记者看到他双眼布满了血丝。

与他交流，感觉不到留言中的那种霸气，他更像一个学者。他说，目前互联网生态分层不清晰，容易造成鱼龙混杂；无序的恶性竞争导致过度营销，整个行业面临劣币驱逐良币的局面；互联网运营人才严重不足，导致运营效率低下。这都是电商企业发展中面临的普遍困难。

"左撇子、处女座、168厘米的胖子……喜欢高谈阔论，但是除了电商，除了吹吹牛，什么都说不出来。"这是赵迎光在微博中对自己的描述。"志存高远，脚踏实地"，这是他应记者要求作出的自我评价，是一直坚守的。

配稿二：下重注拓展无线端业务

韩都近两年来一直把无线端（移动互联网）当作核心业务，2014年的投入是前年的两倍。韩都创始人赵迎光透露，今年还将会在无线端加大力度，其广告预算占比全部广告预算至少50%，预估今年"双十一"无线销量占比会达到60%。去年为56%，也是天猫无线端成交首家破亿的服装品牌，远远高于天猫无线端成交量42.6%的占比。

韩都无线端运营中心经理吴治宇介绍，早在去年9月底，无线端就早于PC端（私人电脑）开启了三四轮的预热，多为冬装或者高性价比新品。而且始终优先促成无线端成交，把PC端沉淀的老用户全力引导到了无线端。

韩都衣舍是个小宇宙

韩都衣舍员工向"双十一"宣战

配稿三：柔性供应链：多款少量以销定产

每天新推 100 款，每年款式超过 3 万款，40% 以上返单比例。"单品全程运营体系"为韩都建立了"款式多、更新快、性价比高"的竞争优势。

虽然是多款少量，但凭借规模优势，韩都还是吸引了一批供应商愿意改造生产线配合小组制运营模式。据韩都创始人赵迎光介绍，目前共有 240 多家供应商，商品最小起定量 100 件，下单到交货的平均周期 20 天。与供应链厂商合作方式采取的是半包模式，即只包下工厂 50%～60% 生产线。其余在需要时再扩展，实现可伸可缩，达到真正的柔性供应链。

他举例说，传统服装企业的标准模式：10～11 月开夏装订货会，12 月至次年 2 月生产，3 月上架，6～7 月打折。而韩都每年 10～11 月也会确定第一批夏装款式，但 12 月至次年 2 月只生产 50%，并抢先上架。上架 15 天之后，爆旺款返单，平滞款打折。一直持续到 5 月底，还在生产夏装，而传统服装企业 2 月份之后已开始生产秋装了。

"电商是以销定产、以货代卖。"韩都生产三部孙刚经理向记者介绍，电商最大的优势是预售，生产部门根据网上的点击量确定生产数量。

配稿四：产品小组催生 267 个"二老板"

小组制一直被解读为韩都的发动机与核心，也被称为竞争基因，记者一探究竟。

曹辉、阎文玉、李梦琪是产品三部的一个产品小组，她们设计的一款羽绒

韩都衣舍仓储员工曾经用5天的时间发走了近150万个包裹

服在2014年"双十一"当天下单8200件,售罄后又返单(即追加订单)800件,共计卖出了9000件,销售额将近300万元。

三人中,阎文玉负责选款和生产环节,李梦琪负责摄影和制作环节,组长曹辉主要负责运营和维护环节。羽绒服选什么样的款、生产多少件、如何定价、打折促销额度、选择哪个营销平台,都由小组内部决定。

"卖得越多、毛利越高、库存周转越快、退换货越低,小组的分成就越高。"曹辉告诉记者,小组的销量与利润分成直接挂钩。她是"二老板",还要给两位组员发工资,三人按照4:3:3的比例分配提成。也正因为如此,三位姑娘的积极性非常高,平均每个季度能设计40~50款衣服。

公司会给每个小组启动资金,每位刚进入小组的员工会得到5万元授信资金,并随销售额增加而提高。一款衣服卖了500万,30%给公司,70%留给小组自由支配。

曹辉介绍,每个小组都要背负公司的销售额任务量,责权利是统一的,

生意红火,生产部正加班加点

韩都衣舍位于德州齐河的仓储物流中心

个小组每天公布销售排名。她每天上班第一件事就是要看昨天的销售和库存，这直接关系小组下个月的授信额度。如果库存卖不出去，小组就没有额度，甚至会"死掉"。

至此，记者也终于明白，为什么韩都的售罄率能达到"变态"的95%。

"小组制就是太阳系，267个小组就是267个太阳系，人人都是小太阳。"泰山管理学院互联网经济研究中心主任白立新把韩都描绘成一个小宇宙，每个小组都散发光芒，而且还会裂变，成熟组员克隆新的小组，不断地培养出产品开发和运营人员，这为韩都多品牌战略提供了最重要的人才储备。

2015年1月4日

皓首穷经　道通大易

丁春丽　玄晓霞

"周易是寂寞之学，只有甘于寂寞，才能慢慢游于易境，得览易韵。"年逾七旬的中国周易学会会长刘大钧，将全部精力奉献于求索《周易》真知、弘扬《周易》道统。在这位易学泰斗看来，《周易》作为五千年中华文明的始源性典籍，时至今日依然焕发着耀眼的光芒。

满头银发，笑容和蔼，一双眼睛炯炯有神，刘大钧就像拉家常一样给记者讲"经"。

人们通常所说的《周易》，包括《周易古经》和《周易大传》，是中国文化史上最古老也是地位最显要的一部典籍，两千多年来曾经启迪了许多学者思想家的智慧，成为历代学术发展的源泉，被学术界称之为"大道之源"。

中国传统文化之源

刘大钧告诉记者，在当今的社会发展过程之中，中国优秀传统文化处于一种"百姓日用而不知"的尴尬境遇。"当今中国传播与研究中国传统文化不外乎'我注六经'与'六经注我'两大方略。"刘大钧称："我注六经"要求我们从新文献、新方法、新领域的多重维度下还原《周易》的本然面貌，正确认识中华文明的源头与特征，以期明晰自身文化的独特气质之所在。

刘大钧又说，"六经注我"则要求我们要用时代的发展眼光来研究与推广《周易》文化，以《周易》"观天察变"的思维方式来启迪心智、引发慧识，回应当今

中国周易学会会长刘大钧教授

的时代命题，成为中华文化凤凰涅槃与中华民族伟大复兴的核心动力。

"易学在现代及未来，如欲仍然保持其生命力，就必须从现实中汲取营养。"刘大钧告诉记者，《周易》时至今日依然不落后，尤其是其思想。

易道融会东西文化

如果说西方文明是以自然科学与社会科学所建构的知识体系，那么东方文化则一直在追寻天道的自然规律与人道的道德准绳的合而为一。刘大钧表示，《周易》代表了中国人认识自然与对待人生的一种态度。

"在仰观俯察的过程之中，《周易》阐发了'乾元资始''坤元资生'的阴阳共生境界；在'理财正辞'的社会发展之中，《周易》言明了'义利之和''善世不伐'的国家德治路径。"在刘大钧看来，正是基于这一思维模式，中国传统文化将自然视为人类心性契合的规范，在"与天地合其德"与"参赞天地之化育"的过程之中成就自身，从而避免陷入异化自我的危险。

刘大钧说，当今世界文明的发展既需要乾道的"自强不息"，亦需要坤道的"厚德载物"。如果说一个不懂得自强的文明没有未来的话，那么一个不懂得宽厚的文明则难言成熟。"《周易》的思维模式决定了它自身的超越性，在东西方文化之间能够从容'融会贯通'。"刘大钧如是说。

"现在最重要的事情就是'易学资料库'的建设。"刘大钧告诉记者，他要建设一个以资讯网络为依托，服务于各国易学研究者与爱好者的高端易学研究平台，真正实现"君子以通天下之志"的大易精神。

致力建易学资料库

山东大学易学与中国古代哲学研究中心（以下简称"山大易学研究中心"）是目前内地唯一的以《周易》研究为主导的国家级研究平台，"易学资料库"就是以国家社科基金重大专案"百年易学研究菁华集成"为基础的数位化成果。该集成初编2000多万字已于2010年出版，续编也即将完成。

刘大钧介绍："百年易学研究菁华集成"是一项具有深远意义的学术文化保护工程，将为易学研究提供极其珍贵而又堪称全面的资料，也将确立易学在中华文化重建及中外文化交流汇通中的全新角色，其被学界称为"极大的创举，是前无古人、后启来者的不可替代的伟大学术工程。"

刘大钧说，经过多年的努力，该资料库已经初具规模，但尚有大量的工作需逐步开展，全部建成至少还需要六七年。为了搭建该平台，已过古稀之年的刘大钧不辞奔波之苦，四处寻求资助资金，多次赴海内外寻找相关资料。

"让易经走向世界，这是我们工作的重中之重，下一步必须用最先进的传播手段把易经传到国外去！"刘大钧说，这是建设"易学资料库"的价值所在，资料库的建设和实施，对于海内外易学研究具有非常重要的意义。

配稿一：用《周易》敲开台湾大门

"水密不妨流水过，山高岂碍白云飞。"这是星云大师1987年在美国参加"第六届国际中国哲学大会"时送给刘大钧的一幅对联，那时两岸还没有实现"三通"，内容特别符合两人当时的心境。

"我是研究《周易》的，肯定要从周易文化入手。另外，《周易》讲究的就是大道归一。"刘大钧告诉记者，同宗同族同文字同语言的台海两岸，最好的沟通语言显然就是中国的传统文化。

在刘大钧的努力下，"首届海峡两岸《周易》学术讨论会"于1993年八月在山东济南召开，来自台湾大学、辅仁大学等台湾著名学府的30余位台湾学者与近70位内地学者奇文共赏，疑义相析，在易学文化中重温了统一文化、统一祖国的思想渊源。感怀于血浓于水的台湾学者提议双方建立固定交流机制，

刘大钧2013年向星云大师修建的大觉寺山门撰书的巨幅对联

由两岸交互主办学术会议。

两年之后，刘大钧率内地易学代表团赴台参加了由台湾大学哲学系主办的"第二届海峡两岸周易学术研讨会"。20余年，依该机制形成的"海峡两岸周易学术研讨会"从未间断。

2013年4月，经刘大钧牵线搭桥，星云大师受聘山东大学名誉教授。刘大钧向星云大师赠送了他为江苏宜兴由星云大师修建的大觉寺山门所撰书的一丈六尺长巨幅对联：

因觉知境，正信妙智方悟入

赖觉识法，大悲重愿始开通

彼时，星云大师眼睛已看不清东西，刘大钧也已是满头白发。

配稿二：从工人到大学教授

"济南市服装五厂原材料保管员刘大钧因具有特殊专业知识，破格提升国家干部。此令。山东省鲁人干字第一号文。"36年前的那一纸调令使得刘大钧的人生由此发生华丽巨变。

刘大钧1943出生于山东邹平，高中毕业时因亲属成分问题，连续3年报考大学都未能如愿。后在其外祖父指导之下，刘大钧走上了研究《易经》的自学成才之路。

"天大寒，砚冰坚，手指不可屈伸，弗之怠。录毕，走送之，不敢稍逾约。以是人多以书假余，余因得遍观群书。"刘大钧给记者背诵了宋濂《送东阳马生序》中的一段话，这亦是他当年苦读《周易》的真实写照。《周易》给予了刘大钧超出其年龄段的智慧与见地，当同龄人在社会变革之中蹉跎岁月之际，他却在暴风雨中擦亮眼睛，等待着黎明的到来。

1978年，刘大钧的文章在《哲学研究》上发表，时任中国社会科学院院长胡乔木闻道识人，将其推荐到山东大学任教。

"当时还从来没人叫我刘老师！"谈到30余年前办理手续时候接待人员的一句称谓，眼前的七旬老人乐得像个孩子。在其看来，当年的一声"老师"既是对其社会身份的认可，亦是一份沉甸甸的责任。

正是怀着一种"得天下英才而教育之"的使命感，刘大钧走上了大学讲台。从那一刻开始，刘大钧几十年如一日，躬身于教台上为学生授课，践行"传道授业解惑"的师道精神。

1987年，刘大钧在山东大学主持召开了新中国成立后"首届国际《周易》

研讨会";1988年成立了内地高校第一个专职易学研究机构"山东大学周易研究中心";同年,创办《周易研究》,梁漱溟先生亲笔书写了刊名。

"刘大钧教授重新使《周易》这一门中国学问焕发出应有的光彩。"山东大学儒学高等研究院常务副院长王学典认为,刘大钧恢复了易学在中国学术史上应有的地位,改变了易学被视作封建迷信,甚至在相当大的程度上受到无端打压的尴尬境地。

刘大钧与夫人郝清英

配稿三:经师易得　人师难求

"先生教育学生,从不陷于具体的知识之中,而是示之以境界,导之于德行。"山东大学易学研究中心副教授张克宾告诉记者,刘大钧常常津津有味地向学生讲他最近看了什么书,书中有哪些妙语,讲了什么样的道理。在刘大钧的感染下,学生们会主动地去品味典籍的哲思。

给张克宾印象最深的还是刘大钧治学的认真和严谨。他告诉记者,每一篇文稿,刘大钧都是不厌其烦地修改,小到一个标点,大到章节段落,少则两三遍,多则四五遍,直到把稿子打磨得没有一点瑕疵。

已跟随刘大钧30年的山大易学研究中心副主任、博士生导师林忠军教授对记者说:"先生从来没有架子,因而能与学生平等相处。正因如此,学生们都敢于向他讲真话,提意见,且只要提得对,他立即改正。这是一般人很难做到的。"

"先生是用生命在做学问,其文中所思所想皆发自于生命的深处,其学问与生命早已融为一体,这是一个学者最为珍贵的品格。"山大易学研究中心副主任、博士生导师李尚信说,20年来,他真正领悟到刘大钧不是将治学当作谋生的手段,做学问就是他的生命本身,是他的一种特有的与先儒"心自冥应"的生活方式。

古云:"经师易得,人师难求。"在学生们眼里,刘大钧不仅是当世少有的"经师",更是可遇而不可求的"人师"。"向先生学习,不仅是学习怎么做学问,更重要的是学习他所独有的那种'旷性情赋真趣'的境界和情怀。"张克宾如是说。

2015 年 1 月 8 日

"史学奥林匹克"走进中国

丁春丽　胡卧龙

记者本月 22 日从第 22 届国际历史科学大会新闻发布会上获悉，今年 8 月 23 日至 29 日，素有"史学奥林匹克"美誉的国际历史科学大会将在山东济南举办，这是该大会首次在亚洲国家举办。

设有 82 场研讨会

国际历史科学大会创办于 1900 年，是当今学术界影响最大的国际盛会之一，每 5 年举办一届，迄今已举办 21 届。除美国、加拿大、澳洲各举办过一届外，其他十八届都在欧洲举行。

山东大学校长张荣认为，这次大会的成功举办，是中国综合国力和国际影响力的重要体现，也是一次展示华夏文明、推动中华文化走出去的绝好时机。

第 22 届国际历史科学大会新闻发布会现场

本届大会由山东大学承办，据山东大学组委会秘书长方辉教授介绍，本届大会目前确定的开幕式主题为"自然与人类历史"。根据国际历史学会的讨论决议，大会设有82场研讨会，主要涉及世界的一体与文明的传播等四个主题。

大会将设立四个主题论坛、27场专题讨论、19场圆桌会议。此外，还有特别会议、晚间讨论、平行会议、青年学者壁报、颁奖晚会等多场丰富多彩的活动。

在众多讨论议题中，由中国史学会推荐并经国际历史学会通过的议题共有10个。中国学者组织、参与议题之广度和深度均超过在历届大会。

组委会预计，大会期间将有近三千名海内外历史学者云集济南。截至本月21日上午，大会官网统计的注册人数共有328人，来自亚洲、欧洲、美洲、大洋洲等38个国家和地区，港台历史学者亦有参与。除中国之外，目前注册人数最多的是美国、日本、法国、意大利、俄罗斯等国家，有10多名。

鼓励青年学者参与

国际历史学会主席玛利亚塔·西塔拉在发布会上发言

国际历史学会主席、芬兰坦佩雷大学历史系教授玛利亚塔·西塔拉表示，现在国际历史学会缺乏阿拉伯世界的参与，希望能够向叙利亚、埃及、黎巴嫩等这些中东国家开放。

方辉表示，对于欠发达国家地区的历史学家，组委会将给予一定数量的费用减免措施，免除注册费，提供住宿费用及往返交通费用等待遇。让更多国家特别是欠发达国家的历史学家前来参会，以此凸显国际历史学会宣导的国际化。

同时，大会鼓励青年学者尤其是在校学生参与。"除了为研究生减免注册费之外，大会将接受一百名在校本科生的参与，这在以往是没有过的。"方辉说。

西塔拉：美酒歌声也是历史

"我从未看到过有像22届国际历史科学大会LOGO这么漂亮的标志。"西塔拉主席在看过本届大会LOGO后感叹。

山东大学校长张荣（右）与国际历史学会主席玛利亚塔·西塔拉（右）国际历史学会秘书长罗伯特·弗兰克（中）交流

　　大会形象标识中的"汉画像车马"，给西塔拉主席留下了深刻的印象，作为一位女性史学家以及第一位国际历史学会的女性主席，她认为车马上坐着的应是一男一女。

　　"除了象征历史的车轮，对我来讲，这里还有另外一个隐藏的资讯。"西塔拉说，"它非常清晰地向我展示了史学的变化与转折，不光是历史、政治以及战争的历史，还包括我们日常生活中可以看到的文化当中的历史。"

　　西塔拉现场引用一首诗表达她对历史的理解，她认为历史不只是战争、成就以及发明，也是唇上之吻、欢笑、美酒与歌声。

2015 年 1 月 23 日

足尖挺国粹　大妈芭蕾技惊泉城

胡卧龙

1月12日，山东老年大学芭蕾舞队的京剧芭蕾《戏梦》在山东济南剧院演出。平均年龄近60岁的舞者们将芭蕾舞步和京剧技艺完美结合，全新演绎"四大名旦"荀慧生的《卖水》选段，把美丽俏皮的邻家姑娘演的惟妙惟肖，展现了独具魅力的老年人风采。

59岁的施珍去年5月份加入芭蕾舞队，是团队里"年轻"的一员。团员们年龄在57到62岁之间，她的年龄也是团队的平均年龄。

不服老的"小天鹅"

施珍经营着公司，平时工作非常忙，芭蕾舞队训练时间是她难得的休闲时光。每逢周一和周五，施珍要早早起床，开车一个多小时来到老年大学，开始两个半小时的训练。

没多久，施珍就流出了一身热汗。"毕竟老了，活动一会就大汗淋漓。"施珍说。

虽然嘴上这么说，但像其他队员一样，施珍还是有一颗"不服老的心"。

施珍坦言，刚开始老公不赞成她出来"瞎折腾"。家里人不理解是芭蕾舞队普遍存在的现象，很多队员家里都有孙子要照顾，家人也担心老太太们身体吃不消。

施珍告诉记者："我们那个年代的人都很好强，对舞台特别向往。我从小也有舞台梦，趁着还能跑还能跳想要拼一把，开心快乐就好。"

就像队长李奇所言，芭蕾舞并不是年轻人的专利，老年人完全可以跳芭蕾，这是对生命的挑战和礼赞。

"炼狱"中收获快乐

台上十分钟，台下十年功。芭蕾基本功对这群年届花甲的老太太来说是极大的挑战，很多队员脚尖、脚踝都受过伤。

回忆起初来芭蕾舞队的时候，施珍用"炼狱"来形容。由于年龄太大，加上之前也没有相应的舞蹈基础，学习过程非常艰难。特别是一个叫"五位立起"的动作，施珍体力和爆发力跟不上，总是立不起来。

同时加入的伙伴也同样面临这个难题，施珍找到队长李奇，询问能否减一或两拍。李奇当即反对，反复给她们分解示范动作，纠正错误。

施珍和同伴不断练习，脚尖经常磨破。经过三个月的艰苦努力，终于"立"了起来。如今，施珍已成为团队里表现最稳定的队员之一，在舞台上表现优异。

"五位立起"的动作对表演者要求非常高

演出前济南爆发流感，施珍和几位队员不幸染病，仍然坚持上场。同时，高强度的排练也让队员们身体负荷达到极限。演出结束后，李奇感慨："观众可以看到舞台上光彩照人的一面，却看不到我们转身后痛苦的表情。"

施珍告诉记者，几个月的训练、演出让她和"老姊妹"们结下了深厚的情谊，在这里实现了梦想也收获了健康、快乐。

《戏梦》圆梦向往香港舞台

队长李奇从小就有个芭蕾梦，在50多岁的时候，毅然放弃待遇优厚的器乐教学工作，开启了追逐芭蕾梦想之路。

在李奇的脑海里，有一只精灵身着华衣、脚尖踩着中国旋律翩翩起舞。

有一天早晨，公园里唱京剧的人喊嗓子惊醒了李奇。梦里还在构思的李奇处于空灵状态，随着"咿呀"的旋律慢慢起舞。

随后她联系山东省内知名编曲和编舞，先后八次登门拜访作曲老师，反复修改排练，最终形成了京剧芭蕾：《戏梦》。

2014年8月，《戏梦》在济南成功首演，受到戏迷追捧，很多戏迷一场不落地观看了该戏的表演，许多年轻人拍下图片放在网上为她们点赞。

《戏梦》取得了观众认可，李奇却并不满足。她打算到国家京剧院去学习，从眉宇神态等方面把卖水丫头演绎到完美。她希望能够带领自己的芭蕾舞队走出济南、走出山东、走出国门表演。让世界观众了解中国老太太不服输、不服老、优雅灵动的精神风貌。

"一直向往香港和悉尼，我坚信一定会走上那里的舞台。"李奇和她的芭蕾舞队信心满满。

2015年1月27日

唯有石头知吾意　化作罗汉笑人生

丁春丽　胡卧龙

陈修林：三十载塑千尊罗汉

在山东潍坊市寒亭区一座院子里，排列着500余尊神态各异的罗汉铜像，或坐或立，或卧或行，或开怀大笑，或凝神沉思，或怒目相向。500种佛姿，500样神态，置身其中，仿若走进罗汉佛堂极乐净土，亦若徜徉大千世界红尘梦里。

这是八旬老人陈修林的30年潜心之作，而他还有500尊石雕罗汉陈列在莱州。陈修林说，他只想为后人留下一点民族文化的"教具"和遗产。

从飞行员到雕塑大师

陈修林雕塑罗汉像源于中国佛教协会原会长赵朴初1986年的倡议："历史留给我们这么多的佛教造像艺术品，而我们拿什么优秀遗产留给我们的后人呢？拜托在座的艺术家们担当起历史赋予我们的责任吧！"

彼时，在座的陈修林在心里发下宏愿：雕塑五百罗汉像，无论规模还是艺术水平上都要超越前人。

陈修林并非专业的雕塑师，而是一名出色的飞行员。陈修林出生于潍坊昌邑，自幼热爱绘画，其雕塑作品《我爱蓝天》曾在全军评比中获奖。1966年，他与战友驾机穿越"蘑菇云"收集核爆后的空气样本而遭受核辐射，肝脏等器官产生严重的中毒反应。坚强活下来的陈修林重拾艺术梦想，走上了艺术创作、雕塑之路。

自1984年开始接触佛教，

陈修林和他的罗汉雕像

陈修林刻苦研读儒、佛、道经典，特别是《大藏经》。他用两年多时间跑遍了大半个中国，还考察了印度、尼泊尔等国的佛像造像艺术，把每一尊罗汉的个性、故事铭记于心，揉搓百家之长，感悟其中禅境。

陈修林特别向记者提到了南怀瑾，南怀瑾曾从台湾购买《麻衣相术》赠送于他，希望有助于他塑造人物造像。南怀瑾、张岱年、季羡林、任继愈等众多国学大师，都被陈修林对传统文化的虔诚所感动。陈修林也多次请大师们审阅创作稿并获得指教，丰富了塑造理念。

"相由心生，佛像传心"，陈修林潜心研读后练就了"火眼金睛"观人术，通过人的相貌便可观其内心世界。他又研究西方解剖学，人体比例、骨骼、肌肉、线条等等，更精确地用于创作中。

"吸收了西方知名雕塑家的雕塑语言，严格了人体解剖关系，在准确的形体上，实现了夸张美。"艺术界评价陈修林的作品克服了中国佛教石雕造像不讲人体解剖、不讲比例的缺陷，首次实现了东方石雕艺术与西方石雕艺术的结合。

记录现实喜怒哀乐

"跟传统高高在上的佛像的庄重、严肃不同，我在雕塑罗汉时融入了对现实生活的感悟，让这些罗汉像来反映民间的喜怒哀乐。"陈修林如是说。

穿行在罗汉群像里，记者看到了尊敬而熟悉的历史先哲、当代文化大师，亦有黑人相貌的"国际友人"，竟也有憨笑着的智障面孔。

上海作家沈善增说，陈修林作品具有鲜明的时代感，从生活中来带有人间烟火，反映了当代中国人的喜怒哀乐，体现了他对生活、对人民、对国家的感情。

"陈修林作品给人直观的感受是抓拍，不是摆拍。"沈善增告诉记者，这种"定格"在人物最有特征、最具表现力的瞬间，给人以美妙的想象的空间。

"雕塑是生活的镜子，罗汉像的生命要有永恒的感染力，要有灵魂，能够走进人的心里！"陈修林的石像简练而大方，铜像细腻而精致，其震撼力直抵心底。

雕塑"愚公"三十载塑人生

陈修林伸开双手，记者看到这是一双粗糙的大手，布满老茧，长期的雕塑已经致使手指变形。创作一尊铜像要一个星期，而将一块7～8吨重的花岗石料雕成一座石雕像则需要几个月。铜雕、石雕都需要艺术家通过画样稿、放小样、雕刻制作等不同工序，以雕、刻、凿、铸、焊等不同手段进行创作。

在陈修林位于莱州的采石现场，记者不禁对这位雕塑"愚公"肃然起敬：

一座石山已被凿去多半，从山顶到塘底形成四层楼高两个篮球场大的石塘。

而今，这位年近八旬，不断追寻佛法的"苦行僧"，依然坚持5点起床，晚上10点后入睡，每天工作十多个小时。

"真诚简单，直道而行。"在罗汉创作的30年间，陈修林守住了真诚，耐住了寂寞，坚持到近于固执，几近于痴，曾有人说他是"花岗岩脑袋"。他卖了房和车，和徒弟们吃住在山上，餐风饮露，日夜不停地采石、雕琢。

"人生是短暂的，而罗汉们会活到千秋万代。"陈修林坦言，塑造罗汉也是在塑造自我，塑造人生。

陈修林的铜雕罗汉像

"丝路欢歌"受邀世博会

除了五百罗汉，陈修林还为香港孔教学院完成了孔子和七十二贤彩塑群雕。这些群雕被张岱年先生赞为"弥补了儒家先哲缺乏雕像的不足，这是历史的创举"。

陈修林还完成80多座孔子系列雕像，30多尊中华文化名人雕像，以及众多城市标志雕像和大型浮雕。

随着"一带一路"上升为国家战略，近年来"新丝绸之路"成为各界热捧的话题。2012年，陈修林创意设计完成大型群雕"丝路欢歌"，群雕共23件。作品摒弃了传统的从东到西的创作方式，突出表现当年西域胡商进入东土大唐、聚集长安的欢乐祥和景象，表现了中华民族自古以来"和为贵""和而不同"的价值观。

中国工艺美术协会特艺专业委员会主任卢银涛也是米兰世博会联合国KIP馆的艺术顾问，据其介绍，"丝路欢歌"群雕拟在3月份运往分会场威尼斯，一同受邀参展的还有五百罗汉的石雕、铜雕图像。

卢银涛说，五百罗汉雕像每一尊均可与世界顶级的雕塑相媲美，可谓当今佛教艺术界的奇迹，他希望能以图像的形式让世界感受东方艺术之美。

2015年3月10日

郭树清：山东全面深化改革抢抓中韩自贸区先机

辛 民　丁春丽　胡卧龙

作为经济大省，山东的改革和发展备受关注。3月7日下午，十二届全国人大三次会议山东代表团对媒体开放，吸引了96家境内外媒体的159名记者。全国人大代表、山东省省长郭树清围绕鲁港、鲁台经贸合作、山东金融改革发展、经济运行等问题回答了中外记者提问。他表示山东将进一步全面深化改革，抢抓中韩自贸区先机，努力在经济运行和社会发展中走在前列。

在回答大公报记者关于山东"一带一路"规划特色时，郭树清说，山东是国家明确的"一带一路"海上战略支点，综合陆路和海上丝绸之路，山东都处于枢纽位置，都能发挥重要作用。

"古代丝绸之路，中日、中韩的海上贸易往来是重要组成部分，在新的'一带一路'战略中，中韩自贸区的建设也与其紧密相关。"威海市长张惠介绍，威海成为迄今唯一被写进中韩自贸区协定城市，这对山东意义重大。结合"一带一路"战略，山东半岛应架起日韩跟欧洲的欧亚大陆桥。

2月25日，中韩双方完成中韩自贸协定全部文本的草签，对协定内容进行了确认，这意味着中韩自贸区谈判全部完成。山东与韩国隔海相望，在中

山东省省长郭树清回答记者提问

韩自贸区建设中具有得天独厚的区位优势。

在中韩自贸协定中,指定威海在贸易、投资、服务和产业合作领域展开探索和实践合作。据张惠介绍,中韩商家早已"闻风而动"。目前威海正规划建设韩国商品集散地、韩国食品日用品保税仓库、引进韩国合作方共建中韩产业园、推进中韩国际食品安全示范区建设等。

郭树清表示,该省将结合"一带一路"和中韩自贸区重大机遇,一如既往的坚持对外开放,创造对外开放中的新优势。

金融改革不会一蹴而就

主政山东后,郭树清推动的金融改革一直备受各界关注。

郭树清的思路很明确,首先是要把银行做好,包括国家级的大银行到山东来开设机构;同时地方区域性的银行建设好,深化农村信用社改革,坚持为县域经济服务。除此之外还包括积极推动发展多层次的资本市场,即区域股权交易中心。

"对金融改革大家期待很高,是不是很快就能达到国内非常领先的水平呢?这个比较困难,这方面我们还有很多不足。"郭树清表示,目前融资贵、融资难是普遍存在的问题。融资难另一个方面是直接融资欠发达,目前企业融资大

山东团开放日现场

部分都是靠贷款，其他的渠道和机构太少。山东去年直接融资增长了95.5%，但只有3200亿，同期银行贷款增长了5400亿。在过去两年，涉农企业通过资本市场融资100多亿元。

"金融改革需要一个发展的过程，金融市场不完善，银行数量比较少，即使我们把农信社算上，数量还是不够。"郭树清如是说。

行政审批改革完成七成

"我们不是为了减少而减少，而是为了创造一个好的营商环境，所以我们也不是非要追求数字。"郭树清说。

郭树清曾提出，在本届政府任期内，山东的行政审批事项要减少一半。"省一级行政审批减少一半的目标，目前已经完成了70%，目前市县的情况还没有完全统计上来，但相信一定也能够做到。"据郭树清介绍，本届山东省政府已经连续六次简政放权，累计已经削减400项省级行政审批事项，仅去年就三次取消下放行政审批事项。

郭树清明确表示，山东将继续深化行政审批改革。简政放权，前端的审批事项减少了，并不意味着政府的责任变轻了。简政放权之后，事中事后监管亟须补上的"短板"也不少。

"事中事后监管的问题涉及我们的工作习惯、工作理念和方式方法，需要一个转变过程。"郭树清说，事中事后监管还存在障碍，涉及工作方式、职责权限等层面的转变。

地方债风险可控

在谈到政府债务风险问题时，郭树清向媒体介绍，山东省债务清理工作尚未做完，但债务总额预计约1.1万亿元，总体风险可控。

2014年10月，财政部发布《地方政府存量债务纳入预算管理清理甄别办法》，要求地方政府在2015年1月5日前，对2014年底尚未清偿完毕的债务进行清理甄别，并申报相关数据。

对此，郭树清说，山东清理政府平台工作还没完全做完，债务情况不能给大家确切数字。据估算，山东各级政府债务，包括负有直接和间接偿还责任的债务，不会超过GDP的20%，即1.2万亿元，大约在1.1万亿元。

据郭树清介绍，山东地方债总体风险可控，但存在分布不均的问题。有的地区市县债务率高，需要筹措多方面资金，包括重组一部分资产，出售一部分资产，解决偿还问题。

郭树清表示，该省地方政府信誉很好，也得到市场认可。去年山东发行地方政府债券，利率和国债利率差不多，甚至低于国债利率，承债能力得到市场充分肯定。

最后，郭树清说："大家不要担心。山东欠债一定会还钱，付息没有问题。"

2015 年 3 月 10 日

万里单骑访千村　留下笔记百万字

胡卧龙

山东老人搜日军罪证 18 年

今年是中国人民抗日战争胜利 70 周年。在山东，有一位老教师任世淦 18 年来骑着单车走访千村行数万里，整理百万字笔记，展开搜集日军罪证的漫漫苦旅。调查过程中，他还与日本东史郎、山内小夜子、松冈环等人士书信来往，相互印证，并结下深厚友谊，架起中日民间沟通桥梁。近日，大公报记者采访了年近 80 岁的任世淦老人。任世淦说："战争是残酷的，我是那场战争的幸存者。为了远离战争，我又走回战争、抢救历史、复原真相、警醒后人。"

鲁南、苏北，是抗日战争时期的一片热土，闻名中外的台儿庄大战、滕县保卫战就发生在这里。

采访数千老人抢救历史

1936 年出生的任世淦经历了当年的战争，1997 年从枣庄市一所中学校长岗位退休后，他搬到枣庄市中区，打算从枣庄市志入手发掘日军犯下的罪行。

时至今日，提起当年阅读枣庄市志，任世淦脸上也还是颇多无奈。他说，一部六七斤重的枣庄市志，记录日军罪行的文字几乎为零。

没有可供参考的数据，任世淦决定利用 10 年左右时间对整个鲁南、苏北地区进行一次全面彻查。一晃 18 年过去了，任世淦的调查工作才基本完成。

18 年里，他踏遍鲁南、苏北甚至安徽的十几个县市的 1600 多个村镇，走访大大小小 200 余处战场，采访数千老人，手写整理的笔记达百万字。为研究徐州大会战，揭示日军罪行提供了宝贵数据。

任世淦称："我只是做了一个简单的事情，只是把日军侵华战争中的见证者—这些老人的记忆留了下来。去伪存真，把水分挤掉，把真实留下。"

建数据库保存日军罪证

在任世淦的书房里,有一个保险柜,里面珍藏着近 40 本泛黄的笔记本和数千张黑白照片。

年事渐高,任世淦出去调查逐渐减少,开始手写整理分类这些年来收集到的资料。他把数据用毛笔写在宣纸上,漂亮的繁体工笔小楷记录了一个个血腥的故事。纸张连起来组成长达数米的卷本,任世淦共整理了大逃亡卷、大屠杀卷、性暴力卷、劳工卷等 12 个大本,字数逾百万。其中,《大屠杀卷》记述 5000 余人的详实案例,是任世淦最重要的调查成果,记录日军在华暴行,血债累累、罄竹难书。

他还把照片按地区分类,编上编号,注明受访老人姓名、村庄、年龄、采访时间。下一步要录入计算机,做成数据库,方便查阅研究,永久保存。

任世淦说:"日本对进攻中国有各式各样的记录,但官方不可能记述自己的罪恶。"而任世淦的调查成果正是日军在华暴行的铁证,中国籍日本史学者、日本冈山大学文学部教授姜克实称:"填补了日本资料的空白。"

搜集成果年内赴美展出

近年,任世淦研读中国史料和日军史料,结合自己的调查成果,撰写《1938 徐州大会战》。据任世淦介绍,书稿已大致完成,分台儿庄之战、滕县之战等 5 本。为真实还原徐州大会战过程,揭示了战争的真相,任世淦将首次推出 600 位老人出面见证,他们都是幸存者或者受害者后代。

任世淦认为自己是一位痴迷的、执着的、坚持不懈的老人。随着年龄的增长,很多工作也越来越紧迫,他要把自己所有的数据都整理出书。他甚至想要建一个专门的博物馆,将所有文字、数据公之于世。让更多的后人了解抗战历史真相,了解日军侵华的真实罪行。

据了解,应美国著名侨领方李邦琴女士邀请,任世淦今年将带其搜集成果赴美展出。

在任世淦家里,他向记者展示了用繁体字书写的万字长卷,内容正是美国战地记者爱泼斯坦在中国战场所做报道,该卷也将在此次展出中亮相。

任世淦希望此行能唤起中美两国民间对日本法西斯罪行的共鸣,让更多国际人士了解中国战场当年发生的惨剧,以史为鉴共护世界和平。

配稿一：战争经历成有血有肉教材

任世淦，1936年出生于山东滕县（今滕州市），父亲是当地颇有名气的教师。

1937年，抗日战争爆发，日军相继攻占南京、济南。为了迅速实现灭亡中国的侵略计划，连贯南北战场。1938年，日军决定以南京、济南为基地，从南北两端沿津浦铁路夹击徐州，兵锋直指滕县。

任世淦向记者展示幸存者身上伤痕的图片

1938年3月18日，滕县沦陷。2岁的任世淦随父母逃往乡下，躲过一劫。1952年，年仅16岁的任世淦在父亲影响下走上讲台，一干就是45年。后来，任世淦的子女也都在教育部门工作，可谓名副其实的教育世家。

经历过抗日战争，任世淦喜欢在课堂上给学生讲当年的故事，所用材料大都是县志上的记述。

有一天，一位学生家长找到任世淦说："县志上写，俺四叔被日本人用绳子绑在汽车后边拖死。你知道俺娘是怎么死的么，你知道俺三叔怎么死的么？俺家被日本人杀害的不止四叔，他们写县志的时候为什么不来问问我？"

还有人找到任世淦说："世淦哥你不知道我是独生子么，你怎么跟学生讲我哥被日本人打死了。其实是我父亲被日本鬼子打死的。"

任世淦发现用了不准确的素材对学生进行爱国主义教育，觉得对不起学生也对不起死难的同胞。于是下决心对周围的乡村亲自做调查。

调查结果让任世淦大吃一惊，许多事实跟记载的大相径庭，政府部门编撰地方史料时并没有做深入调查。这让任世淦痛心，也让他萌生了退休后去探查历史真相、搜集日军罪证的想法。

任世淦认为，作为教育工作者必须把这些搞清楚，必须掌握真实的史料，用真实的史料对学生进行爱国主义教育。

离开讲台后，作为全国优秀教师的任世淦拒绝了私立学校的重金邀请，他骑着自行车遍访鲁南苏北，去书写一部有血有肉震撼人心的教材，为后人留下真实的史料。

配稿二：回首噩梦　同悲同哭

任世淦出行有三大件：自行车、相机和笔记本。

当年的交通很不发达，很多战场在偏远的山区。任世淦克服难以想象的困难，沿日军行军路线骑自行车走访一个又一个村庄。有时候每天要骑行近百里，走访十几个村庄。

一些重点村镇，任世淦要反复去调查。为查清1938年3月日本侵略军在滕县境内制造的骇人听闻的北沙河惨案的真相，任世淦先后10多次赴当地走访调查。

任世淦是一位民间史料的收集者，却有着历史学家的严谨和求真。每到一处，任世淦和战争的经历者或受害人的后代，到惨案发生的地方，记述当年发生的事情。并给每一位讲述者拍照，留下指纹。

每一个死难者都有一场噩梦，重温那场噩梦，任世淦经常随着老人的讲述一起哭。

任世淦说自己是一位"苦行者"，全凭个人的责任感在抢救历史。18年风里来雨里去，所有的花费都是自掏腰包，有时候还会遇到各种各样的误解，甚至经常被认为是讨饭的。也有老人以为他是政府工作人员，指着任世淦鼻子骂："早干什么了，俺村老年人都快死光了。再晚几年，就没人知道了。"

幸存者讲述日军暴行

我说你记，你记下来，我死后还能都保留。说了一辈子，都被风刮跑了。"

任世淦感慨道："因为晚到一步，很多老人带一段历史的记忆走了，我们的抢救就失去了一份可贵的资料！"

让任世淦颇感欣慰的是，近年来政府越来越重视这段历史的发掘和保护，多次邀请他参加学术会议、出席纪念活动。任世淦也通过这些途径，展示自己的调查成果，呼吁社会各界关注历史、抢救历史。

配稿三：与东史郎神交 15 年

在 18 年如一日的奔波中，任世淦交了很多朋友，其中一位便是七次谢罪的日本人东史郎。

2000 年前后，任世淦买到《东史郎日记》一书。看到东史郎曾参加台儿庄战役并且有 15 日 50 余页的记述，任世淦欣喜若狂，用毛笔抄录下来。

任世淦后来还抄录了《拉贝日记》《魏特琳日记》等，并装订成册。看着 27 册手抄本整齐的摆放在面前，记者对这位年近 80 岁的老人肃然起敬。

任世淦把他们作为自己的精神支柱，并把东史郎照片挂在客厅里。

2000 年，任世淦根据《东史郎日记》记述，沿着东史郎所在联队的行军路线进行了深入调查。"日记中一些关键的地方，包括河北、河南、山东我都做了深入调查。东史郎所在师团所到的地方，几年前已经走遍。"任世淦告诉记者。

为反击日本右翼势力，声援东史郎，任世淦给东史郎写了一封长信。

任世淦在信中写道：根据您的地图，您的记述，我一一作了调查落实，我

任士淦部分笔记

任士淦的《致日本东史郎先生书》
得到东史郎回应

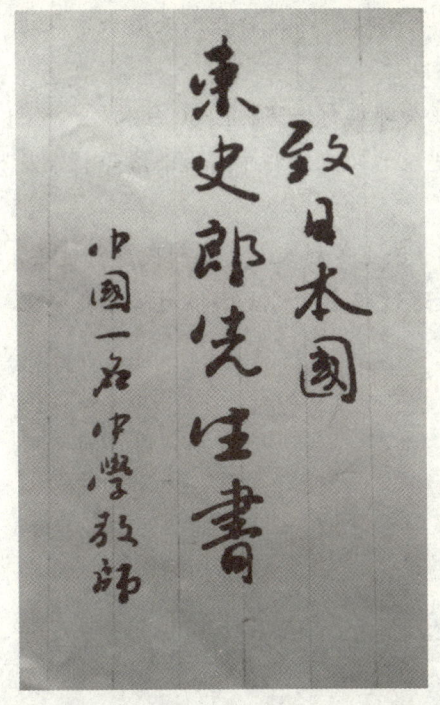

任世淦（右）向松冈环赠送书法作品

确信您的日记内容真实可信。

任世淦把自己的调查整理成资料，附上见证老人的照片寄给东史郎，并对他存有疑问的地方都做了调查补充。

这封落款为中国一名中学教师的《致日本国东史郎先生书》，得到了东史郎的积极回应。东史郎表示印象"极为深刻"，并委托山内小夜子回信表示感谢。该信后来被翻译成日文，在日本广泛传阅。

任世淦近期完成了《我与东史郎》手稿，用事实全面证明东史郎日记的真实性。

如今，任世淦的日本朋友越来越多，他曾带山内小夜子到鲁南做调查，在台儿庄为松冈环做讲解。任世淦希望能够结交更多日本朋友，架起中日民间沟通的桥梁，通过交流相互了解，还原更多历史真相，为后世留下前鉴。

图表：日军暴行　铁证如山

1. 1938年3月15日清晨，日军63联队第三大队血洗北沙河村，杀害村民83人。

2. 1938年3月17至18日，日军第10联队攻陷滕县后在东关屠杀未及逃走的难民数百人。

3. 1938年3月27日，日军第39联队在西邹坞村杀害村民50余人。

4. 1938年3月24日，日军63联队在进攻台儿庄过程中将大北洛等村未及逃走村民悉数杀绝。

5. 台儿庄激战过程中，日军驻地刘家胡、墩上等村未及逃走村民悉数被杀。

6. 1938年4月6日，日军第10联队败退过程中，将大兴桥村陈桂良一家21口全部杀光。

2015年4月7日

百岁老兵台儿庄哭祭英烈

胡卧龙

台儿庄大战胜利 77 周年纪念活动 8 日在山东枣庄台儿庄举行。101 岁的台儿庄大战老兵代表邵经斗，102 岁台儿庄大战战地记者蒋思豫和参战将士亲属代表、日本友好人士、史学研究专家、社会各界人士共近千人前往台儿庄大战纪念馆、台儿庄大战无名烈士墓，为长眠在此的英烈献花，缅怀民族英雄。邵经斗向弹孔墙行军礼致敬，此刻他抑制不住，失声痛哭。

77 年前，台儿庄见证了中国军队抗日战争正面战场上第一场胜利。中国军队历经月余歼灭日军 10000 余人，增强了中国人民坚持抗战的信心。

蒋思豫抗战时期任《中国青年》编辑，《中央时报》等报章记者，在台儿庄战役打响一周后赴前线采访。蒋思豫和《大公报》记者范长江、《新华日报》记者陆怡来到古运河畔台儿庄，采访了第五战区司令长官李宗仁和副总参谋长白崇禧。

目前，蒋思豫是唯一在世的参加过台儿庄大战报道的战地记者，此次纪念活动也是该战役之后，蒋思豫第一次踏上台儿庄的土地。

台儿庄 90% 的古城建筑毁于战火，2008 年，枣庄决定重建台儿庄古城，使之成为反法西斯纪念城市，并保留了 53 处二战遗存。

8 日上午 8 点 40 分，台儿庄古城大战遗址内，亲历大战的老兵国民革命军第 32 军 142 师 425 团 2 营 5 连士兵、101 岁的邵经斗，站在当年激战留下的密密麻麻的弹孔墙前，感慨地说："这里当时战况非常惨烈，敌我双方几经争夺，伤亡惨重，街前铺满了战友们的尸体。"

此时，蒋思豫走到邵经斗身旁，紧紧握住他的手说："台儿庄的胜利是你们用鲜血换来的，你们的英勇事迹已载入史册。"随后蒋思豫详细了解了邵经斗所在部队的战斗情况，并伸出大拇指为他点赞，称所有参加台儿庄战役的中国军队官兵都是铁血男子汉，是民族英雄。

与邵经斗分开后，蒋思豫神情凝重，右手半遮着脸，一言不发。

战地记者：胜利来之不易

在台儿庄大战遗物陈列馆，当讲解人员向他介绍战场留下的遗物时，蒋思豫频频点头。在陈列中国军队军服钮扣和皮带头的展柜前，蒋思豫驻足良久，并数度哽咽。他含着泪说："（看了这些）感到很伤心。"

蒋思豫向周围人介绍当年中日军队装备差距，他说："我们的战士缺乏武器，常常几个人共享一把枪，看到敌军坦克竟不知为何物，用大刀上去猛砍。"

蒋思豫告诉大家，抗战是将士们用血肉之躯和日本先进武器拼，付出了极其惨重的代价，胜利来之不易。

8日，在台儿庄战役遗址公园弹孔墙前，102岁的台儿庄大战战地记者蒋思豫（右）为101岁的参战老兵邵经斗（左）点赞

配稿：大公报号外传捷报

1938年春，台儿庄激战正酣，徐州作为全国抗战前线的中心，国内外记者云集，他们以徐州为驻地向各地各大报社频频发出"专电"，报道各个战场的战况。

中国记者包括《大公报》范长江、《新华日报》陆诒、《星光日报》赵家欣、中央社特派员曹聚仁夫妇等20多人。

台儿庄大捷前后，苏联塔斯社记者谷礼宾斯基、美国合众社记者爱泼斯坦、芝加哥《每日新闻》记者阿西博尔德·斯蒂尔、新加坡《星

台儿庄大战战地记者陆怡之子陆良年展示陆怡收藏的《大公报》号外

中日报》记者胡守愚、新西兰女作家威尔金森、"今日历史"电影摄制组导演和摄影家乔伊斯·伊文思等都曾冒着战火硝烟先后到过徐州甚至台儿庄前线。

作为台儿庄大战的见证者、经历者和记录者，他们把生死置之度外，深入战争前线，到战事最激烈的地区采访，捕捉了中国军队英勇抗战的场景。有关台儿庄战役的消息，通过他们的笔端传到海内外。

孙连仲在对台儿庄大战的回忆录中特别提到："台儿庄大战时，新闻记者群来访问我。我拂晓反攻，正面30师，右边27师，到下午两三点钟还没有消息，我请记者们去睡觉，独范长江不睡，我走到哪里，他跟到哪里，结果他抢到最早反攻胜利的消息，发往汉口，大公报因此而发了'号外'。"

2015年4月9日

"蛟龙"驻青岛点亮深海梦

邹 阳 周 彤

随着"蛟龙"号入驻位于青岛的新母港，已完成初步建设的国家深海基地也正在被越来越多的人所关注。今后，这里不仅会是"蛟龙"号驻扎、维护的所在，更是一个多功能、全开放的国家级公共服务平台。凭借国际一流的职业化专业团队，该基地将为科学家提供科技和装备支持，缩短与发达国家在深海资源的勘探、开采等方便的差距，实现中华民族"下五洋捉鳖"的宏伟夙愿。

青岛所辖即墨鳌山卫，是一处被誉为"蓝色硅谷"的地方，一直致力于发展涉海产业、蓝色经济与海洋科研事业，刚刚建成的国家深海基地便落户于此。3月17日，深海基地迎来了不同以往的喧嚣与关注，因为它的第一位房客"蛟龙"号载人深潜器住了进来。

"蛟龙"回归新母港后，基地的车间与码头便开始启用。"今年6月我们的主楼将会启用，再出海的后勤保障与服务工作就会在这里进行。"国家深海基地管理中心（以下简称"深海中心"）主任于洪军在接受大公报专访时表示，"10月份，按照计划全部人员都要搬进去。"

"蛟龙"将获专属母船

按照规划，占地面积390亩、海域62.7公顷的国家深海基地将建有综合科研办公区、维修保障区、码头作业区、科研仪器试验区及学术交流和科普教育区等8个功能分区。

目前，水上码头已完成施工及配套设施建设，具备靠泊条件。未来，除了"蛟龙"号的母船"向阳红09"外，还会有一艘新的4000吨级载人潜水器支持母船停靠于此。

"向阳红09"并非"蛟龙"号专用母船，而是一艘船龄近40年的老船。于洪军告诉大公报记者，蛟龙号即将拥有一艘专属母船。"有了新船，条件会好很多。比如现在'蛟龙'号是放在后甲板上，有了新母船就可以进仓了，避免了风吹日晒。还会有一些量身定做的技术装备和配套设施。"

据悉，目前新母船建造项目已完成立项环节，处于可行性论证阶段。

现已完成一期建设的国家深海基地，不仅可以完成"蛟龙"号及母船停靠和保养维护，同时建有内地最大的科考船码头、空间最大的试验水池和功能完善的科技研发维护平台。成为继俄罗斯、美国、法国和日本之后，世界上第五个深海科技支撑基地。

深海中心主任于洪军

按照规划，或于2016年启动的深海基地二期建设项目中，将包括一个潜航员培训中心，中心将建有深海模拟训练系统、体能训练系统等配套设施。

在深海模拟训练系统中，潜航学员可在电子设备模拟出的复杂深海环境中操作模拟深潜器作业，以及一些突发事件的紧急处理。

新平台兼顾研发试验

目前，一些发达国家在深海资源的勘探、开采和运输等高技术方面取得巨大突破，形成国际海底资源开发的强劲优势。与之相比，中国的"蛟龙"号虽然打破了载人下潜的最深纪录，但无论是下潜次数还是人员配备都还存有差距。

深海基地的建成与使用将缩短这种差距。全部建设完成的深海基地将是具有多功能、全开放的国家级公共服务平台。于洪军说，未来的深海基地不仅是中国科学家走向深海的一个跳板，更是一个海洋技术装备研发和试验平台，同时还可以为国家在深海开辟新的矿产资源提供科技和组织支持。

配稿一：三大洋"珍宝"一馆藏

在位于青岛市崂山区的国家海洋局第一海洋研究所主楼后面，有一栋并不显眼的小楼。这栋小楼，就是中国大洋样品馆的所在地。"蛟龙"号近年来的两个试验性应用航次带回的深海"珍宝"，大多存放于此。

蛟龙号

　　面积近 400 平方米的 4℃样品库，是存放珍贵大洋样品的主要库房。当厚重的库门被拉开，数排 3 米多高的样品架映入眼帘。架中每个隔间放有 5 个约半米见方的金属箱，记者粗略地数了一下，金属箱有五六百个。

　　据介绍，库房里 4℃的恒温模拟了海底的平均温度，保证了样品属性长期不变。除 4℃库外，样品馆还有设有 -20℃库和常温库。常温库保存了大量常规样品；而 -20℃库中则存放有深海极端环境采集的珍贵样品和其他需要低温保存的样品。

　　黄牧曾两次跟随"蛟龙"号出海。他说，自 2013 年以来"蛟龙"号从南海冷泉区、西太平洋和西南印度洋分别带回许多深海样品。其中，硫化物、岩石、富钴结壳、多金属结核入馆较多，而生物样品相对较少。"生物样品从海底取出后很快就被船上的科学家分取了。"

"蛟龙"号在水下拍摄的海葵、贻贝等生物

被科学家分取的样品，样品馆有一整套追踪、管理的机制，科学家不仅要在取用前帮助研究项目及用途，还要按时提交研究数据、报告，以便没有机会获得样品的科学家能够获得系统的相关数据。

"从海底取回的样品，成本和科学价值都很高。样品馆的存在保证了样品的规范管理和科学使用。"副馆长卜文瑞说，样品馆保存有2001年以来中国大洋协会相关航次带回的绝大多数深海样品，除北冰洋外，其余三个大洋的样品均有保存。

配稿二：培养职业化服务团队

在深海中心主任于洪军的设想中，今后将逐步建立起一只职业化的深潜服务团队，以此替代过去的"专业人员"作业。"现在我们的人都是（海洋）专业出身，都是专家，但还不是职业化的队伍。在接受服务的时候人们能感觉到，职业化的就是比非职业的好用。"

于洪军所言的"职业化"，是指拥有配套的、专门针对深海的勘察科技和设备，以及各种大型深潜设备和职业化的服务人员，可以为深海科考项目提供专门的科技服务和硬件支撑。

据悉，从今年开始深海中心将会逐渐引进一批专业人才，培养起几支职业化的服务队伍。包括海上大型平台的业务化应用团队、水面支持系统团队、配套科技和设备研发团队，以及设备的维护和保养团队等。

这种职业化的服务团队已雏形初显。现在，深海中心的技术部已经有二十几个人为"蛟龙"号做专门的服务，包括潜航员、潜航学员和相关的技术人员。于洪军告诉大公报记者，今后这个人数至少要翻一番，"等新母船到位后，我们也会试图做一些长期的海上工作，这就至少需要两支队伍才能转得起来"。

配稿三："女汉子"驱龙入深海

张奕、赵晟娅是媒体并不陌生的两名潜航学员。作为中国仅有的两名女性潜航学员，她俩的成功下潜备受关注。

在上一航次的任务中，二人分别以"副驾驶"的身份下潜了两次。"第一次下潜觉得海底好美。那次下潜的3人中，只有我是第一次。看到海底生物的时候非常激动。第二次就好很多，注意力更多地放在工作上。"张奕说，"我坐在左舷，不仅要负责信号的传输，还要通过观察窗观察外面的情况。如果有什么发现，需要第一时间提醒主驾驶。"

张奕（左）、赵晟娅是中国仅有的两名女性潜航学员

作为女性学员，高强度、长时间的培训是最大的挑战，起初她们也有过抱怨和不适。据赵晟娅介绍，从 2014 年初到现在一直处于训练阶段，只有国庆节好好休息了几天。"当时会埋怨陪家人的时间太少。"赵晟娅说。

尽管如此，她们还是渐渐习惯并爱上了海上的生活。今年春节，蛟龙号还飘在印度洋上，她们第一次未能与家人团聚。"过年时大家在船上一起做年夜饭，K 歌，非常愉快。"张奕掩嘴笑着说，"现在我会更珍惜跟家人团聚的时间。"

除了心理上的蜕变，她们还以"变得女汉子"来打趣现在的自己。潜航员除了完成潜航工作，还担任着维护保障人员的角色。无论是对潜航器的维护维修，还是完成系统升级，潜航员都应该熟练掌握。因此跟各种工具打交道成为她们的家常便饭。张奕回忆说，有一次家里的桌子腿松动了，男朋友不知怎么修理而束手无策，她打开一看，立马找到原因并修好。"当时觉得我俩特别女汉子。"二人忍不住大笑起来。

2015 年 4 月 26 日

郭树清与张瑞敏共勉创业学子

丁春丽

山东大学与海尔集团签署战略合作协议 13 日发起成立"2025 创新创业联盟",旨在推动高校、企业、地方信息共享,实现联盟内资源整合和有序流动。

位于济南南外环的山东大学兴隆山校区也迎来两位重量级人物:山东省委副书记、省长郭树清和海尔集团董事局主席、首席执行官张瑞敏。

山东省省长郭树清在"2025 创新创业联盟"活动上讲话(丁春丽摄影)

一位是学者型官员,一位是中国制造业的领军代表。面对热情的大学师生,两人即兴演讲,均以古诗勉励学子。"天下大事,必做于细。天下难事,必做于易。"郭树清勉励大学生创业脚踏实地,从小事做起;"要看银山拍天浪,开窗放入大江来。"张瑞敏寄语大学生校园创业,知行合一,成为因特网时代创业创新的先锋。"如果要创业首先要有创业的心,创业的决心、信心和恒心,其次才是创业的试点、创业的方法、创业的逻辑。但不能够反过来。"

张瑞敏对大学生说,如果没有创业的心,就是把创业的成功案例完全复制一遍也不可能成功。"如果你想创业,就把现在正常的状态破坏掉、颠覆掉!"在张瑞敏看来,创业还意味着破坏。

"中国传统文化强调知行合一,在校园里光闭门读书是不行的,在校园里就要考虑怎么去做、怎么去实践。"郭树清坦言,他和"80 后""90 后"的孩子也有交流,他们有很多优秀的地方。但最难的是让他们做事静下心来,去掉浮躁,万事从小事做起。

2015 年 6 月 14 日

山东瓜农缅甸淘金

丁春丽

"在缅甸种西瓜，投入 100 万元（人民币，下同）最高纯利润能达到 100 多万元！"山东省昌乐县瓜农田国华告诉大公报记者，跨国种瓜让瓜农们尝到了甜头。在赚钱效应的带动下，昌乐县近百名瓜农南下缅甸种西瓜淘金，种植面积达数万亩。而远赴缅甸种瓜九年的田国华，现在能说一口流利的缅甸语，和当地的工头像朋友一样相处。

气派的庭院、现代化的家电、高档的家庭轿车……走进昌乐县宝都街道办事处后营子村田国华的家，记者切身感受到这个农村家庭的富足。2006 年，通过收西瓜的客户介绍，田国华和另外两名瓜农来到缅甸的曼德勒，三个人凑了 50 万元承包了 400 亩土地。

人工地租十分便宜

"缅甸光照时间长、气温高，有利于西瓜糖分的积累。再加上劳动力便宜，土地承包价格低廉，种西瓜的成本相对较低。"田国华说，初到缅甸时，雇工每天的工资仅为两元，尽管现在涨到约 15 元，但相比国内 150～200 元的日薪，劳动力成本依然便宜。与昌乐每亩土地每年 1000～1500 元的租金相比，缅甸只有 200 元。反季节种植，这也是田国华颇为看重的一点。根据

从缅甸种瓜回国，瓜农们可以享受天伦之乐。瓜农田国华（右）抱着一岁多的女儿，田思良（左）抱着几个月的孙子

缅甸当地的气候，每年十月份种上西瓜，三个月后就能收获。此时正值国内春节期间，西瓜需求旺盛，且价格高。

第一年，田国华不但收回了成本，而且纯利润高达50万元。第二年，他们追加了投资，扩大了土地规模，如今种植规模超过了2000亩。2009年，田国华和同伴成立了缅甸合创公司，实现了西瓜的种植、销售以及化肥、农药等一条龙服务。目前已成为中缅边境销售西瓜的大公司之一，国内冬季进口西瓜大部分来自田国华的公司。

正在收获西瓜的缅甸瓜农

跨出国门，田国华不再是一个普通的瓜农，他扮演着多重角色：西瓜种植技术员、农场主、公司老板。整地、铺膜、下种、顺瓜秧、授粉、技术管理、摘瓜，每一个环节，田国华都要认真的传授给缅甸的雇工。

昌乐是著名的中国西瓜之乡。今年37岁的田国华从18岁就开始种西瓜，经验丰富。但最让他头疼的就是雇工培训，刚开始即使有翻译，对于从来没有种过西瓜的缅甸雇工来说，这些都是很困难的事情，尤其是打药和顺瓜秧。同样更难的是雇工管理，他们每天工作八小时，不管活有多急就算双倍工资，雇工们依然到点走人。

田国华说，现在雇工基本交由当地的工头负责管理。从最初的三四十个雇工到现在的四、五百人，田国华的缅甸种瓜生意越做越好。

高收益伴随高风险

"从传统的小户种植，到几百亩几千亩的农场管理，打药、灌溉、管理都要重新总结经验教训。"田国华说，这对很多瓜农都是不小的挑战。有的瓜农沿袭老的种瓜套路，无法适应缅甸的农场管理模式，致使血本无归，最终退出缅甸市场。

与田国华同村的田思良在缅甸也种了1000多亩西瓜，前年缅甸连续下了一个月的雨，致使田思良四五百亩的西瓜苗被淹死。田思良告诉记者，虽然灾后重新栽植，但成熟后的西瓜却错过了最好的市场行情，损失100多万元。

田国华给记者讲了一个海南瓜农的故事，该瓜农在河道的沙土地上种西瓜，雨季来临时洪水爆发，拖拉机、工棚、行李以及所有的西瓜都被洪水冲走。田国华划着小船从一棵大树上救下了那位瓜农。

田国华说，在缅甸种瓜虽然收益高，但也有在国内种瓜无法遇到的风险。特别是个人抗风险能力比较小，瓜农一定要抱团作战，田国华和同伴们的公司化运作也给瓜农们带来意想不到的收获。

中国瓜农的到来不仅提高了当地农民的经济收入，还把最先进的西瓜种植技术以及机井灌溉技术传到缅甸。越来越多的缅甸农民学会了种西瓜，带动了当地的经济发展。因为缅甸分为雨季和旱季，雨季时农民还能靠天吃饭，种植水稻、玉米、花生、大豆等作物。旱季则无法种植作物。辛苦一年，每亩地也就能赚到100元钱。

"候鸟"瓜农巧赚钱

秋季飞缅甸种瓜，春天飞昌乐种瓜，田国华他们被称为"候鸟"瓜农。

每年三月份从缅甸回来，田国华还能种上一季西瓜。这两年，田国华回国后做起了西瓜经纪人，充分利用在缅甸的客户资源，把大客户带到昌乐来。今年，通过田国华卖出去的昌乐西瓜就有400多吨。瓜农郭春胜从缅甸回来则选择了去河南，做西瓜种植的技术指导，每月收入8000元。

田思良告诉记者，除了种植西瓜，瓜农们还增加了甜瓜和南瓜，去年60亩南瓜产量100多吨。他们也在尝试把缅甸种植的南瓜运回昌乐销售，缅甸南瓜备受欢迎，每斤南瓜的纯利润超过了1元钱，仅此一项净赚20万元。

采访过程中，记者明显感受到田国华等人与传统瓜农的区别，他们敏锐地捕捉市场行情，在缅甸和中国的市场自由切换。田国华告诉记者，去缅甸反季节种西瓜还可以继续做下去，那边

缅甸瓜农街头卖瓜

依然有商机。但他现在也非常看好昌乐当地的土地流转，公司也有意向在昌乐投资做大型的农业合作社，这主要得益于在缅甸积累的丰富农场管理经验。

配稿一：缅甸工受惠　生活水平大升

田国华喜欢喝啤酒，在缅甸也不例外，劳作之余几个人买上一箱啤酒喝个痛快。在缅甸一瓶啤酒的价格在1500缅币，而缅甸雇工现在每天的薪水仅为2300～2500缅币，一天的劳作也仅够喝一瓶啤酒。

看着田国华他们整箱的喝啤酒，缅甸雇工特别羡慕，在他们眼里，这些中国瓜农就是"土豪"。田国华说，如果雇工工作做得好，他们也会把啤酒作为一种奖品。对于缅甸雇工而言，这就是莫大的"奖励"。

中国"土豪"瓜农工资也给得高，雇工每天的工资要比在当地打工多上四、五百缅币。"在我们农场里的缅甸雇工，全部盖了新房子，买上了摩托车，娶上了媳妇。"田国华说，因为中国瓜农开出的工资高，这些雇工的生活水平明显比其他村民高出一个档次。基于此，当地农民都喜欢把土地租给中国的瓜农。

缅甸瓜农

"土豪"瓜农打"飞的"

初到缅甸时，当地生活水平更低，交通不便，看不到摩托车。田国华的妻子告诉记者，第一个月家人和他完全失去了联系，那里根本就没有手机信号。

没去缅甸之前，田国华、田思良和郭春胜，他们基本没有出过远门，甚至没有坐过飞机。他们也从来没有想到，有一天他们会坐着飞机到全国各地，甚至飞到国外种西瓜。

五年前，在海南种瓜的赵永生又在湖北包了200亩地。昌乐、海南、湖北，赵永生坐着飞机"巡视"着他的西瓜田。黝黑的面孔，粗糙的大手，地道的方言，这是一群普通的瓜农,但一切就在他们"走出去"种瓜的时候都改变了!

配稿二:郭春胜凭过硬技术闯天下

接受记者采访时,昌乐瓜农郭春胜刚从河南回到昌乐。三月份从缅甸回来后,他去河南做了西瓜技术员。

"管吃管住管往返机票,每个月8000元!"郭春胜在河南的这份工作已经有三年了。此前,他还在内蒙古做过西瓜技术员,每月收入超过万元。

别看郭春胜只有37岁,种瓜已经20年。他说,做一名西瓜技术员,种瓜技术必须过硬,否则没人来请。

六年前,郭春胜作为西瓜技术员从昌乐来到缅甸。从大棚种植到露天种植,从小户种植到大田管理,种瓜经验丰富的郭春胜却要从头开始学习。他向缅甸当地人学习种植的经验,了解当地的气候和天气变化。

郭春胜不但要适应当地的气候,还要适应当地的人文风俗,语言不通是最初最大的障碍。他说,必须要把每一个细节向翻译说清楚,甚至一遍遍的重复。

对缅甸雇工细心指导

"必须和雇工以朋友相待,对他们好一点,他们会真心地干活。"郭春胜通过翻译,手把手地把种瓜技术教会工头,工头再去教给其手下的雇工。

有一些缅甸雇工在郭春胜这里"偷师学艺",他们学会后自己开始种西瓜。郭春胜也去参观过他们的瓜田,昌乐瓜农的西瓜亩产能达到一万斤,缅甸雇工的西瓜也就是5000斤,而且西瓜的质量差的太多。

"他们只是学了一点种瓜的'皮毛',种瓜的经验不是一年两年就能总结出来的!"郭春胜笑着说。但每当他们来咨询西瓜浇水、配药方面的问题,郭春胜还是会把自己的经验告诉他们。"其实我从当地人那里学了更多。"

在缅甸种瓜,技术员每月的工资也是8000元左右。随着在缅甸种瓜技术的提升,郭春胜不但是技术员还转变成投资者。每年除了按照投资比例分红,技术员们还可以分享公司的技术股份,约为公司当年利润的20%。

郭春胜没有向记者透露每年的具体收入,但好年景赚个几十万不成问题。

配稿三:赵永生尝甜头 培育儿子接班

与出国种瓜的田国华不同,今年52岁的昌乐瓜农赵永生远走海南,一种就是13年。从30多亩地到现在的100多亩地,每亩每年10000元的纯收入,赵永生也尝到了在海南反季种瓜的甜头。

2002年，从未出过远门的赵永生和妹夫坐着火车来到海南。中国虽然国土面积辽阔，冬季当时也仅有海南能种西瓜。不到20岁就从事西瓜种植的赵永生积累了丰富的种瓜经验，掌握了西瓜种植的先进技术。

初到海南，赵永生就把大棚种植技术带到了海南。相比露天种植，大棚种植不但能减少虫灾，还能提高西瓜的质量和产量。正是在昌乐瓜农的示范下，海南普及了大棚种植西瓜。

海南西瓜冬季上市时每斤卖到了3元，相比在昌乐每斤1元的西瓜价格，赵永生获利颇丰。每年的十月份，越来越多的昌乐瓜农追随着赵永生来到海南。他也不知道有多少昌乐瓜农在海南种瓜，仅邻村就来了20多家，每家承包四、五十亩。

其实，最初的两年赵永生在海南亏了七八万，家里人死活不同意他再到海南种瓜。赵永生不想前功尽弃，认真总结了教训：去错了地方，选错了坡地。通过对海南气候的深入研究，赵永生离开了海口北部，选择了海南南部的热带地区。他说，这也算吃一堑长一智吧！

赵永生告诉记者，今年他要把儿子带到海南种瓜，儿子四处打工挣钱反而不如种瓜挣钱多。52岁的赵永生已萌生退意，他要把种瓜的技术传授给儿子，

他想回老家享受天伦之乐了。

配稿四：西瓜之乡昌乐年产值 15 亿

昌乐县农业局西瓜研究所所长康振友告诉记者，目前在国内外种瓜的昌乐瓜农尚没有具体的统计数字，瓜农们也多是自发组织。国外主要集中在缅甸、越南和老挝，国内多集中在海南、云南、内蒙古、黑龙江等省份。

康振友介绍，昌乐是著名的中国西瓜之乡，目前该县西瓜种植面积约 15.6 万亩，产量在 60 万吨左右，产值达 15 亿元。昌乐西瓜种植已有 200 多年的历史，种植技术全国领先。

为提升瓜农们的种瓜技术，昌乐农业部门举办了各种形式的培训班，加强基层农技推广。康振友表示，农业部门今年精选了 80 多个技术过硬的农业技术指导员，每人负责两个村，每个村包靠五个科技示范户，每个示范户再去带动 20 户。农技员将农作物的栽培、管理、施肥、病虫害防治等技术传遍千家万户。

2015 年 8 月 2 日

追忆苦难岁月　呼唤世界和平

丁春丽　胡卧龙

潍县集中营难友 70 年后重访故地

8月17日，香港导演冼杞然作品电影《终极胜利》暨纪录片《被遗忘的潍县集中营》在山东潍坊杀青。12位曾被关押在潍县集中营的难友及后代共80多人回到潍坊，追忆苦难岁月呼唤和平。出席纪念活动的还有当年曾经参加集中营营救行动（代号为"鸭子行动"）的王成汉老人。

据潍坊市外事与侨务办公室主任王浩介绍，目前健在的幸存者有约100人，此次回来的12人中最大98岁，最小的70岁。

1942年春，日本在潍县乐道院设立了当时亚洲最大的外侨集中营（潍县集

潍县集中营难友和后人在集中营旧址合影

中营），其中关押了来自美国、英国、加拿大、澳大利亚等30多个国家的约2011名欧美人士，包括327名儿童。美国原任驻华大使恒安石、华北神学院院长赫士博士等都曾被囚于此。

1945年8月17日，在被日军关押3年之后，潍县集中营的千余名欧美侨民幸存者们重获自由。

王成汉和难友合影

集中营里的"飞毛腿叔叔"

17日上午，难友和后代来到潍县集中营旧址——潍县乐道院。他们把写有自己名字的纸鹤贴到活动板上，寄托自己对所受苦难的哀思和对逝去亲人的缅怀。

随后，英国著名奥运会400米冠军埃里克·利迪尔（中文名李爱锐）的两位女儿为他的雕像揭幕，并为其纪念碑献上鲜花。随着红幕的揭下，利迪尔奔跑的姿势展现在现场观众面前。抚摸着父亲的铜像，特利西亚和西瑟尔不禁落泪。

西瑟尔告诉记者，在集中营里，利迪尔和老师们通过反复和日军交涉，最终为孩子们争取到了受教育的权利，他被指派为理科教师，负责组织集中营的体育活动，孩子们亲切地称他为"飞毛腿叔叔"。

1945年2月，利迪尔病逝在集中营里。利迪尔去世的噩耗震撼了整个集中营，狱友在他的坟前竖起一只简单的十字架，用黑鞋油在十

埃里克·利迪尔的两位女儿为其铜像揭幕

字架上写下利迪尔的名字。

追忆苦难岁月

在西瑟尔的印象中,中国北方的夏天特别炎热,冬天特别寒冷。冬天的时候,女人们会给男孩子织手套保暖。乔伊斯印象最深刻的是,在寒冷的冬季,大家围在一起点燃煤球取暖。

87岁的哈康·叶福礼是其中一位幸存者,他带来32位后人,其中年龄最小的孩子仅7岁。他希望通过此次活动把这段经历告诉后人,让他们了解自己所受的苦难以及和平的珍贵。

来到四楼的一个房间,哈康·叶福礼非常兴奋,因为他曾在此住过。哈康·叶福礼称当时在这里共有8个孩子,现在已经记不清他们的名字了。在苦难的日子里,这个房间给他留下了很多温馨的回忆。

1944年生于集中营的瓦伦丁·索尔特还把她的出生证证明、装箱单、信件,以及她收藏的当年空投的毛毯带到潍坊,捐给纪念馆留作纪念。

日本作家:日本人应了解这段历史

日本纪实文学作家、自由撰稿人安田浩一也来到了纪念活动现场,通过对

难友观看纪念馆照片

集中营难友的采访，安田浩一对日军所犯罪行有了更直观的认识。

安田浩一告诉大公报记者："毫无疑问，这是日军的战争犯罪，如果我不报道此事也是一种犯罪。"

据安田浩一介绍，很多日本民众只知道当年美军在加利福尼亚关押了日本人，却不知道日军在潍坊等地也关押了很多欧美人。他表示要通过发表文章让更多日本人知道这件事，他会准确传达集中营内发生的一切。

在通过与当年被关押的美国人交流后，安田浩一最直观的感受是，当年日本对中国人和欧美人是有区别对待的。"日本人是蔑视亚洲人的，这是很重要的一点感受。"安田浩一说。

特稿：来自天堂的 Edward Wang

在此次纪念活动中，人气最高的非当年参与解救集中营难友的王成汉（英文名 Edward Wang）莫属。只要他一出现，难友们纷纷拉着后人找他叙旧、合影，每当他一讲话，台下就掌声雷动、经久不息。难友们亲切称他为来自天堂的 Edward Wang。

70年前，他作为代号"鸭子行动"7人小组的一员，把外侨们从日军手中解救出来，而今他也是唯一健在的行动小组成员。

在潍县集中营纪念馆，王成汉向记者讲述了当年惊心动魄的故事。

9秒钟完成降落

1943年，18岁的王成汉考进四川大学物理系，第二年他参加了国民革命青年军。1945年王成汉进入OSS（美国战略情报局），到云南受训，包括跳伞和掌握小型武器。

1945年8月15日，日本宣布无条件投降。为避免日军对集中营内侨民进行报复，8月16日王成汉接到上级命令飞赴西安，17日飞往山东潍县。

飞到潍县上空后，由于不了解下面情况，飞机在天上盘旋下降。"外侨们看到是美军的飞机，发疯了一样跑到开阔地带挥舞衬衫向我们致意。"王成汉说。

为了确保安全，队员们选择了低空跳伞。在距离地面450英尺高空，王成汉第五个跳下，到达地面仅用了9秒。

王汉成说，现在想想还有点后怕，当时只学了半个月跳伞，第一次跳就是执行任务。

被扛进集中营

降落到地面的王成汉永远也不会忘记接下来的场景。

被关押了三年的难友们欣喜若狂,蜂拥到他们身边,撕掉他们的扣子、减掉头发、撕碎降落伞留作纪念。大家把队员们扛在肩上,扛进了集中营,小孩子们则跟在后边追逐奔跑要糖吃。

王成汉说,除了大多数人在狂欢庆祝,还有一部分人相拥而泣,他们所受的苦难外人根本无法想象。

2015 年 8 月 22 日

山东携 260 项目下周赴港招商

丁春丽

记者从山东省商务厅获悉，8月31日至9月2日，山东省将在香港举办2015香港山东周，重点推荐260个重点对外合作项目。山东省副省长夏耕将率团赴港，开展重大经贸交流活动。

此间，山东将在港举办鲁港经贸合作高层圆桌会议、山东省政府股权投资引导基金推介会暨重大合作项目洽谈会。重点推介山东省政府股权投资引导基金23个，重点国有企业对外合作项目15个，重大基础设施融资项目6个，金融领域对外合作项目16个，服务业等领域对外合作项目200个，共计260个重点对外合作项目。

政府股权投资引导基金成为此次招商的亮点。山东省今年各级政府参股或出资设立的各类投资基金，总规模将超过1300亿元。通过各级持续加大投入，预计2017年全省政府参股投资基金规模将超过3000亿元。在投资方向上，省级引导基金立足全省经济发展需求和产业调整导向。社会资本集中投向小微企

山东省副省长夏耕将率团赴港举行2015香港山东周

业、农村产业、新兴制造业、政府鼓励发展的各种服务业，以及基础设施建设等领域。

记者注意到，总投资600亿元的济南至青岛高速铁路项目也列入此次招商的重大基础设施融资项目。该项目正线全长307.8公里，2015年1月获得国家批复，预计年内开工建设。山东希望在引进香港资本的同时，也把香港铁路建设的管理经验引入山东。

山东代表团还将走访会见香港贸发局、中银香港、招商局集团、华润集团、汇丰银行、香港铁路有限公司、香港交易所、德勤中国、巨溢资本等知名企业和机构负责人。

香港是山东第一外资来源地

香港是山东省吸收外商投资的主要来源地之一。今年1月至7月份，批准香港在山东投资项目194个，合同外资65.3亿美元，同比增长16.75%，实际使用港资46.1亿美元，同比下降4.3%。2014年批准香港在山东投资项目386个，合同外资90.2亿美元，实际使用港资76.3亿美元，分别占全省批准合同外资和实际使用外资的56.6%和50.2%。截至2015年7月底，累计批准港资项目17543个，到账港资达642.9亿美元，在来山东投资的165个国家和地区中名列第一位。

香港也是山东企业境外融资的重要平台。截至2015年7月底，该省在香港的上市公司达45家，占全省境外上市公司总数46.9%，融资额达到833.97亿元，占境外上市融资总额的85.2%。港资主要投资行业为房地产业、商务服务业、制造业、金融业、批发和零售业、新能源、基础设施、节能环保等。

2015年8月27日

鲁港迎战略投资合作重大机遇

丁春丽　邹　阳　胡卧龙

9月1日上午，2015香港山东周在香港会展中心开幕，先后举办了鲁港经贸高层圆桌会议和山东省政府股权投资引导基金推介会。山东省副省长夏耕表示，近年来山东在国企改制、金融发展、财税改革和服务业升级等方面先后出台一系列创新举措和政策，为山东经济的发展注入了新的活力，也为包括香港在内的海内外客商提供了商机，鲁港迎来战略投资合作重大机遇。

鲁企改制大有商机

据夏耕介绍，山东是东部沿海经济大省，经济总量居全国第三位，工业体系完备、农业基础良好、实体经济雄厚，而与之相比服务业特别是金融生产性服务业发展相对滞后。香港是国际枢纽和金融中心，是山东金融业转型升级的样板和重要的合作伙伴。

鲁港经贸合作高层圆桌会议

近年来，特别是 2013 年"山东金改 22 条"出台以来，山东省把金融业作为国民经济的重要支柱产业来抓，金融对经济社会发展的支撑作用显著增强。今年上半年，该省金融业增加值 1503.5 亿元，同比增长 14.5%，占生产总值的比重达到 5.06%，比年初提高 0.56 个百分点，占服务业增加值比重达到 11.09%。

山东省金融办主任李永健表示，山东省制定了规模企业规范化公司改制"五年行动计划"，自 2015 年起，每年改制比例不低于 10%。到 2019 年，力争实现全省 50% 以上的规模企业完成规范化公司制改制。

李永健希望香港金融界在继续支持山东企赴港上市的同时，积极参与规模企业改制、私募基金发展等工作，不断拓宽鲁港金融合作新领域。

千亿级基金向港金融机构开放

夏耕在致辞中表示，山东省政府对股权投资基金发展高度重视，致力于把山东打造成为全国具有较强竞争力和影响力的区域性股权投资中心，建成享誉国内外的私募投资集聚高地。

据山东省财政厅副厅长窦玉明介绍，山东省政府确定，2015～2017 年，省级财政预算安排的支持工业、服务业、农业、科技创新等领域的专项资金中，每年拿出 30% 左右用于设立引导基金，力争 3 年多渠道筹集总规模 200 亿元的引导基金，支持发起设立各类投资基金 1500 亿元。其中，2015 年已设立 17 只政府股权投资引导基金，预计年内参股子基金规模将达到 400 亿元以上。

按照山东省政府部署，山东各地也将大力清理整合财政专项资金，探索建立财政投入、国资收益、基金增值和社会资本投资及捐助等多渠道并举的滚动投入机制，力争 3 年内全省各级政府参股投资基金规模达到 3000 亿元以上。

夏耕期待驻港的私募、投行、银行、证券、保险等金融投资机构和企业财团到山东发起设立各类投资基金或跟进投资各类基金，积极参与山东多层次资本市场体系的建设和发展，为山东产业升级转型发展及促进创业创新提供长期、稳定的资金支持。

窦玉明表示，为大力吸引海内外股权投资资本和优秀管理团队落户山东，山东将通过适当的让利机制和风险分担政策设计，丰富的储备项目资源，引导私募基金投向，实现政府与市场"互惠""双赢"。

配稿一：国企股权合作项目欲引资 550 亿

本次香港山东周活动，山东精选了 15 个国企股权合作项目，总金额约 550 亿元人民币，其中绝大多数是该省国资委首批混合所有制改革试点企业。

据山东省国资委主任张新文表示，山东国企对外开放领域将更加开阔，合作途径将更加灵活。凡是有利于传统产业转型升级、结构调整，有利于培育战略性新兴产业，有利于提升资本运营能力水平，山东都敞开怀抱欢迎，合作形式不拘一格。

山东省国资委副巡视员李现实说，本次精选的 15 个股权合作项目分别是山东国企改革发展基金项目，新能源、新材料等战略性新兴产业项目，融资租赁、文化传媒、旅游地产等现代服务业项目，矿产资源开发、装备制造等优势产业项目。

山东国企改革发展基金项目拟由山东省国资委会同省管企业和机构投资者共同发起设立，首期规模 200 亿元。兖矿集团新型煤化工项目、山东耐火材料集团公司股权合作项目，投资总投资额约 30 亿元。山东鲁信文化传媒投资集团、鲁信文化旅游产业有限公司增资扩股项目等 4 个项目，投资总额 20 亿元。山东能源重型装备制造集团、兖矿加拿大资源有限公司增资扩股及股权转让项目等 8 个项目，投资总额 300 亿元。

截至目前，山东国企通过香港山东周平台累计签约项目 71 个，总投资额 663 亿元，涉及煤炭、钢铁、新能源、汽车及工程机械、化工、金融等多个领域。

配稿二：青岛加强与香港财富管理合作

在山东省政府股权投资引导基金推介会上，青岛市副市长刘明君介绍了青岛财富管理中心有关情况，并表示希望加强与香港在财富管理方面加强合作。

2014 年 2 月，青岛市财富管理金融综合改革试验区获得国务院批复。青岛市作为中国唯一以财富管理为主题的金融综合改革试验区，正在通过先行先试努力探索中国特色财富管理发展道路，向香港等国际知名金融中心学习，致力于服务新兴财富市场的发展。

刘明君称，财富管理试验区获批一年多来，政策争取、项目引进、交流合作、平台搭建、宣传推介等各项任务已经全面铺开，形成了若干可复制、可推广的经验做法。

香港作为国际知名的金融中心和财富管理中心，在财富管理创新发展方面

青岛市政府与华润集团签署共同推进重点合作项目备忘录

积累了丰富经验。多年来,青岛与香港保持良好的经济金融合作关系。在今后财富管理试验区建设过程中,希望得到香港财富管理业界的更大支持。

2015年9月2日

传统十不闲　新增英语秀

胡卧龙　丁娜妮

泰山皮影惊艳"习奥会"

光影交错、锣鼓催人，小小一块幕布上，栩栩如生的皮影小人大展身手，演绎着多少惊心动魄的传奇故事……年过七旬的范正安是泰山皮影戏"十不闲"第六代传人，在他的努力推动下，有着百年历史的泰山皮影次走出国门，不久前还随习访美，在"习奥会"上用英文表演皮影，惊艳全场，一展百年绝技继往开来的国际范。

在日前举行的首届中国"互联网+"大学生创新创业大赛全国总决赛上，山东师范大学学生朱玉馨所在的团队凭借"'幕影春秋'泰山皮影推广与传播系统"获得金奖。朱玉馨正是泰山皮影戏"十不闲"第六代传人范正安的外孙女。

年过七旬攻英语

泰山皮影戏是一种古老民间艺术，是首批国家级非物质文化遗产，其中最著名的技艺为"十不闲"。所谓"十不闲"指在皮影戏表演时，"脑中想着词，口中唱着曲，手里舞着人，脚下踩着槌"。目前皮影戏"十不闲"绝技只有老艺人范正安先生一人完整的继承和保留下来。

不久前范正安随国家主席习近平出访美国，在"习奥会"期间的中美文化交流活动中，表演英文版《泰山石敢当》，他还专门制作了美国总统一家的皮影像赠送给奥巴马。

范正安告诉记者："去之前，我本来以为美国人对皮影戏不了解，观众可能不多，没想到表演的时候，不仅前边站满了人，身后也挤满了人，演完后好多外国人拉着我拍照。"

范正安的儿子范维国告诉记者，为了用英文进行表演，范正安花了大量时间练习英语。"在去美国的两个月前，就让我们把他的剧本翻译成英文，早晨

泰山皮影走进小学课堂

醒了背，晚上睡觉前也背，背了一个多月终于牢记了，不过还是一口浓浓的泰安味，我们都笑他是Taiglish（带泰安口音的英语）。"范维国说。

百年绝艺有传人

范正安告诉记者，从2008年至今，泰山皮影戏已先后应邀到韩国、日本、泰国、法国等多个国家演出。今年春节期间，他应邀在埃及"欢乐新春"庙会广场表演，将泰山皮影带到了埃及观众面前。

现今，古老技艺的传承是许多中国传统守艺人面临的问题，令范正安感到欣慰的是如今泰山皮影戏不再是他一个人的"独角戏"。他的儿子范维国已继承"十不闲"绝技，成为泰山皮影戏第七代传人。外孙女朱玉馨在大学里与同学组成团队通过网络、微博、微信、App等终端对泰山皮影进行宣传推介。

范正安说："我的愿望就是让泰山皮影戏能够传承下去。"

配稿：小传人制习伉俪皮影获赞

受家庭的熏陶，范正安的孙子范方一从小就对泰山皮影格外热爱。3岁时就开始学习皮影戏并登台表演，表演起来有模有样。据范维国介绍，小小年纪的范方一甚至根据自己所看到的一些绘本教材，独自创作完成皮影剧目《失落的一角》。

在今年儿童节前夕，范方一为了表达自己的快乐心情，也为了让泰山皮影

范正安教孙子范方一制作皮影

发扬光大，在妈妈和老师的鼓励下，给习近平主席及其夫人彭丽媛做皮影人。

整个制作过程大概用了一个多星期，历经选稿、定稿、驴皮作画、染色、缝关节及防腐等环节。制作完成后范方一又写了一封信，将自己的心里话说给主席听。

"敬爱的习爷爷，我的家在世界闻名的泰山脚下……有一项'活化石'——泰山皮影。我就是泰山皮影的第八代传承人，我从小学习皮影，希望有一天能为您表演有关泰山的剧目。"

让范正安一家没想到的是，信寄出后不久便得到回复，国家信访局专门打来电话表扬范方一，并鼓励他将泰山皮影艺术发扬光大。

2015年10月29日

睇清帝西洋奇珍　赏皇帝御用科技

胡卧龙

数学爱好者康熙皇帝使用过的计算器、16世纪问世的望远镜、末代皇帝溥仪和皇后婉容使用过的英国三枪牌自行车……北京故宫博物院珍藏的西方科学仪器110余件（组）于12月1日亮相山东博物馆，此次展出包括天文、度量衡、医学、绘画等八大主题，让观众第一次近距离领略康乾盛世时期西洋科技文物的精巧和别具匠心。

12月1日上午，由山东省文物局、故宫博物院、香港康乐及文化事务署主办，山东博物馆、香港科学馆承办的《皇帝眼中的西洋科技展》在山东博物馆开展。据悉，该展览展期三个月，将一直持续至2016年3月1日。

据故宫博物院副院长宋纪蓉介绍，故宫博物院在成立90年之际将110件（组）故宫珍藏西洋科技文物集体亮相于山东博物馆，向观众全面展示了清朝庄严的皇家威仪和中西文化交流的缩影。

认识中西科技交流史

记者在现场看到，展览历数清朝时期科学家们如何观测天象、数学计算、医学实践等科学过程。展出的重点文物包括铜镀金矩度全圆仪、银镀金南怀仁款浑天仪、铜镀金星盘插屏、康熙皇帝御用铁枪、铁制机轮带风雨寒暑表、乾隆皇帝谕令宫廷画家绘画以宏扬清朝威德的《万国来朝图》、末代皇帝溥仪和婉容皇后曾使用的英国三枪牌自行车等，从多个层面反映了清代宫廷西洋科技文物的应用情况，让观众第一次看到这些宫廷制作的西洋器具。

宋纪蓉说，透过参观这些展品，观众可以借此对清宫中的中西科技交流史有比较深入的认识。同时，观众也能更好地思考当时中国科技落后于西方国家的原委，从而认识科技对社会发展的重要性。

香港科技馆助小朋友玩转清宫

此次展览的亮点之一是由香港科学馆精心设计的 20 余项互动体验活动，通过新颖的理念和现代化的手段把藏于深宫的文物搬到百姓身边，让观众动手、动脑、互动参与，体验故宫西洋器的神奇魅力。

据香港康乐及文化事务署署长李美嫦介绍，此次是香港科学馆首次与内地文化机构开展合作。

互动体验区域吸引了数十名济南小朋友，"与朕游皇宫"互动体验让他们能骑着自行车游览皇家宫殿，"载上铁交枪"则让他们通过玩电子游戏，学古代枪械使用方法；而投影日晷、量角圆仪、单筒望远镜等科学互动则让小朋友们寓教于乐般认识了清朝的科技发展。

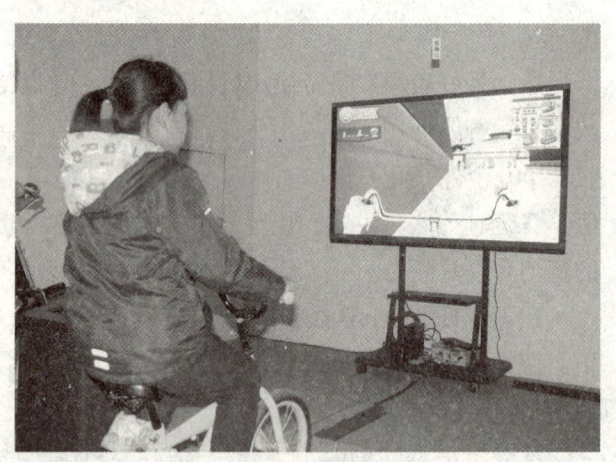

小朋友骑自行车游览皇家宫殿

浑天仪安设在紫檀木方形框架中。仪器上的水平圆圈为地平圈，刻有度分。与地平圈垂直相交的为子午圈，刻有四象限子午圈以内的各环分别为黄道带、黄道圈、赤道、白道，皆刻有度数。地球安设在通轴的中心，上刻有"亚西亚""欧罗巴""阿美利加""利未亚"等当时五大洲的名称。

16 世纪，西方发明了望远镜，它给予人们一个观测世界的全新视角，随之以西洋奇物由西方传教士携入中国。望远镜质地有铜镀金筒、驼骨筒、白羊角套圈、花纸罩漆的西洋纸筒望远镜等。这些望远镜有的是皇帝娱乐用，有的是给出征的军人使用，有的是做为赏赐给大臣们的。

此件为单圆筒折射式望远镜，可抽拉为四节，筒镜 5 厘米，物镜径 5 厘米，目镜径 0.4 厘米，筒面做工精细，工艺高超，携带方便，是东西方文化交流的

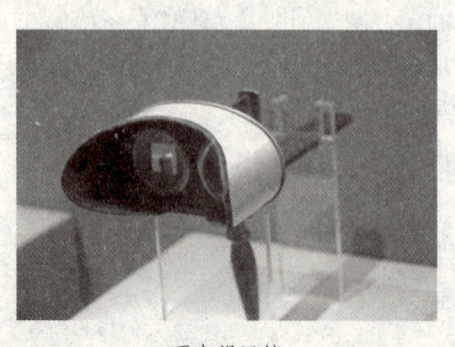

硬木望远镜

铁制机轮带风雨寒暑表

历史珍贵文物。

19世纪末法国制造。大理石基座上设一套两针表，表两侧各有一活塞缸，缸侧有炉。左炉上嵌风雨表，右炉上嵌温度表。钟表上部有一大风轮，与炉膛里的机械装置和活塞杆顶端的小齿轮咬合连动。开动机械，随着大风轮旋转，带动活塞上下移动，演示了蒸汽机械的基本原理。

此钟是典型的法国工业题材的钟表作品。

2015年12月2日

杂技《鼓韵》随习出访

胡卧龙

山东姑娘惊艳"中非时刻"

鼓轮飞转、鼓点疾驰,传统击鼓表演变成躺在地上蹬踏旋转,甚至是"飞鼓传人"等惊险刺激的杂技表演。12月5日,8位山东姑娘表演的杂技《鼓韵》技惊南非"中国年"闭幕式文艺演出《中非时刻》,令包括习近平夫妇在内的54国国家元首叹服。谈起此次演出,凯旋的小演员们都无比自豪。

《鼓韵》是当日晚会唯一的杂技节目。表演一开始就引起全场热烈掌声和欢呼声,5分钟的节目也将整台晚会推向高潮,现场掀起古朴浑厚的中国风。

据悉,《鼓韵》是山东省杂技团首创的集体节目,把中国传统的鼓文化融入到杂技表演中,曾在法国青少年类杂技比赛中获得世界青少年类杂技比赛最高奖《金K奖》。2011年至2015年,在世界巡演3000余场,在国际杂技界

杂技《鼓韵》表演(受访者提供)

享有盛名。此次成为首个随国家元首出访的中国杂技团体,《鼓韵》更是在规格和层次上开创了杂技艺术国际传播的先河。

千锤百炼零失误

7日下午,演出团队回到济南,向记者分享了难忘的"中非时刻"。

山东省杂技团团长姚建国告诉记者,自11月份接到此次演出任务开始,蹬鼓小组就在排练厅用胶带贴出在南非演出舞台的尺寸进行专门训练。为了保证节目在演出中的技巧和表演万无一失,《鼓韵》节目的演员和教练除了正常的工作时间外,晚上和周末都加班加点训练技巧和表演。每天反复彩排十余次,再分段把节目技巧训练近六个小时。

当地时间11月30日她们到达南非之后,演出团队就开始了演出前的排练。由于原定的排练地方空间特别小,后来改在一个地下室进行,每天从上午9点一直到下午4点,中午也顾不得去吃饭,只能插空吃一口。

杂技《鼓韵》排练。受访者提供

19岁的朱宝玉2008年就进入了蹬鼓小组,是团队的元老之一,已经随团演出了2000多场。和其他队员一样,接到本次演出任务后她也非常紧张,每天都会督促队员们加倍努力排练。

"上台后就不紧张了,专心致志的把所有动作做好就行。"朱宝玉说。经过千百遍的排练,演出团队零失误完成了表演,赢得了台下观众阵阵掌声。

15岁小将"蹬"百斤人和鼓

王绍华是《鼓韵》参演成员之一,这次是她第一次随国家领导人出访演出,她也是唯一一名带着脚伤参加演出的队员。据王绍华介绍,在一次训练翻跟头的时候,不小心造成右脚骨折。"当我得知这个参演任务时,担心因为自己的脚受伤而不能参加,所以去找老师要求一定要参加这次演出。"王绍华说。后来老师终于同意了她参加演出,为了保证演出的顺利,她和伙伴们"夜以继日"

地加紧排练。

在参演团队中，裴兴婕年龄最小，仅有15岁。裴兴婕告诉记者，她10岁就进入了杂技团，去年9月来到蹬鼓小组。在《鼓韵》节目中，她表演的是"蹬人"的动作，躺在地上要蹬起人和鼓，加起来有100多斤。演出中不但要托起100多斤的重量还要做动作，对于一个十来岁的小女孩来说确实非常困难。为了练习力量，她每天要用脚蹬椅子，上面坐着人。经过艰苦努力，她现在可以轻松完成动作，并和队友达成极高的默契，多次参加出国演出任务。

蹬鼓队员表演"跑鼓"（胡卧龙摄影）

演出后在现场合影（受访者提供）

2015年12月28日

"孔子故乡 中国山东"
2015 对外新闻报道集

香港文汇报

济南外资逆势上涨
拟申建跨境贸易电商实验区

杨奕霞　殷江宏

"海右此亭古,济南名士多。"以名士和名泉天下闻名的济南,吸引了100余家世界500强入驻。今年前三季度,受经济下行影响,许多地市外经贸受到冲击大幅下降。济南外资仍纷至沓来,实际到账资金增幅超过百分之10%。

记者从此间举行的济南市政府三季度例行新闻发布会获悉,在国内经济下行压力加大的形势下,前三季度济南生产总值同比增长8%,增速与山东省持平,高于全国1.1个百分点。特别是吸引外资方面,在许多城市大幅下降的背景下,前三季度济南新引进服务外包企业38家,新签合同外资20.3亿美元,

结构调整成效明显

增长 18.8%，实际到账外资 12 亿美元，增长 10.2%。

前三季度 GDP 增幅高于全国

素有"泉城"美誉的济南，是中国东部沿海经济最发达区域的中心城市之一。以济南为中心的 500 公里半径内，涵盖北京、天津、河北、河南、江苏等 34 个大中城市，区域人口 3.47 亿，占全国人口的 27%，GDP 总量约 20 万亿元，约占全国的 39%，是环渤海经济区和京沪经济轴上的重要交汇点，山东半岛城市群和济南都市圈的核心城市。作为山东省省会，济南是山东省的政治、经济、文化、金融、交通、会展和科教中心，亦是美国福布斯杂志评选的中国 20 个最适宜建厂的城市。

数字显示，前三季度济南实现生产总值 4436.2 亿元，同比增长 8%，增速较上半年加快 0.2 个百分点。其中第一产业 194 亿元，增长 4.1%，第二产业 1641.6 亿元，增长 7.3%，第三产业 2600.6 亿元，增长 8.8%。投资保持较快增长，实现固定资产投资 2330.2 亿元，增长 14.7%。220 个市级重点项目开工 207 个，完成投资 725.1 亿元，占全年投资计划的 66.1%，整体进度快于上年同期 5 个百分点。消费规模持续扩大，实现社会消费品零售总额 2449.9 亿元，增长 10.3%，居民消费价格涨幅 1.9%，处于温和上涨区间。

外资抢滩济南

据济南市政府新闻发言人刘勤表示，今年以来济南市结构调整的成效已经显现，服务业支撑作用增强，服务业增加值占全市生产总值的比重达到58.6%，同比提高0.2个百分点，国内旅游收入450.1亿元，增长13.1%；软件和信息服务业收入增长18.1%；电子商务交易额1487亿元，增长25%。与此同时，济南前三季度工业转型加快，规模以上工业增加值增长7.3%，其中专用设备制造业增长13.5%，计算机、通信和其他电子设备制造业增长12.9%。

申建跨境贸易电商实验区

今年5月26日，恒生银行济南分行正式营业，这是恒生中国继北京、天津后于环渤海地区增设的第3家分行，也是恒生中国在内地的第14家分行。随着济南区域金融中心的推进，外资银行正加快布局。数字显示，前三季度济南金融机构本外币各项存款余额和贷款余额分别增长12.1%和14.7%。新增上市企业3家、新三板挂牌企业27家。

对外开放方面，今年以来，济南综合保税区与韩国光阳湾圈经济自由区签订合作协议，与青岛港实现区港联动。前三季度全市进出口总值74.5亿美元，下降5.2%，其中出口45.4亿美元，增长0.9%；新引进服务外包企业38家，新签合同外资20.3亿美元，增长18.8%，实际到账外资12亿美元，增长10.2%。

"亚洲国际都会——香港"展览济南举行

据悉，下一步济南将深化综合保税区与青岛港的联动合作，抓好中日韩服务贸易（唐冶）创业创新园建设运行。推动阿里巴巴—达通外贸综合服务平台建设，促进秦工集团跨境电子商务 M2B 平台尽快上线试运行，申建国家跨境贸易电子商务综合试验区。

齐鲁证券更名中泰证券 推 A+H

杨奕霞

全国大型综合类券商齐鲁证券有限公司即将于本月 26 日正式更名为中泰证券股份有限公司。总裁毕玉国在"创新发展看鲁企"采访活动中对本报记者透露，公司看好香港金融资本市场，目前已启动子公司齐鲁国际控股在香港创业板上市计划。同时公司正积极推进改制和更名工作，力争 2016 年实现 A 股主板上市，继而推进母公司在港整体上市。

齐鲁证券控股的鲁证期货（1461）不久前在港上市，注册资本 10 亿元人民币，综合实力在全国 150 多家期货公司中排名第 10 位。该公司也成为内地期货行业首家上市公司、港交所第一家上市期货公司以及山东省首家境外上市金融企业。

齐鲁国际拟上港创业板

毕玉国表示，除鲁证期货外，公司已正式启动齐鲁国际控股公司上市工作，它作为齐鲁证券在香港设立的子公司，具有证券交易、期货、投资咨询、资管、融资等全业务牌照。

齐鲁国际控股于 2013 年底正式设立，2014 年开展全部业务后当年即盈利 800 万港元，也是内地券商在港设立子公司中，实现盈利所用时间最短的企业。目前，齐鲁国际控股为"海通国际"等 20 余家企业提供了股权、债券融资服务，并尝试在新加坡、北美、欧洲等地进行业务布局，预计明年可实现香港创业板上市。毕玉国称，公司将通过国际化战略和本土化运营相结合方式，加快推动境内外市场联动，从而更好地为客户提供全球性金融服务。

据了解，齐鲁证券目前在全国 28 个省市自治区设有 33 家证券分公司、233 家证券营业部，网点数量位居内地券商第六位，已形成了集证券、期货、基金、直投为一体的综合性证券控股集团。截至今年 8 月底，公司总资产 1710 亿元（人民币，下同），净资产 245 亿元。今年 1～8 月，公司实现营业收入 113.1 亿元，利润 62.2 亿元，分别是去年同期的 3.87 倍和 5.97 倍。在今年证券

齐鲁证券有限公司总裁毕玉国（杨奕霞摄影）

公司分类评价中，被中国证监会评为最高级 A 类 AA 级券商。公司即将更名为中泰证券，以整体改制上市和更名为契机，目标是打造成为具有自主创新力、综合竞争力、品牌影响力，倍受社会认知，各种专业化证券业务协同发展的系统重要性现代投资银行。

2015 年 9 月 18 日

旅港女商助过千长者复明

殷江宏　刘瑞华　杜学姣

携手香港狮子会　发起"狮爱光明行"

柯德莉·夏萍曾经说过，每个人都有两只手，一只手给自己提供服务，另一只手则用来帮助别人。这也是旅居香港的山东人刘焕明一直以来奉行的座右铭。从眼科医生转型成企业家后，她和香港狮子会的同仁发起"狮爱光明行"活动，先后在广东、四川、山东等地帮助逾千名患有白内障的贫困老人重见光明。一如她的名字，"焕"起希望，给予光"明"。21世纪初，刘焕明还是山东一家公立医院的眼科医生。用她的话说，"世界很大，很多东西没有看过、做过、体验过，人生短暂，要抓紧时间来丰盈自己的人生"。2003年，在学校里一直是"学霸"的刘焕明争取到澳大利亚公派留学的机会，从此改变了她的人生轨迹。

术后的老人在等待复诊

医商结合　投身公益

在澳洲做世界卫生组织访问学者期间，刘焕明参与了一个关于眼病的大型调研课题，该项目由澳洲政府资助，以期更好地做好预防和保健工作。彼时，中国还未意识到眼科预防的重要性，看到很多同行不遗余力地为此事奔走，她深受触动。此后，她又到新加坡系统学习了西方眼科临床手术技术。

2006年，学成归来的刘焕明深感内地与海外在医疗方面上的巨大差距。此时，又在机缘巧合下来到香港，在香港中文大学攻读医学博士和EMBA。也是在这里，她开始重新审视自己的未来。她想尝试一种与以往不同的道路，遂决定走医商结合、创新发展的道路，并决定把很大一部分精力投入公益事业。

刘焕明很快融入香港。她加入香港狮子会，结识了更多志同道合的朋友，并于2009年发起了"狮爱光明行"活动，先后在广东顺德、梅州、汕头，四川峨眉，山东等地做了一系列公益活动，帮助逾千名贫困白内障老人重见光明。2011年，刘焕明在山东日照发起"深港复明献爱心，齐鲁莒县光明行"活动，带着整个医疗队和设备来到莒县，为贫困的白内障患者和耳聋患者提供医疗救助。此后，又在泰安举行"耳聪目明泰山行"活动、在聊城为疗养院的失明老人举办此类救助活动，共计救助老人500多人，善款多来自香港狮子会狮友、社会爱心人士以及企业的捐助。

赠人玫瑰　手有余香

由于经济、医疗等各方面原因，内地很多农村的白内障患者失明时间都比较长。在历次的光明行活动中，刘焕明印象最深的是一位78岁的鳏夫，虽然身板很硬朗，但是又聋又瞎，亲戚抛弃了他，只有周边邻居偶尔会照顾他。刘焕明走近他时，看到他的表情萧索而茫然："你无法想象他一个人如何在无声的黑暗世界里生活了十几年。他说话完全没有生气，只是有一口呼吸，好像在等着，又不知道在等着什么……"

同去的医生为老人配置上助听器，刘焕明为其安排了白内障手术。没想到，复明后的老人容光焕发，像完全变了一个人。"十几年后又能重新听得到，看得到，老人家非常兴奋，在院子里不停地走来走去，我们都穿了狮子会的马甲，因为不知道是谁帮他做的手术，他就和我们每个人握手，眼泪一直往下流……"刘焕明感慨道，"当时一起来的香港朋友说，没想到我捐了这么一点钱，竟然可以改变一个人的余生，我们应该再来，应该再多救助一些这样的患者"。

这样的事例有很多，一对在养老院相恋的白内障老人，手术后终于见到彼此的长相；一位87岁的小脚老太太已经失明十余年，"晶体核都是黑色的，处于只有光感的严重失明状态"，做完手术紧紧地抓住他们的手，激动地一直掉眼泪……看到这些，刘焕明觉得，所有的付出都是值得的。

"人的一生，其实不是很长，也就七八十年，在这七八十年时间中，我希望能够去做一些事情，帮助一些人。"刘焕明说他们只不过是星星之火，但就是想通过这星星之火去感染他人，使更多的人参与公益事业。她在一首名为《快乐行善，解蒙助困》的诗中写道："伸出你的手，伸出我的手，拉住他的手，我的世界多了快乐，他的世界多了明亮。给予是最好的收受。"

刘焕明

心系家乡　助力招商引资

"山东是家乡，千丝万缕的情怀就在这里，现在父母、兄弟仍然在这里。"时隔多年重新回到山东，刘焕明"血液中的山东因子"很快苏醒。在山东的几次光明行活动中，她都被家乡人的热情和仗义所感染。刘焕明担任山东海联会理事一职，并加入了香港山东商会。她表示，跟一群旅居香港的山东人在一起，有一种"异地识故人"的感觉，亲切感也非常浓烈。

从医生到企业家，刘焕明的朋友圈也在从医界向商界靠拢。她希望把在商界结交的朋友以及好的项目介绍到山东，为家乡的发展尽绵薄之力。"山东地大物博，资源丰富，比如淄博的陶瓷就可以出口到香港或者国外。我非常看好山东的发展。"刘焕明说。此前，通过她的牵线搭桥，一个港商投资的无人机项目已在山东泰安正式投产。

拟建国际化眼科中心

刘焕明说，近几年她的工作重心渐渐地向内地靠拢，一年中大半时间在山东,除了做慈善外,她还有自己的医疗公司,目前她正在计划引进国外一家知名的上市医疗机构,拟在济南和青岛分别建立一家国际化的眼科中心。"这也将为我们继续在内地做公益事业提供更好的资源和平台。"她说。

2015年9月11日

2015 香港山东周聚焦产融结合

杨奕霞　殷江宏

2015香港山东周昨日在香港会展中心启幕，上午和下午分别举行鲁港经贸合作高层圆桌会议和山东省政府股权投资引导基金推介会暨重大合作项目洽谈会。出席活动的山东省副省长夏耕表示，希望发挥香港国际金融中心优势、山东的实体经济优势，推动金融服务与实体经济对接，不断拓展深化鲁港合作，促进双方共赢发展。

夏耕指出，山东正在抓住"一带一路"战略带来的机遇，致力于推动优势产业和富余产能"走出去"。香港作为高度开放的城市经济体和国际上重要的投融资平台，可与山东实体产业联手参与，在"丝路"沿线投资开发合作中实

2015香港山东周昨日在香港会展中心启幕。山东省副省长夏耕表示，冀深化鲁港合作，促进双方共赢发展（张伟民摄影）

现互利共赢。

他表示，近年来，山东在国企改制、金融发展、财税改革、服务业升级等方面先后出台一系列创新举措和政策，为山东经济发展注入新的动力，亦为包括香港在内的海内外客商提供了新商机。

政府引导基金拟吸境外资本

山东省此前出台《关于运用政府引导基金促进股权投资加快发展的意见》，拟充分吸收境内外更多金融和社会资本进入基础设施和公共服务领域，冀香港金融界优秀股权投资机构来山东发起或合作设立企业改制、产业发展等各类投资基金或跟进投资基金，并积极参与青岛财富管理中心、济南区域金融中心建设，支持山东企业赴港上市、发行债券、并购重组，以及山东规模以上企业规范化公司制改制，推动鲁港金融合作的深化和拓展。

国企改革是今年香港山东周的另一亮点。夏耕说，深化国企改革，发展混合所有制经济是山东改革发展的重要举措，亦是鲁港战略投资合作的重要机遇。希望香港业界各位精英与山东企业充分交流，探讨并购重组、股权转让、战略联盟等多种合作方式，在合作中实现共赢发展。而随着新型城镇化加快发展，山东新一轮重大基础设施建设持续展开，当前该省正着力推进能源、交通、城市基础设施等领域的投融资体制改革，为鲁港双方投资合作开辟了巨大空间。据悉，截至目前，山东共储备政府和社会资本合作项目600多个，总投资5000亿元（人民币，下同）。

港贸发局明年组团赴鲁考察

香港贸发局总裁方舜文透露，明年4月贸发局将组织香港经贸考察团到济南交流洽谈，希望鲁港携手，共同把握"一带一路"的发展机遇。

据悉，目前香港是山东第一大外资来源地，港资连续多年占据全省利用外资的半壁江山。目前山东累计到账港资达到641.4亿美元。同时很多山东大企业通过香港走向世界，目前已有45家山东企业在香港上市，占全省境外上市公司总数的47%，融资额占境外上市融资总额的85%。

本次香港山东周，山东方面将推出260个重点项目，其中，山东省政府股权投资引导基金23个，国有企业对外合作项目15个，重大基础设施融资项目6个，金融领域对外合作项目16个，服务业等领域对外合作项目200个。

冀引战略投资者　力拓混合所有制经济

与往届相比，2015香港山东周以"产融结合、转型升级"为主题，拟重点推进金融、股权投资、国企改革、基础设施建设等领域的合作。

山东省金融办主任李永健表示，鲁港金融领域可在股权基金、公司制改造、推动鲁企赴港上市等方面加强合作。据其介绍，该省正在研究推进省内5万家规模以上企业进行规范化公司改造，计划5年内每年推进10%的企业改制完成，为以后对接资本市场奠定基础。目前山东有45家公司在港上市，相信5年后这一数字会有倍数的增长。

山东省政府部门高层及地市领导与港商面对面交流洽谈（杨奕霞摄影）

推22重点行业转型升级

山东省国资委主任张新文表示，山东省管企业将以引进战略投资者为重点，大力发展混合所有制经济，加快建立现代企业制度。据悉，本次香港山东周山东省国资委精心遴选了15个股权合作项目，总金额约550亿元，涉及国企改革发展基金，新能源、新材料等战略性新兴产业，融资租赁、文化传媒、旅游地产等现代服务业，矿产资源开发、装备制造等优势产业四大类。

山东省经信委副巡视员张忠军表示，山东正在推进全省22个重点行业的转型升级，拟每年实施"五个一百"工程，对符合条件的重点项目优先纳入省级股权投资引导基金项目备选库，首批从高端装备制造、化工、新材料、医药四大产业入手，第一批已选出581个项目，总投资规模为1140.1亿元人民币，预计可实现经济效益逾1710亿元。

青岛市副市长刘明君表示,青岛正在积极推进财富管理金融综合改革试验区,欢迎香港各类财富管理机构在青岛设立法人机构、区域总部或分支机构,设立股权投资基金、私募基金、对冲基金、独立财富管理机构等新兴财富管理机构,以及在 CEPA 框架下在青岛设立合资证券公司或基金管理公司。在市场方面,亦欢迎香港各类金融市场在青岛拓展业务,设立财富管理学院,开展高层次金融人才培训,推动建立两地财富管理行业间的人才交流和互访机制。

2015 年 9 月 2 日

国际史学会开幕　习近平致贺

杨奕霞　殷江宏　于永杰

创立 115 年首次走进亚洲　两千史学家云集山东

首次走进亚洲的第 22 届国际历史科学大会昨日在山东济南开幕，国家主席习近平发来贺信，国务院副总理刘延东宣读贺信并致辞。为期 7 天的会议期间，来自全球 90 个国家和地区的 2,684 名历史学家，将围绕"历史，我们共同的历史和未来"的主题，共同探讨相关议题。

在贺信中，习近平引用唐代诗人孟浩然的名句"人事有代谢，往来成古今"，他表示：历史研究是一切社会科学的基础，承担着"究天人之际，通古今之变"的使命。今天世界遇到的很多事情可以在历史上找到影子，历史上发生的很多事情也可以作为今天的镜鉴。他指出这次大会的主题之一是"全球视野下的中国"，这是一个很好的题目。中国有 5000 多年连续发展的文明史，

第 22 届国际历史科学大会开幕，刘延东宣读习近平贺信并致辞

观察历史的中国是观察当代的中国的一个重要角度。不了解中国历史和文化，尤其是不了解近代以来的中国历史和文化，就很难全面把握当代中国的社会状况。

历史需与其他学科合作

刘延东在致辞中指出，中国5000多年的文明史，是自强不息的奋斗史、追求和平的发展史、互学互鉴的交流史，塑造了融入中华民族血脉的文化基因，形成了当代中国的价值理念、制度选择和发展道路。希望各国学者交流对话、传承创新，加强国际学术合作，为促进多样文明和谐共生作出更大贡献。

国际历史学会主席玛丽亚塔·希塔拉在致辞中指出，未来历史科学研究面临着三大挑战：各领域科学的竞争不断加剧，而历史被认为对经济的作用难以证明，历史科学需要与其他学科有效合作；历史研究正在与电影、录像和电视节目相竞争，后者常常更能影响历史的形象，历史学者需要与非职业史学家合作；在互联网能获得所有信息的当下，如何吸引年轻学者参会并聆听学术论文。玛丽亚塔·希塔拉认为，没有什么可以取代各国史学家的面对面交流。

逾170场学术交流活动

另据新华社报道，国际历史科学大会秉持国际和平主义的宗旨，与有着悠久和平主义传统的中国有着一样的"文化基因"。近百年来，中国史学家始终对大会抱有高度认同。民初至今，中国学人一直都密切关注国际历史科学大会在选题和方法论方面的变化，"以预世界之流"。改革开放之后，中国史学家走出国门，治史理念和方法得以丰富。中国史学会会长张海鹏认为，此次大会的举办，对中国文化发展具有世界性的战略意义，是中国全球化进程中的重要文化节点，将使国际历史科学大会与中国的关系发生更为本质、深刻的变化，对中国人文社会科学产生深远影响。

中国继成功举办北京奥运会和上海世博会之后，又一次成为国际盛会东道主。作为国际史学会的成员，中国史学会1995年曾申请在北京办会，未能成功。2010年，中国史学会将济南推荐为2015年大会举办地，获得通过。作为全世界规格最高的史学盛会，这是国际历史科学大会创立115年后首次在亚洲国家举办，且参会国家与地区数量创历史新高。除主题会议外，大会还安排了特别议题、联合议题、圆桌会议、青年学者墙报展示等多种形式的学术交流活动，共计170多场。"足球,全球化进程的一面镜子""婴儿潮的一代""音乐与国家"等富趣味性议题,相信将受到更多人关注。

2015年8月24日

山东外侨集中营　难友旧址凭吊

杨奕霞　于永杰

日寇兴建曾关押数千欧美人　二战时期亚洲最大

香港导演冼杞然执导的电影《终极胜利》暨纪录片《被遗忘的潍县集中营》在山东潍坊杀青之际，12位曾于二战期间被关押在潍县集中营的外侨难友、后代及相关人士逾80人日前回到旧址，凭吊往事，其中包括不幸在集中营去世的奥运冠军利迪尔的两个女儿，曾参加集中营营救行动的中国人王成汉首次公开当年救人细节，令这座二战期间亚洲最大的外国侨民集中营，再次引发了人们的关注。

1942年春，日本为报复美国限制日裔美籍人士在美国本土活动，在当时的潍县（今潍坊市）乐道院设立了当时亚洲最大的外侨集中营——潍县集中营，关押了来自美国、英国、加拿大、澳洲等30多个国家的约2,011名欧美人士，包括327名儿童。美国原任驻华大使恒安石、华北神学院院长赫士博士、英国著名奥运会400米冠军埃里克·利迪尔（因病在集中营内去世）等都曾被囚于此。

王成汉老人回忆解放潍县集中营的细节（于永杰摄影）

华汉参与营救　被誉来自天堂

在此次杀青仪式上，已经 90 高龄的王成汉的出现让 12 名当年的难友非常激动，老人站起来热烈鼓掌，一位挪威籍的难友直呼"你来自天堂"。

1943 年王成汉考进了当时的四川大学物理系，1944 年秋到庐州参加国民革命军青年军。

1945 年 8 月 15 日，日本宣布无条件投降后，盟军担忧日本人杀害集中营里的外侨，决定于 8 月 17 日展开解救行动，成立四个行动组，分别以鸟类编号并前往北京、沈阳、潍县和海南岛四个地方。王成汉被 OSS（美国战略服务办公室，美国中情局前身）招募到"鸭子行动组"当翻译，同组 7 名成员，除了他是中国人外，其余都是美国人。

"我们当时并不知道潍县集中营在哪里，飞机低空飞行在潍县上空寻找。当集中营里的外侨看到飞机上的美国标志后，兴奋地朝我们挥舞衣服，并冲出乐道院的大门，那时日本看守已经无法阻挡他们了。"王成汉回忆，这时队员决定低空跳伞降落，他虽然刚学会跳伞，但仅用 9 秒就降落到集中营大门外的高粱地上。

侨民瘦弱不堪　获救欢呼哭泣

"兴奋的外侨们把我们扛在肩膀上抬进集中营。人们有的欢呼，有的哭泣。有人把降落伞撕成碎片留作纪念，也有人剪我们的头发做纪念，孩子们则跟着我们到处跑跳。"经过三年多的关押，集中营中的侨民营养状况非常差，普遍瘦弱不堪。后来美军用 10 架 B29 飞机空投大量物资才解决食物问题。当月底，王成汉完成任务后就回去继续学业。

王成汉将这一秘密保守了近 70 年，连他的儿子都不知道。直至孙子去美国，他才告诉对方。

美国女议员越洋寻中国英雄

集中营内被关押的人士得到了潍县农民和抗日部队的同情和帮助。当集中营物资匮乏时，当地人民悄悄为他们运送食物和药品，抗日组织为其发送信件，并帮助恒安石等人成功逃脱。集中营的大多数人员由此幸运地度过了囚禁岁月，直到 1945 年 8 月 17 日被解放。集中营新中国成立后，被囚禁的人士大多回到了自己的国家。

在当时的集中营中有一位 12 岁的小女孩 Mary，她与当时只有 20 岁的王成汉结下了深厚的友谊，因而只有她知道王成汉的中文名字。1997 年，Mary 成为美国南新泽西州议员后，就一直在寻找这 7 名英雄。她先后陆续寻找到了其他 6 名美国队员，唯独没有王成汉的消息。就在今年 3 月 29 日，王成汉的孙子居住在南卡罗来纳州列克星敦镇，通过网络了解到 Mary 在找寻自己祖父的情况后，给 Mary 发了一份电邮，5 月 3 日 Mary 通过越洋电话联系上王成汉，并互相确认对方就是 70 年前的朋友。至此，王成汉才公开这段经历。

冼杞然执导　实录中国人助外侨

10 年前，冼杞然在拍摄奥运会题材时，接触到英国奥运冠军利迪尔在潍县乐道院集中营的故事，从那时起他就决定把它拍成电影。为此多次到山东潍坊、英国、加拿大搜集资料。"我觉得多年来，很少有电影讲述中国人如何与外国人建立友谊，我拍这部电影就是要让人们知道苦难的日子里，人性的伟大。"

在潍坊搜集资料期间，当地人给他讲述了很多有关集中营的细节。当时在集中营内负责清洁的农民张兴泰和他的儿子帮助美国青年恒安石逃离集中营。1981 年恒安石任美国驻华大使，曾专程携夫人到潍坊寻找张兴泰。二战后期，日军的补给越发困难，集中营里的侨民食物供应不断减少，少女甚至停经。侨民们将一些物品扔出墙外，希望能与农民换食物，一个名叫韩祥的少年在帮助侨民交换食物时被日军的电网电死，尸体更被悬挂在电网上。这些真人真事都被冼杞然写进电影里。

相关纪录片央视年底播

有关纪录片《被遗忘的潍县集中营》将于今年底先登陆中央电视台。明年年初，电影《终极胜利》将参加柏林电影节，并于 3 月全球同步上映。

2015 年 8 月 20 日

山东机关事业单位养老金"长缴多得"

杨奕霞　王雪莹

启动保险制度改革　走在内地前列

山东省日前印发了《山东省机关事业单位工作人员养老保险制度改革实施办法》，标志着山东省机关事业单位养老保险制度改革的总体方案和主要政策已经明确，正式进入了改革的实质性启动阶段。今后山东省机关事业单位将实行与企业统一的制度模式和政策，改革后的基础养老金主要体现在"长缴多得"。

据山东省人力资源和社会保障厅厅长韩金峰介绍，山东省养老保险制度已经覆盖6570万人，全省350万机关事业单位人员还没有实行真正的养老保险，成为制度上的"短板"和"孤岛"。改革机关事业单位养老保险制度的一个主要思路就是"一个统一"，即建立与企业职工等城镇从业人员统一的社会统筹

在济南市长清区人力资源和社会保障局，工作人员正在为申报退休的市民办理手续

与个人账户相结合的基本养老保险制度，实行统一的缴费标准、待遇计发办法和调整机制，逐步化解不同社会群体间养老保险待遇差距较大的矛盾，这也可以从制度上化解"双轨制"矛盾，体现了制度公平、规则公平。

"3 倍封顶 60% 托底"

过去机关事业单位退休人员养老待遇计发方式，采用退休时工资打折的办法。改革后基本养老金待遇由两部分组成：一是基础养老金，以省或市上年度在岗职工月平均工资和本人指数化月平均缴费工资的平均值为基数，缴费每满1年发给1%。基础养老金主要体现了"长缴多得"，缴费时间越长，待遇水平越高。二是个人账户养老金，以个人账户储存额除以国务院统一规定的计发月数，个人账户储存额包含历年个人缴费的本金与利息。个人账户养老金主要体现了"多缴多得"，缴费越多，待遇水平越高。此外，缴费比例和缴费基数有所调整，机关事业单位个人缴费工资实行"3倍封顶、60%托底"，即超过省或市上年度在岗职工平均工资3倍的部分，不计入个人缴费工资基数，低于60%的，按60%计算缴费基数；建立统一政策和缴费比例实行收支两条线管理。

韩金峰指出，此次改革走在内地前列，虽然预料到过程艰难，但没想到会如此难。机关事业单位养老保险制度改革涉及体制机制转换和利益调整，政策性强，牵动面广，是一项复杂的系统工程。在推进过程中还面临不少难题。下一步，各市、各单位都需全力配合，逐项研究解决。

2015 年 8 月 4 日

港设计师冀挽救内地老品牌

杨奕霞　殷江宏　朱明丽

香港知名设计师李永铨日前携"莲莲有余"的车身设计作品，出现在山东济南举行的"转型升级·香港博览"特斯拉展区。被称为"品牌医生"的李永铨近年来致力于挽救内地濒危老品牌，希望唤起人们对传统品牌的保护意识。"品牌不仅仅是一种商业工作，也是拯救文化的一种方式。"李永铨接受本报采访时不无担忧地表示，根据韩国一家机构的调研结果，中国超过200年的品牌目前只有5个。

"这个设计叫做'莲莲有余'，代表生生不息，所以你会看到许多水呀，波纹呀，云啦，比较有趣。这里融入了中国传统图像的元素。莲花代表生生不息。而黑白色调则对比强烈，有视觉冲击力。"在"转型升级·香港博览"的特斯拉展区，李永铨一边向记者展示他设计的独特车身图案，一边耐心地讲解他的设计理念——鱼与水流寓意将生机不断延续于后代，他将东方意境与西方的图

李永铨及作品"莲莲有余"

像手法相结合,来表现环保的意义。

作为香港新一代品牌顾问,李永铨作品设计风格独特,以黑色幽默及视觉大胆著称,业务范围遍布香港、中国、日本及意大利。近年来,他关闭了日本的公司,用很多时间去拯救濒危的老品牌。"时间有限,人生也有限,有问题的品牌真的太多,只能做一个算一个。"李永铨说。

不懂市场殃及品牌

而这一切源于两年前韩国一家机构的调研。"现在全球超过 200 年的品牌已经越来越少,很多人认为中国有 5000 年历史,应该是老品牌最多的地方,其实不然。"这家公司的调研结果显示,目前老品牌最多的地方是日本,它有将近 3100 个老品牌,最老的品牌有 1400 年。

李永铨说:"很多有问题的老品牌不是它的产品有问题,而是它的拥有者只懂产品,不懂市场的改变,与市场越走越远。"

必须尊重知识产权

"在日本,如果复制一个东西,大家都会认为他是一个小贼,非常低档次。而在内地很多人的观念并不是这样。"李永铨感叹,如果知识产权和创意得不到尊重,那么设计师就只能停留在技师的位置。他还直言,中国缺少自己的高端品牌,主要是因为很多人不懂品牌,仅仅停留在改变 logo 和模仿的阶段,"所以青年设计师要从个人改变开始。"

2015 年 6 月 26 日

山东率先推股权投资引导基金

杨奕霞　殷江宏

政府资金引社会资本　行政分配变市场运作

日前,由山东省政府出资设立的10只引导基金正式对外公开征集股权投资管理机构或投资企业合作设立子基金。这是今年以来该省推出的第二批省级股权投资引导基金。这种由省政府出资设立、按市场化方式募集运作并在全省推广的政策性基金管理方式,在内地尚属先例。

山东省财政厅预算处调研员王元强表示,长期以来,各级政府对企业扶持主要采取专项资金投资补助、费用补贴等方式,由政府相关主管部门直接操作。虽然比较快捷,但由政府部门直接对接项目,操作时缺乏对投资项目的专业审评和对行业前景的认知,导致资金使用效益不高,不利于产业发展,且容易发生营私舞弊现象。设立股权投资引导基金,是今后财政支持产业发展的主要方向,也是一项重大的制度创新——不仅会吸引更多社会资本进入,由专业机构直接对接项目,减少行政干预,政府功能亦会由"直接无偿投入"

山东此前推出资本市场发展引导基金助力小微企业规范发展(通讯员韩旭、战星摄影)

改为"间接引导",由"行政性分配"改为"市场化运作"。同时可以改变当前山东融资渠道和手段较为单一、私募基金发展相对滞后以及中小企业融资难融资贵等问题。

拟吸引社会资本 3000 亿

山东公开征集社会投资机构合作设立投资基金消息一经发布,即刻吸引投资者极大关注。根据规划,2015～2017年3年内,山东省级财政将出资100亿元(人民币,下同)用于设立股权投资引导基金,涉及工业转型升级、现代服务业、城镇化建设、科技创新、旅游业、资本市场发展、现代农业等领域。

同时,鼓励政策性银行、商业银行、保险公司、国有大企业等偏好资金安全、回报稳定的机构共同出资参与设立政府引导基金,建立健全引导基金多渠道筹措机制。到2017年,力争全省吸引社会资本3000亿元以上,形成较为完善的私募市场体系,并打造成为内地具有较强竞争力和影响力的区域性股权投资中心和私募投资集聚高地。

省级引导基金根据私募基金的投资方向、投资领域、风险状况等情况,制定不同的出资或扶持条件,面向全国积极吸引高水平专业投资机构以及熟悉金融创新、资本运作、拥有行业背景、精通现代管理的基金投资人才入驻山东。港企在内地注册的股权投资管理机构或投资企业亦可作为申请者参与。

年内推 14 只母基金

据王元强介绍,引导基金将主要鼓励社会资本投入种子期、初创期等小微企业或创新型企业、战略性新兴产业等,以激活民间资本促进山东创业创新和产业转型升级。例如2月4日创立的资本市场发展引导基金,已确定参股设立鲁信资本市场发展股权投资基金和齐鲁天使股权投资基金两只子基金,总规模为10亿元。主要面向齐鲁股权交易中心、青岛蓝海股权交易中心两个区域股权交易市场,冀解决当前山东企业资产证券化不足,企业融资渠道单一等问题。

"以前这些小微型企业属于野蛮生长状态,融资很难,基金投入后能够助其规范治理机构,拓宽投融资渠道,从而提高核心竞争力,实现企业的持续长久发展。同时,也有利于培育和壮大上市后备资源,促进资本市场体系中最薄弱的4板市场发展,完善山东多层次资本市场体系;而健全的资本市场,又反过来又会极大地促进实体经济发展。"王元强表示。

据悉，目前已有资本市场发展、滨海旅游、天使投资和现代种业4只引导基金进入实质性运作阶段。今年山东省级预算筹集安排25.28亿元，共支持设立14只母基金，初步形成聚焦该省经济发展薄弱环节的引导母基金群，并在此基础上吸引社会资本发起设立20多只子基金，力争年内规模达到150亿元。

2015年6月9日

福利院小妈妈让"折翼天使"在爱中飞翔

殷江宏　张　楠

助脑瘫儿实现生活自理　点滴进步见证奇迹诞生

　　脑瘫儿童,被称为坠落凡间的"折翼天使",却也是被遗弃儿童中占比最大的群体之一。位于山东省中部的淄博社会福利院,收养了213名被遗弃的孩子,逾80%是脑瘫儿童。当其他孩子环绕父母膝下欢度"六一"的时候,这些智力发育迟缓且大多不良于行的孩子,却在努力地学习生活自理能力。幸运的是,他们在这里找到了新的妈妈。27岁的张莎莎就是其中的一位。到福利院工作五年来,她和孩子们相伴成长,在无数次的失败中挑战生命的极限,亦于点滴的进步中见证奇迹的诞生,成为脑瘫儿童的"小妈妈"。

张莎莎教孩子认识水果(张楠摄影)

2010年夏,张莎莎自南京特殊教育师范学院毕业时,适逢家乡淄博的社会福利院儿童院招募特教老师。经过层层筛选,张莎莎9月正式入职。虽已有心理准备,但第一次见到福利院的孩子时,她仍然十分震惊。

"那种心情真的很难形容,几个孩子全部躺在床上,竟然没有一个能坐起来!他们唯一的动作就是呼吸、眨眼。"张莎莎说,大学期间她的职业规划就是做一名特教老师,设想过很多次如何用手语和孩子们沟通,教他们语文、数学……但孩子们的残疾状况却远超她的想象,"这样的孩子还怎么学习知识?就算学了又有什么用?"她的满腔热血瞬间被现实"秒杀"。

教会波波吃饭走路说话

福利院里收养的脑瘫儿童,大多是刚出生几天便被亲人抛弃,有的甚至还带着脐带。身材瘦小的党福波(波波)就是其中的一位。九年前,他被孤零零地放在福利院门口,家人直到现在仍杳无音讯。张莎莎上班后不久,即在儿童寝室里见到了4岁的波波。彼时,波波受惠于民政部的"明天计划"刚从北京做完手术归来。从未谋面的一大一小双眼对视却心情迥异。

"他坐在儿童摇马上,是一个特别帅气的小男孩。"时至今日,张莎莎仍对两人的第一次见面记忆犹新。当时她高兴地上去打了个招呼,波波却紧张地大哭起来,且因无法掌握平衡连同摇马一起摔倒在地。莎莎去扶时才发现,这个孩子不会说话,且整个下肢都不能动,先前其实是倚靠在摇马上。

看着这个漂亮的小男孩,莎莎的心情十分复杂。同事告诉她,虽然手术很成功,但波波没有任何自理能力,连吃饭都要人喂。为此,莎莎和同事们开始有意识地锻炼波波的手眼协调能力,"最起码让孩子学会吃饭"。

"这是一个缓慢的过程,光是抓着他的手往嘴里送饭这个简单的动作,就教了好几个星期",张莎莎回忆。在周而复始的辅助训练中,波波终于在几个月后学会了自己吃饭。随后,又用几年的时间学会了扶着助行器走路和说话、拿掉尿不湿,基本实现生活自理。在其八岁以后,"妈妈们"开始教他识字,目前他已经认识100多个汉字,而且大部分会写。

"忽然有一天,波波认出了所有福利院妈妈们佩戴的工牌……"张莎莎说,那一刻,她觉得所有的努力都是值得的。

闻帅帅一声妈妈泪泉涌

虽然每一步成长背后都要付出常人难以想象的艰辛,孩子点滴的进步却鼓舞着张莎莎和她的同事。今年三岁半的帅帅，是她看着长大的，"他刚开始的状态是谁碰都不行，甚至通过伤害自己让别人离他远一些"。张莎莎回忆，帅帅经常害怕地蜷缩在角落里，吃饭时有时还故意将饭菜打翻在地。但就是这样的孩子，在特教妈妈们耐心的教导下，竟然通过康复训练慢慢学会了走路和说话。

"那是一个早上，帅帅开口叫了一声妈妈……"张莎莎说，起初，她不敢相信，还以为是窗外的一个孩子在喊。后来突然意识到是面前的帅帅——"房间里只有这么一个孩子！"短暂的停顿后张莎莎再也控制不住，激动地流下眼泪。在倾注了无数心力和汗水之后，在孩子们不断地进步中，她已深深地爱上这份工作，成为脑瘫儿童的"小妈妈"。

"盼孩子拥有真正的家"

脑瘫虽然病变部位在脑，却累及四肢，常常伴有智力缺陷、癫痫、行为异常、精神障碍及视、听觉、语言障碍等症状。由于坏死的细胞不可再生，很多时候，与脑瘫的较量意味着一场持续却注定失败的战斗。

作为一名特教妈妈，除了上课以外，莎莎每天要帮助孩子刷牙，洗脸，换尿布，推轮椅。由于患有多项残疾的孩子体征较弱，许多孩子甚至伴随出现自闭倾向。"有时他们情绪不受自己控制，会发出原始哭闹，着急时会抓破特教妈妈的胳膊和腿。"每次张莎莎都默默承受，然后反思是哪点做得不好引起了孩子的过激行为。或许，正是特教妈妈的爱与坚持让这些不会飞翔的孩子免于坠落谷底。

收养者多为外国家庭

"孩子们的世界很单纯，也很敏感。我们经常对来访的人讲，不要对着孩子指指点点，不要重复他的残疾状态，主要是担心他们打下心理烙印否定自己。"张莎莎感慨地说，"对于孩子而言，从躺着到坐起来是人生重要的第一步。尽管我们已竭尽全力，还是对有些孩子无能为力。我希望有更多的孩子能坐起来，更希望他们能有自己的家。"

随着孩子们自理能力的增强，不断有人被社会人士收养。遗憾的是，或许是观念的原因，内地的家庭大多不愿收养这些身带残疾的儿童，许多孩子被国外家庭收养。"很舍不得，虽然福利院就像一个大家庭，但毕竟不是真正意义的家……"张莎莎的眼中带着泪光。

福利院的"妈妈团"

爱心人皆有　恒心更可贵

"张妈妈！张妈妈！"当记者随张莎莎一起走进孩子们的寝室时，孩子们争先恐后扑向莎莎的怀中，小脸上显出格外兴奋的表情。见到陌生人，他们并没有害羞扭捏而是大大方方地首先示好："阿姨你好！"小"女神"恋恋对着我们的镜头不时伸出"快乐的小脚丫"，张莎莎解释说是在向我们打招呼。

在福利院二楼的墙壁上，画着一颗颗漂亮的海星，让人会忍不住想起那个广泛流传的故事：在广阔的澳洲海滩上，每当退潮时都会有许多海星搁浅。一位老爷爷在散步时看到有个孩子捡起海星往海里扔，便不解地问道："这里有那么多海星，你扔一个两个有什么用？谁在乎呢？"孩子没有直接回答，只是捡起一颗海星说："这只海星会在乎。"

张莎莎说："这是院长在提醒我们，我们的付出孩子们会在乎。干我们这一行最需要的是恒心，因为爱心人人都有，但并不是每个人都能坚持下来。"

创无数生命奇迹

张莎莎口中的院长，是淄博市福利院儿童院院长朱喜荣。她很自豪地说，作为民政部首批"全国脑瘫儿童术后康复训练示范基地",多年来特教妈妈们创造了无数生命的奇迹,"让躺着的孩子坐起来,让坐着的孩子站起来,让站着的孩子走起来,让走着的孩子跑起来,甚至有个几年前被医生判了死刑的孩子,仍然活着……"

2013年11月,25岁的张莎莎代表山东参加民政部首届孤残儿童护理员专业技能竞赛,斩获一等奖。民政部破格将她的助理职称直接晋升为高级。张莎莎也由此成为山东省最年轻的高级护理员;去年,她所在的淄博市儿童福利院,被评为内地优秀单位。

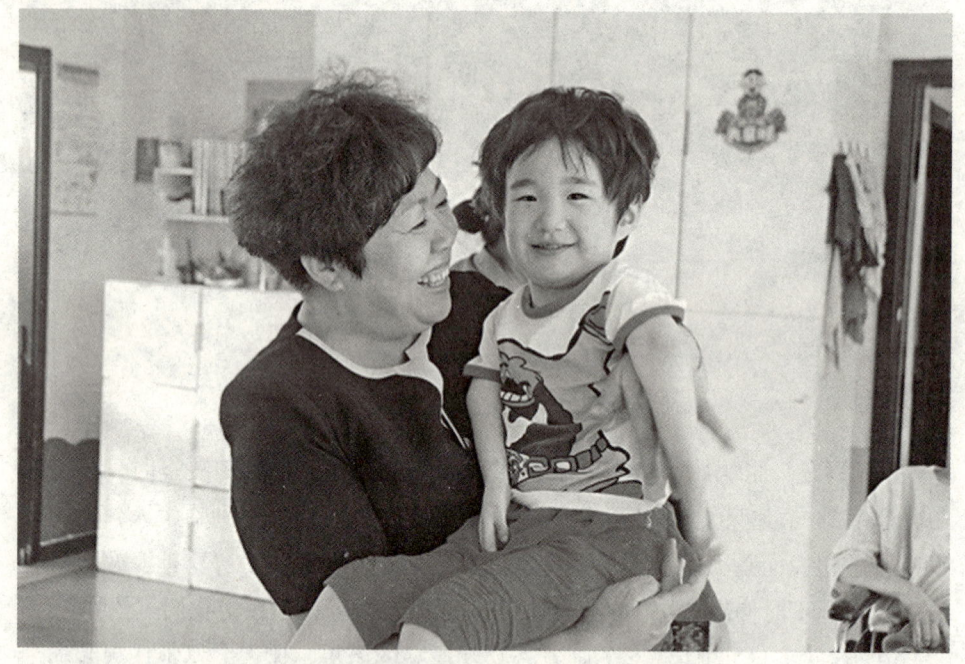

院长朱喜荣女士与孩子(殷江宏摄影)

带孩子回家过年 一起叫"爸妈"

工作中的张莎莎盘着头发素面朝天,身着统一的工装,沉稳的她并不像80后女孩。生活中则不然,她喜欢旅游,喜欢逛淘宝,也有了同在民政系统的意中人。

去年春节,张莎莎带着先心病患儿蕾蕾回到父母家过年,跟着自己一起吃年夜饭,一起叫"爸爸妈妈",后来便发现自己"失宠"了。"妈妈经常问我,那个蕾蕾啥时候再来咱家啊,我想她了。"张莎莎笑着说。

不过，身边人的另眼相看也难免让她有些羞涩。"同学聚会听说我在福利院工作，都说，你好伟大！有时打车回到福利院，的士司机还会少收点钱。其实，我做的只是一份普通的工作。"

2015年6月1日

韩电商山东拓物流辐射中国

杨奕霞　于永杰

预支自贸协定红利　借"都教授"吸金

韩剧《来自星星的你》在中国大受欢迎，女主角"千颂伊"同款高跟鞋在淘宝上被抢购一空。瞄准了"韩流"在中国所激发的巨大购买力，韩国商品直购网站盼达网已与山东省威海港合作，拟在威海建设"核心物流基地"，届时中国消费者将可更加便捷地选购在韩剧亮相的商品。记者从此间举行的中韩（威海）电商大会上获悉，在威海与仁川确定为中韩自贸协定地方经济合作示范区的背景下，跨境电商已经成为两地合作最先试水的领域。

日前，在威海举办的中韩FTA投资贸易论坛暨中韩（威海）电商大会上，韩资盼达网总经理金信宰向本报表示：基于中韩FTA落地后将带来的保税、通关等利好因素，他们计划以威海为核心物流基地将"韩流＋电商"的经营模式

中韩（威海）电子商务大会

辐射整个中国市场。韩星"都教授"金秀贤的经纪公司 KEYEAST 已成为该网站的第二大股东，日后该公司旗下艺人的周边产品将通过盼达网向中国粉丝独家销售。

资金时间成本大降

对于山东本土企业来讲，中韩 FTA 推动下跨境电子商务的先试先行，带来最直接的利好则是资金成本和时间成本的显著下降。今年 3 月，即中韩 FTA 草签后不久，中国首条中韩海运跨境贸易电子商务通道在威海开通。威海的优势在于地理位置距韩国最近，这意味着跨境电商货物可以集装箱的低成本作快速进出口，大大降低运输成本。

争保税区落地威海

这次论坛上，威海九日进出口公司与韩国东华集团签订了有关跨境电子商务的合作协议。该公司董事长林旭光表示，通过跨境电子商务合作，中国消费者以国际支付平台下单后，所选购的商品可直接在韩国进行包装，免除了过往运到中国后要二次包装，这可降低成本 20%。此外，通关时间也大大压缩。"目前需时 3 天，未来预计可压缩在 1 天以内，"林旭光还表示，"威海现时还没有综合保税区，如果保税区可以在威海落地，那么商品的包装可在保税区内由中方完成，人工及材料费用更可大幅下降。"他透露，山东省及威海市目前正向国家争取综合保税区的落地。

此外，对于当地超市家家悦而言，跨境电子商务带来的通关手续简化，非常有利于降低新鲜食品进口时的损耗。

消费者有望国内享韩式美容

中韩自贸协定在威海与仁川先行先试，意味着威海要在政策层面作出多方面的突破。威海商务局局长邓勇向本报表示：除了已经开通的中韩海运跨境电商业务外，他们目前正在向国家层面申请，实现中韩互设旅行社及邮轮旅游落地签证等政策。近年来，内地消费者到韩国医疗整容的越来越多。威海也正在申请，允许韩国独资的医美机构到威海开设医院。邓勇透露"目前感兴趣的韩资医院非常多"。未来中国消费者有望在威海即可享受韩国医疗美容服务。

税率的减免无疑是中韩自贸协定带来的核心利好。按照两国的协定，中韩 FTA 生效后 20 年内，韩国将分阶段取消对来自中国的所有商品 92% 的关税，中国将取消韩国产品91%的进口关税。从事对韩进出口8年的林旭光举例，目前来自韩国的饮料关税为35%、增值税为17%，即1元成本的饮料消费者需要花费1.6元购买。FTA落地后，则仅需1.17元便可。到韩国旅游大批扫货的游客，未来可在国内就可以贴近当地的价钱买到韩货。

专家解读：威海软件建设亟待提升

谈到应如何抓住中韩FTA示范区带来的机遇，上海对外经贸大学国际经贸学院院长黄建忠直言威海在发展服务外包、跨境电商方面仍面临着一些挑战。"此前李克强总理表态中国的互联网网速太慢、网费太高，这对于发展电子商务来说，就属于基础设施方面的欠缺"，黄建忠认为，作为示范区的威海应切实提升软件建设水平。

黄建忠认为，中韩FTA选择威海与仁川进行地方经济合作的先行先试，有利于双方尽快找到经济和产业互补的空间和测算出相互重叠竞争的强度，也在货物、资本、服务、技术和人员等要素的双向流动及其管理领域摸索经验，为扩大全局合作提供示范及探索政策、制度创新的方向。

他建议威海和仁川自由经济区可在以下几个方面实现突破：政府继续简政放权、转变管理职能；建设货物贸易便利化所需的海关通关、检验检疫、保税物流、原产地与运输证照查验等的"一站式"服务体系；继续提升与商贸、投资相关的税务、工商、土地、金融等部门的服务意识；可考虑对双方商贸、技术人员的来往提供签证便利条件；积极促成地方企业尤其是民营企业的对外贸易、投资和技术合作。此外，还要努力改善区域基础设施，提供优良的社会公共服务产品，例如教育、医疗、文化与商业性的各类中介、咨询及人力资源服务等。

2015年5月12日

山东名优农产品来港推介

殷江宏

农业大省山东昨日假香港会展中心举行名优农产品推介洽谈会。山东省农业厅副巡视员刘玉明在致辞时表示，山东是内地供港农产品的重要省份，香港是山东农产品重要的出口目的地和中转地，两地农业合作潜力巨大，冀来自世界各地的客商把山东作为货源供应基地，并积极到山东投资办厂、兴建农产品生产加工项目；与山东农产品生产、加工、销售企业加强合作，共谋发展。

山东方面此次来港系参加同日开幕的2015国际食品餐饮展，全省共有68家企业参展，产品涵盖粮油、蔬菜、果品、畜产品、水产品、罐头、食用菌、茶叶、休闲食品、保健食品十大类500余种，除了港人耳熟能详的苹果、生姜、大蒜、樱桃等山东特产，亦不乏阿胶饮料、牡丹籽油、海参奶等高科技深加工产品全新亮相。

山东省农业厅副巡视员刘玉明致辞（殷江宏摄影）

鲁港农业合作潜力巨大

刘玉明表示,山东高度重视鲁港交流合作,此前已连续六年在香港举办了山东周活动。此次来港举办农产品推介活动,不仅可以展示山东农产品的优势,而且对于加强鲁港两地及山东与国外农业的交流与合作,不断提高农产品的质量和加工水平,促进农业和农村经济结构调整均具有重要意义。

农产品出口 15 年全国第一

作为农业大省,山东多项农业经济指标位居全国前列。据刘玉明介绍,近年来,该省进一步加大市场开拓力度,积极推进农业标准化生产和产业化经营,农产品质量和国内外市场竞争力不断增强。2014 年,全省农产品进出口总额达到 427 亿美元,其中农产品出口 157.3 亿美元,约占到全国农产品出口额的 1/4,已连续 15 年保持全国第一位。刘玉明透露,目前该省正在酝酿推出农产品品牌建设工程,希望能让更多的人了解到山东名优农产品。

香港港九罐头洋酒伙食行商会总监赖宾、香港餐饮联业协会总干事谭侠声以及本港数十位采购商参加了本次洽谈会。谭侠声表示,现时香港素食十分流行,政府亦鼓励市民多吃素食保持身体健康,山东有很多优质蔬菜水果,建议可在此方面探索新的合作机会。

2015 年 5 月 7 日

山东稳推经营权证抵押 促土地流转

殷江宏

作为 2014 年内地三个整体试点省份之一，山东农村土地承包经营权确权登记颁证工作已完成 76.5%，涉及农民承包土地 7,586.2 万亩，预料今年将基本完成全省土地确权登记颁证工作。目前该省正在探索农村土地承包经营权证抵押贷款试点和集体产权制度改革，拟通过建立农村产权流转交易市场，搭建农村产权交易平台。

此前中央 1 号文件提出，用 5 年时间基本完成农村土地确权登记颁证工作，解决农户承包地块面积不准、四至（地籍上每宗地四邻的名称）不清等问题。2014 年，山东、四川、安徽 3 省成为土地确权登记颁证整省试点，加上其他各

山东今年内全省将完成土地确权登记颁证工作。图为山东枣庄市孟庄镇侯庄村农民在麦田里装运小麦（通讯员吉哲摄影）

省整县试点，试点覆盖面积已达 3.3 亿亩。目前土地确权登记颁证的效果在山东已初步显现。

农户放心流转　农业规模经营

山东省农业厅厅长、省扶贫开发办主任王金宝在新闻发布会上表示，土地确权登记颁证后，土地承包经营权得到明晰，农户没有了后顾之忧，可以放心流转土地经营权，为培育新型农业经营主体、促进农业适度规模经营提供了有利条件。

据悉，目前山东农村土地经营权流转面积达 2,155.8 万亩，占家庭承包经营面积的 23.3%。加上供销社系统土地托管服务面积 827 万亩，以及部分邮政系统服务"三农"示范田建设，全省农业规模化率达到 32.1%。

探索抵押物评估及风险机制

王金宝表示，未来山东将加大政策扶持力度，促进土地承包经营权有序规范流转。稳步推进土地承包经营权抵押、担保试点，在抵押物价值评估、处置变现、风险防范机制等方面进行积极探索。

据悉，山东省已启动土地经营权证抵押贷款试点，并出台《金融支持现代农业加快发展的意见》，引导全省各地试点探索农村土地承包经营权证抵押贷款。农信社、各地农商银行和部分国有商业银行，开办了农村土地承包经营权证抵押贷款金融创新项目。

与此同时，各地还积极探索推进农村集体产权制度改革，对农村集体资产进行股份制改造。通过建立农村产权流转交易市场，搭建农村产权交易平台。

据悉，今年农业部拟再选择 8～10 个省份开展整省试点，其他省份每个地市选择一个县开展整县试点，覆盖面积达到 5 亿亩左右。

2015 年 1 月 25 日

郭树清：探索"山东标准"
山东力推"厚道鲁商"

殷江宏

相较于徽商、晋商、浙商的群体崛起，山东企业在外则多以"单打独斗"的个体形象出现。为了改变这一现状，山东近期在全省企业中开展"厚道鲁商"倡树行动，拟把诚信建设提升到制度保障层面，提升山东企业的整体形象。山东省省长郭树清在《政府工作报告》中明确提出，将大力推进标准建设，积极探索"山东标准"，努力提升产品质量、工程质量、服务质量，创造更多山东品牌。

据悉，"厚道鲁商"将建立一整套三极联创评估，健全行业信用信息记录制度，把企业的信用信息采集融入注册登记、资质审核、日常监管各环节，在

工商、税务、安全生产、产品质量、环境保护、食品药品等领域引入不同权重的评分体系，建立诚信"红黑名单"制度，对诚信积累良好的企业给予激励扶持，并加大对失信行为的惩戒力度，构建企业不愿失信、不能失信、不敢失信的长效机制。

在山东"两会"期间，"厚道鲁商"亦成为代表、委员热议的话题。山东人大代表、东阿阿胶股份有限公司总裁秦玉峰表示，鲁商具有浓厚的地域特色和儒家文化的烙印，在当今中国市场经济极需要健全、规范的背景下，"诚信经营、厚道做事"的鲁商应成为新商业文明的开拓者和引领者。秦玉峰建议政府召集省内名优企业，组成"厚道鲁商"联盟，严厉查处企业失信行为。他指出，"厚道"是东阿阿胶多年来一直坚守的理念，亦是其传承千年的基因密码之一。

在山东政协委员、青岛啤酒总裁黄克兴看来，"厚道"则是对质量的坚守。黄克兴表示，目前人们从原有的重视外在、重视价格、重视表象逐渐回归到重视内涵、重视质量、重视精神世界。而青岛啤酒全球化战略和基业长青的根基就是质量。速度终有上限，质量永无止境。在推动"中国产品"向"中国品牌"转变的质量强国关键期，质量提升不仅是企业在经济"新常态"下的战略机遇，也是经济转型升级给消费者带来的最大红利。

2015 年 2 月 6 日

委员倡建曲阜文化特区
打造世界儒学战略高地

殷江宏

1919年的"巴黎和会"上,中国代表顾维钧在拒绝日本强占一战前德国在山东的利益时说道:"中国不能失去山东,正如西方不能失去耶路撒冷!"千百年来,在许多人心中,山东因孔子故里曲阜的存在而成为中华文化圣地。然而,在相当长的一段时间内,这一地位并未得到应有体现。在山东省两会期间,社科界约20名政协委员联名递交提案,冀在曲阜建设文化特区,打造儒学与中华文化复兴的战略高地。

山东省政协委员、山东大学儒学高等研究院执行副院长王学典(殷江宏摄影)

习近平公开表态　儒学复兴有望

"每到孔庙,我都有一种朝圣的感觉,可身边的人大部分是来旅游的。"谈起这些,山东省政协委员、山东大学儒学高等研究院执行副院长王学典很是遗憾。

王学典直言,这与中国长期对传统文化的态度暧昧不明有关。"中国整个20世纪是在反传统中度过的,在这种偏见之下,对于传统文化的正面价值并未给予充分的估计。"他表示,这种状态随着习近平总书记在2013年11月考察曲阜才宣告终结,这是中共在新中国成立以来首次明确对儒学的态度。而习近平在去年国际儒联大会讲话中对儒学的认同,更被学界认为是向海内外的公开表态。

官员应减少顾虑

"作为一国领导人能如此重视传统文化,是中国文化之幸。"王学典认为,但目前国内对传统文化的态度"两头热中间冷",一头是国家领导人,另一头是学者和民间,中间的政府官员并不"热情"。他说,本次山东省《政府工作报告》首次用较大篇幅提出大力发展传统文化,作为内地政府部门为数不多的表态值得肯定,但也是一次"迟到"的回应。

在王学典看来,官员对于传统文化特别是儒学的重视不够,主要源于意识形态领域的顾虑。他说,就像当初人们对于市场经济姓"社"还是姓"资"的讨论一样,许多人担心中国传统文化姓"马"还是姓"孔",其实二者是互补的。儒学所弘扬的"仁""善",是人类最基本的伦理。官员应该减少顾虑,放开步子。"特别是山东,最大的自然禀赋是文化。可惜现在捧着金饭碗,认识不到位。"

对此,山东省政协委员、山东大学"泰山学者"、儒学高等研究院教授曾振宇有同感。他表示,山东省对以孔子为代表的儒家文化的研究与推广力度,与"孔子家乡、儒家发源地"这一称号有些不符。

山东人文地理现象独一无二

"目前中韩两国同样受到西方文化的冲击,但韩国对传统文化的重视值得学习。"曾振宇(见图)表示,譬如韩国的"邹鲁之乡"——安东市,这几年打出"韩国精神文化首都"的口号,正在朝"全球儒教文化中心"的方向发展。在国内,贵州亦在通过大力发展孔子学堂构建国学文化交流平台。

在曾振宇看来,山东的儒家文化资源其实更具优势。在齐鲁文化版图上,历史地形成了以曲阜为中心、方圆百公里的儒家文化圈:邹城(孟子)、苍山(荀子)、嘉祥与平邑(曾子父子)、滕州(叔孙通、儒家弟子墨子、北辛文化)等等。"这一人文地理现象,不仅在中国,甚至在全世界也独一无二。"

此前,曾振宇曾连续三年联合多名委员递交成立曲阜文化特区的提案。今年,以曾振宇、王学典等委员为首的社科界人士联名递交提案,建议山东省将这一地区的儒家文化资源进行科学规划与整合,制定切实可行的文化产业规划,打造出一个全世界的"儒家文化中心"。

两千年后再建"儒家文化中心"

曾振宇认为,曲阜文化特区的意义,或许不亚于1979年深圳"中国经济特区"的设立。经过30年的发展,中国已进入一个新的十字路口,未来的发展道路应回归中国人的生活方式和价值观念。

"两千多年前的西汉武帝时代,山东地区以孔子为代表的儒家文化影响了中华民族的思想和发展;两千多年后的今天,山东应再次成为中华文化的高地。"曾振宇说。

2015年2月12日

八旬翁潜心塑罗汉　延续传统文化

于永杰　殷江宏

从驰骋蓝天、采集核爆空气样本的飞行员，到潜心雕塑创作石雕、铜雕五百罗汉的艺术家，在山东，年近八旬的陈修林完成了让许多人赞叹的人生转折。为打破当代造像的失真、庸俗之弊，他行走多国，研究西方雕塑中的解剖学原理。多年来他疏财创作五百罗汉铜雕、石雕，做这些只是为给后人留下一点民族文化的教具。陈修林说雕塑罗汉像就是在塑造自我的心灵。在陈修林位于山东潍坊寒亭区的工作室内，他耗费二十多年心血完成的铜雕五百罗汉静谧地安放在院子中。这些罗汉表情、造型各异。作家沈善增评价他的罗汉像表情是抓拍而不是摆拍，这使他和西方造像重肢体语言完全不同。为了厘清佛教造像艺术的发展脉络，陈修林曾到印度沿着恒河行走，到新疆去考察犍陀罗艺术遗风，并遍访北京碧云寺、上海龙华寺、汉阳归元寺研究历代造像风格演变。

陈修林讲述他与罗汉的故事

曾任飞行员　作品获奖

谈起与雕塑艺术的结缘,要追溯到20世纪50年代陈修林还是空军飞行员时,他的第一件作品名叫"我爱蓝天",表现的正是空军飞行员战士的雄姿。此后他的雕塑作品先后在全军评比中获奖。

1966年10月26日,陈修林与战友一起驾机收集核爆后的空气样本而遭受核辐射,肝脏等器官产生严重的中毒反应。幸运的是,他最后竟然坚强地活了下来。

借阅儒家典籍　阅读《大藏经》

在陈修林病休期间正值"文化大革命","批林批孔"运动中儒家典籍被轮番批判,讽刺的是,正是在这种批判氛围中,陈修林反而对孔子思想有了接触。在任继愈先生的帮助下,他到国家图书馆中借阅儒家典籍,进而又阅读了《大藏经》。在"文革"极端反传统的环境下,陈修林却深深地感到了传统文化的魅力。

1986年,时任中国佛教协会会长的赵朴初先生与书法家启功、画家黄胄、艺术家韩美林等在北京会面时提出:中华民族优秀传统文化的传承,主要是因为有了永久材料制作而成的造像艺术而保存下来。"赵朴初先生说了一句话,我们这一代人要给后人留一点佛教艺术品。当时我也在座,这句话深深影响了我。"从那时起,已经年近五旬的陈修林决心创作五百罗汉雕像,为后人留下文化的"教具"。

将佛教理念融入造像

陈修林创作的五百罗汉雕像包括铜雕和石雕两组,目前总量近千尊。为了筹集资金,他曾经卖了房子卖了车,多年来靠着卖画的收入支撑雕塑。如今虽已年届八旬,陈修林仍保持每天工作十几个小时的工作强度。

陈修林塑造的罗汉充满着人间烟火。为体现众生平等的理念,他将非洲人、弱智者的形象都融汇于造像之中。在创作过程中,他将自己对佛教理念的理解,通过塑像表现出来。"比如传统的伏虎罗汉,有用打虎的姿态表现罗汉的威猛。我认为应该是以罗汉的德行修为来感化猛虎。"而降龙罗汉脚下的龙是一条变色龙,讽刺了见风使舵的世相。在他的五百罗汉塑像群里穿行,就像走在一条充满人情百态的集市中。

为文化圣贤造像

除了罗汉像，陈修林一直在尝试为中国传统文化圣贤造像。应香港孔教学院汤恩佳先生之邀，陈修林为其创作了孔子及七十二贤彩塑。他说，在相传为吴道子所做的孔子画像中，为了表现孔子的谦恭之态，把他画成一位弯腰驼背的老人。但他认为孔子精通六艺，体格应该非常健壮，所以在他的雕塑作品中，孔子的形象跟传统的形象有较大的出入，显得更加挺拔与硬朗。

盼作品流传后世

多年来，他先后塑造了80多座孔子像，还为老子、曾子、朱熹等30多位文化名人塑像。在这个过程中一直未间断过对儒释道经典的研读，早在20世纪90年代就曾出版过研究佛教理论的《唯识论研究》。

陈修林说自己已经快80岁了，这几年他一直在考虑为这些罗汉像寻找一个归宿地。"我希望能把这些作品留给民族的子孙后代。"在他的书房中挂着一首他自己写的诗，诗的最后两句是"唯有石头知吾意，画作罗汉笑人生"。

陈修林展示大型浮雕手稿

获学界大师相助

陈修林作为一介"武夫"对传统文化的虔诚尊崇，感动了很多学界的先生。

在与季羡林、任继愈、南怀瑾、张岱年等大师的接触中,陈修林得到了很多帮助。南怀瑾先生告诉他塑造人物造像,应该懂得"麻衣相术",并亲自从台湾买到《麻衣神相》一书送给他。从相面术观察人的理论中,陈修林懂得如何通过眼神和五官来表现人的善恶和内心活动。

中外结合　人神结合

通过对中西雕塑艺术的研究,陈修林认为中国传统造像缺乏解剖学基础。对此张岱年先生对他说,必须走"融合创新"的道路。他的创作非常注重古今结合、中外结合、人神结合。"没有形,光传神是不行的,同理,光形似而神不达也是不可以的。"艺术界评价他的作品是"吸收了西方知名雕塑家的雕塑语言,严格了人体解剖关系,在准确的形体上,实现了夸张美"。

陈修林创作的石雕五百罗汉

2015 年 3 月 18 日

台儿庄战役 77 周年祭英烈

殷江宏

101 岁老兵泪纵横 "回到这里太难过"

77 年后，曾亲历台儿庄战役的国民革命军第 32 军 142 师 425 团 2 营 5 连士兵、今年 101 岁的邵经斗重回血战地，抚摸着满是弹孔的老房子泪流满面。他向弹孔墙和无名英雄遗骸遗址连续多次敬礼，仿佛又回到那个硝烟弥漫的战场。

101 岁的老兵邵经斗、102 岁的战地记者蒋思豫在弹孔墙前紧紧握手（殷江宏摄影）

昨日是台儿庄大战胜利77周年。台儿庄大战参战老兵、参战将士后人及社会各界人士纷纷前往山东枣庄台儿庄遗址缅怀先烈。其中包括101岁的老兵邵经斗、102岁的战地记者蒋思豫、第59军张自忠军长之孙张纪祖等。

血战遗址　弹孔犹存

"回来了，回来了……"在台儿庄大战遗址弹孔墙前，邵经斗老人一边抹眼泪，一边在不停地重复着这句话。据邵经斗回忆，当时他只有22岁，战争十分激烈，身边的战友纷纷牺牲。全连158人参战，只有18人幸存，台儿庄街前铺满了战友的遗体。"我不敢看，回到这里太难过。"邵经斗流着泪说。

邵经斗在台儿庄遇到了抗战时期战地记者、《中国青年》编辑、《中央时报》《益世报》记者、特约撰稿人蒋思豫。两位老人在弹孔墙前郑重地敬礼后，双手紧紧握在一起。据蒋思豫回忆，"台儿庄打响一周后，我和《大公报》记者范长江、《新华日报》记者陆怡来到台儿庄采访，我们在徐州见到了第五战区司令长官李宗仁和副总参谋长白崇禧。李宗仁说前线之战异常激烈，建议你们到一线采访。部署在台儿庄东北部山区的汤恩伯向我们介绍了战况，送给范长江、陆怡两匹马前往台儿庄，却把我留在了指挥部。后来听说台儿庄战场上是枪林弹雨、硝烟弥漫，记者们跟着部队冲锋陷阵、武装转移、撤退、坚守阵地战，好几个记者都在战场上伤亡了"。

在随后的"台儿庄大战英烈祭奠仪式"上，邵经斗、蒋思豫、抗战将士后代张纪祖等，以及日本友好人士、僧侣、圆光寺主持大东仁，以及民革中央、黄埔军校同学会、香港大中华会、香港黄埔军校同学会、台湾黄埔军校同学后代联谊会、北京航空联谊会、云南二战史学会的代表等分别敬献花篮。

"战后台城，残垣断壁。尸填街巷市野，血盈运河沟渠。千年古城，无墙不饮弹；鲁南大地，无土不沃血……"台儿庄大战参战将士之后马凤威苍凉悲壮的声音久久回荡在古运河畔。

《台儿庄大战之黄埔师生录》出版

作为台儿庄大战胜利77周年的系列纪念活动之一，由黄埔军校同学会、团结出版社、台儿庄古城管委会等联合举办的"台儿庄抗战暨《台儿庄大战之黄埔师生录》出版座谈会"日前在台儿庄召开。

据了解，《台儿庄大战之黄埔师生录》一书历时2年编撰完成，分上下两册，共计16个章节，近86万字，从侧面全新的诠释了参战黄埔将士在台儿庄血战

日本僧侣、圆光寺主持大东仁捐赠日版小说《台儿庄》等资料（殷江宏摄影）

的英勇气概。

黄埔军校同学会、香港大中华会、香港黄埔军校同学会、团结出版社、台湾天龙文创集团、北京航空联谊会等协会团体以及台儿庄战役参战黄埔将士后代及专家学者等60余人参加了座谈会。

日本友人赠珍贵史料

台儿庄大战纪念馆昨日收到了各方人士捐赠的相关史料、文物200余件。其中包括日本僧侣、圆光寺主持大东仁捐赠的日版小说《台儿庄》《内阁情报局》《周报》等资料。大东仁表示，日本方面应该对这段侵略历史进行反省，两国学者亦应共同努力，把这段历史向更多的人公开。

据大东仁介绍，20世纪80年代，他曾去东北地区的万人坑参观遗骨，内心受到很大的刺激，那些画面在脑海中久久挥之不去。他决定把这些惨痛的历史找出来向公众展示，希望不要再发生这种惨烈的战争，给人类带来灾难。

搜集南京大屠杀资料逾十年

此前，大东仁曾为南京大屠杀纪念馆搜集史料长达十余年，先后捐赠1500

余件文物。2013年12月起,大东仁受台儿庄大战纪念馆委托,在日本搜集相关史料。大东仁表示,由于台儿庄战役是日军战败,日本媒体和史学界关于这场战役的资料很少。他只记得上大学时,曾经看过一本小说,是一名台儿庄战役亲历者所写,文中提到"听说这场战争失败了"。因此搜集工作难度很大,有些资料是他从东京旧货市场找到的。

大东仁此次还专程参加了台儿庄大战胜利77周年祭奠英烈仪式,并为英烈献花祈福。

2015年4月9日

人类学讲师游走南北体味风情

殷江宏　亓　娜　尤丹丹

"疯跑"体验迥异生活　赞"山东人真实在"

2012年，初为人母的香港科技大学女博士舒萍受聘到千里之外的山东大学执教。从香港到济南，虽然生活习惯和文化差异有时会带来一些困扰，人类学专业毕业的舒萍却明显乐在其中："我的专业就是要到处体验不同的风土人情，我很喜欢这种'疯跑'的感觉。"

在鲁三年，舒萍一直没有停止过"疯跑"的脚步，济南的老街巷、威海的韩国城、日照的绿茶园，都曾留下其驻足的身影。日久生情，他乡便是故乡。不知不觉间，她已渐渐喜欢上这个民风淳朴的地方，并积极投身于各种与当地经济生活息息相关的课题。

舒萍出生于湖北黄冈，2003年自厦门大学硕士毕业后到香港科技大学攻读博士学位，后就职于科大华南研究中心，10年后她选择北上山大就职，一个很重要的因素是结束夫妻长期分居的状况，她希望刚出生的宝宝能得到更好的照顾。从湖北、厦门、香港再到山东，70后舒萍的履历横跨了中国四个迥异的地方。冥冥之中，亦与她的专业所需不谋而合。

舒萍去韩国开会

鲁地淳朴民风打动人心

舒萍在山东的工作生活充满了奇妙的"碰撞"。时至今日,她仍然记得因空气干燥流鼻血时的惊诧。"那是从小到大第一次流鼻血,把自己都吓了一跳",她笑着回忆。三年的教书生涯,舒萍最不适应的仍然是气候——空气干燥可以打开加湿器,可遇到雾霾天她却只能"望霾兴叹"了。

而让舒萍喜欢上这里的最大原因,还是山东人的厚道淳朴。有一次,她到山东省博物馆查资料,回来时因不熟悉路线而叫了一辆的士。没想到司机很认真地告诉她:"这个距离有点远,以后不要打车了,你再多走几步就可以到公交车站直接乘车过去,打车不划算。"无独有偶,她到济南的韩国城买衣服,售货员竟如实告诉她,哪些是从内地批发的,哪些是真正从韩国进口的外贸货。聊起这些,舒萍深有感触地说:"山东人真实在。"

在港人北上的大军中,像舒萍这样的高学历群体已有扩大之势。在她看来,这与内地不断加大对学术的投入不无关系。"目前世界范围内学术圈的工作市场并不景气,包括美国和欧洲的经济都不太好,而中国近些年来对学术的投入力度大,机会较多。"舒萍认为,"现在内地并不缺少与世界交流的机会,走出国门很简单;内地的大学生们眼界也不再封闭,有他们自己的视野。"

难入山东社保　期政策尽早放开

不过,舒萍也有自己的烦恼。"在香港,每个人都可以领到强积金;而在山东,外籍人士和港籍人士目前都不能参加当地的社保,这样会让自己产生一种不安全感。"她说,目前已有一些省份在此方面出台相关措施率先尝试,希望今后政府在对待港澳台及外籍人士的社保及相关政策尽早跟上,如此才能留住更多的人才。

现代香港守护传统文化

2003年,在厦门大学念人类学研究生的舒萍和准备出国的男友一起考托福,没想到男友临时改变想法要留在国内。而舒萍正好看到香港科技大学人类学博士的招生信息与自己当时的研究方向相近,当即决定准备资料申请入港读博。就这样,她"阴差阳错"地进入科大读书,踏进了人类学研究的大门,"一脚踏进来,就没再踏出去"。

舒萍（右三）在北京奥运会非遗展香港馆做志愿者

调研菲工生存状态

人类学专业一个重要的研究方法是"田野调查"，导师安排她去做一个香港菲律宾工人的调研。于是她每个周末都会到中环，通过画图、拍照或者聊天等方式去观察菲律宾工人，后来便融入到她们之中，和菲律宾工人们一起去教会、烧烤等聚会活动，进一步地感受她们在香港的生存状态。

2008年奥运会期间，北京举行了系列文化展示活动，非物质文化遗产展览即是其中一项。因导师对香港的乡村社会和移民文化一直比较关注，舒萍亦由此成为此次展览香港方面的六位志愿者之一，代表港府在奥运村进行志愿讲说和布展。

传统增加身份认同

"当时很多内地人看到香港保留的传统文化元素诸如拜神、舞火龙时都匆匆而过，反而是在维多利亚港的照片前留影。"舒萍无奈地说，在他们眼中需要破除的"老旧传统"，恰恰是香港社会变迁过程中依旧发挥着重要作用的文化纽带，香港作为一个移民城市，这样的纽带既能够连通各个群体，又能增强彼此的身份认同。应该庆幸，"文革"中内地文化传统的断层在香港得以保留，让香港能在新旧融合中更加多元和开放。

"丈量"威海异国文化

与内地的传统教学方式不同，舒萍在授课时不是以固定的教科书为依据，而是围绕不同的专题来讲。此外，她也经常带着学生走出课堂去做田野调查。她坦言，这些均与其在香港的经历不无关系。

基于地缘的优势，山东与韩国的交往由来已久。特别是与韩国一衣带水的威海，是中国距韩国直线距离最近的城市，有许多韩国人在此定居，整个城市充满了韩式风情。舒萍为此曾专程带着学生去威海感受街头巷尾的异国文化。她们一直是用脚步"丈量"，一天走了10个小时的路。

在"丈量"中，她发现韩国本土的餐厅会在收纳处摆放饮水机，供人们饭后漱口，而在威海的一些韩国餐厅却没有发现这种摆设。这一细节亦显示出舶来文化在离开母国文化环境后的"本土化"过程。

舒萍的学生经常给她带来惊喜。当她询问他们对于韩国餐厅的看法时，本以为韩餐"摩登""精致"会是主流答案，没想到一些学生竟说"吃韩餐很娘"——代际之间不同人的观点和态度，对于浸染西式教育的舒萍来讲，也是弥足珍贵的意见。

2015年4月10日

老中医仁心妙手　传承小儿推拿

杨奕霞　于永杰　张　楠

悬壶五十余载　融入阴阳五行八卦理论

推拿是中医学的重要组成部分，其中小儿推拿因无服药之痛苦，越来越受到广泛欢迎。原山东省中医院推拿科主任张素芳教授悬壶五十余载，一生以医德为先，创造性地把阴阳、五行、八卦等中医传统理论应用到小儿推拿当中。2013年张素芳被国家中医药管理局确定为全国名老中医传承工作指导老师，她坦言当前小儿推拿的传承不容乐观，年轻人不愿了解和学习是传承所面临的最大困境。

张素芳出生于上海，20世纪50年代末她就读的高中要内迁甘肃，当时正好上海成立了中医推拿学校，有三位同学来邀请她一起报名。那时的张素芳并不了解推拿，不过母亲非常支持。母亲告诉她：你小时候出麻疹，就是上海一位老中医用推拿的办法治好的。再考虑到推拿学校管吃管住，可以为家里减轻负担，张素芳就报名了。

张素芳教授演示中医推拿（于永杰摄影）

练"一指禅"　学少林内功

张素芳回忆，那个年代的中医，既有一大批基本功非常扎实的老师，但同时也面临着来自意识形态的尴尬。"很多年以后我们才知道,老师中有人给蒋介石、毛泽东都看过病",张素芳说中医理论讲究阴阳五行,但当时老师不敢详细讲五行相生相克的关系,怕被说成是迷信。

在学校时,张素芳和同学们每天在米袋上练习推拿基本功"一指禅",还要学习少林内功《易筋经》、剑术。张素芳说,有了这样扎实的功底,运用于小儿推拿才能有效,且自己也不会累倒。

继承发扬传统"十三大手法"

1961年,张素芳从上海中医学院附属推拿学校毕业后,来到山东工作。在行医中,她渐渐转向专攻小儿推拿领域。除了对海派推拿手法的整理研究之外,她还学习了山东当地的推拿流派,继承发扬了孙重三小儿推拿传统的"十三大手法"。

在诊疗上,张素芳最具特色的就是秉持中医的整体观念、辨证论治。在治病求本、扶正祛邪治疗原则指导下,用温、清、补、泻、汗、吐、消、散等不同治法,将阴阳、五行、八卦等中医基本理论应用到小儿推拿的临床上。

如常见的小儿咳嗽,中医中认为咳嗽属于肺脏的症状,张素芳除了施以清肺的推拿手法外,还常加以平肝。这就是运用了五行相生相克原理。

如今张素芳已75岁高龄,仍每天坚持推拿十多个患儿,作为全国名老中医传承工作指导老师,张素芳坦言,如今年轻人不愿了解和学习是小儿推拿传承面临的最大困境。

营养过剩易致小儿患病

张素芳在临床中发现,当下小儿常见的疾病多与过度的保护、过剩营养有关。张素芳曾接诊过一个男童,生殖器一直勃起,诊断之后发现他是阳亢热盛所致。原来为了给孩子补充营养,男童的家人每天给他吃一个海参,过度进补导致体内阴阳失衡。"就在看病的时候,孩子还问奶奶回家后能吃海参了吧。"张素芳说这样的情况比比皆是,"有开饭店的老板每晚睡前给孩子吃排骨;有婆婆让大夫帮忙劝儿媳妇给孩子多吃一点。"

此外,有的家长将水果蔬菜和一些硬的食物打成泥喂给孩子,造成牙齿发育不良。食物不经过咀嚼,肠道也无法完全消化。张素芳就建议,要多多鼓励孩子自己咀嚼食物。另外,呼吸系统疾病也是儿科常见疾病,她呼吁不要给孩子反复使用抗生素。随着内地放开二胎政策,头胎孩子有了弟妹以后,也造成了不少心理和行为的异常，张素芳认为"社会机构应该给孕妇做一些产前培训，我们现在正在做相关的公益讲座"。

吁行医需保赤为怀　不为自私

小儿推拿因其独特的优势，受到了不少家长的青睐，近年来不少推拿门店也"一阵风"式开遍大街小巷。张素芳强调，推拿是中医外治法的一部分，必须有扎实的中医理论基础，并不是懂得穴位、会几套手法就能治病的。作为国家级的知名老中医，张素芳也坦言目前中医界有不少庸医，败坏了中医的形象。她常以推拿典籍《小儿推拿广意》里的两句话教导学生：保赤为怀，不为自私。强调行医必须以医德为先。

谈到小儿推拿医学的传承，张素芳吐露了自己的忧虑。她说推拿不像其他的科室，不可能几分钟看完一个病人，也不能如工业生产般为所有病人开同样的处方赚取提成。因此很多中医学院学生不愿意学习推拿，张素芳坦言"这是当前最大的困境，希望国家的卫生医疗改革能尽快推进，为中医传承创造良好的机制"。

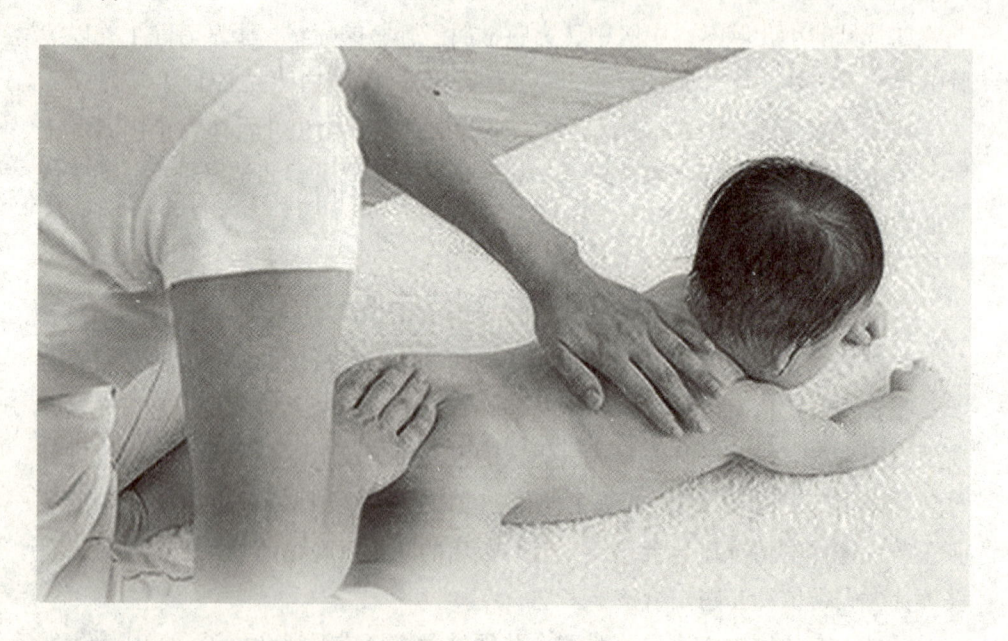

2015 年 4 月 25 日

"孔子故乡 中国山东"
2015 对外新闻报道集

香港商报

鲁青荣城铁开通运营

谭永娇

12月28日，青荣城际铁路正式开通运营。作为山东第一条城际高速铁路，青荣铁路的开通将成为胶东半岛蓝色经济区发展的"黄金走廊"，将直接改写胶东地区的"经济版图"，使胶东半岛从"沿海边区"变成"门户城市"，成为对接辽宁半岛、日韩国家的"桥头堡"。

据介绍，青荣城际铁路正线长302公里，总投资371.3亿元，设计时速250公里，全线以桥梁隧道为主，桥隧比例接近63%。沿线途经城阳、即墨北、烟台南、威海北、荣成等10个站点。开通后，济南至烟台的运行时间由原先的7小时压缩到3个半小时，威海到济南由原先的8个小时压缩到4个小时，极大降低旅行时间。2015年全线贯通后青岛与烟台、威海之间将形成1小时都

山东省铁路规划示意图

市生活圈，有效促进三地之间的交流合作。同时，青荣铁路开通后，通过与胶济、太青、京沪等高铁、客专线路连接华北、华东、中南等地城市，对外经济交流成本显著降低，有利于吸收和利用周边地区各种先进生产力要素，提高资源开发与利用效率以及对外交流的主动性。

烟台、威海作为山东省的沿海旅游城市，"难过难出"一直是当地旅游经济发展的瓶颈。青荣城际铁路为蓬莱阁、刘公岛、荣成天鹅湖、莱阳恐龙地质公园等名胜古迹带来大量"诱发客流"。旅游业、商贸业、咨询业、服务业、餐饮业等将成为率先受益的行业，延伸产业链条。

2015年1月2日

重汽曼技术将引领中重卡行业革命

刘 佳

德国曼集团是全球卡车技术领先的工业集团，在重卡和发动机领域具有很高的知名度和很强的竞争力，曼技术是高效、经济、环保的完美结合。中国重汽集团董事长马纯济在中国重汽2015年商务大会上表示，中国重汽拥有的曼技术产品已经成为新的发展优势和独有的市场竞争力，曼技术有望实现中重卡行业全面升级换代。

据悉，中国重汽自2009年与德国曼公司签署战略合作协议以来，不仅成功得到具有世界先进水平的发动机、车桥及整车技术，同时创新能力全面提升。曼技术产品自投放市场以来，市场反应良好。

马纯济称，尽管受不利因素影响，全国重卡行业整体亏损，但中国重汽2014年1月至11月，累计产销整车16.2万辆，同比增长10%，销售收入608.3亿元，产销规模早已跻身全球重卡制造商前三甲。

MC11 发动机

民族重卡踏入国际快车道

据介绍，中国重汽自 2004 年正式实施"国际化"战略，产品已销往全球 96 个国家和地区，今年 1 月至 11 月份出口订单累计已超过 2.1 万辆，连续 10 年出口稳居国内重卡行业首位。2013 年，中国重汽 300 辆欧五重卡进入香港市场，这是国内重卡厂家生产的欧五重卡首次大批量进入香港市场，再次证明了中国民族重卡产品完全能够满足世界现行的最严格排放标准。

目前，中国重汽已在 40 余个国家建立了办事处，在尼日利亚、摩洛哥、马来西亚等 8 个国家建立 KD 组装工厂。

创新成重汽发展新引擎

马纯济表示，随着国家宏观调控和重卡产业的技术进步，新的增长点和市场亮点将不断涌现，创新驱动、优势创造的作用将更加明显。2015 年开始国四排放标准全面实施，对于业内其他企业是一次挑战，而对于中国重汽来讲，高可靠性、舒适性、低油耗的优势和良好的外观形象，特别是曼技术加智能化必将为重汽带来新一轮的发展机遇。2015 年，重汽力争实现整车销售 20 万辆以上，曼技术产品达到国际先进水平，企业效益力争保持行业最好水平。

2015 年 1 月 4 日

陈修林与他的"罗汉世界"

胡荣国　刘　佳

人说山东潍坊是艺术家的乐土，卧虎藏龙，瑰宝涌现，奇迹不断。临近年关，记者专程赶往潍坊郊区，探访一位隐世多年的艺术大师。一路采访下来，令人大呼震撼：这里竟然还有如此宏大的罗汉精雕传世奇迹！

陈修林，年已八旬，是一位精神矍铄的质朴老人，难以想象的他还是当年中国试爆第一颗原子弹的功臣——检测核试验空气指数的飞行机组"三人行"之一，因此受到了时任国防部长张爱萍的接见。论军旅资历，他已是"文职将军"，至今仍享受着国家残疾军转人员待遇。说起他的秉性，陈修林用了8个字概括自己：真诚简单，直道而行。

陈修林

潜心研究佛学

陈修林出生在潍坊昌邑，受周边浓厚艺术氛围的熏陶，他从小就喜爱绘画，家里穷，没有笔，他就用石灰块在墙上画，自己家墙上画满了，就画到邻居家的墙上，常常引来邻居告状，便被母亲责打一顿。到了部队，他的绘画才艺得到展示。他利用业余时间创作的油画、雕塑等作品先后在《人民日报》《解放军报》等发表，还入选了当年的全国美展。

解甲归田回到故乡，他依然勤于绘画创作，并在当地小有名气。1984年，他应邀去北京参加一个佛学研究方面的会议，会上听中国佛教协会主席赵朴初先生讲到："历史留给我们这么多的佛教造像艺术品，而我们拿什么优秀遗产留给我们的后人呢？拜托在座的艺术家们担当起历史赋予我们的责任吧！"这句话深深地触动了陈修林。从那时起，陈修林将精力转向了雕塑艺术，研究起佛教罗汉石像。

五百罗汉在佛席上排位仅次于佛与菩萨。为创作与创新，他用两年多时间跑遍了大半个中国，潜心研究佛学，还考察了印度、尼泊尔等国的佛像造像艺术，把每一尊罗汉的个性、故事铭记于心，揉搓百家之长，感悟其中禅境。其间，南怀瑾先生给了他关怀与指导，并送给他了一本台湾出版的《麻衣相术》。"相由心生，佛像传心"，陈修林潜心研读后练就了"火眼金睛"观人术，通过人的相貌便可观其内心世界，并把书中三维学运用于石雕罗汉。这还不够，他又研究西方解剖学，人体比例、骨骼、肌肉、线条等等，更精确地用于创作中。如此，陈修林从最初就对每一尊罗汉力求形神兼备，突出"清、奇、古、怪"，注意古今结合、中外结合、人神结合，赋予新的生命力。

陈修林认为，中国的传统文化植根于大众，佛教传入中国后，与中国的传统文化融合，演变成中国式的佛文化。五百罗汉都是凡人修炼而成，因此都应该是活生生的"人"，千姿百态，个性鲜活，并能传递人的体温。

近30年的执着创作历程中，陈修林带领徒弟们吃住在山上，几乎每天都是早上五点多起床，晚上十点多才休息，日夜兼程，采石、雕琢。陈老说，石雕对于材料要求特别高，因此他的采石场选在距离潍坊一个多小时车程的莱州，那里的大理石质地好。

巨匠善于制作　　大师在于创新

记者在采石现场看到，一座石山已被凿去了大半，从山顶到塘底形成四层楼高两个篮球场大的石塘。石雕五百罗汉就那样摆放在不起眼的院落里，但所表现出来的气场却是那么的真实，那么的鲜活。

其中有一尊像极乐耶稣的罗汉"六根净尊者"格外引人注意。陈老称，创作之时让他联想到耶稣对世人的怜悯和慈爱，因此这尊罗汉在他脑海中就呈现出酷似耶稣的形象，他就将内心对于慈悲的感觉倾注于作品中了。

五百罗汉中有两个是智障的罗汉，正应了佛对一切众生"我皆令入无余涅槃而灭度之"的爱，众生皆有佛性，众生皆可成佛。

"雕塑罗汉其实也是在雕塑我自己的人生，我想用在岩石上艰难行走的手指，赋予每一个罗汉自己的灵魂。虽然我是伤痕累累，人生却无怨无悔。"看

铜雕罗汉群

着自己已变形的手指,陈修林不禁想起南怀瑾先生当年的话:"天下有两个傻子,一个是我南怀瑾,还有一个就是陈修林。"

如今,陈修林在潍坊有了自己的工作室和工作团队。这里是一栋两层楼白色建筑,四周圈起的院落里密密麻麻摆放着真人大小的铜雕五百罗汉阵,这是他完成石雕五百罗汉之后的又一传世之作。比起石雕,铜雕罗汉显得更细腻精致,而每一尊又与石雕罗汉神态各不相同。

"巨匠"与"大师"的区别在于,巨匠善于制作,而大师在于创新。五百石雕罗汉,五百铜雕罗汉,这是多么震撼的数字,又是多么震撼的场景!30年的风雨历程,实现了他当年暗自发奋的历史使命。但,他还有一个夙愿尚未完成:《万佛朝圣》石雕。他展现已经构想好的巨幅图纸时,眼睛里充满了信心。

研读国学经典 与"孔子"结缘

20世纪70年代时值文革"批林批孔",耿直倔强的陈修林稀里糊涂地被批成了"孔孟之道"的信徒。也正因为此,他开始接触和研究孔子及儒学思想。后来拨乱反正,他得以正名,恢复了自由。

1996年,陈修林创新的雕塑艺术已有造诣,应香港孔教学院院长汤恩佳之邀创作"孔子和七十二贤彩塑"。这是前不古人的一项巨大工程,也是艺术上的一次大胆尝试。为此,他查阅了大量的文史资料,写下了几十万字的读书笔记。他认为孔子精通"六艺",应该为体强肌健的一位智者。于是,他用时一年,把粗犷、浑厚的雕塑与细腻、优美的彩绘艺术相结合,驻足于现代雕塑艺术的高度,探索儒家古老文化之幽微,运用彩塑形式注释人物不同的内心世界,再现孔子及其弟子七十二贤神貌，表现了一代大儒"社坛授学"、弟子"争而学道"的恢宏场面。

记者看到1997年1月出版的《孔子和七十二贤彩塑集》一书，附有孔子和七十二贤每个人的传记，张岱年先生作序写到"今陈修林精雕孔门圣贤塑像，弥补了儒家先哲缺乏雕像的不足，这是历史的创举"。此后，陈修林先后创作了70多座孔子系列雕像，陆续流芳海内外。

长期的治学与创作生涯，陈修林研读儒、释、道经典著作，归结出中国古文化"三大定律"：因果律、和合律、阴阳律。他把儒家的"仁"、佛家的"善"、道家的"德"植入他的生命里，体现在了他的作品中。他有一首言志诗："世间诸事千钧轻，盛名点破还归空。唯有石头知吾意，化作罗汉笑人生。"

孔子彩塑像

2015年2月15日

鲁征集优秀传统文化项目设计

胡荣国　张　宇

　　山东省委宣传部、山东省文化厅、中国孔子基金会等单位近日在京联合发声，首次向海内外公布山东省第一批弘扬中华优秀传统文化活动项目名单，并正式公开征集项目设计方案。

　　山东是"孔子故乡"，儒学思想的发源地。此次大规模面向海内外开展传统文化项目征集活动，在国内尚属首次。据了解，此次第一批是重点开展中华优秀传统文化经典数字化工程、中华优秀传统文化故事会、中华优秀传统文化大众化系列读物、中华优秀传统文化转化创新重大理论研究4个大项目的设计方案征集。其中，仅系列读物项目入选每本读物将获得资助经费高达20万~50万元人民币。

北京新闻发布会现场

山东省委宣传部副部长、省文明办主任刘宝莅重点介绍了中华优秀传统文化大众化系列读物项目情况，该项目主要有中华优秀传统文化大众化系列通俗读物和系列经典选编两大系列 7 种读物。

山东省文化厅副厅长李国琳称，山东省将通过此次优秀传统文化征集活动，在研究阐发上加大力度，在推广普及上深化拓展，在传承弘扬上力求突破，在传播交流上扩大影响，每年将推出一批重要成果。

中国孔子基金会理事长王大千在接受本报记者采访时表示，儒学经典是好东西，是优秀的传统文化，但是在学习领会儒学上则遇到了问题，尤其是如何让儒学大众化的问题，每个人的学识不一样，对于儒学的理解就不一样。我们可以把它做成适合青少年版的启蒙版、面向大众的普及版以及面向具有国学基础的专业版。

2015 年 2 月 17 日

鲁：促与港人文交流

谭永娇

7日，十二届全国人大三次会议山东团举行开放日活动，来自96家境内外媒体记者云集现场，共同关注山东的经济、文化和社会等方面发展。全国人大代表、山东省省长郭树清就山东在弘扬齐鲁文化精髓，深化鲁港两地人文交流方面的问题回答记者提问。

郭树清向记者解释齐鲁文化的思想内涵：山东是孔孟之乡，传统文化的传承源远流长；山东是革命老根据地，红色文化的传承有着深厚的基础，山东还是对外开放较早的地区，三者的融合，使山东文化具有巨大的包容性和对外的亲和力。近几年来，齐鲁文化的传承更具时代性和创新性，山东的文化产业也在快速健康的发展。

文化交流促两地共赢

郭树清称，目前，山东围绕打造"孔子故乡·中国山东"品牌，整合文物、非遗等资源，对海外、对港澳台开展文化交流活动。自2013年起，香港"中华同根文化齐鲁行"已成功举办两期，举办第十届"艺海流金－感悟齐风鲁韵"内地与港澳文化联谊活动以及海峡两岸孔庙文化研讨会等港澳台文化交流活动。下一步，将加强曲阜文化经济特区规划建设，办好第七届世界儒学大会，中韩

全国人大代表、山东省省长郭树清接受媒体采访

儒学对话会等文化活动。同时，加快文化产业发展，加快培育企业、项目和园区"三大载体"，鼓励支持国有文企兼并重组。

他表示，目前，山东累计吸引外资达 1200 亿美元，其中一半来自香港。他希冀鲁港两地的良好关系将继续延伸。他说，山东人绝不给香港人增加负担，不会扰乱香港的社会秩序，也不会抢购洋奶粉。山东在打造文化强省的同时，应进一步深化鲁港文化交流合作，让港民能深刻了解齐鲁文化精髓，能了解山东，走进山东，增进互信，实现共赢。

2015 年 3 月 9 日

孙明波：引领质量时代新常态

谭永娇

在今年两会上，全国人大代表、青岛啤酒股份有限公司董事长孙明波接受记者采访时认为，目前，要加快《质量促进法》立法，用中国质量引领新常态。国家有质量立法和质量战略，企业有质量坚守，老百姓才能有消费自信。新常态下，"质量强国"需要政府的决心、企业的恒心以及百姓的信心共同打造。

"中国制造"的明天在哪里？孙明波认为就是"中国质造"和"中国智造"。

据悉，青啤作为112年历史的百年中国品牌，在海外代表中国食品得到了90余个国家消费者60余年来的信赖和认可，并以"高质量、高价格、高可见度"在海外树立了中国品牌本该有的中高端形象。孙明波认为，品质至上不仅指产品的高质量，也包括产品的特色化水平及高质量的品牌感受和服务体验。企业作为质量强国、质量利民战略的落地主体，要不断全力满足和引领消费者需求，让中国百姓享受真正属于中国制造的品质消费，这也是中国制造业的责任。

全国人大代表、青岛啤酒股份有限公司董事长孙明波

孙明波表示，推进质量战略的实施，就要不断追求利润质量和提升经济发展质量。中国经济进入新常态，全社会需要摆脱以往片面的"速度情结"，做到"量质平衡"，从过去的速度效益型模式转向质量效益型模式。企业要紧紧围绕"做好产品"的基本面，以顾客满意、品牌体验、持续创新、社会责任、盈利能力和管理能力等要素着力提升自身运营能力，坚持企业有质量的发展。

同时，孙明波续称，质量文化对一个国家来讲至关重要，只有共同的"质量"价值取向和文化氛围，才能让"质量"成为共同信仰，形成人人关心质量、人人监督质量、人人享受质量的良好氛围。

2015年3月13日

王士岭建言编制建国际城市规划

刘 佳

全国人大代表、山东兰田集团董事长王士岭近日接受记者采访时表示，建议国务院组织专业部门编制全国国际城市建设规划，将具备海上和陆上丝绸之路、金砖国家、上合组织、中拉合作、中非合作等经济与国际事务组织功能的约百座城市，并分别给予发展定位。

王士岭称，全球国际城市已成为世界政治、经济、文化等高端资源平台，自2000年以来，我国国际城市建设与发展开始起步并进入快速发展期。继北京、上海、广州等国际大都市出现，哈尔滨、大连、南京等一批城市已出现了区域性国际城市的雏形。绍兴、临沂、义乌等一批特色国际城市崭露头角。但目前我国城市在国际经济运行和国际事务的组织能力较低，无法在国际大区域经济与国际事务中发挥中心城市作用。

据悉，临沂商城的发展正在逐步迈入国际化行列，山东兰田集团是临沂商城最早创办专业批发市场的单位之一，商品已出口到非洲、欧洲、中东、东南亚、大洋洲、美洲等60多个国家，年交易额300多亿元。为市场配套的金兰物流辐射全国2000多个城市，年货运量760多万吨，货值300多亿元。临沂市也已成为北方最大的商贸物流中心，临沂商城的特点对临沂市的规划发展提出了更高的要求。

王士岭表示，随着对外开放的进一步发展，我国更应充分发挥特色城市自身的优势资源，在类别划分、城市功能、发展方向、规划审批程序、建设规范、监督规范等方面进行规划，实现国际化城市的良性发展。

2015年3月14日

杜传志：海上丝路建设需立法

刘 佳

全国人大代表、日照港集团董事长杜传志在接受记者采访时表示，21世纪海上丝绸之路建设需要一套完备的、统一的法律制度，建议尽快出台《海洋基本法》，积极推进海岸带管理、海洋资源开发利用等方面法律法规的制定，促进沿海区域协同发展，加快构建层次分明、效力有别、科学合理而运行有效的海洋法体系。

杜传志称，目前实施的国家级的海洋法律、法规和规章有110多个，但在海岸带建设、海洋区域经济建设、海洋综合开发利用等方面的立法仍然不够全面和完善，并且勘界争议海域的开发利用处于空白状态。这与世界各国大力发展海洋经济、普遍重视海洋经济立法的形势不相适应，并对21世纪海上丝绸之路的发展形成制约。

全国人大代表、日照港集团董事长杜传志

日照港地处"一带一路"交汇点，是陆上丝绸之路向东延伸、海上丝绸之路向西拓展的双向桥头堡。经过近30年的发展，日照港已成为国家重要的能源和原材料运输口岸、煤炭装船港和沿海集装箱运输支线港，港口规模居全国沿海港口第8、世界港口第11位。杜传志称，"一带一路"给日照港带来了新的发展机遇，作为我国最年轻的港口，更需要统一完善的立法环境和优惠政策的扶持。

杜传志还建议统筹青岛港、日照港、连云港三大港口一体化发展。他建议国家在自由贸易区等国家政策扶持上，考虑港口行业的特殊性和区域发展的统筹性，给予青岛港、日照港、连云港港同样的扶持政策，统筹、推动青日连三大港口的一体化发展，提升新亚欧大陆桥竞争优势。

2015年3月15日

唐一林：加快扶持新材料产业

谭永娇

全国人大代表、济南圣泉集团股份有限公司董事长唐一林在两会期间接受本报采访时称，新常态下的企业应有新作为。作为成功登陆新三板上市的圣泉集团，近期所研发的生物基复合纤维材料属全球首创。目前正加速该项目推广，他建议国家能尽快将生物基复合纤维材料纳入资源综合利用目录，相关产品（含纤维、服装等）享受产品税收优惠政策，尽快实现新产业化发展。

全国人大代表、济南圣泉集团股份有限公司董事长唐一林

生物基纤维材料全球首创

唐一林称，近年来公司探索从玉米芯秸秆中生产出高附加值的玉米芯植物纤维，于近期运用全球唯一的"基团配位组装法"生产工艺生产出生物质石墨烯新材料，两者配合能做出功能性石墨烯复合纤维及纺织品，此产品经三年时间研发，共投入5亿资金。他认为，2015年是公司技术创新爆发年，所研发的成果可能会集中爆发，企业因此会走入快速发展轨道。

唐一林介绍，生物基复合纤维材料天然具有优良的导热、导电、抑菌灭菌等功能，添加极少量的石墨烯至玉米芯纤维中，其远红外法向发射率达到90%以上，可加速身体血液循环，且经多次洗涤后效果也不会衰减。目前，此项目已通过山东省科技厅科技成果鉴定，并且此改性方法属全球首创，整体技术达到国际先进水平。所研发的产品将出口日韩、台湾、欧美等国家和地区。

他认为，功能性石墨烯复合纤维及功能纺织品的产业化发展将在全球引发一场重大的纤维革命，这将有助于纺织产业的转型升级、提升我国纺织行业在全球的国际竞争力，他建议国家能给予更多的政策扶持。

2015年3月15日

青岛港藉互联网+提升竞争力

孟祥斐　齐薇然

青岛港集团作为新兴转型升级的"一带一路"策略中的重要桥头堡之一，集团董事长郑明辉表示，青岛港希望加快构建具有话语权、影响力并具有引领作用的互联网平台，青岛港计划未来在码头装卸、港口现代物流电子商务以及集团办公管理平台三个方面实现信息化、互联网化，将物流信息及服务时间效率提高，带来物流模式的新变革，最终实现青岛港"互联网+"时代的到来。

面临"数字化"市场竞争，2014年8月，青岛港成立了客户服务中心。通过互联网对干散货市场动态的分析、判断，从而吸引货源，开发客户。未来，青岛港还计划构筑起干散货、件杂货、油品和集装箱四大功能板块服务体系，全球各地的客户通过互联网，就能及时了解到最新的行业信息和信息动态。同年年底，青岛港正式投入运营的结算中心，开启了出口集装箱港杂费结算新模式。

电商渗透港航业

互联网思维是实体经济的重要助推力，面对一带一路、中韩自贸区等发展新机遇，郑明辉称，企业必须适应新兴的互联网思维，促进传统产业的转型，在国与国之间贸易额不断增长的经济形势下，互联网的结合将更高效且更低成本的实现业务增长。

"我们将形成覆盖港航物流领域的系列软件产品，联通或整合各类资源，为港口、船东、货主、代理、运输企业及监管部门提供个性化、全方位、一站式信息服务，打造国内港航最具影响力的物流信息服务网络。"青港国际信息中心主任张蕾对记者表示。

青岛去年获批跨境电子商务试点城市，青岛港由于地理和行业优势，提出构建港口现代物流电子商务生态圈，提升物流信息服务能力，这是青岛港"互联网战略"中的又一步。青岛港还将把互联网技术和思维运用于内陆港服务，

青岛港董家口港区 30 万吨级原油码头

助力"一带一路"并抢占先机。目前,青岛港新疆内陆港系统已经实现与新疆国际内陆港的信息"无缝直通"。

青港国际转型全程物流提供商

青岛港集团旗下主要运营商青港国际日前发布了自 2014 年 6 月转型上市后的第一份业绩公告。公告显示:2014 年,青港国际实现营收 69.9 亿元人民币,较同期增长 7%;借助于北方港口群的核心区位优势和"一带一路"规划的连接交汇战略地位,实现吞吐量 3.94 亿吨,集装箱吞吐量 1648 万标准箱。同时全年实现归属公司持有人净利润 15.9 亿元人民币,净资产回报率达 15.5%。

青港国际总裁焦广军表示,2011 到 2014 年,国内主要沿海港口吞吐量增速分别为 11.3%、7%、8.8% 和 5.6%,集装箱吞吐量增速分别为 10.4%、7.6%、7.0% 和 6.9%。同时,随着近年来国内基础设施投资加快和产能逐步释放,港口货物吞吐量将保持趋缓增长的态势。

焦广军称,经济"新常态"下,青港国际充分发挥港口在物流链中的核心地位,打造集装卸、代理、运输、贸易、物流、金融、互联网于一体的现代全程综合物流服务提供商,并以物流服务的发展反哺和促进码头装卸主业,新型航运模式呈现了较大幅度增长。

记者手记

  在香港上市的青岛港要实现跨越式发展，就必须走向世界。当前，青岛港集团将通过资本投入、管理输出、业务合作等方式，在世界范围内布局青岛港战略，希望走出一条具有青岛港特色的国际化发展之路。青岛港在缅甸原油码头的管理"嫁接"，建设内陆港对接中亚和欧洲，都被实践证明商机巨大。唯有不断地尝试、积累和改进，才能让青岛港把手中的资源变成更多的财富，真正成为具有话语权的百年强港。

2015 年 4 月 1 日

中国军队首支维和步兵营飞赴南苏丹

李智林

中国首支维和步兵营后续分队最后一个架次130名官兵昨日下午从济南遥墙国际机场启程，赴南苏丹执行维和任务。这是联合国首次正式邀请中国派遣一支维和步兵营，承担保护平民和联合国人员设施、人道主义救援行动，以及巡逻警戒、防卫护卫等12项任务。截至目前，中国已经成为联合国安理会常任理事国中派出维和人员最多的国家，是维和出兵国中派出保障分队最多的国家。

有13名女队员

济南军区维和事务办公室主任丁峰大校介绍，此次维和步兵营共编700人，设1个营部和3个步兵连、1个保障连，配备各类枪支、轮式装甲输送车、指挥车、救援车等主要武器装备，以及发电机、通信电台、防暴器材、防弹衣等自我维持类装备物资。其中570名官兵已于今年前三个月分多个批次陆续部署到朱巴任务区。考虑到维和任务涵盖保护平民，特别是保护妇女、儿童的需要，维和步兵营还有13名女队员。

25年参与24项维和行动

国防部维和事务办公室副主任李修华称，截至目前，中国军队已参加联合国24项维和行动，累计派出维和官兵30178人，先后有10名官兵为维护国际和平与安全献出了宝贵生命。

据介绍，中国派出维和兵力涵盖步兵、工兵、警卫、运输、医疗、军事观察员和参谋军官等多种类型，还将向联合国达尔富尔特派团派遣维和直升机分队。中国承担的维和摊款比额占总比额的6.64%，居联合国成员国第六位，在发展中国家中居第一位。

25年来，中国维和官兵始终模范遵守联合国维和人员行为准则和当地法律法规，保持了"零违纪"和"零遣返"。

在援非抗击埃博拉中，中国赴利比里亚维和部队官兵在完成维和任务的同时，建成利比里亚第一个竣工的外国援建诊疗中心。

2015年4月8日

青岛港组团投资　海陆双向布局

孟祥斐　齐薇然

记者从青岛港获悉，新增东南亚航线"高丽阿丽德拉"轮近日靠泊青岛前湾集装箱码头，这是青岛港对接国家"一带一路"战略，今年开通的第12条航线。据悉，2015年，青岛港在已开航线的基础上，计划还将增加5～6条，通过增加航线密度，与"21世纪海上丝绸之路"沿线15个港口实现互联互通。

加速海陆双向布局

近日，海关总署融入国家"一带一路"发展战略，继续深化区域通关一体化改革，以青岛海关为龙头，实行丝绸之路经济带海关区域通关一体化改革。至此，"丝绸之路经济带"改革板块涵盖了沿线的9个省份（自治区）10个海关，实现了通关待遇"十关如一关"。青岛港凭借区位优势和通关一体化举措，在"丝绸之路经济带"改革板块中被赋予龙头地位。当前，青岛港正在与哈萨克斯坦铁路公司下属的物流公司积极接洽，力求在国际内陆港的建设方面取得新的进展。

与此同时，沿着"丝绸之路经济带"，青岛港正在积极打造国内内陆港核心区，在新疆、西安、郑州、银川、兰州进一步布局内陆港，采取开通或加密海铁联运线路以及促进物流增量等方式，逐步构筑起沿"丝绸之路经济带"横穿亚欧、点线结合、港港联动、直通青岛、双向贯通的"陆上大通道"。

加快国际化步伐

2015年2月，青岛港完成了缅甸30万吨油码头首船靠泊作业，这个码头是在国家规划的"海上丝绸之路"15个港口之一的缅甸皎漂港。未来，青岛港还将继续对其提供技术服务，进一步深化双方合作。3月26日，青岛港与巴基斯坦的瓜达尔港主席在北京见面，签订了《友好港口的意向书》，预计正式协议将于4月下旬签署。

除此之外，未来青岛港还将有望在"一带一路"沿线的中亚等区域寻求国际化项目的合作。在积极缔结友好港关系的港口中，主动寻找、分析具有合作潜力的项目，通过资本投入、管理输出、业务合作等方式加快港口国际化发展步伐。

青岛港集团总裁成新农表示，为了确保自身一系列项目投资成效，青岛港计划与部分产业、部分大企业、大贸易商和大物流商一起"组团投资"。对此，他给出解释，青岛港将打造一个"以港口为龙头、以产业为依托、以物流为载体"的"一体化"投资新模式，以发挥各自优势，形成整体合力，有效释放国家"一带一路"战略的优势。

2015年4月9日

习近平：中国力推教育信息化

孟祥斐　齐薇然

昨日，国际教育信息化大会在山东青岛开幕。国家主席习近平发来贺信，强调因应信息技术的发展，推动教育变革和创新，构建网络化、数字化、个性化、终身化的教育体系，建设"人人皆学、处处能学、时时可学"的学习型社会，培养大批创新人才，是人类共同面临的重大课题。

推信息技术与教育融合

习近平表示，当今世界，科技进步日新月异，互联网、云计算、大数据等现代信息技术深刻改变着人类的思维、生产、生活、学习方式，深刻展示了世界发展的前景。

习近平指出，中国坚持不懈推进教育信息化，努力以信息化为手段扩大优质教育资源覆盖面，我们将通过教育信息化，逐步缩小区域、城乡数字差距，大力促进教育公平，让亿万孩子同在蓝天下共享优质教育、通过知识改变命运。

习近平强调，人才决定未来，教育成就梦想。中国愿同世界各国一道，开拓更加广阔的国际交流合作平台，积极推动信息技术与教育融合创新发展，共同探索教育可持续发展之路，共同开创人类更加美好的未来。

习近平在贺信中向出席会议的联合国教科文组织总干事博科娃、各国教育官员、专家学者及企业界人士表示诚挚的欢迎，向大会的召开致以热烈的祝贺。

促数字教育资源共建共享

国务院副总理刘延东在开幕式上宣读了习近平的贺信并致辞，倡议要更加重视教育信息化在突破时空限制、促进教育公平方面的作用和地位，加强信息技术与教育教学深度融合，促进优质数字教育资源开发和共建共享，推动不同文明交流互鉴。

博科娃在致辞中表示，现代技术对于发展有质量的、公平与包容的教育以及全民终身学习，实现新的世界教育发展目标至关重要，并高度赞赏中国在推动教育信息化方面发挥的积极作用。

本次大会由教育部和联合国教科文组织合作举办，主题是"信息技术与未来教育变革"。来自90多个国家和有关国际组织、企业的代表出席会议。

2015年5月24日

鲁港拟建跨境贸易平台

胡荣国　刘　佳

由香港贸发局汇聚近 200 家香港服务业机构参与的"转型升级·香港博览"山东站活动近日在济南落幕。此次活动展示了香港在品牌创建、创新商业模式、新科技应用、国际化平台等方面的优势，助鲁企实现转型升级起到了推动作用。山东省副省长季湘绮表示，望鲁港两地继续携手推动服务业融合发展，优势互补，共创双赢。

据悉，截至 2014 年底，山东省实际利用港资 597 亿美元，在来山东投资的 165 个国家（地区）中名列第一位。同时，山东有 692 家企业在香港投资，投资总额 67.3 亿美元。44 家企业在香港上市，累计融资 826.7 亿人民币。

山东省金融办副主任初明锋表示，过去港资以投资山东实体经济项目居多，随着山东金融改革发展的转型，望香港资金多多关注和投资规范化的鲁资本市场，将会有更好的汇报。

山东省工商联副主席赵延彤称，山东省有 20 多万会员民营企业，在国民生产总值方面占据了"半壁江山"，民营企业转型升级的核心是内部管理，在这方面很值得借鉴香港经验，同时借助香港优势平台走出国门。

据香港贸发局总裁方舜文透露称，鲁港两地拟共同建设"鲁港跨境贸易公共服务平台"，为两地企业构建物联网、云计算、大数据、商贸往来、电子支付、电子认证、产品追溯等应用提供公共服务平台。

另据山东省商务厅披露，山东省政府将于 2015 年 7 月上旬赴港举办"香港山东周"商贸扩大与引资推介活动，以期保持和加强鲁港两地各项领域的合作势头。

2015 年 6 月 2 日

财富青岛品牌效应日益凸显

孟祥斐　齐薇然

　　2015青岛·中国财富论坛近日在青岛举行。记者了解到，此次论坛举办正值山东全面推动金融改革创新的关键时期，青岛作为国家批复的财富管理金融综合改革试验区，是承载金融及财富管理改革试点的重要平台。一年多来，青岛财富管理金融综合改革试验区围绕政策争取、项目引进、交流合作、平台搭建、宣传推介等各项工作取得积极进展，"财富青岛"品牌效应日益凸显。

　　中国工商银行董事长姜建清在论坛上介绍称，今年一季度，中国财富管理规模首次突破65万亿人民币，即使剔除重复计算，这一数字也在40万亿人民币左右。中国财富管理规模之庞大，在全球屈指可数。展望未来，众多的机遇与挑战都将在中国财富管理市场聚集，巨大的变革让市场参与者或欣喜不已，或惶恐不安。面对财富管理的新趋势、新变革、新机遇，中国财富管理机构，特别是大型商业银行，要把财富管理的重点由"量"的增长转向"质"的提升。首先，实体经济是本源，财富管理要服务实体经济。其次，要打造财富管理的互联网信息平台、构筑全市场覆盖的资产配置体系、创新拓展多样化的风险管理手段。依靠创新驱动，实现提质增效。

　　山东省委常委、青岛市委书记李群表示，有35项金融改革的先行先试的创新政策陆续在青岛实施，在国内首次开展了中韩货币的互换项目下韩元贷款业务，也第一次将国内境内有限合伙人扩展范围到大宗交易市场，试点了土地承包经营权的抵押贷款。目前，青岛的各类金融机构达到了210家，外资的金融机构达到了33家，青岛市私人银行总数也达到11家，管理资产超过了500亿元人民币。

　　据悉，当地一批合作项目在深入推进，青岛已与新加坡等多家金融机构的总部签署了财富管理与金融合作协议，与英国、瑞士、香港等国际财富管理中心建立了长效的合作机制。国内的上海财经大学、山东大学等都在青岛设立了财富管理的研究院，中国金融 40 人论坛也将中国 40 人学院、研究院和基金会这三个中国的非营利性法人机构设在了青岛，财富管理的氛围日渐浓厚，目标是建设面向国际的财富管理中心城市。

2015 年 7 月 1 日

青岛西海岸：探路新海洋经济

孟祥斐　齐薇然

作为国家"新区战略"中的第九个新区，国务院赋予青岛西海岸新区的发展定位是要以海洋经济发展为主题，服务于青岛建设区域性经济中心和国际化城市的发展定位，为促进东部沿海地区经济率先转型发展、建设海洋强国发挥积极作用，为探索中国海洋经济科学发展新路径发挥示范作用。

一年来，青岛西海岸新区确定了"实施海洋战略、率先蓝色跨越、建设美丽新区"的共同愿景。2014年，西海岸新区完成生产总值2453亿元人民币。其中，海洋生产总值590亿元人民币，占地区生产总值比重达24.1%，占青岛市海洋经济增加值的38.7%。

独特优势，百亿级项目争相崛起

2014年6月3日，经国务院同意设立青岛西海岸新区。青岛西海岸新区区位条件、科技人才、海洋资源、产业基础、政策环境等综合优势明显，具备推进陆海统筹、城乡一体、军民融合发展的独特条件。

从区位条件看，西海岸新区位于京津冀都市圈和长江三角洲地区紧密联系的中间地带，是沿黄流域主要出海通道和亚欧大陆桥东部重要端点，具有辐射内陆、连通南北、面向太平洋的战略区位优势。

从海洋科技看，西海岸新区集聚了中船重工711所、702所、725所、电子41所等科研机构180余家，其中国家级科研机构22家。"科学号"海洋考察船停泊在海西湾，"海洋石油201""深潜号""蛟龙"号载人潜水器主推进电机等均由区内企业自主设计和研发制造。建设国际海洋人才港、国际海洋信息港、国际海洋产权交易中心等高端海洋要素支撑平台。

从港口航运看，位于西海岸新区的前湾港和董家口港是面向国际主航道的深水大港，与130多个国家和地区的450多个港口建立贸易往来，建有国家原油战略储备基地，国内重要的铁矿石、原油、橡胶、棉花等战略物资中转基地，中国北方最大石油液化天然气接收基地，在中国对外开放和战略物资运输保障体系中具有重要地位。

从政策环境看，西海岸新区集聚了青岛经济技术开发区、青岛前湾保税港区、西海岸出口加工区、新技术产业开发试验区、中德生态园等5个国家级园区，胶南经济开发区、青岛临港经济开发区、琅琊台旅游度假区、凤凰岛旅游度假区、灵山湾旅游度假区等5个省级园区，是国内国家级园区数量最多、功能最全、政策最集中的区域之一，园区集聚、政策叠加的创新开放优势突出。

截至目前，青岛西海岸新区已集聚百亿级大项目12个，总投资额超过2500亿元人民币。今年年内，各类重点项目将实现开工421个，完成投资800亿元人民币以上。

海洋经济，带动产业转型新发展

青岛西海岸新区是中国重要的先进制造业基地和海洋新兴产业集聚区，培育形成了航运物流、船舶海工、家电电子、汽车工业、机械装备、石油化工六大千亿级产业集群。发挥和放大青岛海洋科研和产业基础优势，吸纳国内外海洋科教研发机构和领军企业，以先进技术改革提升海洋传统产业，优先发展海洋生物医药、游艇邮轮、通用航空、涉海金融四大产业，探索发展海水淡化、海洋新能源、海洋新材料三大产业，打造海洋经济升级版。

在海洋生物产业方面，加强海洋生物资源深度开发利用，加快海洋生物产业科技成果转化，推动海洋医药、海洋生物制品、功能性保健食品等新产品研发和产业化。力争2020年，海洋生物产业产值达200亿元人民币，建设国内一流、全球领先的海洋生物制品基地。

同时，依托国家级海洋新材料高新技术产业化基地，以下游应用需求为导向，以高性能、多功能、高端化、绿色化为方向，着力发展海洋防腐涂料、海洋平台电解防污产品等海洋工程材料，海洋装备与船舶用钢、特种钢材、钛材、镁合金等有色金属材料，高性能纤维、高性能膜材料、特种玻璃等新型功能材料，前瞻关注、探索发展智能材料。

另外，重点依托保税港区、中德生态园、中日韩创新产业园等国际化园区，在海洋产业合作、跨国交通物流等方面先行先试，深化管理、技术、人才、制度国际合作与交流，建设"一带一路"综合枢纽城市核心功能区。争取到2020年，构建起海洋科技创新引领海洋经济可持续发展的格局，形成先进制造业发达、现代服务业繁荣的现代海洋产业体系，生产总值力争达到5000亿元人民币，海洋科技对海洋经济的贡献率达到70%以上，海洋生产总值年均增长15%左右，推动青岛成为蓝色经济领军城市。

多方位发展　实现海洋经济蓝色跨越

　　航运物流产业。大力发展甩挂运输、多式联运等港口集疏运，突破保税物流、冷链物流、电子物流、供应链物流等领域，加快向物流金融、航运贸易等高端物流服务业态发展，形成由大宗商品交易平台、港航联动集疏运系统、保税物流园区组成的"三位一体"现代航运物流体系。到2020年，港口吞吐量达到6亿吨、集装箱3000万标准箱，物流业增加值超过500亿元人民币。

　　通用航空产业。以海洋航空和直升机产业链为特色，力争建成北方地区重要的公务飞行枢纽、特色海洋航空基地、东北亚地区重要的通用航空运营服务中心、国内新兴的通用航空制造和配套基地。前期侧重发展通用航空服务业，重点打造通用航空运营中心、海洋航空中心、航空培训中心、试飞检测中心和后勤保障服务中心"五大业务中心"，后期吸引通用航空制造业协同跟进，引进发展直升机、小型飞机、无人机研发制造，向产业链中、前端延伸，实现制造与服务的联动发展。到2020年和2030年，产值分别超过100亿元人民币和300亿元人民币。

　　游艇邮轮产业。围绕游艇制造和游艇邮轮消费两个方向，高起点规划游艇工业园，大力发展包括游艇设计、游艇制造、游艇维修保养等在内的游艇产业，形成游艇研发、设计、生产于一体的产业链，打造全国重要游艇生产基地，发展游艇交易、会展、物流、培训、检测、旅游服务等相关配套延伸产业，形成中国东部沿海重要的游艇消费中心。到2020年和2030年，产值分别突破100亿元人民币和300亿元人民币。

　　蓝色金融产业。西海岸新区按照与青岛东城区错位发展的思路，大力发展地方法人金融机构、独立财富管理、融资租赁、基金、信托等新兴金融，积极发展航运保险、跨境结算、离岸金融等涉海金融品种，大力发展服务于新区产业发展的蓝色产业金融，形成特色鲜明、实力雄厚、门类齐全、具有较强融资和国际结算能力的区域性金融体系，打造以涉海金融为特色的"金融强区"和山东半岛海洋金融和特色金融服务中心。力争到2020年，西海岸新区主要金融机构总量达到200家，金融业增加值超过130亿元人民币。

大胆创新　先行先试

无改革，不新区。青岛西海岸新区在国内率先取消社会投资类项目前置审批，实现"三证合一"商事登记制度改革，创新"一地多用"土地综合管理体制……并在国内率先将海域使用规划纳入"多规合一"体系，到创新规划"公告许可制"，西海岸新区规划管理改革初步实现了"零审批"。

青岛西海岸新区的特质是"新"、动力是"试"，最大的优势是"先行先试"。青岛市委常委、副市长、西海岸新区工委书记王建祥表示，我们不创新，永远会束缚住，必须有魄力，大的气魄，不要什么事情都按部就班，按程序去做那永远不会是新区，永远走在别人后面。什么叫先行先试，什么叫率先，什么叫试验田，试验田就是说不一定都要成功，但要大胆试，大胆干，这是创新能力。

他还指出，海洋战略是国务院赋予新区的历史使命，而率先蓝色跨越也是一直强调的，西海岸新区将海洋科技自主创新领航区、深远海开发保障基地、军民融合创新示范区、海洋经济国际合作先导区、陆海统筹发展试验区作为新区的"五大定位"，以经济技术开发区、前湾保税港区、董家口循环经济区、中德生态园、古镇口军民融合创新示范区、灵山湾影视文化产业区、西海岸国际旅游度假区、海洋高新区、现代农业示范区"九大功能区"，作为新区开发开放的主战场，支撑带动全域发展。

据了解，西海岸新区还在进一步培育新兴产业，发展生态型、智能型、微纳型、服务型、融合型的现代海洋高端产业。依托陆海统筹的独特条件，发展影视文化、度假旅游产业，建设国内首个海洋文化综合园区和陆海丝绸之路文化展示体验区，举办青岛国际电影节，打造东方好莱坞、文化旅游岛。

人与自然的和谐之美，城乡一体的宏大之美，城市精品的雅致之美，宜居幸福的愉悦之美——青岛西海岸新区，正在这样诠释着一个崛起的"海洋强国"中的新区梦想。

2015 年 7 月 20 日

鲁推政府股权投资引导基金

胡荣国　李智林

山东省政府股权投资引导基金推介会暨重大合作项目洽谈会1日下午在香港国际会展中心举行,重点推介了山东省政府股权投资引导基金等。山东省副省长夏耕希望香港积极参与青岛财富管理中心、济南区域金融中心建设,支持山东企业赴港上市、发行债券、并购重组等,积极参与山东规模以上企业规范化公司制改制,推动鲁港金融合作的深化和拓展。

据介绍,截至2015年7月底,山东累计批准港资项目17543个,到账港资达642.9亿美元,在来山东投资的165个国家和地区中名列第一位。香港是山东省企业境外融资的重要平台,截至2015年7月底,山东省在香港的上市公司达45家,占全省境外上市公司总数46.9%,融资额达到833.97亿元,占境外上市融资总额的85.2%。

17只投资引导基金商机无限

夏耕致辞称,山东在国企改制、金融发展、财税改革、服务业升级等方面先后出台一系列创新举措和政策,为山东经济发展注入了新的动力,也为包括香港在内的海内外客商提供了新商机。他表示,近两年,山东金融业加快发展,金融环境不断优化。今年以来,设立了17只省级股权投资引导基金,涉及资本市场、天使基金、农村产业、新兴制造业、旅游、文化、健康、养老、教育等领域,投资基金总规模将超过1300亿元人民币,到2017年预计超过3000亿元人民币,初步形成具有不同政策导向和投资偏好的基金群。

他表示,截至目前,山东省共储备政府和社会资本合作项目600多个,总投资5000亿元。欢迎香港的跨国公司、各类企业(机构)、主权财富基金、私募基金等,来山东探讨开展重点项目的投融资合作,推动一批大项目、好项目落户山东。

他指,国家提出了"一带一路"的战略构想,山东抓住这一有利时机,正致力于推动优势产业和富余产能"走出去",到全球最适宜的地方布局发展。香港作为高度开放的城市经济体和国际上重要的投融资平台,金融及专业服务享誉全球,人才众多,比较优势突出,可以与山东实体产业联手参与,优势互补,在"丝路"沿线投资开发合作中实现互利共赢。

香港贸发局国际及内地关系事务总监徐耀霖致辞,山东省财政厅副厅长窦玉明介绍了山东省政府股权投资引导基金有关情况、山东省国资委副巡视员李现实推介了山东省管国有企业重点合作项目等。山东省商务厅厅长佘春明主持。

2015 年 9 月 3 日

中日韩产业博览会主打新奇高特

刘 佳

2015（首届）中日韩产业博览会近日在山东省潍坊市开幕，涵盖贸易投资、产业合作、科技成果推介、企业对接等三国合作的多个领域。据统计，共有日韩等境外企业 332 家，占参展企业总数的 57.3%，其中世界 500 强企业中有 27 家到会参展，采购商和专业观众逾 16000 人。

据介绍，中日韩作为东亚地区的三个大国，GDP 总量已达到 15 万亿美元，占全球 GDP 的 20%，已超过欧盟，但三国之间的贸易量只占三国对外贸易总量的不足 20%，建立一个开放公平的区域贸易投资环境乃是大势所趋。为期 3 天的博览会，以实现中日韩三国企业交流互动、合作共赢为目的，设计了中日韩地方经济合作示范区展区、现代制造业（高新技术）展区、现代品牌农业展区、现代服务业展区和轻工、消费及食品展区等五大主题展区。

突出新奇高特　洽谈签约项目多

记者在现场看到，该博览会突出"新奇高特"。日本安川首钢机器人等 7 家机器人研发制造企业展出代表性产品；日本丰田公司展出其主打赛车丰田 86 SARD GT3 宽体赛车（曾参加上海国际车展）和价值 6000 多万元的 Lykan Hyper sport 赛车（世界顶级超跑，全球限量 7 台）；韩国 CENTRALSYSTEM 公司展示了最新飞行汽车及运行服务平台。

中国贸促会秘书长徐沪滨在该博览会"东亚贸易投资便利化论坛"上表示，建立中日韩自贸区将逐步实现货物、人员和资本的自由来往，促进各国产业调整和经济发展，为东亚增长注入强劲动力。

潍坊市长刘曙光称，潍坊是中日韩地方经济合作示范区的重点城市。日本、韩国分别是潍坊第二、第三大贸易国，在潍投资企业达到 245 家。

据悉，以此次博览会为契机，潍坊市新洽谈引进招商项目 110 个，总投资 888.2 亿元，其中外方投资 735.7 亿元。韩国京畿道政府已确定将其办事处设在潍坊市经济开发区，并分别在潍坊市滨海开发区和经济开发区投资建设京畿道—潍坊韩国（经济区）产业园，主要引进韩国京畿道、首尔市的电子信息、精密制造等企业。韩国最著名的商业龙头企业东大门商业共同体将在潍坊市独资建设韩国城高端商业项目。

2015 年 9 月 25 日

青岛西海岸打造中韩复合新城

孟祥斐　齐薇然

记者从青岛西海岸新区获悉，10月21日，青岛国际经济合作区管委与韩国土地住宅公社签署《关于共同推进中韩复合新城项目合作协议书》，进一步深化和提升中韩两国在城市建设领域的开发合作。这是在中德生态园加速建设的同时，青岛西海岸新区打造的又一国际合作新平台。

据悉，协议双方旨在借鉴韩国先进规划设计理念及要素，积极推进以"产城相融""蓝色、高端、创新"为特点的中韩复合新城的开发建设，进而加快中韩创新产业园建设，积极承接中韩两国FTA新时代。协议双方将共同成立事业促进公司，共享信息、经验、技术、网络等，推动"青岛中韩合作复合新都市项目"招商引资等业务；通过项目可行性研究、项目咨询、项目管理、技术指导等进行项目促进，并为导入韩国元素和标准共同努力。

记者了解到，2014年10月，青岛市政府与韩国土地住宅公社签订"关于合作建设青岛中韩复合新城"谅解备忘录，确定以青岛西海岸新区中韩创新产业园作为启动点，积极推进具有示范意义的"中韩复合新城"的开发建设。国际经济合作区是青岛西海岸新区重点发展的区域，承载了打造青岛市乃至山东省对外开放新亮点的重任。此前，青岛西海岸新区在该区域内规划建设青岛中韩创新产业园，通过中外合作方式，打造以中韩FTA贸易便利化和服务贸易为核心的复合新城、中国化的U-City。

2015年11月14日

重汽深耕国际市场 重卡占有量有望过半

刘 佳

中国重汽集团总经理蔡东近日在"中国重汽集团2016年商务大会"上向记者表示，重汽在国际重卡市场的占有量现已达1/3，客户群体已由第三世界国家逐步向发达国家延伸。下一步，中国重汽将利用海外重卡销售网络，深耕国际市场，国际重卡市场占有量将超过50%。

据统计，今年1～11月，中国重汽累计产销整车14.2万辆，其中重卡8.9万辆，销售收入543.6亿元，市场占有率较2014年提高1.62%。海外市场是中国重汽今年的有力支撑，今年1月至11月重汽实现整车出口2.4万辆，同比增长12.5%，连续11年排在国内重卡企业出口首位。

据悉，全国唯一的国家重型汽车工程技术研究中心，国家重型汽车质量监督检验中心和国家级企业技术研究中心——"三位一体"的科技中心园区已正式投入使用。与国际水平接轨的整车装备试验能力的形成，为中国重汽全面提高技术研发水平和新产品开发能力创造了条件。

"智慧重汽"与金融服务

据介绍，中国重汽在"互联网+"大背景下创立的"智慧重汽"平台，以"产品+服务+体验"的新模式，开创了商用车行业自行建立电子商务平台的先河。首期开发上线的主要功能是配件商城、配件防伪、一键报修、智能通、用车宝典等，为用户购买正宗、原厂配件及价格公开透明提供了有效渠道。

据了解，随着该平台应用终端数量的普及，未来将会为用户提供金融服务、整车销售、二手车置换、易耗品采购等全方位的服务，从车辆的研发、生产、销售、服务等为用户实现整车全生命周期、全过程的"有机生态圈"。

中国重汽总经济师宋其东称，新成立的豪沃汽车金融公司，作为全国第二十二家、山东省首家汽车金融公司，将按照汽车全生命周期金融服务、智慧重汽金融服务、互联网金融服务的整体要求，着眼于推动集团市场进入战略目标、产品结构调整目标的实现来安排金融产品,提升金融服务的效率,结合行业发展实际,在风控水平提升的环境下,努力进行金融服务创新。

2015 年 12 月 22 日